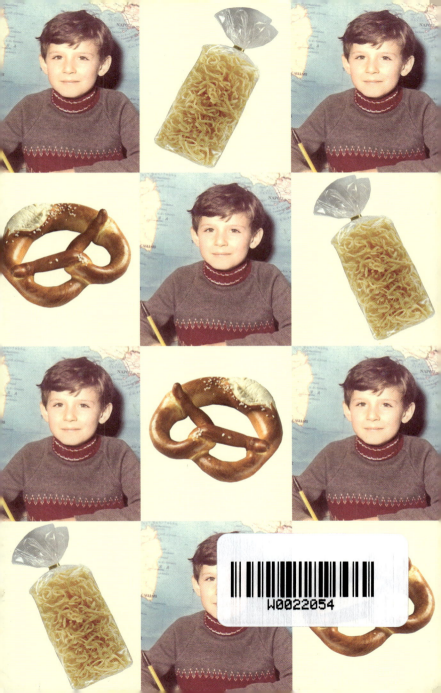

Karin

Das Buch

Eine komische Sprache, viel zu blasse Mitschüler, seltsames Essen ... So vieles ist neu und befremdlich für den kleinen Gigi, als er mit seiner Familie von Sizilien nach Schwaben auswandert. Und das in den 70er Jahren, in denen Rucola und Caprese noch keinen Einzug in deutsche Küchen gefunden haben und noch niemand von der Toskana-Fraktion redet. Italien ist so weit weg von der schwäbischen Provinz! Doch zum Glück trägt Gigi die Erinnerungen an glückliche Sommer in der Heimat und an seine quirligen Verwandten im Herzen. Und so lassen sich die seltsamen Gewohnheiten der Deutschen doch irgendwie mit Humor nehmen.

Der Autor

Luigi Brogna wurde 1961 in Messina geboren und verbrachte die ersten zehn Jahre seines Lebens in Sizilien, bevor seine Eltern als Gastarbeiter nach Schwaben zogen. Heute lebt er mit seiner Familie in Eislingen. Mit *Das Kind unterm Salatblatt* gelang ihm ein großer Publikumserfolg.

In unserem Hause ist von Luigi Brogna bereits erschienen:
*Das Kind unterm Salatblatt*

Luigi Brogna

# *Spätzle al dente*

Neue Geschichten von meiner sizilianischen Familie

Ullstein

Besuchen Sie uns im Internet:
www.ullstein-taschenbuch.de

Umwelthinweis:
Dieses Buch wurde auf chlor- und säurefreiem Papier gedruckt.

Originalausgabe im Ullstein Taschenbuch
1. Auflage Juni 2007
5. Auflage 2007
© Ullstein Buchverlage GmbH, Berlin 2007
Lektorat: Angela Troni
Umschlaggestaltung und Gestaltung des Vor- und Nachsatzes:
Sabine Wimmer, Berlin
Titelabbildungen: © privat (Junge)
© getty images/Ryan McVay (Weinglas)
© getty images/C Squared Studios (Bilderrahmen)
© Stockfood/Wolfgang Schwager (Brezel)
© Stockfood/Karl Newedel (Spätzle)
Satz: Franzis print & media GmbH, München
Gesetzt aus der Excelsior und Helvetica
Druck und Bindearbeiten: Ebner & Spiegel, Ulm
Printed in Germany
ISBN 978-3-548-26671-8

# 1. Neue Erkenntnisse

Cris, ein kleiner, blonder neapolitanischer Junge, der gerade erst in die Schule gekommen war, schaffte es mit einem schlichten Satz, mein Weltbild zum Einstürzen zu bringen und meine Eltern als Lügner und Märchenerzähler zu enttarnen.

»Gigi, Kinder findet man nicht unter Salatblättern! In Schokoeiern schon gar nicht, und man schüttelt sie auch nicht aus irgendwelchen Bäumen. Du hast ja überhaupt keine Ahnung!«, behauptete er und baute sich vor mir auf.

Wir waren beide im Hof beim Spielen, während unsere Eltern im Wohnzimmer saßen und sich unterhielten. Irgendwie waren wir beim Schneemannbauen auf dieses Thema gekommen, und ich hatte ihm meine Theorie erklärt.

»Du bist ein verkommener Lügner!«, stieß ich empört hervor. »Wenn hier einer keine Ahnung hat, dann du ... pffh! Du bist gerade mal sieben Jahre alt, ich dagegen bin schon zehn, also hast du Unrecht!«

»Überhaupt nicht!«, fing Cris nun an zu schreien. »Du bist ja dumm wie ein Stück Brot. Meine Mama hat es mir genau erklärt, und die hat immer Recht!«

»Ach ja? Wenn das so ist, dann erzähl doch mal, wo sie dich damals gefunden haben... Bestimmt in einem stinkenden Mülleimer, und weil sie sich geschämt haben, mussten sie dir irgendein Märchen erzählen!«, erwiderte ich provozierend.

»Von wegen!«, antwortete Cris. »Wenn du es nicht weißt, dann erkläre ich es dir eben. Aaaalso, es ist nämlich so: Wenn ein Mann eine Frau sieht, dann verliert er, ohne dass er es will, seinen Samen. Wenn er die Frau dann heiratet, verliert er auf einen Schlag ganz viele Samen, und dann passiert Folgendes: Hat seine Frau zufällig in dieser Zeit ein Ei gelegt, dann gräbt sich der Samen in das Ei, und daraus wird dann ein Kind. Es wächst so lange im Bauch der Mama weiter, bis sie kurz vorm Platzen ist, und schlüpft dann bei der Geburt heraus. Verstanden?«

Ich war fassungslos! Wie konnte jemand so einen Schwachsinn glauben? Andererseits... Frauen mit extrem dicken Bäuchen, die plötzlich ganz zufällig Kinder gefunden hatten, hatte auch ich schon mehrmals gesehen.

»Das hat dir deine Mama erzählt?«, fragte ich vorsichtig.

»Ganz genau!«, antwortete Cris.

»Aber ... mal angenommen, dass alles stimmt, was du da erzählst, hast du deine Mama schon mal Eier legen sehen? Ich habe meine Mama jedenfalls noch nie beim Eierlegen beobachtet. Und ich muss es wissen, denn wir hatten früher selbst Hühner, und ich war persönlich dabei, als unsere Henne Gianna ihr erstes Ei gelegt hat. Meine Mama hat ganz sicher noch keine Eier gelegt, und mein Papa verliert auch keinen Samen und ... Wie soll das Zeug denn überhaupt aussehen? Wie Wassermelonenkerne? Fenchelsamen? Oder Sonnenblumenkerne? Ich glaube, dass dich deine Mama angelogen hat!«, stellte ich abschließend fest und winkte ab.

»Dann glaub mir halt nicht!«, brüllte Cris mich an. »Aber meine Mama hat mich ganz sicher nicht angelogen, und mein Papa auch nicht, und du ... du kannst mir mal den Popo knutschen!«

»Meine Mama legt keine Eier, und mein Papa ist kein Samenverlierer, verstanden? Und deinen Popo ... den kannst du dir selber knutschen! Mit dir bin ich fertig!«, brüllte ich zurück.

»Ich mit dir auch!«, erwiderte Cris wütend und zischte ab.

Wir gingen wieder nach drinnen, und ich ließ mich im Wohnzimmer auf das alte, abgewetzte Sofa fallen. Noch immer dachte ich über die Behauptung von Cris nach, und je mehr ich nachdachte, desto klarer wurde mir, dass er Recht haben könnte. Was schlimm genug war, schließlich war ich der ältere von uns beiden und musste es allein schon aus diesem Grund besser wissen. Hatte mich Mama wirklich angelogen? Oder einfach nur veralbert? Das tat sie häufig, und Papa ebenfalls. Meistens dann, wenn man ihnen eine Frage stellte, die sie nicht richtig beantworten konnten – oder wollten.

Das war mir schon öfter aufgefallen. Immer dann, wenn meine Schwester Santina, mein Bruder Filippo oder ich eine unbequeme Frage stellte, grinsten unsere Eltern erst mal breit, sahen sich an, grinsten noch breiter, und erst dann bekamen wir eine Antwort. Manchmal waren die Erklärungen so abenteuerlich, dass wir es kaum glauben konnten. Aber meistens waren sie durchaus glaubwürdig.

*Zio* Baldo, Mamas Schwager, hatte zum Beispiel mal behauptet, dass sich bei kleinen Kindern, wenn sie lügen, der Bauchnabel nach außen wölbe und rot färbe.

Jedes Mal, wenn seine Tochter Alba, sein Sohn Tonio oder ein anderes Kind etwas angestellt hatte und es abstritt, sagte er: »Zeig mir auf der Stelle deinen Bauchnabel!«

Wenn der Übeltäter sich zierte und sein T-Shirt festhielt, um seinen Bauchnabel zu verstecken, schob er gleich die Feststellung hinterher: »Aha! War also eine Lüge. Hab ich es doch gewusst!«

Das führte dazu, dass wir Kinder uns nach den ersten Reinfällen erst mal umdrehten, um zu kontrollieren, ob sich unsere Bauchnabel tatsächlich verfärbt hatten, und dann trumpfte *zio* Baldo erst recht auf. Aber Tatsache war, dass wir ihm erst mal geglaubt hatten. Irgendwann stellten wir in verschiedenen Testläufen und mit hochgeschobenen T-Shirts fest, dass wir lügen konnten, so viel wir wollten.

»Hast du letzte Woche mein Schokoeis verdrückt?«

»Nein! Ich doch nicht! So was würde ich niemals tun! ... Und? Passiert was? Verfärbt er sich?«

»Hast du denn gelogen?«

»Aber j..., NEIN!«

»Aha! Du hast also doch mein Eis gegessen!«

»Nein, habe ich nicht! Ich schwöre es bei meiner Mama!«

»Hast du doch! Du Stinker!«

»Selber Stinker, und wenn du tot bist, werde ich es auf deinen Grabstein meißeln lassen!«

Trotz aller Streitereien stand am Ende fest: Unsere Bauchnabel wölbten sich nicht nach außen, und sie färbten sich erst recht nicht rot.

Vielleicht ist es mit der Salatblattgeschichte genauso, überlegte ich und rutschte unruhig auf dem

Sofa hin und her. Ich war mir sicher: Eines Tages käme die Wahrheit ans Licht, ich musste nur den richtigen Augenblick abwarten und die richtigen Fragen stellen.

Eine halbe Stunde später verabschiedeten wir uns von unseren neuen Bekannten. Cris wohnte mit seinen Eltern und seinen Geschwistern seit zwei Jahren in dem kleinen schwäbischen Dorf, in dem auch wir seit ein paar Tagen lebten. Wir gingen hinaus auf die Straße, wo uns die klirrende Kälte sofort fest umklammerte, und stapften langsam durch tiefen Schnee und dichtes Schneetreiben die paar hundert Meter zurück in unsere Wohnung. Die dicken Schneeflocken, die durch die Luft wirbelten, boten ein ungewohntes, faszinierendes Schauspiel. Die Kälte dagegen machte uns schwer zu schaffen.

»Die Fahrkarten bitte!«

Leicht erschrocken tauchte ich aus meinen Gedanken auf und blickte ungläubig auf den grimmig dreinschauenden uniformierten Schaffner. Ich kramte die Fahrkarte aus meiner Jackentasche und hielt sie dem Mann hin, der sie mit spitzen Fingern ausgiebig drehte und wendete, um sie mir schließlich mit einem unfreundlichen »Hmm!« zurückzugeben. Eingehend betrachtete ich den bulligen, stiernackigen Mann und glaubte zu erkennen, dass er enttäuscht war, mich nicht als Schwarzfahrer überführt zu haben. Schnell steckte ich die Fahrkarte wieder ein und verabschiedete den Schaffner mit einem knappen Nicken.

Der Zug raste in Richtung München und weiter nach Rom, wo ich um 22.00 Uhr in den Anschlusszug nach Messina umsteigen wollte.

Es war der 20. Juli 1986, ich war fünfundzwanzig Jahre alt und seit drei Jahren nicht mehr in meiner Heimatstadt Messina gewesen. Einerseits freute ich mich, meine Verwandten wiederzusehen, andererseits hatte ich großen Bammel davor. Ich konnte die vorwurfsvollen Kommentare der ganzen Familie schon auswendig herunterbeten, ohne einen einzigen Ton davon gehört zu haben. Meine langen Haare würden bestimmt wieder zu kontroversen Diskussionen führen. Ich gegen den Rest der Familie.

Ja! Auch ich trug den hochmodernen, stromlinienförmigen, sturmfest geföhnten Vokuhila-Schnitt. Und dazu leistete ich mir selbstverständlich einen Schnauzbart im trendigen Handfegerlook. Der stand nur wenigen Männern wirklich gut. Ich gehörte nicht dazu. Doch so völlig nackt unter der Nase, das ging überhaupt nicht. Meine Haare waren nicht ganz so lang wie das wallende, dunkle Haar eines bekannten Popstars, der sich den Namen seiner Frau an einer Goldkette in Großbuchstaben um den Hals gehängt hatte und zum Steinerweichen schluchzte. Aber immerhin waren sie etwas länger als die seines dauergrinsenden blonden Partners, der immerzu bonbonfarbene Trainingsanzüge trug und wie ein Berserker auf eine unschuldige Gitarre einschlug. Seine kunstvoll geschwungene Föhnwelle konnte sogar quiekende Geräusche erzeugen, die man, ein bisschen Fantasie vorausgesetzt, durchaus mit Gesang verwechseln konnte. Dennoch lagen beide Varianten definitiv deutlich oberhalb der Toleranzgrenze sizilianischer Mamas.

Mein Bruder Filippo hatte mir am Telefon glaubhaft versichert, dass meine Frisur in Messina so etwas von out war, dass sie mich damit sogar aus einer

Schwulendisko hinauswerfen würden. Das beunruhigte mich ungemein. Vor allem weil ich nicht vorhatte, eine solche Lokalität aufzusuchen. Dass sich ausgerechnet in meiner Heimatstadt eine Schwulendisko etabliert haben sollte, wunderte mich dann doch etwas. Messina – war das nicht die Stadt, wo Männer bereits beim Hören dieses Wortes eine Ansteckung befürchteten und sich schnell mit einer Hand in den Schritt griffen, während sie sich mit der anderen bekreuzigten? Nein, in Messina gab es ganz sicher keine solche Disko.

Die langen Haare waren allerdings nur ein Punkt. Der andere war, dass meine Eltern vor nunmehr drei Jahren nach Sizilien zurückgekehrt waren und ich in Deutschland geblieben war. Ganz allein! Obwohl ich damals, im zarten Alter von zweiundzwanzig Jahren, schon aus genetischen Gründen nicht in der Lage sein konnte, für mich selbst zu sorgen. Die meisten Sizilianer trennen sich nämlich sehr ungern von ihrer *mamma*. Schon gar nicht vor Erreichen des dreißigsten Lebensjahres. Außerdem kam erschwerend hinzu, dass meine Eltern mir bei ihrer Abreise das Versprechen abgerungen hatten, jedes Jahr für mindestens zwei Wochen nach Messina zu kommen. Was ich drei Jahre hintereinander, aus den verschiedensten Gründen, nicht geschafft hatte.

Fünfzehn Jahre waren inzwischen vergangen, fünfzehn lange Jahre von dem Tag an, als wir in den Zug gestiegen waren, um in das uns völlig fremde Land jenseits der Alpen zu fahren und Filippos Augenleiden behandeln zu lassen. Nach einem Unfall mit einer rostigen Blechdose und aufgrund einiger fragwürdiger Behandlungsmethoden in diversen sizilianischen Krankenhäusern war er auf einem Auge fast blind geworden. Ich konnte mich noch genau an Papas Worte erinnern: »Zwei, maximal drei Jahre« sollten wir in Deutschland leben und danach geschlossen wieder die Heimreise antreten. Es kam alles ganz anders, und von Geschlossenheit konnte keine Rede sein. Ganz im Gegenteil.

Das Abenteuer Deutschland hatte unsere Familie innerhalb weniger Jahre völlig zerrissen. Santina musste, kurz nach ihrem vierzehnten Geburtstag und gegen ihren Willen, nach Messina zurück. Zwei Jahre später nutzte Filippo während eines Heimaturlaubs die Gunst der Stunde, um unseren Eltern mitzuteilen, dass er in Deutschland keine Zukunft für sich sehe und nicht mit zurückfahren werde. Schweren Herzens ließen ihn Papa und Mama seiner Wege gehen. Nach weiteren zwei Jahren packten auch sie die Koffer und kehrten Deutschland endgültig den Rücken.

Unsere Eltern hatten mit meiner Entscheidung, hier zu bleiben, lange zu kämpfen, aber letztlich mussten sie einsehen, dass ich erwachsen war, und es akzeptieren. Am Tag ihrer Abreise waren sie noch immer so traurig und verärgert, dass sie mir, abgesehen von ein paar bösen Sätzen, nur das absolut Notwendigste daließen: einen Teller, Besteck, mein Bett und einen Koffer voll Kleider. Sie hatten gehofft, dass ich es mir anders überlegen und ihnen folgen würde, wenn ich erst mal ohne eigenen Hausrat, ohne Wohnung und ohne Familie dasaß.

Meine Freundin Heidrun und ich standen bei der Abreise der beiden heulend am Straßenrand, winkten ihrem Golf hinterher und waren fest entschlossen, das Beste aus unserer Situation zu machen. Wir verstauten meine Habseligkeiten in dem Kofferraum meines alten rostfarbenen Fiat 131 Mirafiori und lösten noch am selben Tag die Wohnung auf. Ich schloss die Tür ab, übergab dem Hausverwalter die Wohnungsschlüssel und verabschiedete mich von meinem Leben als Sohn.

Den rostfarbenen Fiat fuhr ich noch immer, doch wollte ich die lange Strecke bis nach Sizilien weder dem Wagen noch mir zumuten. Ich hatte nur vier Wochen Urlaub und wollte nicht riskieren, zwei davon in irgendwelchen italienischen Werkstätten verbringen zu müssen. Außerdem fuhr ich in Messina nicht gerne selbst. Nicht das ich es nicht konnte, ganz im Gegenteil! Schon nach wenigen Kilometern im sizilianischen Feierabendverkehr, also rund um die Uhr, verwandelte ich mich in einen Kamikazefahrer mit über die Augen gerutschtem Stirnband. Inzwischen an den eher ländlichen, geordneten, disziplinierten deutschen Verkehr gewöhnt, empfand ich das Chaos auf Messinas Straßen als äußerst bedrohlich.

Dementsprechend verhielt ich mich sehr defensiv. Bis ich feststellte, dass mit dieser Fahrweise kein Durchkommen war. Der typische Sizilianer kennt nämlich nur wenige oder vielmehr keine Verkehrsregeln. Schon gar nicht lässt er sich von einer farbigen Glühbirne vorschreiben, ob er nun fahren darf oder nicht. Schließlich würde kein Mensch vor einem blinkenden Weihnachtsbaum halten – und eine höhere Bedeutung haben Ampeln nun mal nicht.

Ein Sizilianer hat immer Vorfahrt. Wozu hat der liebe Gott denn sonst die Hupe erfunden? Geblinkt wird nach dem Zufallsprinzip. Je nach Tageslaune. Auf die Frage, warum er den Blinker (der im Italienischen *freccia*, wörtlich übersetzt: Pfeil, heißt) nicht benutzt, antwortet der Fahrer stets mit der Gegenfrage: »Sehe ich etwa aus wie ein Indianer?«

Die vielen bunten Verkehrsschilder am Straßenrand dienen ebenfalls nur rein dekorativen Zwecken. Oder damit die jungen Graffitikünstler der Stadt auch mal glatte Flächen zum Lackieren vorfinden und nicht immer nur raue Hausfassaden. Ähnlich verhält es sich mit Fahrbahnmarkierungen. Diese von professionellen Landschaftsverschandlern auf die Straße gepinselten, mal durchgezogenen, mal unterbrochenen Kunstwerke der naiven Malerei sollten ursprünglich das Chaos in geordnete Bahnen lenken. Durchaus eine löbliche Absicht. Nur müssten die Linien, um diesen Zweck zu erfüllen, mindestens einen Meter aus der Fahrbahn ragen und die Eigenschaften von Panzersperren besitzen.

Fahrtrichtungszwang, Abbiegespur, Einfädelspur, Parkzonen – alles deutsche Erfindungen! Solange sein Auto noch durchpasst, lässt sich ein Sizilianer von keiner Linie und keinem Schild vorschreiben, wohin er zu fahren hat. Zum Falschparken wird der Ärmste ja auch von Amts wegen gezwungen, schließlich würde er niemals Parkverbotszonen einrichten. Wozu auch? Da er in die Geschäfte und Bars nun mal nicht hineinfahren kann, hat er selbstverständlich das Recht, direkt vor der Tür zu parken. Notfalls auch in zweiter oder dritter Reihe auf der Straße. Das geht meist so lange gut, bis ein lautstarkes Hupkonzert einsetzt, weil die anderen Verkehrsteilnehmer nicht im selben Laden einkaufen wollen und gerne weiterfahren möchten. So wird aus jeder rigiden Straßenverkehrsordnung eine flexible Straßenverkehrsempfehlung.

Bei derart ungewohnten Zuständen blieb mir gar nichts anderes übrig, als mir blindlings einen Weg zu bahnen. Allerdings fühlte ich mich nach jeder Fahrt wie ein kaputter Adrenalinjunkie. Einen höheren Kick konnte ich eigentlich nur noch vom Bungeejumping erwarten – ohne Seil! Da man mir bei meiner ersten und letzten Urlaubsfahrt vor drei Jahren den Wagen aufgebrochen hatte, um mir mein altes Autoradio zu klauen, fiel mir die Entscheidung, diesmal mit dem Zug zu fahren, nicht sonderlich schwer.

Ich machte es mir auf meinem Sitz bequem und blickte aus dem Fenster. Zum Glück hatte ich ein Zugabteil ganz für mich allein und noch gut neun Stunden Zeit, bis der Zug in Rom einfuhr. Die ländliche bayerische Landschaft zog an mir vorbei, und meine Gedanken kreisten wieder um vergangene Zeiten. Vor fünfzehn Jahren war der Zug in die andere Richtung gefahren, und wir waren kurz vorm Ziel gewesen.

## 2. Die Ankunft

Am Abend unserer Ankunft, als wir an dem kleinen Bahnhof aus dem Zug gestiegen waren, war es so kalt, dass uns die Nase beim Atmen gefror. Das hatte uns *zio* Silvio vor unserer Abreise prophezeit, und es stimmte tatsächlich. In den viel zu dünnen Mänteln, die für sizilianische Winter gerade noch ausreichend waren, jedoch nicht für mehrere Grad unter null, hüpften wir frierend von einem Bein auf das andere.

Der Atem stand wie eine Dampfwolke vor meinem Gesicht, fast so, als ob ich rauchte. Als ich Filippo darauf aufmerksam machte, fand er es ebenfalls sehr lustig. Spontan zog er ein Stück Papier aus der Jackentasche, drehte es zusammen und schob es sich zwischen die Lippen. Schnell durchstöberte auch ich meine Manteltaschen nach einem Stück Papier und tat es ihm nach. Jetzt konnten wir vor unseren Eltern rauchen, ohne dass es gleich schwere Sanktionen zur Folge hatte. Obwohl, angesichts dieser eisigen Temperaturen wäre ein mechanisch aufgewärmter Hintern gar nicht mal das Schlimmste.

Während wir rauchend umherhüpften, kam ein Auto die Straße in Richtung Bahnhof hochgefahren. Es hielt direkt vor uns an, und ein Mann stieg aus, der uns freundlich begrüßte. Dieser Mann war Papas

Freund Nunzio. Er war sehr freundlich, hatte ein verschmitztes, nettes Lächeln und eine vertrauenerweckende Ausstrahlung. Mit seiner Hilfe hatte Papa die Arbeit und die Wohnung bekommen. Ich beneidete ihn um seine dicke Lederjacke, die dicken schwarzen Handschuhe und die mit Pelz gefütterte Mütze, die schön warm aussahen.

Zum Glück hielten wir uns nicht lange auf, luden unser Gepäck in den Kofferraum, quetschten uns auf die Rückbank und fuhren los. Während der Fahrt presste ich die Nase gegen die Seitenscheibe und versuchte etwas zu erkennen. Überall am Straßenrand lag der Schnee gut einen Meter hoch. So viel Schnee hatten wir uns nicht mal erträumt, und so brachten Filippo, Santina und ich vor Staunen die Münder nicht mehr zu. Vielleicht lag es aber auch daran, dass unsere Zähne zu sehr klapperten, um den Mund geschlossen zu halten.

Irgendwie war es gar nicht richtig dunkel, als würde der Schnee Licht abgeben und die Straßen von innen heraus erleuchten. Es war schöner, als ich es mir vorgestellt hatte. Alles wirkte wie mit einer dicken Schicht aus weißem Zuckerguss überzogen: Jeder Baum, jeder Ast, jeder Strauch, jede noch so kleine Fläche besaß einen weißen Umhang. Die Häuser, die links und rechts der Straße standen, sahen aus wie gemalt, und die Dächer waren mit einer dicken Schneeschicht bedeckt.

Alles sah so unwirklich aus, als würden wir uns in einem lebendigen Gemälde befinden. Wunderschön!

Die Fahrt war schon nach wenigen Minuten zu Ende, Nunzio hielt an und rief: »Willkommen in Deutschland!«

Wir stiegen aus, holten unsere Taschen aus dem Kofferraum und stapften hinter Papa und Nunzio her, die den Weg schon kannten. Staunend gingen wir eine alte Steintreppe hinauf, deren Stufen ein paar Bruchstellen aufwiesen, und warteten, bis Nunzio die Haustür aufschloss. Das Haus war nicht sehr groß, dennoch verriet die Anzahl der Briefkästen, dass sieben Familien darin wohnten.

Seit etwa drei Jahren lebte auch unser Cousin Pietro hier, den wir Kinder nicht einmal richtig kannten. Ich hatte ihn bloß ein paar Mal gesehen und konnte mich nur schwach erinnern. Wir liefen eine schmale Treppe nach unten und standen vor einer weiteren Tür. Papa schloss auf und ließ uns eintreten. Neugierig drängten wir uns in einen kleinen Flur, und Papa schob uns weiter hinein, damit wir nicht im Weg herumstanden, während er mit Nunzio die schweren Koffer aus dem Auto holte.

Wir betrachteten den Raum, der nicht viel größer war als unser altes Wohn-, Ess-, Kinder- und Schlafzimmer in Messina. Mit dem Unterschied, dass es hier eiskalt war und der Raum ein großes Fenster nebst einer Glastür besaß. Das Glas war ein wahres Kunstwerk! Von oben bis unten mit wunderschönen schimmernden Kristallen belegt, die uns zum Staunen brachten.

»Das sind Eisblumen!«, sagte Nunzio. »Wenn ich heute nicht so viel unterwegs gewesen wäre, hätte ich schon mal bei euch eingeheizt. Dann wäre es jetzt schön warm. Aber wenn der Ofen erst mal läuft, dauert es nicht lange. Gute Nacht!« Mit diesen Worten verabschiedete er sich.

Während Papa mit einem Blechkanister aus der Wohnung ging, sahen wir uns genauer um und suchten nach konkreten Anhaltspunkten, die diesem vereisten Keller den hochtrabenden Namen Wohnung eingebracht hatten. In dem kleinen Zimmer standen dicht an dicht drei hölzerne Bettgestelle mit unbezogenen Matratzen, außerdem ein großer, hässlicher brauner Schrank mit vielen Türen, ein Tisch, fünf Holzstühle und ein weißes Blechmonster mit einem riesigen Rohr auf der Rückseite, dessen oberes, verrußtes schwarzes Ende in der Wand steckte. Das Ding stank so stark nach Heizöl, dass einem übel wurde.

Das war also der Ofen. Wenn er nur halb so stark heizte, wie es stank, durften wir uns in wenigen Minuten auf tropische Temperaturen freuen. Direkt neben dem Monstrum führte eine vergilbte Tür in eine kleine Küche. An einer Wand stand der Herd, darauf ein verdreckter, fast schon versteinerter blauer Topf, daneben eine Spüle und gleich im Anschluss ein alter Küchenschrank, dessen Farbe sehr stark an zertretene Weinbergschnecken erinnerte. Gruselig! Am Ende der kurzen Besichtigung schlossen wir den Namen Wohnung für diese Behausung kategorisch aus. Wohnklo mit Kochnische traf es allerdings auch nicht ganz, denn die Toilette befand sich im Erdgeschoss.

Mama hatte sich auf einen Stuhl gesetzt und machte ein langes Gesicht. Wir konnten darin die überschäumende, in Stein gemeißelte Begeisterung über unsere neue Höhle ablesen. Sie murmelte irgendetwas vor sich hin, klapperte dabei mit den Zähnen, raufte sich immer wieder ihre dunkelblonden Haare und bedauerte sich und unser Schicksal, das uns in ein so kaltes Land geführt hatte.

Als Papa mit dem Blechkanister hereinkam, der jetzt mit stinkendem Heizöl gefüllt war, hielt sich

Mama gerade noch so lange zurück, bis es Papa nach mehreren Versuchen endlich gelungen war, das Feuer anzuzünden. Kaum hatte er die Klappe des Ofens geschlossen, öffnete Mama ihre Schleusen und fand auf Anhieb den passenden Namen für unsere neue Behausung: ein verdrecktes Eisloch!

Wir hatten Mama noch nie so unglücklich gesehen, und als sie so aufgelöst zu weinen begann, heulten wir alle mit. Papa umarmte sie, während sie immer wieder »Ich will nach Hause ... ich will zurück nach Messina« schluchzte, und versuchte sie zu beruhigen. Wir Kinder drängten uns um die beiden herum, bis wir uns alle gegenseitig im Arm hielten. So standen wir minutenlang weinend in unserem verdreckten, fünfundzwanzig Quadratmeter großen Eisloch. »Willkommen in Deutschland!«

Nach einer Weile lösten wir uns voneinander, und Mama begann damit, die Betten mit der mitgebrachten Bettwäsche zu überziehen. Nach der langen Zugfahrt konnten wir es kaum erwarten, endlich in einem weichen Bett zu schlafen.

Als ich mich kurz darauf übermütig auf das Bett warf, machte es »KLONG!« und ich schrammte haarscharf an einer Gehirnerschütterung vorbei. Meine Nase würde ich mir in Zukunft wohl am Hinterkopf schnäuzen müssen. Halb benommen und mit tränenden Augen hob ich die Matratze an, stellte fest, dass ich das Ding mit einer Hand locker nach Messina und wieder zurück tragen könnte, und starrte auf eine alte Holztür. Ich freute mich, dass der unbekannte Bettenbauer wenigstens die Klinke abgeschraubt hatte, sonst hätte ich jetzt womöglich eine Körperöffnung an einer Stelle, wo gar keine hingehörte. Das weiche Bett war jedenfalls gestrichen.

Ich ließ die Alibimatratze zurückfallen, zog meinen Schlafanzug zurecht, ließ Filippo zuerst unter die Decke schlüpfen und legte mich daneben. Wir Jungen mussten uns die Tür teilen, nur Santina hatte eine für sich allein. Ein Mädchen zu sein hatte eben auch Vorteile.

Ich war so müde, dass ich im Stehen hätte schlafen können. Stattdessen lag ich auf meinem harten Bett und wälzte mich herum. Es war nun mal ganz anders als die weich gefederten Metallgestelle, die ich gewohnt war. Die bildeten, wenn man darin lag, eine Kuhle wie eine Hängematte. Die deutschen Kissen waren auch ganz anders als unsere in Messina. Nicht klein, flach und fest, sondern groß, dick und weich. Die verdrängte Füllung türmte sich links und rechts auf und unter dem Kopf blieb nur der Bezug übrig. Tolle Kissen! Von den deutschen Daunendecken war ich jedoch begeistert, denn sie wurden ganz schnell kuschelig warm.

Während ich so dalag, schaute ich aus dem Fenster. Die schönen Eisblumen lösten sich allmählich auf und sammelten sich zu Wassertropfen, die langsam an der Scheibe herabliefen und sich auf dem Fenstersims zu kleinen Pfützen vereinten. Der Mond stand hell am Himmel, und der Schnee reflektierte das Licht so stark, dass man fast meinen konnte, es wäre Tag. Nachdenklich betrachtete ich den Mond und fragte mich, ob er jetzt auch in Messina am Himmel stand. Auf einmal hörte ich leise Stimmen. Mama und Papa flüsterten miteinander. Ich horchte angestrengt, konnte aber nicht verstehen, worüber sie sprachen. Nur dass Mama wieder angefangen hatte zu weinen, bekam ich mit.

Als ich am frühen Morgen die Augen öffnete, blendete mich die tief stehende Sonne. Gott, was war ich glücklich! In diesem kalten Land schien ebenfalls die Sonne, also konnte alles gar nicht so schlimm sein. Ich warf die Decke zur Seite und hüpfte so schnell aus dem Bett, dass Filippo, der neben mir noch schlief, erschrocken aufschrie.

Mama und Papa waren schon wach und gerade dabei, unsere Koffer auszuräumen. Jeder von uns bekam ein Fach in dem großen Schrank, und da wir nicht besonders viele Kleider hatten, reichte der Platz vollkommen aus. Ich besaß beispielsweise nur eine lange Hose. Die gehörte zu dem Anzug, den mir Mama vor zwei Jahren zu *zia* Annas Hochzeit gekauft hatte. Eigentlich konnte ich lange Hosen nicht leiden, aber bei der Kälte waren sie zweifellos besser als die kurzen. Von denen lagen mindesten noch vier Stück im Schrank.

Ich zog die Hose an und setzte mich zum Frühstück an den Tisch. Filippo, dessen Augenpflaster sich wie jeden Morgen unterhalb der linken Augenbraue zusammengerollt hatte, und Santina gesellten sich kurze Zeit später dazu, und wir aßen gemeinsam Marmeladenbrote. Beide hatten ihre lockigen schwarzen Haare und die dunkle Hautfarbe von Papa geerbt. Ich schlug ganz nach Mama und sah mit meiner hellen Haut und den dunkelblonden Haaren nicht gerade typisch sizilianisch aus. Im Gegensatz zu mir waren meine Geschwister immer knackig braun. Ich dagegen wurde im Winter bleich wie ein Käfer, der sich zu lange unter einem Stein versteckt hatte.

Nach dem Frühstück zogen wir uns an und gingen hinaus, um den Hof zu erkunden, der komplett zugeschneit war. Auf der rechten Seite stand ein alter, windschiefer Holzschuppen, von dessen Dach unglaublich lange, armdicke Eiszapfen herabhingen. Wir riefen laut »Boah!« und »Wow!«, brachen uns ein paar von den exotischen Stäben ab und untersuchten sie ausgiebig. Sehr schnell stellten wir fest, dass wir uns die Dinger nicht einmal ordentlich um die Ohren schlagen konnten, weil sie zu schnell brachen. Also lutschten wir eine Weile daran herum und warfen sie weg, bevor sie an unseren Handschuhen festfroren. Zum Eisessen war es definitiv zu kalt.

Hinter dem Schuppen stand ein altes graues Haus. Ein Fenster war geöffnet, und das Gesicht einer alten grauhaarigen Frau war zu sehen, die uns griesgrämig anstarrte. Ihre fahlen Lippen bewegten sich und formten lautlose Worte. Dann erschien ihre Hand am Fensterrahmen, und mit einem letzten, verächtlich wirkenden Blick schloss sie ruckartig das Fenster. Was sie wohl gesagt hatte? Keine Ahnung! Aber besonders freundlich hatte sie nicht ausgesehen.

Am Ende des Hofs fiel das Gelände steil ab und mündete in ein etwa vier Meter breites Flussbett. Der Fluss war zum größten Teil zugefroren, und nur ein schmales Rinnsal plätscherte gemächlich zwischen den vereisten Platten dahin. Fasziniert betrachteten wir den Wasserlauf und die bizarren Eisskulpturen, die sich auf Baumwurzeln und Steinen gebildet hatten. Wir blieben so lange draußen, bis unsere Hände und Füße zu kribbeln begannen. Es fühlte sich an, als ob uns Ameisen über die Haut liefen. Unsere Nasen waren rot wie Tomaten und die Lippen blau. Als Mama uns sah, erschrak sie und verbot uns, noch einmal hinauszugehen.

Am Nachmittag kam Nunzio vorbei und lud uns zu

einem Kaffee bei sich ein. Er wohnte in einem anderen Dorf, und wir mussten ein paar Kilometer in seinem Auto mitfahren. Wir lernten seine Frau Rosa, seine Tochter Susi und die zwei erwachsenen Stiefsöhne Carlo und Carmelo kennen.

Susi war, wie meine Schwester Santina, sechs Jahre alt und ein zierliches, aber sehr lautes Mädchen. Sie hatte hellbraune Haare, ein freches Gesicht und war recht eigenwillig, aber auch sehr nett. Man konnte im Großen und Ganzen gut mit ihr auskommen. Außerdem wollte sie mich, als sie mich das erste Mal sah, gleich heiraten. Aber das ging mir dann doch etwas zu schnell. Wir sollten vor einer so schwerwiegenden Entscheidung wenigstens ein oder zwei Häuser aus ihren Legosteinen bauen, um zu sehen, ob wir überhaupt zueinander passten, fand ich. Das taten wir übrigens nicht, denn sie wollte grundsätzlich das Gegenteil von dem, was ich wollte. Also verschoben wir die Hochzeit recht bald auf unbestimmte Zeit.

Susi hatte ein eigenes Zimmer und besaß Unmengen an Spielzeug. Ein eigenes Zimmer – das allein war schon unvorstellbar! Meine Geschwister und ich hatten in Messina zu dritt ein Zimmer gehabt, und das war außerdem unser Wohn- und Esszimmer. Die Betten wurden tagsüber einfach zusammengeklappt und in drei Schlafschränken verstaut, die in Reih und Glied an der Wand standen. Susis Kinderzimmer war nicht viel kleiner, dafür war es bis fast unter die Decke mit Spielzeug gefüllt.

So etwas hatten wir bis zu diesem Zeitpunkt noch nicht einmal im Fernsehen gesehen. Meine Geschwister und ich kamen uns vor wie in einem Kinderparadies. Als Susi uns erzählte, dass in Deutschland jedes

Kind ein eigenes Zimmer habe und dass sie, im Vergleich zu anderen, sogar noch wenig Spielzeug besitze, klang das für uns unglaublich. Das hörte sich ja geradezu so an, als ob jede deutsche Familie einen eigenen Dukatenesel mit akuter Durchfallerkrankung ihr Eigen nannte.

Susi sprach fließend Deutsch, und wenn Nunzio redete, hörte es sich für mich ebenfalls recht flüssig an. Er hatte eine ruhige, tiefe, warme Stimme, und es klang toll, wenn er hereinkam und etwas sagte. Was er damit meinte, verstand ich zwar nicht, aber Susi übersetzte es, und wir wussten Bescheid. Das waren übrigens die ersten deutschen Wörter, die ich gelernt habe: »Susi, jetz aba Ruuhe!«

## 3. Alltägliche Katastrophen

Als wir mit Mama am zweiten Tag nach unserer Ankunft in Deutschland zum ersten Mal einen Supermarkt betraten, bahnte sich die ultimative Katastrophe an: keine Salsiccia, kein Parmesan, weder Oliven, Pancetta, Mortadella oder Focaccia noch Arancini, Mozzarella, italienische Salami, eingelegte Artischocken oder Tomaten und schon gar kein köstlicher Fisch in allen Variationen, keine Muscheln, Garnelen ... *niente*!

Das alles – und noch viel mehr – gab es hier n-i-c-h-t zu kaufen! Wenn die Kälte, die unfreundlichen Nachbarn, die kahle Wohnung und alles andere noch nicht zum Heulen gewesen waren, spätestens jetzt war das Fass voll! Ich war kurz davor, mich einfach so in eine Ecke zu hocken, in Tränen auszubrechen und erst dann wieder aufzuhören, wenn die Frau an der Kasse nach der Feuerwehr rief, um den überschwemmten Laden leer pumpen zu lassen.

Oh Gott!, dachte ich nur. Wie sollen wir bloß die nächsten drei Tage in diesem barbarischen Land überleben? Und damit nicht genug: Papa hatte von zwei bis drei Jahren gesprochen.

Mit langen Gesichtern stapften Santina, Filippo und ich im Schlepptau von Mama durch einen Supermarkt, der sich COOP nannte. Erschrocken stellten wir fest, dass wir uns all die liebgewonnenen Gaumenfreuden für eine Weile abschminken konnten. Die meisten der langen, mannshohen Regalreihen waren hier nämlich mit bunten Schachteln und Dosen gefüllt.

In Messina gab es – bis auf wenige Ausnahmen – nur zweierlei in Schachteln und Dosen zu kaufen: Waschmittel und giftige Substanzen. Verpackte Lebensmittel galten als sicheres Zeichen dafür, dass der Verkäufer einem entweder minderwertige oder bereits verdorbene Ware anzudrehen gedachte. Bei so jemandem kaufte man nur in absoluten Notsituationen ein – oder wenn er unglücklicherweise zur Familie gehörte. Ein ehrlicher Verkäufer bot seine Lebensmittel offen an und verpackte sie erst, wenn der Kunde sie gesehen, probiert und für gut befunden hatte.

Hier, in diesem deutschen Supermarkt, gab es fast nichts anderes als verpackte Ware: überall Pappschachteln und Blechdosen in den unterschiedlichsten Größen, Farben und Formen. Die meisten waren nur beschriftet, und da sie für uns damit unlesbar waren, suchten wir gezielt nach Packungen mit Fotos oder glaubhaft wirkenden Zeichnungen des möglichen Inhalts. Die meisten Etiketten zeigten jedoch nur gut genährte, rotwangige Kindergesichter und/oder lächelnde Frauen. Da saßen sie vor ihren großen, gefüllten Tellern und strahlten um die Wette. Das sah zwar meistens ganz gut aus, aber wir konnten uns beim besten Willen nicht vorstellen, dass die abgebildete, uns unbekannte braune Pampe in dem Teller allen Ernstes der Auslöser für derlei Glücksgefühle sein sollte.

Die braune Pampe gab es übrigens auch mit grünen Flecken, mit roten Flecken und – das war vermutlich die Feinschmeckervariante – mit grünen und roten Flecken. Die Frau auf dem Foto sah allerdings auch nicht glücklicher aus als die auf der Packung mit dem fleckenlosen braunen Zeug. War die Gourmetpampe etwa nicht besser? Oder handelte es sich am Ende gar um ein Abführmittel mit verschiedenfarbigen Beimengungen, und die Frau freute sich schon mal auf dessen durchschlagende Wirkung?

Nach einer kurzen, intensiven Tagung des Familienrats entschieden wir, dass es sicherer wäre, nur dann etwas einzukaufen, wenn wir von der Abbildung auf der Verpackung auf den tatsächlichen Inhalt schließen konnten und dieser uns bekannt vorkam. Immerhin könnte das Bild einer fröhlich lachenden Tischgemeinschaft auch eine Feier nach einer gelungenen Massenvernichtung unerwünschter Nagetiere zeigen und damit für Rattengift werben.

So liefen wir eine Weile ziellos durch die Regalreihen und landeten schließlich mit leeren Händen vor einer verglasten Fleischtheke. Andächtig blieben wir davor stehen und rätselten, was wir hier denn nun kaufen sollten. Das Einzige, was uns irgendwie vertraut erschien, war das fein säuberlich zerlegte Fleisch, das, mit Grünzeug dekoriert, in chromblitzenden Schalen lag. Der gutmütig lächelnde, rotwangige Metzger trug eine blütenweiße Schürze und machte nicht gerade den Eindruck, als ob er jemals in seinem Leben auch nur einer Fliege ein Bein ausgerissen hätte.

Ein unübersehbarer Unterschied zu den Metzgereien in Messina, wo nur wenig Fleisch in der Theke lag. Dafür hingen überall an den Wänden des Verkaufsraums ganze Tiere an riesigen Fleischerhaken und bluteten aus. Kälber, Lämmer, Hühner, Enten. Als besondere Dekoration waren die Köpfe der geschlachteten Tiere zwischen dem Fleisch angeordnet oder hingen an einem Haken draußen vor der Tür. Bereits beim Betreten einer Metzgerei sprang einem der süßliche, fast schon metallische Blutgeruch förmlich in die Nase. So intensiv, dass man es beinahe schmecken konnte.

Die italienischen Metzger waren auch längst nicht so adrett gekleidet wie der hier und sahen meist so grobschlächtig aus, wie man sich Metzger im Allgemeinen vorstellt: blutverschmierte, mächtige Unterarme, eine rostrot schimmernde, mit undefinierbaren Geweberesten dekorierte Schürze, meist unrasiert und mit einem gleichgültigen Gesichtsausdruck.

Vor so einem Prachtexemplar hatte ich in Messina immer dann gestanden, wenn mich Papa gelegentlich zum Einkaufen mitgenommen hatte. Da hatte ich mir das eine oder andere Mal schon die Frage gestellt, ob der gute Mann mich gerade als Kunde oder als zu zerlegende Ware ansah. Dabei wieselte sein Blick nervös zwischen den abgezogenen Hasen, mir und der unausgesprochenen Frage, wer mir denn erlaubt hatte, aus der Blechwanne zu steigen und mich wieder anzuziehen.

Hier dagegen wirkte alles ungemein sauber, und der Metzger lächelte sogar. Was uns die Sache trotzdem nicht leichter machte. Nach langem Hin und Her beschloss Mama, kein Fleisch zu kaufen, und die vielen unbekannten Wurstsorten erst recht nicht. Manche Würste hatten, zumindest unserer Ansicht nach, die bräunlich graue Farbe einer drei Wochen alten Wasserleiche. So verließen wir, mit nichts als einem kleinen Sack Kartoffeln, fast fluchtartig den Laden.

»Dann kaufen wir eben erst heute Abend ein, wenn Papa von der Arbeit kommt, und heute Mittag machen wir uns ein schönes Kartoffelomelett«, beschloss Mama, die angesichts unseres ersten Einkaufserlebnisses auf deutschem Boden zutiefst erschüttert war.

Ganz so einfach, wie Papa es uns geschildert hatte, war unsere Premiere nämlich nicht verlaufen. Papa hatte behauptet, wir müssten den Supermarkt bloß betreten, die gewünschten Waren in einen Einkaufskorb legen, damit zur Kasse gehen und bezahlen.

»In deutschen Supermärkten wird man von Verkäufern ganz selten angesprochen«, hatte er erklärt. »Nur wenn ihr reinkommt, müsst ihr unbedingt grüßen. Die meisten Leute sagen hier morgens, mittags und abends das Gleiche, nämlich »Cruscott!«, also sagt ihr das am besten auch immer. Für alles andere braucht ihr mit niemandem zu reden.«

Das hatte wirklich einfach geklungen. Den Gruß mussten wir nicht einmal üben, denn das Armaturenbrett wird im Italienischen ähnlich genannt, und zwar *cruscotto*. Wir mussten also bloß das »o« weglassen. So wünschten wir an jenem Vormittag wohl jedem, der uns über den Weg lief, ein freundliches Armaturenbrett und bekamen auch einige zurück. Aber das sollte unser einziges Erfolgserlebnis für diesen Tag bleiben.

Nach unserem Supermarktbesuch schlichen wir also zurück nach Hause und übten uns in gepflegter Langeweile.

Papa hatte sich bei seiner Ankunft in Deutschland ein kleines, gelbes Wörterbuch gekauft. Das schnappte ich mir nun und begann es durchzulesen. Dabei versuchte ich systematisch vorzugehen: zehn Wörter zehnmal lesen und anschließend zehnmal aus dem Gedächtnis vorsprechen. Dann mussten sie sitzen. Im Grunde funktionierte die Methode ganz gut, das Dumme war nur, dass die nächsten zehn Wörter die letzten wieder auslöschten. Bald legte ich das Buch entnervt zur Seite und las zwischendurch einen Comic.

Kurz vor dem Mittagessen stellte Mama fest, dass sie keine Eier hatte, um das Omelett zu braten. Ich sollte im Wörterbuch nachsehen, wie das auf deutsch hieß, und dann im COOP welche holen. Also suchte ich eine Weile nach den passenden Wörtern und schrieb meinen ersten selbst zusammengebastelten deutschen Satz auf einen Zettel: »Ik .. wolle ... abbe ... fia ... Eie ... bitte.«

Ich las mir den Satz zehnmal durch, zog mich an und lief los. Die leichtfertig getroffene Entscheidung, den Zettel nicht einzustecken, führte letztlich dazu, das ich der freundlichen Verkäuferin im COOP-Markt »Ik abbe fia Eie bitte!«, entgegenschrie. Warum die Umstehenden sich bei meinem höflich vorgetragenen Wunsch vor Lachen bogen und auf die Schenkel klopften, war für mich völlig unverständlich.

Mit breitem Grinsen legte eine Verkäuferin vier Eier in eine Papiertüte, drückte sie mir in die Hand und begleitete mich zur Tür. Ich streckte ihr mein Geld entgegen, aber sie lachte nur noch lauter und schob es mir in die Manteltasche zurück. Jetzt verstand ich überhaupt nichts mehr! Warum musste ich meine Einkäufe nicht bezahlen? Und wieso lachten alle so dämlich? Ich sagte die beiden Wörter auf, die ich für diesen Fall auswendig gelernt hatte, »Tange!« und »Cruscott!«, und lief auf dem schnellsten Weg nach Hause.

Sofort erzählte ich Mama, dass der COOP eigentlich ein echt toller Laden sei, denn dort müsse man nichts bezahlen und die Verkäuferinnen lachten immer nur. Mama war genauso überrascht wie ich und freute sich mit mir.

Unsere neue Nachbarin Lilla, die unterm Dach wohnte und gerade bei einem Espresso in unserer Küche saß, konnte es dagegen gleich zweimal nicht glauben. »Die Schwaben verschenken nichts!«, behauptete sie in einem unangenehm hohen, kreischenden Tonfall, der mich sehr stark an flüchtendes Geflügel im Allgemeinen und unsere Henne Gianna im Besonderen erinnerte. »Noch nie haben mir diese – wegen übertriebenen Geizes – ausgewiesenen Schotten auch nur einen Pfennig geschenkt. Mit dir hatten sie bestimmt nur Mitleid, weil du so ein niedlicher, kleiner Kerl bist und kein Wort sprechen kannst. Ich dagegen bin eine erwachsene Frau und kann mich dafür, dass ich gerade mal ein Jahr hier lebe, recht gut verständigen. Da habe ich doch eine glänzende Idee!«, rief sie unvermittelt aus und stemmte dabei ihren mächtigen, kurzen Körper aus dem Stuhl. »Am besten wir gehen gleich alle zusammen einkaufen!«

Mama, von Lillas nicht enden wollendem Monolog oder der Stimmlage oder beidem noch sichtlich erschlagen, sagte nur »Aber ...«

»Nichts da!«, kreischte Lilla weiter, »wenn ich schon mal hier bin, dann helfe ich natürlich, wo ich kann. Ist doch klar, oder? Wir sind schließlich Italiener, oder? Wir sind anders als die Deutschen, oder? Wir sind ... warmherzig, hilfsbereit, menschlich, gläubig und streben danach zu leben, wie Gott es befiehlt. Durch unsere Adern fließt dickes, warmes Blut, weil wir nichts als Liebe im Herzen haben ... ein

Herz, das größer ist als wir selbst, größer als ein Auto ... als ein Flugz...«

»Ja! Wir gehen!«, unterbrach Mama die Tirade. Wahrscheinlich befürchtete sie, dass Lilla als Nächstes die italienische Flagge in unserer Küche hisste und dazu die Nationalhymne kreischte.

Die seltsamste Einkaufstour unseres Lebens begann ganz harmlos. Mit einer großen schwarzen Ledertasche, die Lilla wie einen magischen Schild vor sich hertrug, sprengte sie die Eingangstüre des Supermarktes auf und stürmte hinein. Wir folgten ihr dicht auf den Fersen und betraten zum zweiten – ich sogar zum dritten – Mal an diesem Tag das verwirrende, fremde Territorium.

Kampferprobt bahnte Lilla uns einen Weg durch die Reihen mit den übervollen Regalen. Wenn wir in einem solchen Dschungel überleben wollten, musste sie uns Greenhorns beibringen, was es alles zu beachten gab. Es handelte sich also um eine Art mediterranes Survival-Training. Mit verschwörerischem Gesichtsausdruck zeigte sie uns, in welchen Regalreihen die durchtriebenen Deutschen die wenigen gerade noch zumutbaren Lebensmittel, etwa Bohnen und Linsen, versteckten. Natürlich in Dosen, erklärte sie uns, denn die armen Menschen könnten hierzulande mit frischen Bohnen nichts anfangen. Das erkenne man daran, dass sie die bedauernswerten Bohnen zusammen mit anderem Grünzeug in mehreren Litern Wasser ertränkten und so lange abkochten, bis sie die zähflüssige Konsistenz von flüssigem Rauputz erreicht hatten.

»Das Gleiche machen sie hier übrigens auch mit Erbsen, Tomaten, Gurken, Paprika ... eigentlich mit fast allem«, fuhr Lilla fort. Von ihren Nudeln möchte ich gar nicht erst reden. Sie nennen die Nudeln hier ›Spatzen‹ oder ›Spätzle‹. Wie diese kleinen, frechen Vögel! Ich schwöre bei Gott, am Anfang habe ich gedacht, diese Barbaren hier kochen die Spatzen so lange, bis sie sich in eine zähe, klebrige Masse verwandeln und schaben sie anschließend zu kleinen Flocken«, behauptete sie mit verächtlicher Miene.

Mir wurde auf einmal ganz schlecht.

Mama riss entsetzt die Augen auf, verzog das Gesicht und sagte: »Ihhh, jetzt hör aber auf! Das kann unmöglich sein. Man kann doch aus Vögeln keine Nudeln machen. Oder?«

»Nein ... die machen ihre Nudeln aus Kartoffeln und Eiern. Fragt mich jetzt aber bitte nicht, was schlimmer ist. Ich sage euch: Diese Spätzle sind eindeutig der missglückte Versuch, aus Tapetenkleister Nudeln herzustellen! Wenn du sie al dente kochen willst, musst du schon Zement dazuschütten!«

Eingeschüchtert schoben wir uns weiter bis zum nächsten Gang, wo Lilla eine Gefriertruhe öffnete, eine rechteckige Schachtel herausholte und uns den wohl seltsamsten Fisch zeigte, den wir je zu Gesicht bekommen hatten. Der deutsche Fisch war genauso rechteckig wie die Schachtel, stäbchenförmig, und seine Haut bestand nicht aus glänzenden Schuppen, sondern aus matten orangefarbenen Krümeln.

»Schaut euch das mal an, was die uns als Fisch verkaufen wollen!«, empörte sich Lilla mit angewidertem Gesichtsausdruck.

»Das soll Fisch sein?«, fragte ich ungläubig. »Aber was haben die denn damit gemacht und warum?«

»Ja, weiß der Henker, warum diese Deutschen sich

das antun. Alles, was sie essen, muss zuerst von irgendeiner Maschine bearbeitet und so lange verändert werden, bis man nicht mehr erkennt, woraus es ursprünglich mal war. Vorher essen sie es nicht. Dieser arme Fisch hier ist maschinell geschnitten, gepresst und anschließend paniert worden. Er sieht nicht mehr aus wie Fisch, er riecht nicht wie Fisch und danach schmecken tut er auch nicht. Wenn du alte Filzpantoffeln auf die gleiche Art zubereitest und lange genug frittierst, bemerkst du garantiert keinen Unterschied. Ihr könnt mir glauben, es gibt hier Leute, die sind tatsächlich der Meinung, dass der Fisch von Natur aus rechteckig und fertig paniert im Meer rumschwimmt. Die kennen es gar nicht anders!«

Oh Gott!, durchfuhr es mich. Wo waren wir da bloß hingeraten?

Lilla warf den misshandelten Fisch zurück in die Truhe, schnappte Mama an der Hand und zerrte sie weiter in die Obst- und Gemüseabteilung.

»Seht ihr das? Vergesst alles, was ihr aus Sizilien kennt, denn das ... gibt es hier nicht! Die Tomaten sehen nur aus wie Tomaten, in Wirklichkeit sind das rote Luftballons, die mit destilliertem holländischem Wasser gefüllt sind. Das Gleiche gilt für die Gurken. Grüne Luftballons! Orangen, Mandarinen und Zitronen. Orangefarbene und gelbe Luftballons. Nur dass sie noch ein bisschen Essig in das Wasser mischen, aber Geschmack braucht ihr nicht zu erwarten!«, zählte sie auf und ergötzte sich an unseren immer länger werdenden Gesichtern.

In der Tat waren die Zitrusfrüchte nicht einmal halb so groß wie die, die wir kannten, und sie sahen im Vergleich zu denen bei uns in Sizilien eher wie verschrumpelte Mumien aus.

Lilla hatte aber noch nicht genug, denn sie bugsierte uns energisch zur Backwarentheke und erteilte uns eine kurze, praktische Unterweisung in Brotologie.

»Seht ihr die dunklen Brote dort?«, flüsterte sie mit verschwörerischem Blick. »Die werden alle aus Kartoffelmehl gebacken.«

»Was? Die Deutschen machen aus Kartoffeln Mehl? Und daraus Brot? Warum denn nur?«, fragte Mama erstaunt.

»Ja ... was weiß denn ich«, antwortete Lilla leicht gereizt. »Die können es eben nicht besser. Siehst du das noch dunklere da? Kartoffelbrot! Das etwas hellere? Kartoffelbrot! Und das, das, das ...« Lilla stach mit dem Zeigefinger mindestens vierzig Löcher in die Luft, um uns zu beweisen, dass eigentlich alle Brote in der Auslage verkleidete Kartoffeln waren.

Uns war die Lust am Einkaufen inzwischen vergangen. Lilla hingegen sah sich nach wie vor am Beginn ihrer heiligen Aufklärungsmission. Die teutonischen Geschmacksverirrungen stellten ihrer Meinung nach eine ernst zu nehmende Gefahr für unsere sizilianische Esskultur dar. Jawohl, Esskultur! Das hat mit purer Nahrungsaufnahme nur wenig zu tun! Allein dieser gewaltige Unterschied machte eine schonungslose Aufklärung sämtlicher Inhaltsstoffe unumgänglich.

Demzufolge experimentierten die legitimen Nachfolger Doktor Frankensteins nicht mit toten Körperteilen, um lebende Monster zu erschaffen. Nein, ihre neue Herausforderung bestand darin, eine Kartoffel so zu verkleiden, dass man sie für Gemüse, Obst, Fisch, Fleisch, Süßwaren, Teigwaren und zur Not auch für ein Erfrischungsgetränk halten konnte. Wir standen alle kurz vor einer Knollophobie.

Irgendwann griff Santina mit Tränen in den Augen nach Mamas Hand und flüsterte ihr leise ins Ohr: »Mama, wenn wir heute Abend in den Zug einsteigen, sind wir dann morgen wieder in Messina und können was Anständiges essen? Was nützt Filippo ein gesundes Auge, wenn wir bis dahin alle tot sind?«

»Nur keine Angst, wir verhungern schon nicht«, antwortete Mama ungeduldig und sagte dann an Lilla gewandt: »Na gut, jetzt wissen wir, was wir alles nicht kaufen dürfen. Könnten wir jetzt vielleicht zu dem kommen, weswegen wir eigentlich hier sind?«

»Aber klar doch«, schmetterte Lilla nun verdächtig fröhlich. Sie zerrte uns weiter durch die Gänge, und siehe da, es gab in diesem barbarischen Supermarkt tatsächlich auch genießbare Dinge zu kaufen. An einer Ecke des Ladens erregten mehrere hohe Türme aus gestapelten Kästen unsere Aufmerksamkeit. Als Filippo neben einem davon stehen blieb, teilte uns Lilla mit, dass wir unser Trinkwasser am besten auch bei COOP kaufen sollten, denn das, was hier aus den Leitungen lief, sei kalkhaltiger als ein Tuffsteingebirge und praktisch ungenießbar. Wenn wir es denn unbedingt trinken wollten, sollten wir es auf jeden Fall vorher abkochen, sonst drohe uns dasselbe Schicksal wie den Deutschen.

»Am Anfang merkt man nicht viel«, dozierte sie weiter. »Es schmeckt eben ein bisschen seltsam, aber wenn es erst mal anfängt, kann man es nicht mehr aufhalten, und richtig schlimm wird es dann im Alter«, flüsterte sie geheimnisvoll. »Die Deutschen verkalken. Das Gehirn verstopft und funktioniert irgendwann nicht mehr richtig. Die Leute reden nur noch Unsinn und wissen am Ende nicht einmal mehr, wie sie heißen. Die anderen sagen dann: ›Der ist ballaballa‹, oder: ›Der ist total verkalkt‹. Damit ist wirklich nicht zu spaßen, kapiert?«

Spätestens jetzt waren wir vollends schockiert!

Alle, mit denen wir bisher über Deutschland gesprochen hatten, waren voll des Lobes gewesen. Doch kaum waren wir hier eingetroffen, erfuhren wir, dass dieses arme Volk weder etwas Anständiges zu essen noch sauberes Trinkwasser in den Leitungen hatte.

In Messina tranken wir nur Leitungswasser. Es war tiptop und schmeckte hervorragend, allerdings war es so knapp, dass es nur morgens und abends für je eine Stunde aus den Leitungen sickerte. Diese Zeit mussten wir nutzen, um Flaschen, Kanister, Töpfe, Waschbecken und Badewannen zu füllen. Wir durften es nie versäumen, sonst hatten wir den ganzen Tag über keinen Tropfen Wasser im Haus. Im Hochsommer, bei mehr als vierzig Grad im Schatten, war das nicht gerade angenehm.

Dieses Problem gab es hier offenbar nicht, dafür drohte uns aber ein Ballaballa-Syndrom. Wie schön! Unsere Stimmung konnte nicht weiter sinken, denn die nächste Marke würde automatisch sintflutartige Heulkrämpfe auslösen.

Zum Ende der Horrortour standen wir erneut vor der Fleischtheke und ließen uns von Lillas Redegewandtheit im Umgang mit der deutschen Sprache beeindrucken. Der Metzger sah uns auf der Suche nach unserem Anführer der Reihe nach an.

Lilla übernahm sofort das Kommando. »He!«, kreischte sie unvermittelt.

Der Mann riss die Augen auf und zuckte zusammen.

Nun klopfte Lilla mit einem Fingernagel gegen die Glasscheibe und zeigte auf ein Stück Rindfleisch.

Danach zerschnitt ihre rasiermesserscharfe Handkante mehrmals die Luft vor dem Tresen und streckte anschließend vier ausgestreckte Finger in Richtung Decke.

Der Metzger hatte offenbar verstanden. Er nahm ein großes Messer und begann das Fleisch in Scheiben zu schneiden. Zwischendurch klopfte unsere Nachbarin erneut gegen die Scheibe und bedeutete ihm, es möglichst dünn zu schneiden. Als er fertig war, sah er Lilla fragend an, die gerade dabei war, die Theke in Mamas Auftrag nach Hühnchen abzusuchen, ohne jedoch welche zu finden.

Lillas Blick bohrte sich in die Augen des freundlich dreinblickenden Metzgers und nagelte ihn auf der Stelle fest. Ohne Übergang winkelte sie die Arme an und begann vor dem Tresen damit auf und ab zu wedeln. Dabei hob sie immer wieder ein Bein und imitierte mit ihrer kreischenden Stimme täuschend echt eine Henne, die gerade ein Ei gelegt hatte.

Der Metzger unterdrückte krampfhaft einen Lachanfall und sah aus, als ob er die drohende Explosion nicht länger verhindern könne. Mama war mindestens so rot wie die Tomatenimitate in der Gemüseabteilung, und wir Kinder brüllten vor Lachen. Die astreine, akzentfreie hochdeutsche Hühnerparodie unserer Begleiterin brachte uns fast dazu, vor Lachen in die Hosen zu machen. Trotz Mamas strafendem Blick.

Eines stand jedenfalls fest: An diesem Tag wurde der Ententanz erfunden. Es sollte zwar noch ganze zehn Jahre dauern, bis diese Form der Massenepilepsie die ganze Welt erfasste, aber wir waren bei der Geburt dabei.

Am Ende ihrer Vorführung versuchte Lilla noch,

dem Metzger mit zwei ausgestreckten Fingern der rechten Hand die Augen auszustechen. Der arme Mann zuckte erneut ängstlich zusammen, ging dann in den Nebenraum und kam mit zwei frischen, sorgfältig eingepackten Hühnern zurück. Lilla nahm sie entgegen, wir gingen zur Kasse und verließen den Laden.

Wie wir schnell gemerkt hatten, war unsere merkwürdige Nachbarin nicht besonders gut auf uns Kinder zu sprechen. Also bemühten wir uns, während wir neben ihr herliefen, unsere Lachanfälle nicht ausufern zu lassen.

Als wir zu Hause wieder allein in unserer Küche saßen, kicherten wir noch immer, und Mama konnte diesmal ungeniert mitlachen. Immerhin hatten wir unsere zweite Einkaufstour dank Lillas überirdischem Sprachtalent erfolgreich überstanden.

## 4. Einfahrt frei halten

Beim Mittagessen schmunzelten und witzelten wir noch immer über unsere Nachbarin. Jedes von uns Kindern hatte mindestens einmal versucht, ihre Hühnerparodie zu überbieten – was uns natürlich schon rein stimmlich nicht gelang. Seit wir Lilla gackern gehört hatten, waren wir davon überzeugt, dass unsere Hühner in Messina einen Sprachfehler hatten.

Nach dem Mittagessen wollten wir natürlich gleich wieder in den Hof zum Spielen. Allerdings waren unsere einzigen langen Hosen mittlerweile so schmutzig, dass sie von alleine stehen konnten. Mama packte die Kleider zusammen und verbrachte den ganzen Nachmittag mit Wäsche waschen.

Eigens dafür gab es neben unserer Wohnung einen kleinen Waschraum mit mehreren Zubern, die von allen Mietern benutzt werden durften. Gleich daneben befand sich das Gemeinschaftsbad. Darin standen eine Badewanne und ein mächtiger Holzofen, der das Wasser aufheizte. In Sizilien hatten wir ein eigenes Bad gehabt, das Wasser wurde elektrisch aufgeheizt, und für die Wäsche gab es eine Waschmaschine. Mama fühlte sich um mindestens hundert Jahre zurückversetzt. Einen Trockenraum gab es auch nicht, und draußen würde die Wäsche hart wie Stein werden, aber ganz sicher nicht trocken. Also blieb ihr nichts anderes übrig, als die Wäsche in der Wohnung aufzuhängen. Das Dumme war nur, dass es ewig dauerte, bis die Kleider getrocknet waren. Davon abgesehen reichte die Feuchtigkeit in unserer Wohnung bald aus, um Goldfische zu züchten, und zwar ohne ein Aquarium kaufen zu müssen.

Das hieß für uns: Solange die Kleider nicht trocken waren, mussten wir kurze Hosen anziehen und in der Wohnung bleiben. Aber einen ganzen Tag nur im Haus herumzuhocken war nichts für uns, und irgendwann zogen wir unsere Wollmützen, Handschuhe und Mäntel an und gingen trotzdem hinaus. Zehn Minuten später waren wir steif wie Stockfische und wanderten wieder herein ... und noch ein paar Mal raus und rein, bis es Mama zu bunt wurde, weil die Wohnung dabei so stark abkühlte, dass sich am Fenster wieder die schönen Eisblumen zu bilden begannen.

Als Papa am späten Nachmittag nach Hause kam, berichteten wir ihm natürlich sofort von unsere Einkaufstour mit Lilla. Papa verdrehte nur die Augen und erzählte uns, dass sie diese Tour mit fast allen Neulingen unternehme und dass nicht einmal die Hälfte davon ernst gemeint sei. Sie mache sich nun mal einen Spaß daraus, ihre Landsleute in Verzweiflung zu stürzen. Aber die Art, wie sie Hühnchen einkaufte, kannte er noch nicht, und als Mama es ihm vormachte, standen ihm ebenfalls Lachtränen in den Augen.

Das Problem mit den Hosen musste gelöst werden, also gingen wir geschlossen zum Einkaufen. Dazu mussten wir durch das halbe Dorf laufen. Die Menschen, die uns auf der Straße begegneten, starrten uns an, als wären wir gerade von einem fremden Planeten herabgeschwebt. Und wir gaben auch bestimmt ein seltsames Bild ab. Wir Kinder stapften in Wollmützen, Handschuhen kurzen Hosen und Gummistiefeln durch den Schnee, Papa hatte eine Russenmütze auf und Mama ein Seidentuch um den Kopf gebunden. Gott sei Dank waren bei der Kälte nicht so viele Leute unterwegs. Irgendwann fiel mir auf, dass so gut wie keine Kinder zu sehen waren. In diesem Ort leben wohl nur alte Menschen, dachte ich mir.

Als wir nach einem langen Fußmarsch das Geschäft betraten, hatte ich das Gefühl, als wären wir nicht sonderlich willkommen. Eine Verkäuferin eilte auf uns zu, grinste unterkühlt und fragte etwas. Papa, der den größten Wortschatz von uns allen besaß, erklärte ihr, was wir wünschten, woraufhin die Dame uns Kinder von oben bis unten musterte. Ihr Gesichtsausdruck verriet mehr, als ihre Lippen aussprachen. Sie starrte uns an, als ob wir gerade aus einer schmutzigen Toilette geklettert wären. Dann rümpfte sie die Nase und sagte etwas, was nicht sehr freundlich klang. Sie drehte sich um, rief uns noch etwas zu und verschwand im hinteren Teil des Geschäfts.

Mama schaute Papa ratlos an, wir schauten Mama ratlos an, und Papa zuckte mit den Schultern. Wir wollten uns gerade umdrehen und gehen, als eine junge Frau auf uns zukam, die gleich laut auflachte, als sie unsere kurzen Hosen bemerkte. Sie hatte ein sehr freundliches, sympathisches Lachen. Mit einem schnellen Griff nahm sie mich an der Hand und führte uns zu einem Korb, der mit Hosen in allen Größen und Ausführungen gefüllt war.

Innerhalb weniger Minuten hatten wir etwas passende Hosen gefunden, die wir auch gleich anbehielten, und die nette Frau unterhielt sich mit Händen und Füßen mit Papa. Zum Abschied gab sie uns allen noch die Hand und winkte uns hinterher.

Dank der neuen Hosen war die Kälte nun etwas erträglicher, und einen Tag später, es war Heiligabend, wurde es sogar etwas wärmer. Zwar lag noch immer Schnee auf den Straßen, aber es war nicht mehr ganz so klirrend kalt.

Da wir den Hof schon zur Genüge erkundet hatten, beschlossen mein Bruder und ich, einen längeren Spaziergang zu machen. Wir stiegen die Treppe hinab, wandten uns nach rechts und folgten der Fils. Nunzio hatte uns erzählt, dass der Fluss so hieß. Wir liefen an vielen schmucken Einfamilienhäusern vorbei und wunderten uns darüber, dass neben dem Haupthaus jeweils noch ein kleines Häuschen mit einem breiten Tor stand. Einige davon waren bemalt, und wir rätselten, warum die Deutschen sich ein großes und daneben ein kleines Häuschen bauten. Sehr eigenartig!

Alles sah ungemein sauber und gepflegt aus. Selbst den Schnee hatten sie fein säuberlich auf mehrere Haufen geschaufelt. In vielen Höfen standen Schneemänner und Iglus, gerade so, als ob es hier Kinder gäbe, die wir aber bisher noch nicht zu Gesicht bekommen hatten. Bald hatten wir das Gefühl, schon etliche Kilometer zurückgelegt zu haben. Die Straße wirkte endlos lang, und da wir beschlossen hatten, so lange zu laufen, bis sie zu Ende war, liefen wir immer weiter. Ein paar Meter vor uns sahen wir einen Mann, der auf eines dieser kleinen Häuser zuging und das breite Tor öffnete. Darin stand ein Auto! Wir staunten nicht schlecht.

»Mensch, guck mal! Die Deutschen bauen die kleinen Häuser für ihre Autos«, sagte ich zu meinem Bruder.

»Ja, unglaublich!«, antwortete Filippo.

In Messina wohnten nicht wenige Menschen in schlechteren Unterkünften als die deutschen Autos.

Wir betrachteten die Häuser und die gepflegten Gärten und übertrafen uns gegenseitig mit Rufen wie »Aahh, guck mal hier!«, und »Ohhh, schau mal da!« Nach einer Weile und mehreren hundert Schritten fielen uns gelbe Schilder auf, die alle gleich beschriftet waren. »EINFAHRT FREI HALTEN« stand darauf.

»Gigi, was bedeuten die Schilder?«, wollte Filippo wissen.

»Hmm ... keine Ahnung!«, antwortete ich. »Vielleicht steht da der Name der nächsten Ortschaft drauf.«

»Vielleicht ist es ja schon die nächste Ortschaft, oder?«

»Meinst du? EINFAHRT FREI HALTEN ... komischer Name für ein Dorf«, erwiderte ich ratlos.

»Du liest doch den ganzen Tag im Wörterbuch. Hast du das etwa noch nicht gelesen?«, fragte Filippo empört.

»Nein, habe ich nicht, außerdem habe ich es noch lange nicht durch!«, antwortete ich gereizt.

»Und ich sage, dass wir schon längst in einem anderen Dorf sind, außerdem haben wir uns bestimmt schon verlaufen!«

»Ach, Quatsch!«, erwiderte ich. »Verlaufen! Wir sind doch immer nur geradeaus gegangen. Wir brauchen bloß umzukehren und zurückzugehen!«

»Sind wir nicht!«, schrie Filippo

»Sind wir doch!«, schrie ich zurück, blieb stehen und ... gab meinem Bruder kleinlaut Recht.

Wir hatten längst das Ende der Straße erreicht und waren, während wir über die Bedeutung der Schilder diskutiert hatten, zweimal links abgebogen. Wir befanden uns in einer Parallelstraße, also im Grunde bereits wieder auf dem Rückweg. Aber davon ahnten wir nichts. Stattdessen bekamen wir Angst, nicht mehr nach Hause zurückzufinden. Wir blieben stehen und suchten verzweifelt nach irgendetwas, was uns bekannt vorkam. Plötzlich fiel uns auf, dass hier alles ziemlich gleich aussah. Die Häuser waren alle mehr oder weniger gleich groß. Die meisten besaßen gepflegte Vorgärten und dunkelbraune Holzzäune. Alles hier sah streng geplant aus, als ob jemand es so gewollt und in einem Stück umgesetzt hatte.

Es war ganz anders als in Sizilien, wo jeder so baute, wie er gerade lustig war. Wir beschlossen, weiterzugehen und nicht mehr abzubiegen. Wenigstens so lange nicht, bis uns irgendjemand über den Weg lief, der uns vielleicht erklären konnte, wie wir unsere Straße fanden.

Wenigstens wussten wir, wie sie hieß. Das hatte uns Papa für den Notfall gleich am ersten Tag eingebläut: Filsstraße! Wir liefen und liefen, ohne dass auch nur eine einzige Menschenseele unseren Weg gekreuzt hätte. Wir waren, so schien es uns, die einzigen lebenden Bewohner dieses Dorfes. Filippo fing leise an zu schluchzen. Ich nahm ihn an der Hand und beruhigte ihn, obwohl mir mittlerweile selbst zum Heulen zumute war. Konnte es sein, dass wir so weit gelaufen waren? Ich zweifelte immer mehr daran. Endlich erschien eine dick vermummte Gestalt an einem Gartenzaun. Wir rannten ein paar Meter auf die Gestalt zu, und als wir in Hörweite kamen, sprach ich den Mann an

»Aallo! Aallo, bitte Filsstraße!«

Der Mann drehte sich um und starrte uns an.

»Bitte Filsstraße!«, sagte ich erneut.

»Filsstraße?«, wiederholte er, hob dabei das Kinn, steckte die Hände in die Manteltasche und sprudelte eine Menge Wörter hervor, mit denen wir nichts anfangen konnten.

Ich hatte gehofft, dass er uns mit Handzeichen die Richtung wies, damit wir wussten, ob wir auf dem richtigen Weg waren. Stattdessen wurde er immer lauter, schrie uns ein letztes Wort ins Gesicht, drehte sich um und lief murmelnd davon.

Wir schauten uns verständnislos an.

»Was hat er gesagt?«, fragte ich.

»Itaker!«, antwortete Filippo.

»Und? Was soll das heißen? Links? Rechts? Geradeaus?«

»Woher soll ich das wissen?«, schrie mein Bruder, dessen Nerven schon stark angenagt waren.

Ich nahm ihn an der Hand, und wir liefen weiter. Nach einem schier endlosen Marsch lasen wir eines der wenigen Wörter, die wir kannten, und waren glücklich, bald zu Hause zu sein. In großen blauen Lettern prangte es uns entgegen: COOP.

Als wir endlich an unsere Tür klopften und Mama öffnete, waren wir zwar vom vielen Laufen wie erschlagen, aber heilfroh, überhaupt zurückgefunden zu haben. Ich setzte mich sofort an den Tisch und schlug mein Wörterbuch auf. Aber sooft ich das Lexikon auch durchblätterte, das Wort Itaker fand ich nicht. Es musste irgendein Begriff aus dem hiesigen Dialekt sein, den die Eingeborenen »stchwäbitch« nannten. Aber die Bedeutung der Schilder fand ich ohne große Schwierigkeiten, und somit stand fest: EINFAHRT FREI HALTEN war definitiv nicht der Name der nächsten Ortschaft.

## 5. Festliche Tage

Weihnachten in Deutschland verlief natürlich völlig anders, als wir es gewohnt waren. In Sizilien hatten sich unsere Verwandten die Klinke in die Hand gegeben, um Grüße, Mitbringsel und Glückwünsche zu überbringen. Dieses Weihnachtsfest in dem kalten, fremden Land wurde erwartungsgemäß ziemlich einsam.

Nur Pietro war kurz hereingeschneit, hatte uns ein frohes Fest gewünscht und war gleich wieder gegangen. Ich vermisste meine Cousins. Mit ihnen hatten Santina, Filippo und ich an Feiertagen spielen können und irgendeiner hatte immer eine tolle Idee, was wir anfangen könnten. Papa hatte einen kleinen Schwarzweißfernseher gekauft, aber so richtig erhellend war das auch nicht. Da wir nicht verstanden, was da gesprochen wurde, hätten wir uns genauso gut vor ein Aquarium setzen können. Oder vor das Bullauge einer Waschmaschine.

Eines fanden wir allerdings sehr schön: Es gab hier zu Weihnachten echte Tannenbäume, die wundervoll rochen. Wir hatten zu Hause in Italien immer einen Tannenbaum aus grünem Plastik aufgestellt. Der lag, wie ein Regenschirm zusammengefaltet, das ganze Jahr über in einem Schrank. Um ihn benutzen zu können, musste man nur die Zweige zurechtbiegen, Kugeln und Lametta darüberwerfen und die bunten Panettone-Schachteln darunterklemmen. Sehr praktisch! Die echten Bäume waren sehr viel schöner als unser Plastikbaum, auch wenn Papa meinte, dass man damit nur unnötig Arbeit hätte und sich zudem giftiges Ungeziefer ins Haus hole.

Am zweiten Weihnachtstag fiel uns Kindern die Decke förmlich auf den Kopf. Ich hatte meinen mitgebrachten Vorrat an Comics längst aufgebraucht und das Wörterbuch war auch keine sonderlich spannende Lektüre. Meine Geschwister und ich langweilten uns zu Tode. In einer Großfamilie aufzuwachsen hatte eben einen entscheidenden Vorteil: Es kam so gut wie nie Langeweile auf. Wenn viele Leute zusammensitzen, hat man sich immer etwas zu erzählen, und in jeder Familie gibt es mindestens einen, der auf seine Art die gesamte Sippschaft unterhalten kann. So ganz allein, vom Rest der Familie abgeschnitten, wussten wir nicht, was wir mit uns anfangen sollten.

Jede Minute warteten wir darauf, dass es an der Tür klopfte und unser fünfjähriger Cousin Franci mit einem Teller unterm Arm und seinem Besteck in der Hosentasche hereinkam und fragte, ob er bei uns essen könne, weil das Essen seiner Mama wieder mal ungenießbar sei. Das hatte er mindestens dreimal die Woche getan, und wenn *zia* Gianna dann irgendwann kam, um ihn zu holen, versteckte er sich unterm Bett, und sie musste ihn mit Gewalt hervorzerren.

Bei diesen und ähnlichen Szenen hatten wir manchmal Tränen gelacht. Franci war sowieso unser aller Liebling. Dunkelblonde Locken, blaue Augen und ein freches Grinsen, das Steine erweichen konnte. Aber zwischen uns und unserem Cousin lagen locker zweitausend Kilometer, und es würde niemand so schnell an unsere Tür klopfen, sosehr wir es uns auch wünschten.

Wir gingen jeden Tag ein bisschen früher ins Bett. Wenn es so weiterging, mussten wir irgendwann vielleicht gar nicht mehr aufstehen, weil die Zeit zum Aufstehen mit der Schlafenszeit zusammenfiel. Schlafen, wieder schlafen und ... träumen. Ohne zu wissen, dass es Träume sind. Weil die Angst darin sich so echt anfühlt, die Einsamkeit noch beklemmender ist als in Wirklichkeit. So wie in jener Nacht, als es an unsere Tür klopfte.

Tok! Tok! Tok!
»Hm ...«
Tok! Tok! Tok!
»Ist gut, ist gut, bin ja schon wach!«, rief ich. Völlig verschlafen öffnete ich die Augen, schwang mich aus dem Bett und tastete mich Schritt für Schritt durch das dunkle Zimmer.
Tok! Tok! Tok!
Das erneute Klopfen erschreckte mich zu Tode. Mit zitternden Händen ertastete ich die Türklinke und drückte sie herunter. Ich öffnete die Tür gerade so weit, um zu erkennen, dass niemand da war. Draußen war es taghell. Ich rieb mir die Augen, öffnete sie und stand plötzlich in Messina, am Fuße der langen Treppe, die zu unserem Viertel hinaufführte. Erfreut und verwundert zugleich stieg ich die Stufen hoch, die zu *zio* Paolos Haus führten, und sah

mich dabei um. Die rau verputzten grauen Mauern, die niedrigen, ausgetretenen Stufen – unser Berg mit seinen mächtigen sandfarbenen Felsbrocken, den wilden, verwelkten Sträuchern und den zahllosen Mülltüten.

Ein dumpfer, leiser, in langen Wellen auf und ab schwellender Ton und das schrille Pfeifen schwarzer Fledermäuse begleiteten mich. Ich stand vor *zio* Paolos Tor, ging über die Schwelle, und im selben Augenblick wurde es schlagartig stockdunkel. Als hätte jemand an einem mächtigen Lichtschalter gedreht. Aus der Haustür meines Onkels drang wie aus weiter Ferne ein schwaches, flackerndes Licht, das rasend schnell auf mich zukam und vor mir verharrte. In *zio* Paolos Wohnzimmer standen Hunderten brennende Kerzen. Ich trat ein und nahm aus den Augenwinkeln eine Bewegung wahr. Viele kleine, schwarz vermummte Gestalten huschten lautlos umher. Körperlose Schatten, die vor mir zurückwichen. Inmitten der Kerzen erwartete mich eine schwarze Insel. Ich schob mich langsam darauf zu, bis sich erste Umrisse aus der Dunkelheit schälten. Ein Bett mit schwarzen Laken. Darin eine leblose Gestalt mit wächsernen Gesichtszügen. *Zio* Paolo war tot!

Ich riss den Mund auf und schrie. Ein verzweifelter, langer, lautloser Schrei, der meinen Körper nicht verließ, schüttelte mich. Tränen rannen meine Wangen hinab und brannten kalt auf meiner Haut. *Zio* Paolos Bett verschwand aus meinem Blickfeld. Ein weiteres schälte sich aus der Dunkelheit, und darin erkannte ich das maskenhaft starre, bleiche Gesicht meiner Uroma Mina.

Zum Schreien hatte ich keine Kraft mehr, ich

stand nur regungslos da und weinte. Nacheinander drehten sich immer mehr Totenbetten in mein Blickfeld. Darin lagen *nonno* Luigi, *nonna* Maria, *zia* Lina, *zia* Gianna, *zia* Anna, *zio* Nuccio – es hörte gar nicht mehr auf. Ich sackte zu Boden, blieb auf dem Rücken liegen und starrte an die Decke, wo sich ein weiteres schwarzes Bett langsam auf mich herabsenkte. Das bleiche Gesicht meines Lieblingscousins Gianni tauchte aus der Schwärze auf. Ich starrte auf seine Lippen, die lautlose Worte formten. Ich horchte angestrengt und hielt dabei den Atem an. Das Bett senkte sich weiter auf mich herab, bis Giannis bleiches Gesicht nur noch eine Handbreit von meinem entfernt war. Endlich verstand ich, was er sagte.

»Wir sind nicht alle tot ... du bist es!«

»Ich bin es ... was? Bin ich tot?«

Gianni schwieg.

»Gianni ... bin ich tatsächlich tot?«

Gianni öffnete langsam die Augen, und ich erschrak fürchterlich. Sie waren weiß! Er öffnete die Lippen, holte mit einem schleifenden, schrecklich klingenden Seufzer tief Luft und ...

Ich prallte hart auf dem Boden auf, rappelte mich hoch und kroch schlaftrunken zurück ins Bett. Finsternis umschloss mich. Ich rieb mir die vom Weinen feuchten Augen und starrte an die Decke. Gianni war verschwunden. Mein Bruder wälzte sich neben mir von einer Seite auf die andere. Das Rascheln der Bettdecke klang unnatürlich laut. Die Augen fielen mir zu, aber ich wollte auf keinen Fall weiterschlafen. Es war gerade mal zwei Uhr. Das Zimmer, das Bett, selbst meine schlafenden Geschwister und meine Eltern – alles schien so unwirklich. Ich stellte mir die Frage, ob der Traum nicht die Wirklichkeit war – und wir alle längst tot waren. *Nonna* Mina hatte mal gesagt, der Tod sei eine Reise ohne Wiederkehr. Wohin führte die unsere?

## 6. Das Fenster

Endlich, die Feiertage waren vorbei! Wir merkten es daran, dass wieder häufiger Schuhe vor unserem kleinen Küchenfenster zu sehen waren. Da wir in einer Kellerwohnung wohnten, hatte die Unterkante des Fensters die gleiche Höhe wie der Bürgersteig. Von dort aus konnten wir also genau erkennen, wie die Schuhe unserer Nachbarn aussahen. Die Nachbarn selbst bekamen wir nämlich fast nie zu Gesicht. Schatten, bewegte Gardinen, ab und zu Geräusche, wenn jemand Schnee schippte. Ansonsten schienen unsere deutschen Nachbarn ihre Wohnungen nicht zu verlassen, und ich hatte erneut den Eindruck, als ob in diesem Viertel nur alte Menschen wohnten.

Dass es im Dorf auch Kinder gab, hatten wir am sechsten Januar gesehen. An jenem Tag hatten drei als arabische Terroristen verkleidete Halbwüchsige in Begleitung eines nicht verkleideten, dafür aber ziemlich schräg aussehenden Erwachsenen bei uns geklopft. Arglos hatte Filippo die Tür geöffnet – und sie gleich wieder mit voller Wucht zugeschlagen, weil die drei verkappten Araber unvermittelt zu jaulen angefangen hatten. Das Jaulen verstummte augenblicklich. Mein Bruder rief nach Verstärkung, und wir waren prompt zur Stelle.

Diesmal öffnete ich die Tür, begutachtete die vier Gestalten und wartete darauf, dass Papa, der einen Meter über mir ebenfalls aus dem Türspalt herausschaute, das Gespräch übernahm. Der schräg aussehende Erwachsene sprach zwei unverständliche Sätze. Sein orangefarbener Bart wackelte dabei, und es sah aus, als ob ein Meerschweinchen sich an seinem Kinn festgekrallt hätte, das nach jedem ausgesprochenen Wort gegen den drohenden Absturz kämpfte. Während er sprach, schepperte er wiederholt mit einer Blechbüchse und gab seinen Begleitern damit ein geheimes Zeichen, denn kaum war die Büchse verstummt, stimmten die Araber das nächste Lied an.

Die drei Gestalten, die ich auf dreizehn bis vierzehn Jahre schätzte, sahen durch mich hindurch. Hinter ihrer Bemalung waren sie inzwischen rot angelaufen, und der dunklere, der wohl einen Neger darstellen sollte, bemühte sich hörbar, seine Stimme unter Kontrolle zu halten. Der Arme! Diese Schmach konnte ich ihm nachfühlen. Nur, den Zweck ihres Besuches verstanden wir nicht. Ich fragte Papa, warum sich die Kinder des Mannes mit dem Meerschweinchenbart ausgerechnet vor unserer Türe blamieren mussten. Er schüttelte nur den Kopf und zuckte mit den Schultern, offenbar wusste er es auch nicht.

»Was sollen wir jetzt tun?«, fragte ich und schielte am Türspalt entlang zu Papa hoch.

»Keine Ahnung!«, antwortete Papa, mitten in ein langgestrecktes Halleluja hinein. »Hm ... das ist bestimmt ein deutscher Brauch. Heute ist der sechste Januar. An diesem Tag verteilt die *befana* bei uns Geschenke oder Kohlestücke. Vielleicht ist das hier etwas Ähnliches?«

»Aber die *befana* sieht aus wie eine Hexe. Die drei da sind bleich wie kranke Araber, und der eine hat sich die Kohle ins Gesicht geschmiert, statt sie zu verteilen«, erwiderte ich. Mir war längst aufgefallen, dass die drei außer langen Holzstäben, an denen sie sich krampfhaft festhielten, und der gesungenen Wurzelbehandlung, nichts zu verteilen hatten.

»Ich glaube, die wollen uns weismachen, dass sie die Heiligen drei Könige sind«, warf Filippo von hinten ein.

»Ja, genau! Das könnte sein!«, rief Papa etwas lauter über die Schulter.

Die Sänger hatten inzwischen zu einem furiosen Finale angesetzt, das in einem verzweifelt klingenden Halleeelujaaaa mündete. Der letzte Ton war noch nicht ganz verhallt, da schepperte der Meerschweinchenbart schon wieder mit seiner Blechbüchse.

»Papa, wenn wir die Tür jetzt nicht schließen, fangen die bestimmt wieder von vorne an. Soll ich jetzt einfach zumachen?«, fragte ich und blickte nach oben, genau in Papas behaarte Nasenlöcher hinein.

»Nein, warte. Ich glaube, die wollen, dass wir Geld in ihre Büchse werfen«, antwortete Papa.

»Geld? Für so ein mieses Lied?«, entrüstete ich mich.

Wenn das Geldverdienen in Deutschland so einfach war, dann wunderte es mich nicht, dass alle so von diesem Land schwärmten. Papa warf ein bisschen Kleingeld in die Büchse, der Meerschweinchenbart nickte, die drei Scheinaraber grinsten, und ich beschloss, Sänger zu werden.

Nach dieser merkwürdigen Begegnung beschränkte sich das, was wir von unseren Nachbarn wahrnahmen, zwar wieder nur auf ihre Schuhe, aber wir waren uns ziemlich sicher, dass es dort, wo es Dreizehn- und Vierzehnjährige gab, auch jüngere Kinder geben musste.

Wenn wir ganz nah ans Fenster traten und schräg nach oben guckten, konnten wir außer den Schuhen auch noch einige Hosenbeine erkennen, und je nachdem, wie die aussahen, konnten wir abschätzen, ob der Träger alt, sehr alt oder uralt war. Damals waren Hosen mit riesigem Schlag in Mode. Wenn also Beine vorbeiliefen, die in Jeans oder Schlaghosen steckten, konnten wir davon ausgehen, dass der/die Träger/in zu den Jüngeren gezählt werden konnte. Mama nannte diese Hosen »Verschwendungshosen«, denn aus dem Schlag so mancher Hose hätte sie sich locker zwei Röcke nähen können.

Im Laufe der Woche liefen viele Hosen an unserem Fenster vorbei, und Mama hätte sich auf Lebenszeit mit Röcken eindecken können. Ein junger Mann, der über uns wohnte, erhielt nämlich öfters Besuch. Es waren hauptsächlich junge, hübsche Frauen, und manche von ihnen liefen selbst jetzt, im tiefsten Winter, in Miniröcken herum. Einige der Röcke waren so kurz, dass sie auch als breite Gürtel durchgehen konnten. SKANDALÖS! – behauptete Mama.

So skandalös fand ich es gar nicht. Das, was die einen zu viel hatten, sparten die anderen eben wieder ein. Das war doch eigentlich ganz in Ordnung, und so hässlich waren so ein paar blau angelaufene Beine nun auch wieder nicht.

Wenige Tage später, wir saßen gerade beim Frühstück, standen plötzlich kleine gelbe Gummistiefel vor unserem Fenster, und nur einen Augenblick später gesellten sich ein Paar rote dazu. Kinder! Das konnten nur Kinder sein!

Mein Bruder sprang auf und streckte sich in Richtung Fenster. Ein kurzer Blick genügte, und er schrie: »Da draußen spielen Kinder!«

»Echt! Lass sehen!«, rief ich, rannte zum Fenster, schielte ebenfalls hinaus und sah zwei kleine Gestalten über die Straße rennen.

»Schnell raus, bevor sie wieder verschwinden!«, rief ich

»Ja los, anziehen und raus!«, riefen Filippo und Santina.

Bevor Mama noch »Piep« sagen konnte, waren wir schon in unsere Mäntel und Gummistiefel geschlüpft und aus der Wohnung gerannt. Wir stürzten die Treppen zur Haustüre hinauf und standen einen Lidschlag später auf der Straße. Erwartungsfroh blickten wir uns um, aber es war niemand mehr zu sehen. Enttäuscht fragten wir uns, wohin die beiden Kinder so schnell hätten gehen können. Wir liefen ein Stück die Straße hinauf und wieder herunter, doch es war niemand zu sehen.

Santina fragte mich, ob sich die Kinder in Luft aufgelöst hätten, und war sichtlich enttäuscht. Die ganze Zeit waren wir nun allein auf der Straße oder in der Wohnung gewesen, es kam uns schon wie eine halbe Ewigkeit vor. In Messina hatten wir, außer unseren Cousins, noch mindestens fünfzehn andere Kinder zum Spielen. Seit wir hier wohnten, kamen wir uns vor wie die einsamsten Hunde der Welt, und nun verschwanden die einzigen Kinder, die wir seit Wochen zu Gesicht bekommen hatten, auch noch wie eine Fata Morgana.

Plötzlich hörten wir Stimmen ... Kinderstimmen,

und sie waren ganz nah. Wir sahen uns an und liefen in die Richtung, aus der die Stimmen kamen. Neben dem Haus, in dem wir wohnten, lag eine weite verschneite Wiese, die sich zur Fils hin absenkte. Dort liefen die beiden gerade hoch. Zwei Mädchen in sonderbaren, grellen Klamotten. Die eine trug eine giftgrüne, die andere eine orangefarbene Felljacke. Beide Farben trieben uns, im direkten Kontrast zum Schnee, dicke Tränen in die Augen. Die wundervolle grellrote Fellmütze der einen sah aus wie eine aufgeplatzte Tomate. Die andere hatte sich wohl einen seltenen haarigen Frosch um die Stirn gebunden.

Ich kämpfte die drohende Bindehautentzündung nieder und konzentrierte mich auf ihre hübschen Gesichter. Wir gingen lächelnd auf die Mädchen zu, sie lächelten zurück, und schon war das Eis gebrochen. Wir verstanden zwar kein Wort von dem, was sie die ganze Zeit über von sich gaben, aber irgendwie klappte es trotzdem. Plötzlich, oh Wunder über Wunder, gesellte sich auch ein Junge zu uns. Er war der Sohn des Landwirts, dem die Wiese gehörte.

Wir erfuhren, dass die beiden Mädchen Geschwister waren und versuchten ihre Namen herauszubekommen. Dabei waren mir die *Tarzan*-Filme, die wir erst kürzlich im Fernsehen gesehen hatten, eine große Hilfe. »Ick Gigi, du ...?«, stotterte ich.

Elke hatte schöne blaue Augen, lange blonde Locken und eine hübsche Stupsnase. Die andere hieß Karin, sie war gerade mal ein Jahr jünger als ich und gefiel mir auf Anhieb. Karin war für mich die Schönste überhaupt, schöner noch als Loredana, die Schwester meines Freundes Vittorio, der eines Tages, ohne sich zu verabschieden, aus Messina verschwunden war.

Karin hatte lange, dunkelbraune glatte Haare mit einem fransigen Pony und ein wunderschönes schmales Gesicht mit hochstehenden Wangenknochen. Ihre grüngrauen Augen gaben mir vollends den Rest: Ich war sofort hin und weg und strahlte sie den halben Tag an.

Der Junge war so ähnlich gekleidet wie wir. Grauer Mantel, alte, abgewetzte Hose, blaue Gummistiefel, Handschuhe und Wollmütze. Er hatte ein sympathisches Grinsen, strahlend blaue Augen, plapperte ohne Punkt und Komma und hieß Hans!

»Ans?«

»Nein HANS!«

»A-A-N-S?«

»Sag mal! Ist das denn so schwer? H-A-N-S! Sag mal H-H-H!«

»A-A-A«

»Nein ... das wird nichts! Guck mal!«, mit diesen Worten drehte sich Hans um, nestelte an seiner Hose herum, holte seinen Schniepel heraus und begann seinen Namen in den Schnee zu pinkeln.

Ich war schockiert! Wie konnte er sich das vor den Mädchen trauen? Und dann auch noch wie auf Kommando pinkeln? Karin und Elke bemerkten mein entgeistertes Gesicht und fingen an zu lachen – was für mich noch viel unverständlicher war. Nachdem H-A-N-S sein Werk vollendet hatte, packte er alles wieder ein, stellte sich breitbeinig hin, stemmte die Arme in die Hüfte und stieß einen zufrieden klingenden Seufzer aus. Es hörte sich an, als hätte er gerade das Kunststück fertiggebracht, eine originalgetreue Kopie der Mona Lisa in den Schnee zu pinkeln.

»Soo! Jetzt komm her!« Er streckte die Hand aus

und bedeutete mir, auf die gelb umrandeten Buchstaben zu schauen. »H – A – N – S ... *capito*?«, rief er.

»Ah, okay! *Capito*!«, erwiderte ich. Ich wusste zwar immer noch nicht, wie man dieses verfluchte H aussprach, aber die Learning-by-Pissing-Methode von Aans war keine echte Alternative zu meinem kleinen, immerhin ebenfalls gelben L-a–n-g–e-n-s-c-h-e-i-d-t.

Ein paar Stunden später hatten wir unsere erste richtige Schneeballschlacht hinter uns, mehrere Schneemänner und ein Iglu gebaut und waren innen nass und außen durchgefroren. Santina hatte sich längst schon von uns verabschiedet und war wieder hineingegangen. Ich war steif wie eine tote Ratte, aber das Spielen mit Karin, Elke und Hans war so schön, dass es mir leichtfiel, so zu tun, als ob nichts wäre.

Bis zu dem Augenblick, als eine helle Frauenstimme die Namen der Mädchen und noch etwas mehr schrie. Karin befreite sich aus meinem Würgegriff, klopfte sich den Schnee aus den Kleidern, setzte eine traurige Miene auf, gab mir die Hand und sagte mit einer zuckersüßen Stimme, die wie kleine Glöckchen klang: »Ich muss rein!« Dann drehte sie sich um und lief davon.

Versonnen blickte ich ihr nach, bis sie im Haus verschwand. Sie wohnte keine fünfzig Meter von uns entfernt, und ich hatte sie bisher nicht einmal zu sehen bekommen. Ich nahm mir fest vor, das zu ändern.

Hans drehte sich ebenfalls um, hob die Hand und rief: »Also tschau! Ich muss auch rein!«

»Ciao Aans!«, rief ich ihm hinterher und lief dann so schnell wie möglich ins Haus. Auf einmal machte sich die Kälte auf grausamste Art bemerkbar, und ich hätte mich am liebsten in den Ofen verkrochen. Es dauerte Stunden, bis meine Zähne aufhörten zu klappern.

Während ich in eine Decke eingewickelt neben dem Ofen saß, schlug ich in meinem Wörterbuch all die Wörter nach, die Karin, Elke und Hans am häufigsten gesagt hatten. Viele davon waren unauffindbar, aber manche konnte ich mir zusammenreimen. So wusste ich mit ziemlicher Sicherheit, dass »Ich muss rein« so was wie »Ich muss jetzt gehen« bedeutete. Mit der »Scheize« von Hans konnte ich erst mal gar nichts anfangen, weil mir irgendwie der Zusammenhang zwischen dem, was wir gespielt hatten, und dem, was jeder Mensch in die Toilette plumpsen lässt, fehlte.

Als Papa nach Hause kam, fragte ich ihn danach, und er antwortete mir, dass die Deutschen dieses Wort ständig benutzten. Viele machten den ganzen Tag nichts anderes, als über »Scheize« zu reden. Komische Leute ... hatten die keine besseren Themen?

# 7. Missverständnisse

Der nächste Tag begann mit einem lauten »Aufstehen, wir müssen zum Doktor gehen!«

Ich öffnete ein Auge und stellte fest, dass es eigentlich noch viel zu früh war, um auch nur an Aufstehen zu denken ... Aber gegen Mamas Argumente, die eine Besprenkelung mit eiskaltem Wasser im Gesicht nicht ausschlossen, war jeder Widerstand zwecklos. Also kroch ich aus den Federn, und kurze Zeit später machten wir uns auf den Weg.

Der Arztbesuch war dringend nötig, weil Papa uns für die Schule angemeldet hatte. Wir mussten demnächst zur Schule!

Diesem Tag sahen wir mit gemischten Gefühlen entgegen. Auf der einen Seite freuten wir uns, endlich mal aus dem Haus zu kommen und vielleicht noch mehr Freunde zu finden. Auf der anderen Seite hatten wir natürlich Angst vor dem Unbekannten, das uns erwartete. Bisher wussten wir nur, dass Filippo und ich in eine vierte Klasse gesteckt würden und Santina in die erste kommen sollte.

Doch jetzt stand erst mal der Gang zum Arzt an. Wir gingen eine schmale Gasse an unserem Haus vorbei und nahmen dann die Straße, die zur Ortsmitte führte.

Nach ein paar Metern hielt ein Auto neben uns an, ein freundlich lächelnder junger Mann kurbelte die Scheibe herunter und quasselte mit Überschallgeschwindigkeit und wild gestikulierend los. Mein erstes »Hä?« hatte er wahrscheinlich überhört, und für Mamas hilflose Blicke hatte er keine Augen. Ständig drehte er eine Straßenkarte im Kreis herum und beobachtete seinen Zeigefinger, mit dem er über das Papier kratzte. Nachdem er mindestens drei Pfund Wörter ausgespuckt hatte, fing er dann doch an, sich zu wundern, warum wir ihm noch keine Antwort gegeben hatten. Er legte seine Karte beiseite und musterte Mama fragend. Sie war mit der Aufgabe sichtlich überfordert, denn sie presste Santina eng an sich und würgte, als versuchte man ihr gerade die Luft abzuschnüren, ein »*Non capito*« heraus. Der junge Mann starrte sie entgeistert an, machte langsam den Mund auf und ließ ein erstauntes: »Was?« herausfallen.

Dieses »Was?« ließ in mir die Vermutung keimen, dass er Mamas Worte nicht verstanden hatte. Also blickte ich ihm direkt in die Augen und sagte: »Nix vasteen!«

Der junge Mann sah von seinem Begleiter, der am Steuer saß, zu mir, und dann fingen sie lauthals an zu lachen. Dabei schluchzten sie immer wieder »Nix verstehen ... haha, hehe ...«

Sie winkten und fuhren lachend weiter. Ich beobachtete Mama, die jetzt genauso laut lachte wie die beiden Männer, und fragte mich langsam, ob vielleicht eine ansteckende Krankheit dahintersteckte. Vielleicht war das der Beginn des Ballaballa-Syndroms?

»Warum lachst du?«, fragte ich Mama genervt.

»Haha, das hättest du nicht übersetzten müssen!«, antwortete sie. »Das hatten sie auch so verstanden.«

»Hm ... die haben aber nicht ausgesehen, als ob sie was verstanden hätten!«, erwiderte ich.

»Egal, gehen wir weiter!«, entschied Mama und zog Santina hinter sich her.

Kurze Zeit später saßen wir im Wartezimmer des Arztes und warteten, bis man uns hereinrief. Die anderen Leute schwiegen alle und starrten mit leerem, scheinbar strengem Blick die Wände an oder blätterten gelangweilt in irgendwelchen Zeitschriften. Keiner sagte auch nur ein Wort. Außer Mama, die uns im Flüsterton auf Italienisch einzubläuen versuchte, wie wir uns bei der Untersuchung verhalten sollten.

Mama sprach normalerweise immer Dialekt mit uns, es sei denn, es befanden sich Fremde in Hörweite. Dann schaltete sie automatisch auf gepflegtes Italienisch um. Das hatte sie schon in Messina so getan, denn so unterschieden wir uns von den *zalli*. Das war in Messina ein Schimpfwort für Verwahrloste und Zigeuner. Sie sprechen nämlich immer Dialekt, weil sie gar nichts anderes können. Da wir ganz sicher keine *zalli* sein wollten, sprachen wir in der Öffentlichkeit Italienisch. Nicht dass es im Wartezimmer eines schwäbischen Arztes eine große Rolle gespielt hätte. Die Anwesenden konnten ohnehin das eine nicht vom anderen unterscheiden und die meisten sahen uns an, als störten wir mit unserem Geplapper die Ruhe der Toten.

»Mama ... darf man hier etwa nicht reden?«, fragte ich verwundert.

»Doch, natürlich darf man das«, antwortete Mama und blickte dabei unsicher in die Runde, als ob sie das »Bitte nicht stören!«-Schild suchte. Vielleicht hatten wir es ja übersehen, obwohl es alle anderen im Raum bereits um den Hals trugen. Wenn auch nicht für jeden erkennbar.

»Aber... warum starren die uns alle so an?«, bohrte ich weiter.

»Keine Ahnung! Bestimmt nicht deswegen, glaube ich«.

Hm, so sicher war ich mir da nicht. In Messina plapperten die Leute im Wartezimmer immer munter drauflos. Da erfuhr man an einem Tag mehr über Krankheiten als so mancher Medizinstudent während seines gesamten Studiums. Der Gang zum Arzt und die Zeit im Wartezimmer werden stets dazu genutzt, neue Bekanntschaften zu machen und sich ausgiebig über Krankheiten, Politik, Gott, die Welt und sonstige wichtige Themen zu unterhalten.

So ist es zum Beispiel völlig normal, dass fünf bis sechs einander völlig fremde Menschen lautstark, ungezwungen und gestenreich über eingewachsene Zehennägel, schwierige Geburten, Milchstau, Brustentzündungen, Blinddarmoperationen, Prostataprobleme, Hämorrhoidenleiden, Omas langes Sterben oder Opas Blitztod debattieren. Für Letzteres existiert sogar ein eigener Name: *la morte subitania*. Der plötzliche Tod ist so etwas wie eine sehr schwere, unheilbare Krankheit. Der Opa wäre also mit seinen rüstigen 92 Jahren sicherlich noch viel älter geworden, wenn ... ja, wenn er diesen schweren Anfall von *morte subitania* nicht erlitten hätte.

Hier in Deutschland nestelte jeder nur stumm an einer Zeitung herum, knetete seine Hände oder studierte die Plakate an den Wänden, um möglichst niemandem in die Augen sehen zu müssen. Dieser

Blick, in Verbindung mit der restlichen Mimik, hieß bei uns: Lasst mich bloß in Ruhe!

Nach einer Weile stürmte die Vorzimmerdame herein und rief unseren Namen auf eine so merkwürdige Art und Weise auf, dass wir eine Weile brauchten, um zu merken, dass wir gemeint waren. Als wir nicht sofort reagierten, wiederholte sie den Namen – und betonte ihn noch furchtbarer als zuvor. Da sich aber niemand angesprochen fühlte und sich die Blicke aller Anwesenden auf uns richteten, standen wir auf und gingen aus dem Wartezimmer. Die Dame hielt uns die Tür auf und lächelte. Allerdings war dieses Lächeln alles andere als freundlich, es wirkte eher herablassend, und ich merkte mir ihren nächsten Satz ganz genau. Ich beobachtete ihre Lippen und verfolgte, wie sie langsam die einzelnen Wörter formte: »Die wissen ja nicht mal, wie sie heißen!«

Mama schaute sie nur hilflos an und lächelte, während ich mir zusammenzureimen versuchte, was sie gesagt hatte, und in meinem Hirn das gesamte gelbe Wörterbuch abspulte. Doch bisher wusste ich nur, dass die Dame uns nicht gerade wohlgesonnen war. Warum auch immer!

Sie geleitete uns in ein Behandlungszimmer, wo ein Mann in einem weißen Kittel hinter einem Schreibtisch saß. Es war ein alter Mann, mit grauen, streng nach hinten gekämmten Haaren und einer Brille mit dicken Gläsern auf der Nase. Er stand auf, kam um seinen Schreibtisch herum und reichte Mama die linke Hand, das machte er reihum mit uns Kindern auch. Dabei fiel mir auf, dass seine rechte Hand, die in einem schwarzen Handschuh steckte, steif nach unten hing. Er lächelte uns freundlich an (sein Lächeln war auch genauso gemeint) und sprach dabei so schnell, dass wir dastanden wie die Ochsen vorm Berg. Als er es merkte, drosselte er seinen Redefluss so weit, dass wir ihm zwar immer noch nicht richtig folgen konnten, aber zumindest ahnten, was er von uns wollte.

Ich kam als Erster an die Reihe. Er bedeutete mir, meinen Pullover auszuziehen und auf einer Liege Platz zu nehmen. Während ich mich auszog, holte er sich einen Stuhl heran und setzte sich ganz dicht neben die Liege. Dabei fiel mir auf, dass die Hand in dem Handschuh unnatürlich hin und her schwang. Ihm fehlte offenbar der ganze Arm, und in dem Handschuh steckte auch keine Hand. Noch bevor ich meine Entdeckung verdaut hatte, fing der Arzt mit der Untersuchung an. Das Herz klopfte mir bis zum Hals, weil ich nicht wusste, was er alles mit mir anstellen würde und ob ich mich richtig verhielt. Aber da er mir stets alles vormachte, ging es reibungslos voran, bis zu dem Moment, als er von mir verlangte, ich solle »drücken wie beim Stuhlgang«.

Ich erkannte die Wörter Stuhl und Gang, reimte mir etwas zusammen und sprang von der Liege, um mich wieder anzuziehen. Der Arzt hielt mich fest und zwang mich auf die Liege zurück.

»Nein, nein«, sagte er. »Bleib da! Drücken wie beim Stuhlgang ... äh ... pressen wie beim Scheißen! Okay?«

Er sah mich an und erwartete ein Zeichen, dass ich ihn verstanden hatte. Das war aber nicht der Fall, denn ich wurde knallrot im Gesicht, starrte ihn entsetzt an und fragte: »Scheizzen?« Der Mann erwartete doch nicht allen Ernstes von mir, dass ich auf seiner Liege einen Haufen hinterließ, noch dazu vor seinen und den Augen meiner Geschwister. Das konnte er sich abschminken.

»Nein! Nicht hier! Nur drücken, pressen, so tun als ob ... Okay?«

»Ah ... nix scheizzen! *Pressare ... si, si!*« Mann, was war ich froh, dass ich ihn falsch verstanden hatte!

Am Ende strich er mir über die Haare und sagte: »Gut gemacht, fertig!«

Erleichtert sprang ich von der Liege und zog mich an.

Nachdem alle untersucht waren, verabschiedeten wir uns und verließen die Praxis.

Bis auf die Sache mit Filippos Auge war alles in Ordnung, und wir konnten wie geplant zur Schule gehen.

Zwei Wochen später begleiteten uns Mama und Papa dann dorthin. Dazu mussten wir bis zum anderen Ende des Dorfes laufen, das waren gute zwanzig Minuten Fußweg. Als wir ankamen, wartete bereits ein großer, blonder, sympathischer Mann auf uns. Sein nettes, freundliches Lächeln strahlte auf uns herab, als wären wir lang erwartete Freunde.

Er gab uns die Hand, nickte und sagte dabei: »Cruscott, Herrstaudinger«.

Ich übersetzte das mit: »So heißen hier die Lehrer«, was dazu führte, dass für mich in den kommenden Wochen, bis mich endlich jemand aufklärte, jeder Lehrer »Herstaudige« hieß.

Herstaudige sprach ganz langsam, was für mich von großem Vorteil war, denn so konnte ich mir das eine oder andere zumindest in etwa zusammenreimen. Mein Wortschatz umfasste zwar schon einige Wörter, mit der Aussprache hatte ich aber trotzdem riesige Probleme. Eine hübsche blonde Frau erschien und holte lächelnd meine Schwester ab. Sie nahm

Santina bei der Hand und verschwand mit ihr hinter einer der viele Türen. Mein Bruder und ich trotteten hinter dem munter vor sich hin plaudernden Herstaudige her, bis er eine Tür öffnete und uns in ein Klassenzimmer hineinschob.

Etwa dreißig Augenpaare richteten sich auf uns und musterten uns von oben bis unten. Ich schaute in völlig unbekannte Gesichter von Jungen – und Mädchen. Das war etwas völlig Neues, denn in Messina gab es keine gemischten Klassen. Dafür gab es hier keine Schuluniform, wie ich erfreut feststellte, denn mit der affigen Schürze hatte ich mich nie richtig anfreunden können. Die meisten unserer zukünftigen Schulkameraden wirkten freundlich und lächelten, manche gleichgültig, zwei davon arrogant und einer recht grimmig.

Herstaudige richtete ein paar Worte an die Klasse, führte uns anschließend zu einer leeren Schulbank und begann mit seinem Unterricht. Schon in den ersten Minuten wurde mir klar, dass es eine ganze Weile dauern würde, bis ich aus diesem Wortschwall etwas Verständliches herausfiltern könnte. Mein Bruder sah mich fragend an, und ich zuckte nur mit den Schultern. Da mussten wir durch. Nach einer schier endlosen Stunde erklang eine Glocke, woraufhin alle wie auf Kommando aufsprangen, wild durcheinanderredeten und so taten, als wäre Herstaudige nicht mehr im Raum.

Das überraschte mich dann doch sehr. Ein Professore Giannelli, der noch im letzten Jahr mein Lehrer gewesen war, hätte sich angesichts dieser Respektlosigkeit sofort eine Lastwagenladung dicker Rohrstöcke bestellt und sie bis zum Ende des Unterrichtstages restlos verbraucht. Garantiert! Natürlich freute ich mich über diese Freiheit in der deutschen Schule, auch wenn sie im ersten Moment sehr ungewohnt war.

Auch die Größe meiner Kameraden erstaunte mich sehr, die meisten von ihnen waren einen ganzen Kopf größer als ich. Sogar die Mädchen. Mein Bruder und ich fühlten uns wie im Land der Riesen. Nach wenigen Minuten standen viele unserer Mitschüler um unsere Bank herum und bestürmten uns mit Fragen. Für uns war es im ersten Moment beängstigend. Wir saßen verstört auf unseren Stühlen, schauten in fremde, teilweise verzerrte Gesichter, die völlig unverständliche Laute von sich gaben, und versuchten anhand ihrer Gestik und Mimik herauszufinden, ob sie uns freundlich oder feindlich gesinnt waren. Was die so von sich gaben, klang für uns teilweise wirklich bedrohlich. Ein paar wenige Fragen konnten wir uns sogar zusammenreimen, aber nicht beantworten. Irgendwann brüllten dann mehrere Kinder dieselbe Frage: »Katholisch oder evangelisch?«

Damit konnte ich nun überhaupt nichts anfangen. Allerdings schien es ihnen sehr wichtig zu sein, denn sie ließen nicht locker. Ein großer, hagerer rotblonder Junge mit vorstehenden Zähnen und unzähligen Sommersprossen im Gesicht machte auf mich einen besonders aggressiven Eindruck. Er hatte uns die ganze Zeit schon so grimmig gemustert, und nun knurrte er uns seine Frage förmlich entgegen: »R e l i g i o n ... katholisch evangelisch oder Jude?«

Das Wort »Religion« hatte ich nun zwar verstanden, aber ich hatte keine Ahnung, was sie alle von uns wollten. Diese Frage hatte bis zu diesem Zeitpunkt keine Rolle in meinem Leben gespielt, denn in Messina wollte niemand wissen, welche Religion man ausübte. Es gab nur eine. Um der Fragestunde ein Ende zu bereiten sagte ich: »Nix wisse. Morge.«

»Ah, gut! Morgen!«, antworteten ein paar Kameraden.

Der Rotblonde setzte eine verächtlich wirkende Miene auf und entließ ein »Pfff« aus seinem nach unten verzogenen Mund.

Schon in diesem Augenblick spürten mein Bruder und ich, dass wir mit Karl, so hieß dieser Kamerad, noch jede Menge Ärger bekommen würden.

Kurz darauf war die Pause um, und wir schleppten uns durch den endlosen, unverständlichen Unterricht. Als gegen Mittag wieder die Glocke erklang, waren wir froh, endlich nach Hause gehen zu können.

Wir liefen auf den Schulhof und sahen Mama, die auf uns wartete. Santina war völlig verängstigt in Tränen ausgebrochen, und die Lehrerin hatte sie vorzeitig nach Hause geschickt.

Als wir am nächsten Morgen wieder im Klassenzimmer standen und »katholisch« sagten, schrie eine Hälfte der Klasse »Yeahh« und die andere »Buuuhh«. Warum die Religionszugehörigkeit für unsere Kameraden so wichtig war, blieb mir ein Rätsel.

## 8. Zwei kleine Italiener

»Zwei kleine Italieeener ...«

Dieses unsägliche Lied war schon nach kürzester Zeit zu unserer persönlichen Nationalhymne geworden. Leider war es bereits in den ersten Wochen zu mehreren unaufgeklärten Missverständnissen gekommen. Unser Prinzip der Freund-Feind-Erkennung durch Mimikdeutung funktionierte nämlich genauso gut wie eine Brustvergrößerung durch Handauflegen: gar nicht! Und zwar weder bei uns noch bei unseren Schulkameraden.

Filippo und ich fühlten uns so manches Mal beleidigt und provoziert, dabei hatte uns ein Kamerad nur mit unpassendem Gesichtsausdruck nach unseren Namen gefragt. Dann wieder waren wir schockiert, wie aggressiv manche auf eine falsche Antwort von uns reagierten, die wir nicht, wenigstens nicht bewusst, böse gemeint hatten. Die Stimmung kippte sehr schnell, und plötzlich kam es immer öfter zu Misstrauen und Anfeindungen. Je stärker uns unsere Kameraden ausgrenzten, desto mehr kapselten wir uns ab.

Ein paar Wochen zuvor waren mein Bruder und ich noch zwei ganz gewöhnliche Jungs gewesen. Doch nach und nach stellte sich heraus, dass wir viel, viel mehr waren. Wir waren Itaker, Spaghettifresser, Patschaken, Spaghettis, Kanaken, Ausländer, Gastarbeiter, Pizzafresser, Zitronenschüttler sowie Beischläfer verschiedenster Tier- und Geflügelarten sowie Obst- und Gemüsesorten. Unsere »Kameraden« besaßen eine schier unerschöpfliche Fantasie – zumindest wenn es darum ging, uns neue Namen zu verpassen.

Anfangs ertrugen wir die Schmähungen mehr oder weniger stumm, denn bis auf das eine oder andere »Halde deine Maule!« waren wir in der verbalen Auseinandersetzung hoffnungslos unterlegen. Als Nunzio wieder mal bei uns zu Hause vorbeikam und wir von den Anfeindungen in der Schule erzählten, brachte Susi uns bei, wie wir auf diesen Unsinn zu reagieren hatten.

»Also, wenn die Deutschen ›Spaghettifresser‹ zu euch sagen, müsst ihr sofort mit ›Kartoffelfresser‹ kontern. Wenn die ›dies‹ oder ›das‹ sagen, dann müsst ihr ›dies‹ oder ›das‹ antworten.«

Eine echte Hilfe waren uns ihre gut gemeinten Ratschläge jedoch nicht, denn unsere Kameraden redeten so schnell, so schnell konnten wir nicht einmal zuhören. Unser »Katofelefresa« hörte sich leider auch nicht nach einer echten Beleidigung an, denn wann immer wir es sagten, lachten sich unsere Gegenüber halb tot. Und das gönnten wir ihnen natürlich auf keinen Fall!

Am schlimmsten wirkten auf uns aber zweifellos die Lehrer, denn sie hielten sich aus allem heraus. Filippo und ich konnten mit einer ganzen Horde Beleidigungen brüllender Halbaffen im Rücken einem Lehrer hinterherlaufen, doch die meisten machten sich nicht einmal die Mühe, sich umzudrehen. Bis auf eine junge Lehrerin und Herstaudige, die sich mehr als einmal ein paar dieser Idioten schnappten und sie zur Rede stellten.

Die meisten Lehrer dagegen taten geradezu so, als ob wir weitaus Schlimmeres verdient hätten als ein paar Beleidigungen, und das ließen sie uns auch deutlich spüren.

So auch unser Mathematiklehrer, Herr Sehrmann. Er mochte uns nicht, das wussten wir seit der ersten Stunde. Seine abfälligen Bemerkungen über uns und unsere Anwesenheit in seinem Klassenzimmer hatten sich in mein Gedächtnis eingebrannt. Obwohl mein Bruder und ich noch immer nicht richtig deutsch sprechen konnten, verstanden wir mittlerweile doch so einiges. Zumindest aber waren wir in der Lage, einzelne Wörter mehr oder weniger richtig zu kombinieren und Sätze wie »Na ja, irgendjemand muss ja auch in Zukunft unsere Mülleimer leeren und die Scheißhäuser putzen!« merkten wir uns schon allein wegen des Wortes mit S.

Jedenfalls zog Herr Sehrmann eines Morgens, er hatte gerade seinen Unterricht begonnen, ein paar Mal die Nase hoch, unterbrach dann plötzlich seinen Vortrag, stemmte die Hände in die Seiten und sagte: »Sagt mal, was stinkt hier denn so?«

»Ja, die da vorne!«, erklang eine Mädchenstimme hinter uns. »Das geht schon den ganzen Morgen so!«, betonte unsere Mitschülerin.

Ich war die ganze Zeit in Gedanken versunken gewesen, hatte in meinem Mathebuch geblättert und Herrn Sehrmann aus den Augenwinkeln beobachtet. Dem Unterricht folgen zu wollen war bei normaler Redegeschwindigkeit zwecklos. Ich horchte erst richtig auf, als diese nicht zum Unterricht passende Frage aufkam.

Herr Sehrmann rief so etwas wie: »Kann doch nicht wahr sein«, und dann mehrmals hintereinander: »Raus! Raus! Raus!«

Dabei scheuchte er uns von unseren Stühlen hoch und trieb uns zur Tür hinaus, die er mit einem lauten Knall hinter uns zuwarf.

Mein Bruder und ich waren völlig baff. Es dauerte eine ganze Weile, bis wir begriffen hatten, was da gerade passiert war. Dennoch wussten wir beim besten Willen nicht, warum Herr Sehrmann uns hinausgeworfen hatte.

»Was haben wir denn getan?«, fragte mich Filippo.

»Keine Ahnung!«, antwortete ich. »Wir haben weder geredet, noch waren wir sonst wie laut, und stinken tun wir auch nicht.«

Den Rest der Stunde verbrachten wir im Gang. Als die Pausenglocke erklang, stürmte Herr Sehrmann aus dem Klassenzimmer, bedachte uns mit einem angewiderten Blick und verschwand. Filippo und ich betraten unser Klassenzimmer, gingen zu unserer Bank und setzten uns. Ich drehte mich zu Uli um, die auf Herrn Sehrmanns Frage geantwortet hatte, und versuchte sie mit einem Wort zur Rede zu stellen.

»Warum?«

»Weil ihr Itaker immer nach Scheiße stinkt!«, antwortete sie.

In mir stieg eine wilde Wut hoch, die ich in dieser Intensität noch nie gespürt hatte, und zum ersten Mal in meinem Leben wollte ich jemandem wehtun. Am liebsten hätte ich meiner Mitschülerin das widerliche Grinsen mit der Faust aus dem Gesicht geschlagen. Aber dieses Verhalten widersprach allem, was man mir bis dahin beigebracht hatte, vor allem: Man schlägt keine Mädchen!

Warum eigentlich nicht?, fragte ich mich. Haben Mädchen, nur weil sie Mädchen sind, einen Freifahrtschein und dürfen jeden beleidigen, ohne Konsequenzen befürchten zu müssen? Nein! Noch bevor der Gedanken zu Ende gedacht war, machte sich meine Faust auf eine kurze Reise und schoss auf die Spitze von Ulis zierlichem Näschen zu. Im Bruchteil einer Sekunde verschwand das Grinsen, sie gab einen überraschten Laut von sich, und meine Faust hielt wenige Millimeter vor ihrem Ziel inne. Ich hatte es nicht fertiggebracht und hasste mich dafür. Aber ich hatte Uli erschreckt, und ihr Grinsen kehrte nicht zurück. Sicherheitshalber funkelte ich sie noch einmal finster an, bevor ich mich setzte.

Minuten später erfuhren wir von einem der wenigen Kameraden, die noch freundlich mit uns umgingen, dass jemand im Klassenzimmer gefurzt hatte. Natürlich konnte das nur ich oder mein Bruder gewesen sein, denn deutsche Kinder taten so etwas nicht. Wenigstens so lange nicht, bis ein Itaker zugegen war, auf dessen Darmausgang sie es notfalls schieben konnten.

Nach Unterrichtsschluss flohen wir geradezu aus der Schule. Noch nie in unserem Leben hatten wir uns so tief gedemütigt gefühlt.

Wenige Tage später kamen zwei neue Schüler in die Klasse. Riccardo war etwas größer als ich, ziemlich stämmig, hatte dichtes schwarzes, gelocktes Haar und stammte aus Palermo. Der andere, Salvatore, war aus Foggia, einer Stadt ganz unten am Absatz von Süditalien. Salva, wie wir ihn nannten, war ein schmächtiger, wieselflinker kleiner Kerl, der immer grinste. Die beiden lebten schon seit etwas über einem Jahr hier und sprachen wesentlich besser deutsch als mein Bruder und ich.

Über diese unerwartete Verstärkung waren wir natürlich mehr als glücklich, und von jenem Tag an gingen wir in der großen Pause auch mal wieder auf den Schulhof. Das hatten wir lange unterlassen, um Konflikte mit den älteren Schülern aus der achten und neunten Klasse zu vermeiden. Wir unterschieden uns zu deutlich von unseren deutschen Kameraden. Schon allein unsere Kleider sprachen eine deutliche Sprache. Wir trugen nichts Modisches, und oft, was hier offenbar auch ein Mangel war, nicht einmal gekaufte Sachen.

Mama war gelernte Schneiderin, was sie zu unserem Leidwesen immer wieder auf die großartige Idee brachte, uns mit selbst genähten Hosen und Hemden und Santina mit Röcken und Kleidern zu beglücken. Die bunten Stoffe waren meist mit hypnotisch wirkenden Blumenmustern versehen, die bei dem einen oder anderen Anhänger rauchbarer Cannabisprodukte ekstatische Erinnerungen an längst vergangene psychedelische Albträume weckten und aus den Ladenhüterbeständen verschiedener Stoffläden stammten. Unsere Mutter fand ihre selbst entworfene Kollektion dagegen ganz entzückend. Sie las aus jedem verkrampften Lächeln betagter Damen ebenso wie in jedem verzückten Grinsen langhaariger Blumenkinder die Anerkennung, die wir ihr versagten. Der Gedanke, dass die Damen nur deswegen lächelten, weil ihnen auf dem Weg zum Gottesdienst ihre Vorhänge entgegenliefen und die anderen unsere Hosen am liebsten geraucht hätten, kam Mama nicht in den Sinn.

Nach wochenlangen Debatten und unserer Drohung, in Zukunft lieber nackt in die Schule zu gehen, als noch einmal ihre abenteuerlichen Kreationen spazieren zu tragen, gab Mama schließlich ihre Designerpläne auf. Wenn wir uns zu fein seien, mit luxuriösen, selbst entworfenen Einzelstücken herumzulaufen, werde sie uns eben in Zukunft mit billiger Massenware einkleiden, entschied sie sichtlich brüskiert.

Uns fiel ein ganzer Berg Steine vom Brustkorb. Von diesem Tag an lebte Mama ihren außergewöhnlichen Sinn für Stoffe und Farben in Bekleidungsgeschäften aus, die ihre Waren auf langen Wühltischen präsentierten und die vor allem billig waren. Kanariengelbe Hose, passt! Blutrotes Hemd, passt! Schweinchenrosa Pullunder, passt! Laubfroschgrüne Jacke, passt! Schwarze Augenbinde, damit wir bei einem zufälligen Blick ins Schaufenster nicht in Ohnmacht fielen, passt! Japanische Touristen hätten für ein Foto mit uns im Hintergrund sicher Schlange gestanden. Egal ob mit selbst genähten oder gekauften Kleidern – wir unterschieden uns in jedem Fall von unseren Schulkameraden. Gummistiefel trugen zum Beispiel die wenigsten, wir hatten nichts anderes. Genauso gut hätten wir uns ein Schild an die Stirn nageln können.

Hier in Deutschland waren wir die *zalli*, und, das wusste ich noch aus Messina, ist man erst mal in diese Ecke abgerutscht, kommt man so schnell nicht wieder heraus. In dieser Hinsicht hatten Sizilianer und Deutsche sogar mal etwas gemeinsam, was jedoch keineswegs beruhigend war. Auf einmal trauerte ich sogar meiner verhassten Schuluniform nach, denn damit hatten alle gleich ausgesehen und keiner wäre je auf die Idee gekommen, sich allein schon wegen seiner hipperen Klamotten für was Besseres zu halten.

Wenigstens hatten wir in Salvatore und Riccardo unsere ersten Freunde gefunden, denn das Verhalten unserer lieben Mitschüler nahm mit jedem Tag, der verstrich, aggressivere Formen an. Seit Herr Sehrmann Filippo und mich aus dem Klassenzimmer geworfen hatte, kamen zu den üblichen Sprechgesängen mit den bekannten Schmähungen täglich neue Varianten hinzu. Und die Tatsache, dass ein Lehrer es genauso sah, bestärkte die Kinder nur noch und rechtfertigte offenbar jede Schikane.

Eigentlich begann alles ganz harmlos, die große Pause war gerade zu Ende, und wir liefen gemeinsam zurück in unser Klassenzimmer. Salva und Filippo gingen voraus, Riccardo und ich knapp dahinter. Drinnen wartete bereits Karl, der als Dirigent eines drei Mann starken Knabenchors auftrat. Der Song war nicht wirklich künstlerisch wertvoll, und mit dem Text konnten sie sich sicher auch nicht für einen Gesangeswettbewerb empfehlen. Aber dafür wimmelte es darin von Itakern und den verschiedensten Tierarten.

Filippo blieb stehen, hörte ein paar Sekunden zu und sagte dann: »Karl, du kaputt!«

Auf diesen Satz schien der Junge nur gewartet zu haben, denn er drehte sich blitzschnell um und schlug meinem Bruder mit beiden Händen gegen die Brust. Der Stoß war so heftig, dass Filippo gegen eine Schulbank stieß und darüber flog. Just in diesem Augenblick kam ich zur Tür herein. Karl drehte sich zu mir um und lief genau in meine Faust hinein. Die Wucht, mit der ich den Schlag ausgeführt hatte, reichte aus, um ihn ebenfalls über eine Schulbank fliegen zu lassen. Während seine drei Sängerknaben einen Schritt auf mich zumachten, stellten sich Riccardo und Salva neben mich, und innerhalb weniger Sekunden war eine Massenkeilerei im Gange.

Die ganze Klasse war in Aufruhr, alle schrien durcheinander. Wir standen noch immer zusammen, als unser Lehrer das Klassenzimmer betrat, sich über das Chaos wunderte und mit sich überschlagender Stimme fragte, was hier eigentlich los sei. Wie nicht anders zu erwarten, hatten wir völlig grundlos auf die armen Heldentenöre eingeprügelt, die uns bloß ein harmloses Lied vorgesungen hatten.

Wie ebenfalls nicht anders zu erwarten, endete das Ganze damit, dass der Lehrer uns zum Nachsitzen verdonnerte. Weder mein Bruder noch ich waren Schläger oder waren bis zu diesem Zeitpunkt jemals in eine ernsthafte Auseinandersetzung verwickelt gewesen. Im Grunde waren wir absolut friedfertig, aber wir wussten mittlerweile weder ein noch aus. Zuerst dachten wir, dass wir das Problem aussitzen könnten und dass selbst die Hartnäckigsten sicher irgendwann aufhörten, wenn wir sie nur lange genug missachteten. Doch unsere Rechnung wollte nicht aufgehen. Dass die Deutschen nicht mit uns befreundet sein wollten, war traurig genug. Egal, damit konnten wir leben. Aber mussten sie denn gleich unsere Feinde sein?

Mittlerweile war es bereits Ende März, und wir hatten noch keine Handvoll deutsche Freunde gefunden, und selbst die wenigen, mit denen wir uns gut verstanden, zogen sich wieder von uns zurück, weil die anderen es von ihnen auf teilweise drastische Weise forderten. »Itakerkumpel« waren nämlich fast genauso unbeliebt wie Itaker selbst. Einen Satz hörten wir so oft, dass wir irgendwann annahmen, die Kerle trugen alle den gleichen Nachnamen.

»Hi Klaus!«
»Kanizeit!«
»Hallo Jörg!«
»Äh ... Kanizeit!«
Vielleicht sollte ich mal mein Wörterbuch nach der tieferen Bedeutung von »Kanizeit« befragen, falls es doch kein Name war.

Als wir an diesem Tag von der Schule nach Hause kamen, verabschiedete sich gerade die neapolitanische Familie, die wir gleich nach unserer Ankunft kennen gelernt hatten. Sie hatten nie vorgehabt, länger als unbedingt nötig in Deutschland zu bleiben. Vor allem aber sollte der kleine Cris in Italien zur Schule gehen. Wir beneideten ihn alle drei.

So dachten übrigens die meisten Einwandererfamilien, die wir bis zu diesem Zeitpunkt getroffen hatten. Ein, zwei Jahre hart arbeiten, so viel Geld wie möglich zusammensparen, danach die Koffer packen, nach Italien zurückkehren und sich mit dem ersparten Geld eine Zukunft aufbauen. Eine eigene Werkstatt, einen kleinen Laden, jeder hatte da so seine Pläne. Kaum jemand hatte vor, sich für immer in Deutschland niederzulassen. Wir ja auch nicht. Aber einige übertrieben es mit der Sparsamkeit, und so manches trieb tatsächlich reichlich seltsame Blüten.

Wir waren schon italienischen Familien begegnet, die sich ausschließlich von Kartoffeln und Brot ernährten. Morgens, mittags und abends gab es eine Scheibe Brot und dazu jeweils eine gekochte Kartoffel. Einige machten aus fünfzig Gramm Hackfleisch drei Kilo Frikadellen. Mit denen konnte man nach ein paar Stunden sogar Tischtennis spielen. Weiß der Teufel, wie die Frauen diese Konsistenz hinbekamen, ohne Sägespäne und Holzleim beizufügen. Deren

Kinder liehen dir in der Schule nicht einmal einen Bleistift oder einen Radiergummi, weil sie sich sonst zu schnell abnutzten und eine vorzeitige Neuanschaffung außer Geld auch ein paar saftige Ohrfeigen kosten konnte.

Unter solchen Umständen spielte Wohnqualität eine untergeordnete Rolle. So wohnten in unserem Dreifamilienhaus vier Familien und noch vier bis fünf einzelne Männer. Die drei Wohnungen waren so umgebaut worden, dass die Zimmer auch einzeln vermietbar waren. Darin standen die Betten dann dicht an dicht zusammen. Letztendlich wurden die Räume lediglich als Schlafsaal genutzt, denn zum Wohnen war schlichtweg kein Platz. Wir lebten dagegen sehr luxuriös, da wir zusätzlich die vom Schlafraum abgetrennte Küche hatten.

Aber lange würden wir dort ohnehin nicht mehr bleiben. Papa arbeitete nämlich an den Wochenenden an unserer neuen Wohnung im Nachbarhaus. Nunzio hatte es gekauft und baute es gerade für sich und seine Familie um. Das Haus war größer als unseres, und er hatte mit Papa vereinbart, dass wir die mittlere der drei Wohnungen beziehen könnten. Es musste nur erst komplett renoviert werden, und da die Männer nur an den Wochenenden daran arbeiteten, sollte es mindestens noch sechs Monate dauern. Dafür hatte die neue Wohnung ganze drei Zimmer, eine Küche und ein neues Bad. Traumhaft viel Platz, aber auch entsprechend teurer.

In Sizilien gingen die meisten Frauen nicht arbeiten. Sie waren Hausfrauen, hatten einen Mann und mehrere Kinder, die sie rund um die Uhr beanspruchten. Zudem gab es für die Frauen auch gar keine richtige, ordentlich bezahlte Arbeit.

Hier dagegen gingen die Frauen durchaus arbeiten, allerdings wussten sie dann nicht, wo sie ihre Kinder unterbringen sollten. Kurz nach uns waren noch mal zwei Familien in unser Haus eingezogen, eine mit drei Kindern, die anderen mit einem Kind. Mama hatte den Frauen angeboten, die vier gegen ein geringes Entgelt als so eine Art Tagesmutter zu betreuen. Die anderen Mütter nahmen ihren Vorschlag natürlich begeistert an. Die anderen Kinder, zwischen ein und fünf Jahre alt, kamen also tagsüber zu uns, und wir waren teilweise sieben Kinder – in einem Zimmer! Dass es da nicht immer ruhig zuging, kann sich wohl jeder vorstellen. Und dass Mama des Öfteren am Rande eines Nervenzusammenbruchs spazieren ging, braucht sicher auch nicht eigens erwähnt zu werden.

Böse Zungen behaupteten, dass sie lieber einen Monat lang in einem Sack voller Flöhe schlafen wollten, als mit Mama zu tauschen. Ganz so schlimm war es natürlich nicht, jedenfalls nicht für uns Kinder, aber Mamas Nerven waren schon sehr strapaziert. Die Kleinkinder beanspruchten sie stärker, als sie es sich vorgestellt hatte. Hinzu kam, dass die Mutter, die ihre drei Kinder bei uns ablud, sich ständig beschwerte, dass hundertfünfzig D-Mark im Monat zu viel seien. Schließlich sei Mama sowieso zu Hause, so argumentierte sie, ob mit ihren Kindern oder ohne sie, und sie müsse für ihr Geld viel härter arbeiten. Daraufhin gab Mama den Tagesmutterjob auf und beschloss, lieber arbeiten zu gehen.

Als Papa und Mama uns eines Abends ihren Entschluss mitteilten, waren wir nicht gerade begeistert. Dass wir von der Schule heimkamen und niemand auf uns wartete, hatte es für uns noch nie gegeben.

Wir hatten uns fast täglich bei Mama ausgeheult und verlangt, nicht mehr in die verhasste Schule gehen zu müssen. Mama hatte uns ständig vertröstet und gesagt, dass es ja nicht für immer sei. Filippos Therapie sollte bald beginnen, und wenn sich seine Augen besserten, sei es nur eine Frage der Zeit, bis wir wieder nach Messina zurückkehrten.

An jenem Abend wollten wir uns jedoch nicht mehr vertrösten lassen, und es gab eine lautstarke Meinungsverschiedenheit. Nach einer Weile platzte Papa der Kragen, und er hielt uns vor, dass wir uns wie kleine Mädchen benähmen und es nicht wagen sollten, noch einmal verheult aus der Schule nach Hause zu kommen, sonst werde er uns den Hintern versohlen. Das traf uns hart! Schließlich bedeutete es nichts anderes, als dass wir alles, was in der Schule passierte, kommentarlos zu schlucken hatten.

## 9. Nonna Minas Träume

Kurz nach Papas Wutausbruch gingen wir ins Bett. Ich war wütend, traurig und froh zugleich. Wütend, weil Papa mich und Filippo als Mädchen hingestellt hatte. Traurig, weil sich die Zustände an der Schule so schnell nicht ändern würden. Und froh, dass endlich Wochenende war und uns die Schule am nächsten Morgen erspart blieb. Ich lag lange wach und machte mir Gedanken darüber, wie es weitergehen sollte.

Eines war klar: Jeden Tag eine Prügelei kam für mich nicht in Frage. Andererseits war die Situation schon so weit eskaliert, dass wir nur noch Täter oder Opfer sein konnten. Nach Papas Ansicht sollten wir zwar lieber Täter als Opfer sein, doch er hatte leicht reden. Er musste sich schließlich nicht mit einer ganzen Bande schulpflichtiger Terroristen herumschlagen, die ihm jeden Tag aufs Neue beweisen wollten, dass sie viel größer, stärker, schneller, schöner, reicher, klüger, wertvoller und unersetzlicher waren als wir. Denn wir waren scheinbar das komplette Gegenteil.

Sosehr ich mir auch den Kopf zerbrach, eine vernünftige Lösung wollte mir nicht einfallen, und ich dachte darüber nach, wie einfach alles wäre, wenn

Filippo und ich wie unsere Westernhelden sein könnten.

In Messina waren wir an manchen Sonntagen ins Kino gegangen. Es war alt, man saß auf unbequemen Klappstühlen, und die unzähligen Raucher produzierten innerhalb kürzester Zeit einen dichten Qualmvorhang. Aber es war billig, und wenn wir den Qualm rechtzeitig beiseitewedelten, konnten wir sogar die neuesten Filme anschauen. Meistens liefen Western, und unsere Helden trugen männliche, starke Namen: John Wayne, Clint Eastwood, Henry Fonda oder Giuliano Gemma. Sie alle spielten meistens unrasierte, schmutzige, harte Kerle, die nur wenige Hobbys pflegten: Reiten, Trinken, auf den Boden spucken und Bluten. Sie lösten all ihre Probleme auf einfachste Weise, brauchten dafür selten länger als zwei Stunden und nur wenige Zutaten: ein paar abgebrühte Schurken, zwanzig bis dreißig Pfund Ohrfeigen, eine Familienpackung Munition, vier- bis fünfhundert Liter Blut und zum Nachspülen zwei bis drei Liter Whiskey. Am Ende kletterten die Schurken beinahe freiwillig in staubige Särge, und der jeweilige Held verabschiedete sie mit einem coolen Spruch oder einem Lied auf seiner Mundharmonika.

Im Film war alles so einfach: Revolver zücken, Blutbad anrichten, Sheriffstern entgegennehmen und die bewundernden Blicke aller jungen Frauen auf der stolz geschwellten Brust abprallen lassen. Nur leider war unser Alltag kein Western, und mit unseren Westernhelden hatten wir nicht wirklich viel gemeinsam.

Am nächsten Morgen saßen wir wie gewohnt beim Frühstück, als es plötzlich an der Wohnungstür klopfte. Es war Signor Manfredo. Er wohnte über uns und besaß als Einziger im ganzen Haus ein Telefon. Durch die geschlossene Tür hindurch rief er Papa zu, dass jemand aus Italien für ihn in der Leitung sei. Papa sprang sofort auf und stürmte aus der Wohnung. Das Gespräch dauerte nicht sehr lange, denn er war wenig später wieder zurück. Mama sah ihn fragend an, er setzte sich an den Tisch und sagte: »*Nonna* Mina ist heute Nacht gestorben!«

Uns allen blieb der Mund offen stehen. Unsere *nonna* Mina war tot. Sekunden später hatten wir alle Tränen in den Augen. Mama machte sich Vorwürfe, weil sie sich nicht mehr von ihr hatte verabschieden können. *Nonna* Mina war immer für uns da gewesen, wir alle hatten sie geliebt.

»Das habe ich geträumt«, sagte ich in die Stille hinein.

»Was hast du geträumt?«, fragte Mama skeptisch.

»Vor ein paar Wochen habe ich geträumt, dass *nonna* Mina gestorben ist … nicht nur sie, auch *zio* Paolo, *nonno* Luigi und sogar Gianni. Ich habe geträumt, dass wir in Messina niemanden mehr lebend wiedersehen werden.«

Mama warf Papa einen Seitenblick zu, zog erstaunt die Augenbrauen hoch und schwieg. Ich konnte deutlich sehen, dass sie nach den passenden Worten suchte. Dann faltete sie ihre Hände und antwortete: »Träume … sind etwas Seltsames. Ich kann sie nicht deuten. *Nonna* Mina konnte es, sie wusste ganz genau, welche tiefere Bedeutung Träume haben. *Nonna* Mina hat die Sprache der Träume verstanden. Deshalb haben auch alle sie respektiert, weil unsere Familie ohne ihre Träume nicht existieren würde.«

Mama schwieg erneut, schenkte sich noch einen

Espresso ein, zündete sich eine Zigarette an und erzählte uns *nonna* Minas unglaubliche Geschichte:

»Es begann am Abend des 27. Dezember 1908. *Nonna* Mina und ihr Mann, *nonno* Peppi, waren beide etwa zwanzig Jahre alt und erwarteten ihr erstes Kind. Aus diesem Grund waren sie noch vor Weihnachten von Patti aus nach Messina gereist. Zum einen wollten sie ihre Cousine Valeria und deren Mann besuchen, zum anderen einen Arzt, der sie gründlich untersuchen sollte. Zwei Monate zuvor war ihr Vater an einem seltsamen Fieber gestorben, und *nonna* Mina fühlte sich seit Tagen nicht wohl. Sie war mittlerweile im fünften Monat und wollte sichergehen, dass dem Baby nichts fehlte. Valeria hatte mit einer einfachen Wollmatratze und einer Decke ein einfaches Schlaflager für die beiden errichtet, das für ein paar Nächte völlig ausreichte.

Es war ein seltsamer, unruhiger Tag gewesen. Die Erde hatte mehrmals leicht gebebt, doch niemand machte sich deswegen ernsthafte Sorgen. In Messina sind kleinere Erdbeben nichts Besonderes. Alltag. Als es dunkel wurde, aßen sie gemeinsam zu Abend und gingen anschließend schlafen. Mitten in der Nacht wachte *nonna* Mina auf, sie fror erbärmlich und hatte das Gefühl, schweißgebadet zu sein. Als sie sich aufrichten wollte, bemerkte sie, dass es nicht bloß ein Gefühl war: Das ganze Zimmer stand unter Wasser!

Sie unterdrückte ihre Panik, drehte sich zu *nonno* Peppi um und bemerkte, dass er nicht da war. Das Wasser breitete sich sehr schnell aus und reichte ihr schon bis zu den Knien. Sie rief nach den anderen, erhielt aber keine Antwort. Alles blieb still, nur das

Plätschern und Gurgeln des Wassers drang an ihre Ohren.

Also machte sie sich auf den Weg zum Schlafzimmer ihrer Cousine. Das Wasser stand mittlerweile so hoch, dass sie schwimmen konnte. Das Bett war nicht mehr zu sehen. Einzig das obere Drittel des Schlafzimmerschrankes schaute noch aus dem Wasser. Jetzt war sie sich endgültig sicher: Es war niemand in der Wohnung. Sie war völlig verzweifelt, denn das Wasser stieg langsam bis an die Decke.

Sie schwamm zum Fenster, öffnete es und glitt in eine unendlich scheinende blaugraue Wand. Ein paar schnelle Schwimmzüge brachten sie an die Oberfläche. Das Wasser stand knapp unterhalb des Flachdachs. Sie schwang ein Bein aus dem Wasser und hangelte sich nach oben. Das Dach des nächsten Hauses lag noch etwas höher, und sie machte sich auf den Weg dorthin. Sie rannte los, hüpfte auf das nächste Dach und sah sich um. Die Häuser weiter oben standen alle noch im Trockenen, daher beschloss sie, diese Richtung einzuschlagen. Sie kämpfte sich bis zum höchsten Dach vor, blieb dann stehen, blickte hinab und wurde bleich: Das Meer hatte ganz Messina verschluckt!

Vereinzelt ragten höhere Gebäude aus den Fluten, vom Rest war nichts mehr zu sehen. Ein Kirchturm erhob sich wie ein mahnender Finger in den Himmel, und eine Glocke fing an zu läuten. Fünf Glockenschläge hallten über das Meer, und als die Glocke verstummte, senkte sich eine unnatürliche Stille über die Wasserfläche, die mal eine lebendige Stadt gewesen war.

Minutenlang stand *nonna* Mina regungslos da, bis sie das Wasser an ihren Füßen spürte. Plötzlich schwappte eine hohe Welle über das Dach, riss sie von den Beinen, drückte sie unter Wasser. Eine starke Strömung packte sie und schickte sie wie ein Torpedo auf eine Reise durch die Straßen von Messina. Sie wirbelte durch enge Häuserschluchten, deren Fenster leblosen Augen glichen, und bemerkte nicht weit entfernt ein Glitzern. Es waren zwei gewaltige Sardinenschwärme, die mit ihren silbern schimmernden Körpern seltsam lebendig wirkende Skulpturen erschufen. Die Schwärme vereinigten sich zu einem einzigen und bildeten eine sich rasend drehende Spirale, in deren Zentrum immer deutlicher ein ihr vertrautes Gesicht zu erkennen war ... das ihres Vaters!

Sie wollte schreien, seinen Namen rufen, aber außer ein paar lautlosen Luftblasen kam nichts über ihre Lippen. Plötzlich hörte sie seine Stimme, die sich wie eine Glocke über ihr Gesicht zu stülpen schien: »Geh hier weg!«, hallte es in ihrem Kopf. Kaum war der Ruf verhallt, schossen fünf Schwertfische durch den Schwarm und trieben ihn auseinander. Das Gesicht verschwand, der Schwarm fand jedoch schnell wieder zusammen und begann sich erneut zu einer Spirale zu drehen. Dahinter, noch weit entfernt, klebte ein riesiger grauer Schatten über dem Hafen. Er kam schnell näher, und die Umrisse wurden langsam deutlicher. Er jagte auf die Fische zu, auf einmal klaffte ein gewaltiges Maul auf, und der Schwarm verschwand in dem riesigen, dunklen Loch. Ein Wal! Ein riesiges Ungeheuer schwamm mit weit aufgerissenem Maul auf sie zu. Mitten in Messina!

Sie riss die Augen weit auf und sah gerade noch, wie das Maul sie knapp verfehlte und zur Seite wegdrückte. Der riesige Körper drehte sich, und der gewaltige Bauch des Wales zog an ihr vorbei. Der wuchtige Schwanz trat in ihr Blickfeld, und sie bekam einen gewaltigen Schlag ab, der sie mit voller Wucht ins Bewusstsein zurückholte.

Plötzlich war sie hellwach, sprang aus dem Bett und schrie alle Anwesenden aus dem Schlaf. Sie berichtete in aller Eile von ihrem Traum, und kurz nach Mitternacht hatten sie das Nötigste zusammengepackt und liefen zu Fuß in Richtung des nächsten Berges aus der Stadt hinaus. Um 5.20 Uhr morgens bebte die Erde dreißig Sekunden lang und zerstörte die gesamte Stadt. Minuten später fegte die erste von insgesamt drei fast zehn Meter hohen Wellen über Messina hinweg und riss alles mit sich fort. *Nonna* Mina und ihre Begleiter hatten gerade noch rechtzeitig die betroffenen Viertel verlassen und saßen auf einem Hügel fest. Sie hatten so gut wie nichts mitnehmen können, hatten nur wenig Wasser dabei und kaum etwas zu essen. Bei Sonnenaufgang sahen sie, dass das Beben und das Meer kaum einen Stein auf dem anderen gelassen hatten.

Einen Tag später wurden sie von russischen Seeleuten, die als Erste die zerstörte Stadt erreicht hatten, gerettet und mit Wasser und Lebensmitteln versorgt. Bis zu dem Zeitpunkt waren bereits an die 75.000 Menschen gestorben.«

Es wurde still, wir hingen noch immer gebannt an Mamas Lippen. Es dauerte ein paar Sekunden, bis wir synchron »Echt?«, sagten.

Mama und Papa nickten nur bedeutungsvoll und lehnten sich in ihren Stühlen zurück.

»Aber sie hat sich doch nur selbst gerettet und

nicht die ganze Familie«, stellte Filippo fest.

»Ja, genau!«, setzte ich nach. »Wieso denn die ganze Familie, wenn sie doch allein war?«

»Überleg doch mal«, erwiderte Mama. »hätte *nonna* Mina damals nicht überlebt, wäre *nonno* Filippo zehn Jahre später nicht geboren worden. Ohne *nonno* Filippo gäbe es mich nicht und folglich auch euch nicht! Und noch etwas kommt hinzu: Valeria und ihr Mann waren nicht die Einzigen, die *nonna* Mina gefolgt waren, Valeria hatte nämlich auch ihre Nachbarn geweckt. Einer der Männer, die an jenem Abend die Stadt verlassen haben, war der Vater von *nonna* Santa, die Jahre später *nonno* Luigi geheiratet hat. Euer Vater wäre also auch nicht geboren worden!«

Gott war das kompliziert! Wenn also *nonna* Mina in jener Nacht nicht zufällig schlecht geträumt hätte, wäre unsere gesamte Familie noch vor unserer Geburt ausgestorben. Äh ... Mir rauchte der Kopf, aber wenigstens lenkte es mich ein bisschen von der traurigen Nachricht ab.

»War das der einzige Traum, den *nonna* Mina hatte? Oder hat sie noch weitere Katastrophen vorausgesehen?«, wollte ich nun wissen.

Das Thema interessierte mich brennend, denn ich wusste zwar, dass *nonna* Mina etwas Besonderes war, aber noch nie hatte jemand aus der Familie so detailliert davon erzählt.

»Oh, es gab etliche Geschichten«, antwortete Mama. »Freilich waren nicht alle so spektakulär wie das Erdbeben, aber für die Betroffenen war ihr Rat stets von großer Bedeutung, denn es hatte sich im Laufe der Jahre herausgestellt, dass sie mit ihren Aussagen selten danebenlag.«

## 10. Rosettas Osterei

Wir saßen noch lange in der Küche, redeten über *nonna* Mina, ihre Träume und darüber, wie traurig es war, dass wir sie nicht ein letztes Mal hatten sehen können. Irgendwann kam das Gespräch unweigerlich auf das Thema, das meine Geschwister und mich am meisten beschäftigte: die Schule.

Das war mittlerweile ein wunder Punkt geworden, und Papa reagierte auch sofort, indem er sagte, er wolle nichts mehr darüber hören. Aber so leicht wollte ich es ihm nicht machen und fragte, was er denn täte, wenn er an unserer Stelle wäre.

»Ich würde mir den größten schnappen und ihn ordentlich vermöbeln. Dann gäben die anderen von ganz alleine Ruhe«, behauptete Papa.

»Meinst du wirklich? Was ist, wenn der Größte zwei Köpfe größer ist als du und er dich ordentlich vermöbelt? Was dann? Prügelst du dich dann etwa bis zum Sankt Nimmerleinstag mit allen anderen herum und nennst das Ganze Schule?« Ich war sauer und provozierte ihn bewusst.

Doch Papa durchschaute mich. Er zündete sich eine Zigarette an, blies den Rauch an die Decke und erwiderte trotzig: »Ich habe es euch schon mal gesagt. Wenn ihr noch einmal verheult von der Schule kommt, setzt es was! Anschließend dürft ihr gleich die Koffer packen, und ich fahre euch auf dem direkten Weg in ein Internat!«

Nun stand ich kurz davor, in Tränen auszubrechen. Meine Lippen bebten vor Zorn. Ich sprang auf, stürmte ins Schlafzimmer, zerrte einen unserer Koffer unterm Bett hervor, warf meine Kleider hinein, drückte den Deckel zu, lief damit zurück in die Küche und schrie Papa meine ganze Wut ins Gesicht. »Wenn das so ist, dann fahr mich jetzt sofort ins Internat! Ich will keine Sekunde länger hier bleiben, und diese blöde Schule will ich auch nicht mehr sehen!«

Papa und Mama waren sprachlos. Mit dieser Aktion schrammte ich haarscharf am Rand einer Tracht Prügel vorbei. Aber ich wollte den beiden auch klarmachen, dass es mir verdammt ernst war. Meine Eltern sahen sich gegenseitig an und brachen gleichzeitig in schallendes Gelächter aus. Jetzt war ich sprachlos. Vor Wut! Wie konnten sie nur lachen? Mir war ganz und gar nicht nach lachen zumute.

Mama kam zu mir, nahm mir den Koffer aus der Hand und sagte: »Jetzt werd erst mal elf Jahre alt, bevor du freiwillig in ein Internat gehst. Papa kommt morgen mit in die Schule und redet mit eurem Lehrer. Gut?«

»Nein! Es ist nicht gut!«, brüllte ich. »Was will Papa denn mit dem Lehrer reden? Er kann doch gar nicht richtig Deutsch. Was soll dabei denn herauskommen? Außerdem ist es den Lehrern sowieso egal! Die anderen Kinder könnten uns im Schulhof begraben, und sie würden sich allerhöchstens über die Beulen in der Rasenfläche beschweren!«

Papas Gesicht verfinsterte sich zusehends.

Mama führte mich zu einem Stuhl. »Setzt dich!«, sagte sie streng.

Filippo und Santina saßen schweigend am Tisch und überlegten sich wohl gerade, ob sie mir vorsorglich schon mal eine neue Knabberleiste bestellen sollten.

»Manchmal gibt es Zeiten, die uns nicht gefallen«, begann Mama. »Manchmal muss man die Zähne zusammenbeißen und so tun, als ob nichts wäre, obwohl man am liebsten alles hinwerfen möchte. Ihr seid nicht die Einzigen, die schlecht behandelt werden. Aber mit ein bisschen Geduld und gutem Willen wird sich alles zum Guten wenden.«

»Das sagst du jetzt bloß so«, erwiderte ich, noch immer aufgebracht. »Wenn die Leute euch so schlecht behandeln würden, wären wir schon lange wieder in Messina. Aber wir, wir müssen Geduld haben.«

Mama schwieg einen Augenblick. Gerade so lange, um sich eine neue Zigarette anzuzünden und sich hinzusetzen. Dann sagte sie: »Ich will dir mal was erzählen:

Als mein Vater starb, standen wir alle vor dem Nichts. *Nonna* Maria musste sich dringend Arbeit suchen, denn die Miete bezahlte sich nicht von selbst und das Essen bekam sie auch nicht geschenkt. Ich heiratete Papa, und *zia* Maria war bereits verheiratet, blieben also nur noch Anna und die kleine Rosetta. Anna ging in eine Klosterschule und wurde dort auch sonst betreut, doch Rosetta war mit ihren sechs Jahren noch zu klein. *Nonna* Maria wusste nicht, was sie mit ihr tun sollte. Sie konnte das Kind schlecht den ganzen Tag alleine zu Hause lassen.

Da ergab es sich durch Zufall, dass eine befreundete Familie aus Palermo zu Besuch kam. Sie kannten *nonna* Maria schon sehr lange, und die Frau war Rosettas Taufpatin. Als die Familie erfuhr, in welchen Nöten *nonna* Maria steckte, bot sie spontan an, Rosetta mitzunehmen. Sie machten ihr die Sache richtig schmackhaft: Die Kleine würde sofort neue Kleider und neue Schuhe bekommen, sie würden sie zusammen mit ihren Kindern, die etwa gleich alt waren, in der Schule anmelden und für eine ordentliche Ausbildung sorgen. *Nonna* Maria machte es sich nicht leicht. Es fiel ihr sogar sehr schwer, ihr kleines Nesthäkchen wegzugeben. Ihre Bekannten beruhigten sie jedoch und versprachen, dass Rosetta ihre Ferien bei ihrer Mama verbringen dürfe.

Schweren Herzens willigte *nonna* Maria schließlich ein. Am Tag ihrer Abreise schrie Rosetta das ganze Viertel zusammen. Sie benahm sich, als wollte man sie gerade zum Schlachthof fahren, oder besser noch, so wie Gigi damals, als er nicht in den Kindergarten gehen wollte.«

Ich grinste breit und stellte sofort klar, das mir *zia* Rosettas Reaktion sehr sympathisch war.

»Jedenfalls verfrachteten sie Rosetta in das Auto und brachten sie nach Palermo. Die Familie lebte in einer luxuriösen Zehnzimmerwohnung auf zwei Etagen, die über eine schöne, gewundene Holztreppe verbunden waren. Meine kleine Schwester bekam eine eigene Kammer in der unteren Etage und noch am selben Abend die Hausregeln vorgebetet. Die neuen Kleider und die neuen Schuhe erhielt sie ebenfalls am ersten Abend: eine schwarze Dienstmaguniform mit weißer Schürze und weißem Häubchen. Von Schule war plötzlich keine Rede mehr. Ihre Aufgabe bestand vielmehr darin, die Wohnung zu putzen, den Küchendienst zu verrichten, Essen aufzutragen, abzuräumen und auch sonst zu tun, was man ihr befahl.

Wenn Besuch kam, sollte sie die Tür öffnen, die Gäste in den Salon führen und das Erscheinen der Herrschaften ankündigen. Die Kinder der Herrschaften waren selbstverständlich keine Spielkameraden für sie. Rosetta musste die beiden stets mit »junger Herr« und »junge Dame« ansprechen, ihnen morgens die Kleider und abends die Schlafanzüge richten. Ansonsten hatte sie möglichst nicht in Erscheinung zu treten. Damals war sie gerade mal sechs Jahre alt!

Zum Glück war Rosetta aber ein recht unerschrockenes Kind, und so dauerte es nicht lange, bis es Strafen und Schläge hagelte. Wenn sie den Abwasch machte, spülte sie bloß einen Teller und packte ihn ganz oben auf den Stapel, die anderen wanderten ungespült in den Schrank. Wenn sie die Zimmer kehren musste, kehrte sie einfach alles unter die Betten, Teppiche und Möbel, um möglichst schnell fertig zu werden und spielen gehen zu können.

Natürlich merkten die Herrschaften das. Zur Strafe durfte sie nicht ins Bett gehen, sondern musste ganze Nächte auf der Treppe verbringen. Als sämtliche Erziehungsversuche an Rosettas Dickkopf scheiterten, wurde sie nur noch geschlagen. Meine Schwester ertrug es, denn das Spielen mit ihrer einzigen Freundin war ihr viel wichtiger. Unter spielen verstand sie, auf den Balkon hinauszugehen, sich flach auf den Boden zu legen, durch eine schmale Ritze zwischen dem Boden und dem Geländer einen Blick auf den unteren Balkon zu werfen. Dort hielt sich häufig ein kleines Mädchen auf, und sie rief nach ihr: »Hallo!« Das Mädchen trat dann an den Rand ihres Balkons, blickte zu dem Auge hinauf, das durch die Ritze runterlinste, und antwortete: »Hallo!« Tag für Tag trafen sie sich draußen und spielten »Begrüßung einer Freundin«. Manchmal sangen sie sich Lieder vor, aber nur ganz leise, damit die Herrschaften nichts hörten.

Doch irgendwann kamen die Herrschaften ihr auf die Schliche, schlugen sie grün und blau und schlossen kurzerhand die Balkontüre ab. Es vergingen vier Monate. Ein paar Tage vor dem Osterfest kam der Hausherr mit seiner neuesten Errungenschaft: einem elektrischen Heizlüfter. Rosetta sollte lernen, das Gerät in Betrieb zu nehmen. Doch dieses brummende, rot glühende Ding jagte ihr so große Angst ein, dass sie sich weigerte. Nach einigen vergeblichen Versuchen, Rosetta dazu zu zwingen, verlor der Hausherr die Geduld, schlug ihr so heftig ins Gesicht, dass sie rückwärts die Treppe hinunterstürzte und bewusstlos liegen blieb. Am nächsten Tag war ihr ganzer Körper mit blauen Flecken übersät.

In diesem Zustand konnte sie auf keinen Fall das Osterfest bei ihrer Mutter verbringen, entschieden die Herrschaften. Sie schickten kurzerhand ein Telegramm und verschoben die angekündigte Reise nach Messina um drei Tage. Sie hofften, die blauen Flecken seien bis dahin verschwunden und damit alle Spuren beseitigt. Am Tag der Abfahrt waren die meisten Flecken tatsächlich kaum noch zu sehen.

Als sie in Messina ankamen, war Rosetta außer sich vor Freude. Sie glaubte, die Zeit bei den Herrschaften sei nun vorüber und sie könnte endlich wieder bei ihrer Mama, ihren Schwestern und Freundinnen sein. Überglücklich stürzte sie aus dem Auto und umarmte weinend *nonna* Maria.

Die Herrschaften stiegen ebenfalls aus dem Wagen, begrüßten *nonna* Maria und erklärten, dass sie geschäftlich zu tun hätten und sie daher gleich weiterfahren müssten.

*Nonna* Maria wunderte sich zwar über die Eile, war aber froh, dass ihre Tochter scheinbar so gut untergebracht war, und machte sich keine weiteren Gedanken. Sie ging mit Rosetta schnell in eine Konditorei und kaufte ihr ein riesiges Osterei aus feinster Schokolade, das in grünes, glitzerndes Papier eingepackt war.

Mit dem Ei unter dem Arm schlenderten Rosetta und *nonna* Maria zurück zum Auto. Als *nonna* Maria sich von den Herrschaften verabschiedete, musterte Rosetta die beiden nur kalt und sagte: »Ciao!« Sie war noch immer der Meinung, dass sie von nun an bei ihrer Mutter bliebe. Doch *nonna* Maria küsste ihre Tochter und sagte ihr, sie solle auf sich aufpassen und den Herrschaften gehorchen. Erst als der Herr die Wagentür öffnete, um sie einsteigen zu lassen, begriff sie ...

Sie hielt das Osterei fest umklammert und fing an zu weinen. Der Mann versuchte besänftigend auf sie einzureden, und *nonna* Maria schimpfte, sie solle jetzt bitte kein Theater machen und endlich einsteigen. Rosetta wollte aber nicht, und just in dem Moment, als der Herr sie am Arm packte, um sie auf den Rücksitz zu schieben, explodierte ihre über vier Monate angestaute Wut. Rosetta trat ihm gegen das Schienbein, krallte ihre Fingernägel in die Hand, die sie festhielt, und schlug dem überraschten Mann das Osterei auf den Kopf, das es nur so spritzte. Wieder und wieder schlug sie zu, bis sie nur noch einen Papierfetzen in der Hand hielt.

*Nonna* Maria, von dieser Reaktion sichtlich schockiert, hatte versucht, ihre Tochter festzuhalten. Sie fasste Rosetta an ihrem Kleid und zog sie mit aller Kraft von dem Herrn weg, als der Stoff plötzlich riss und *nonna* Maria auf die Straße stürzte. Rosetta, nunmehr in Unterhosen, prügelte weiter auf den inzwischen am Boden kauernden Mann ein, bis sie keine Kraft mehr hatte.

*Nonna* Maria war aufgestanden und bemerkte im selben Augenblick die blauen Flecken an Rosettas Körper. Sie ging auf ihre Tochter zu, nahm sie in den Arm und fragte sie, woher all die Male kämen. Als Rosetta auf den Herrn zeigte, wurde *nonna* Maria zur Furie. Wenn sich die Herrschaften nicht im letzten Augenblick in ihrem Wagen in Sicherheit gebracht hätten, wäre *nonna* Maria an jenem Tag wegen zweifachen Mordes verhaftet worden.

Von da an blieb Rosetta zwar in Messina, aber ein richtiges Zuhause hatte sie trotzdem nie. Sie wurde innerhalb der Familie weitergereicht, denn jedes Mal, wenn sie mit Fremden zu tun hatte, kam es zu einer neuen Katastrophe. Stellt euch nur mal vor: Kurz nach diesem Vorfall ging Rosetta zusammen mit Anna in die Klosterschule, und solange Anna im Unterricht war, schaute eine Nonne nach ihr. Sie musste Rosetta eigentlich nur beim Haarekämmen helfen, denn sie hatte dickes, langes Haar, das ihr bis zu den Hüften reichte. Das tat die Nonne genau an drei Tagen in Folge. Am vierten Tag kam sie mit einer Schere und schnitt Rosetta kurzerhand die Haare ab.

Als Anna am Nachmittag ihre Schwester mit kurzen Haaren sah, war sie entsetzt. Mit Rosetta an der Hand rannte sie in den Andachtsraum, wo sich die Schwestern gerade aufhielten, schritt auf den Altar zu und schrie die Nonne vor versammelter Schwesternschaft an. Die Nonne war sich jedoch keiner Schuld bewusst, sie habe schließlich Wichtigeres zu tun, als sich um Rosettas Haare zu kümmern, teilte sie Anna kühl mit. Das junge Mädchen stand kurz davor, ihr an die Kehle zu gehen. Sie schaute zu dem mannshohen Kruzifix hinter dem Altar hinauf, bekreuzigte sich und schrie: »Jesus möge mir diese Sünde verzeihen, aber wenn er dieses Kreuz nicht schon belegen würde, würde ich diese Frau jetzt daran festnageln und bis zum Ende aller Tage dort hängen lassen!«

Ihr könnt euch vorstellen, dass die Nonnen entsetzt waren. Letztendlich verzieh die Oberin jedoch Annas Ausrutscher, denn das, was die Nonne getan hatte, war auch nicht richtig gewesen.«

## 11. Gottes Wege

»Ich will euch damit sagen, dass im Leben schlimme Dinge geschehen können, aber dass es trotzdem weitergeht. Es werden gute und schlechte Tage kommen, aber letztendlich liegt es an uns, das Beste daraus zu machen. Mit Gottes Hilfe wird alles so geschehen, wie Er es für uns geplant hat«, erklärte Mama.

Wir hatten sehr aufmerksam zugehört. Dass man *zia* Rosetta so übel mitgespielt hatte, hörten wir zum ersten Mal. Wir kannten sie eigentlich nur mit einem verschmitzten Lächeln im Gesicht. Was mir überhaupt nicht gefiel, war Mamas: »Gott hat alles schon geplant«-Theorie. Das war für mich unvorstellbar. Aus welchem Grund sollte der liebe Gott einen Plan erstellen, der vorsah, dass eine Horde Minderjähriger mich derart beschimpfte und demütigte? Weshalb hatte er diesen Auftrag nicht meinen Kameraden in Messina zukommen lassen? Dort hätte ich wenigstens die Möglichkeit gehabt, meine fünf Cousins einzuschalten und der ganzen Bande so lange ins Gesicht zu pupsen, bis sich ihnen die Haare kräuselten. Der Afrolook war ohnehin gerade im Kommen.

Nein, das konnte ich nicht glauben. Allerdings, was wusste ich denn schon? Gar nichts! Wenn ich die Aussagen aller Erwachsenen zusammenfasste, die den lieben Gott schließlich tagtäglich für alles Mögliche bemühten, erweiterte sich mein Wissensstand über Gott so gewaltig, wie es sonst nur eine Grundsatzdiskussion mit unserer Henne Gianna vermochte. Gott war für alles verantwortlich!

Warum hatte *nonno* Luigi, trotz tausender Gebete vor der Tür der Lottoannahmestelle, nie gewonnen? Das war kein Pech! Ob *nonna* Teresas Hintern wieder auf das Unerträglichste juckte oder nicht – war kein Zufall! Folglich war es keine Frage des Wollens, ob Lilla, unsere Ententanzerfinderin, die Stufen bis zu ihrer Wohnung in einem Zug schaffte oder unterwegs an jede Tür klopfte, sich zu einem Espresso einlud und für die etwa vierzig Stufen rekordverdächtige vier Stunden benötigte. Der liebe Gott wollte es so!

Nein, niemals! Konnte es allen Ernstes sein, dass ein unendlich mächtiger Gott, der ein Universum von unendlicher Größe erschaffen hatte, der den ganzen Tag mit riesigen Galaxien, Sonnen und Sternen jonglierte, noch so viel Zeit übrig hatte, zu entscheiden, ob der eine im Lotto gewann, an welchem Tag sich die andere mit Hämorrhoiden herumplagen musste und wer Lillas Klopfen ignorierte, um sich eine Ohrenentzündung zu ersparen?

Diese Frage ließ mir keine Ruhe. Mama oder Papa zu fragen war sinnlos, denn solche Gespräche endeten grundsätzlich mit zuckenden Schultern. Doch dann fiel mir zum Glück jemand ein, der viel religiöser war als alle anderen, die ich kannte: unser Nachbar Signor Manfredo. Niemand sonst betete so häufig. Er musste einfach mehr zu diesem Thema wissen. Also stand ich auf, sagte zu Mama, dass ich eine Weile draußen sei, und ging in den Hof. Wenn ich Glück hatte, war Signor Manfredo gerade im Schuppen hinterm Haus und schraubte, wie an fast jedem Wochenende, an seinem alten Moped herum.

Draußen war es längst nicht mehr so kalt. Dafür regnete es schon seit Tagen Bindfäden. Echtes Traumwetter! Der Boden im Hof war so matschig, dass ich bei jedem Schritt fünf Zentimeter größer wurde.

Ich sah Signor Manfredo im Schuppen stehen, allerdings machte er nicht den Eindruck, als ob er arbeiten würde. Er war etwas jünger als Papa, hatte längere schwarze Haare und mächtige Koteletten die, spitz ausrasiert, bis zu seinem breiten Kinn reichten. Er sah reichlich merkwürdig aus. Ich hatte wirklich schon viele Schlaghosen gesehen, aber seine war vermutlich die Urgroßmutter aller Schlaghosen. Es sah aus, als hätte sich Signor Manfredo zwei Ballonröcke um die Schenkel gebunden. Passend dazu trug er ein grünes Hemd, dessen ausladende Rüschen an frischen Friseesalat erinnerten und sehr lecker aussahen. Der Höhepunkt dieser wundervollen Komposition war aber zweifellos die violette Jacke. Augenkrebs im Endstadium! Ich blinzelte ein paar Mal schnell hintereinander, um die Fata Morgana zu vertreiben, doch es gelang mir nicht.

Also sprach ich unseren Nachbarn einfach an: »Hallo, Signor Manfredo, gehen Sie zum Karneval?«

»Ciao Gigi ... Karneval? Wir haben doch schon fast Ostern!«

»Oh! Ich wusste gar nicht, dass man sich in Deutschland an Ostern verkleidet«, erwiderte ich erstaunt.

»Verkleidet? Nein, die Deutschen verkleiden sich an Ostern nicht. Genauso wenig wie wir. Dafür glauben sie, dass Hasen Eier legen, die sie anschließend verstecken«, antwortete Signor Manfredo.

»Was? Hasen legen Eier? Wie kommen die denn auf so was? Ist bestimmt so eine ähnliche Geschichte wie die mit diesem komischen Sandmännchen im Fernsehen, das den deutschen Kindern jeden Abend Sand in die Augen streut, damit sie einschlafen können. Als ob man mit brennenden Augen schlafen könnte! Die haben vielleicht Ideen.« Nun musste ich nur noch die Kurve zu meiner Frage bekommen. »Signor Manfredo«, fuhr ich daher fort, »Sie glauben doch stärker an den lieben Gott als die meisten hier. Deshalb habe ich mir gedacht, dass Sie mir, wenn Sie zufällig ein paar Minuten Zeit hätten, vielleicht weiterhelfen könnten.«

»Hm ... Ja, ich glaube durchaus an den lieben Gott. Aber wie kommst du darauf, dass ich religiöser bin als die anderen?«

»Ja, also ... weil ich sie jeden Abend beten höre, wenn ich in meinem Bett liege und noch nicht schlafe. Erst rufen Sie nach Gott, dann ruft Ihre Frau nach Gott, und am Ende rufen Sie beide gleichzeitig nach Gott. Da habe ich mir gedacht, Sie müssten am besten wissen, ob Gott für jeden von uns einen Plan ... Signor Manfredo? Stimmt was nicht?«

Oberhalb der violetten Jacke und des grünen Rüschenhemdes war Signor Manfredos Gesicht auf beängstigende Weise rot angelaufen. Sein Mund stand offen und zuckte, als stünde er unter Strom.

»Signor Manfredo?«, wiederholte ich besorgt.

»Äh! Ja, ja ... keine Ahnung! Ich weiß es wirklich nicht, tut mir leid. Außerdem muss ich jetzt gehen. Ciao!«

Er verschwand blitzschnell, und ich stand wieder mal ohne Antwort da. Manche meiner Fragen sollten wohl auf ewig ungeklärt bleiben. Enttäuscht stapfte ich zurück ins Haus, setzte mich zu den anderen und verabschiedete mich schweigend von *nonna* Mina. In unseren Gedanken saß sie uns an jenem Abend zum letzten Mal gegenüber. Zusammengekauert auf einem kleinen, geflochtenen Stuhl, wärmte sie sich ihre Füße an der warmen Glutwanne in der Mitte des Holzrades, das unter dem Tisch lag. Ihre blauen Augen waren stumpf geworden, und sie erzählte mit leiser werdender Stimme ihre letzte Geschichte. Ich kannte sie schon, und als ich *nonna* Minas Stimme nicht mehr hören konnte, erzählte ich sie mir selbst zu Ende und schlief dabei ein.

Zwei Monate später fuhren Mama und Filippo nach Tübingen, wo mein Bruder einen Termin in der Augenklinik hatte. Filippo wurde operiert, und als sie nach einer Woche zurückkamen, war sein Auge erneut mit einem Pflaster abgedeckt. Seine Sehkraft besserte sich trotzdem nicht, und es zeichnete sich ab, dass die Behandlung noch lange dauern könnte. Aber wir freuten uns, dass die Tage endlich länger und wärmer wurden. Anfangs hatten wir geglaubt, Deutschland sei ein tristes, schwarzweißes Land, bis wir eines Besseren belehrt wurden. Die Sonne zauberte die schönsten Farben hervor, und die Wiesen und Wälder waren von einem so saftigen Grün, dass wir regelrecht erstaunt waren. In Sizilien ist die Natur zwar auch unglaublich farbenfroh, aber dieses intensive Grün war wegen der Hitze und der sengenden Sonne nur an wenigen Tagen im Frühsommer zu sehen.

Und, Wunder über Wunder, nach und nach kam Leben in unser kleines Dorf, und wir machten eine erstaunliche Entdeckung: Die Deutschen verließen tatsächlich ihre Häuser! Während des langen Winters hatten wir von unseren Nachbarn kaum Lebenszeichen gesehen. Eines schönen Samstagnachmittags, die Essenszeit war gerade vorbei, stellten sie sich plötzlich in Reih und Glied vor ihren Garagen auf und shampoonierten ihre Autos.

Filippo und ich standen wie vom Donner gerührt auf der Straße und beobachteten das unwirkliche Schauspiel: Die Deutschen bauten nicht nur Häuser für ihre Autos, nein, sie wuschen die Dinger auch noch. Nicht zu fassen! In Sizilien kam ein Auto nur dann mit Wasser in Kontakt, wenn es regnete. Und da meistens nur vereinzelte Tröpfchen vom Himmel fielen, sah es danach oft schlimmer aus als davor. Richtig nass wurde der Wagen nur, wenn der Besitzer sich einen neuen zulegte und den alten im Meer versenkte. Dann wurde er zwar sauber, aber es interessierte niemanden mehr.

Papa kam aus dem Haus und gesellte sich zu uns. Er blickte in unsere verwunderten Gesichter und grinste. »Unsere Nachbarn sind lustige Gestalten, was? Seht nur genau hin. Der da hinten putzt die Zierleisten, die Felgen und den Kühlergrill mit der Zahnbürste!«, sagte er amüsiert.

Tatsächlich! Wir staunten nicht schlecht. Dass die Deutschen ein anderes Verhältnis zu ihren Autos hatten als wir, hatten wir schon bemerkt. Sie nannten sie nicht umsonst »Heiligs Blechle« – heiliges Blech. Aber dass ihre Verehrung beinahe religiöse Dimensionen erreichte, hätten wir im Traum nicht geglaubt. Unsere deutschen Nachbarn fuhren nagelneue, große Autos von Mercedes, BMW und VW. Bei den Jüngeren waren lustig aussehende Modelle wie der Simca Rallye in Mode, in Orange oder Weiß lackiert und mit schwarzen Streifen am Heck. Ältere Fahrzeuge sah man kaum auf der Straße, und wenn, dann war der Halter zu neunzig Prozent ein Gastarbeiter.

Italiener dagegen hatten eine Vorliebe für Kleinstfahrzeuge und fuhren meist Fiat. Unsere Kameraden hatten dafür nur Spott übrig, und die vier Buchstaben des Autobauers mussten für zahlreiche Verballhornungen herhalten: »Fehler in allen Teilen«, oder: »Für Italiener ausreichende Technik«. Sogar beim Autoquartett, einem beliebten Kartenspiel, das fast jeder unserer Klassenkameraden und auch viele ihrer Väter in den Hosentaschen mit sich herumtrugen, erreichten die Fiats stets die niedrigsten Punktzahlen. Im Allgemeinen waren die Deutschen der festen Überzeugung, dass die Autos bereits in den Prospekten rosteten. Das Schlimme war: Damit hatten sie nicht einmal Unrecht.

Die italienischen Autos hatten dem Streusalz auf den winterlichen deutschen Straßen keinen wirksamen Rostschutz entgegenzusetzen. In Sizilien dagegen fuhr man die Autos am Ende ihrer Zeit beinahe rostfrei zum Schrottplatz. Was allerdings nur in den seltensten Fällen geschah. Die meisten Autos endeten vielmehr an einem einsamen Straßenrand, wo die Passanten sie nach und nach ausschlachteten. Die übrig gebliebenen Skelette gammelten dann oft jahrelang vor sich hin, bis sich die Stadtverwaltung erbarmte und sie abholen ließ. Oder bis das Meer sie verschluckte.

Dergleichen hatten wir in Deutschland natürlich noch nicht zu sehen bekommen. Hier herrschten deutlich mehr Ordnung und Sauberkeit als in Sizilien. Alles war bestens geregelt und durchorganisiert. Mülltüten lagen nicht einfach am Straßenrand herum, deren Inhalt Ratten, Katzen und Hunde dann auf der ganzen Straße verteilten, sondern wurden in Tonnen gesammelt und pünktlich von der Müllabfuhr geleert. Sogar die Straßen wurden regelmäßig von Männern in Straßenkehrmaschinen gefegt. Nicht dass man hier vom Boden hätte essen können, wie gerne behauptet wurde – als ob das jemals schon einer getan hätte –, aber die deutschen Straßen waren doch sichtlich sauberer als in Sizilien.

Dort gab es nur wenige müllfreie Straßen. Eine davon war etwa zwanzig Meter lang, befand sich hinter einer fünf Meter hohen Mauer, und vor dem Eingang, einem eindrucksvollen geschmiedeten Eisengittertor, hielt ein Carabiniere Wache. Auf dem Weg innerhalb des Friedhofs wurde Müll nicht geduldet. Und auf den wenigen Flanier- und Panoramastraßen ebenfalls. Um die restlichen Straßen sauber zu halten, rückten die städtischen Straßenkehrer jeden Morgen in Kompaniestärke aus. Wenn sie sich nicht gerade in einem aufreibenden, monatelang andauernden Arbeitskampf befanden, taten sie wirklich ihr Bestes. Im Schweiße ihres Angesichts schoben sie ihre Schubkarren vor eine Espressobar, tranken zum Wachwerden einen Kaffee und schwangen dann frisch gestärkt das sizilianische Modell einer modernen Straßenkehrmaschine, die aus einem langem Stiel mit fransigen Borsten am unteren Ende bestand. Kurz darauf stellten sie meist fest, dass der wachsende Autoverkehr ein anständiges Arbeiten unmöglich machte, und gingen schweren Herzens fluchend nach Hause. Sie waren wahrlich nicht zu beneiden. Aber dass überall so viel Müll herumlag, konnte man ihnen nicht anlasten, das lag eindeutig an der Mentalität der Sizilianer.

Gemeinschaftssinn wird nämlich nur im engeren Familienkreis und ausschließlich in den eigenen vier Wänden gepflegt. Sobald die Süditaliener aus ihren Häusern treten, haben sie das meiste, was ihrer Meinung nach schützens- und erhaltenswert ist, hinter sich gelassen. Die Straße gehört ihnen nicht, warum also sollten sie sich darum kümmern? Natürlich würden sie niemals einen vollen Aschenbecher auf dem Fußboden ihres Wohnzimmers ausleeren. Auf der Straße denken sie dagegen keine Sekunde darüber nach. Sobald ein Haushaltsgerät das Zeitliche segnet, wird es auf der nächsten Straßenkreuzung entsorgt. So entstehen innerhalb kürzester Zeit an allen möglichen Orten wilde Müllkippen.

Ein paar Wochen bevor wir nach Deutschland ausreisten, hatten die Leute auf diese Weise unseren Schulweg zugeschüttet. Eines Morgens entdeckten wir ein paar zerbroche Fliesen am Straßenrand. Am nächsten Morgen hatte jemand zwei alte Stühle dazugestellt. Am dritten Morgen lagen bereits mehrere Mülltüten, eine Badewanne, ein Waschbecken und ein alter Kühlschrank obendrauf. Dazwischen wuselte bereits eine ganze Rattenkompanie umher, die sich den Müllberg zu ihrem Brut- und Nistplatz auserkoren hatte. Am vierten Tag gesellten sich diverse kaputte Fernsehgeräte, Radios und weitere Möbelteile dazu. Am fünften Tag war der Berg auf etwa vier Meter Höhe angewachsen, und irgendjemand hatte, um die rasante Ausbreitung der Ratten einzudämmen, den Unrat angezündet. Die Straße war nicht nur für mehrere Wochen unpassierbar geworden, der beißende Gestank des qualmenden Müllbergs verseuchte tagelang das gesamte Viertel. Schuld war natürlich niemand. Schließlich lag da schon jede Menge Müll herum, da fiel das bisschen, das man selbst beigesteuert hatte, nicht weiter ins Gewicht.

## 12. Schwäbische Rituale

Solche Müllberge wie in Sizilien hatten wir hier in Deutschland noch nicht gesehen, ganz im Gegenteil! Der Samstag war wohl der offizielle Putztag – zumindest dachten wir das. Denn kaum hatten unsere Nachbarn ihre Autos frisch gewaschen, poliert, gebügelt und ordentlich zusammengelegt in die Garagen gefahren, widmeten sie sich dem zweiten Teil des samstäglichen Rituals: der Kehrwoche!

Das war für uns nun wahrlich die deutscheste aller Erfindungen. Da rannte die ganze Nachbarschaft herum und putzte, kehrte, schnitt, mähte alles um, was keine Miete bezahlte und sich im Umfeld des eigenen Grundstücks ohne vorherige schriftliche Genehmigung niedergelassen hatte. Der Rasen wurde fein säuberlich millimetergenau gestutzt, damit auch ja kein Halm den anderen auf ungebührliche Weise überragte. Unkontrolliert wucherndes, ordnungsresistentes Grünzeug an Ecken und Kanten rückte die ordentliche Hausfrau auf dem Bauch liegend mit einer Nagelschere zu Leibe. Zu guter Letzt kamen dann noch Bambi und die Gartenzwerge dran – und die Zahnbürste noch einmal zum Einsatz.

Na gut, über die Notwendigkeit, einem Gartenzwerg die lackierten Zähne zu putzen, kann man geteilter Meinung sein, aber: Es ist zweifellos billiger als Zahnersatz! Außerdem gehören zu einem sauberen deutschen Garten auch saubere Zwerge. Ende der Diskussion! Oder wie einer unserer Nachbarn in breitestem Schwäbisch zu sagen pflegte: »Dia miassat os net fr Dreggsäu halda!« Was so viel bedeutet wie: »Von uns soll niemand denken, wir seien nicht reinlich.« Offenbar war es dem Schwaben sehr wichtig, in dieser Hinsicht den richtigen Eindruck zu erwecken.

Pünktlich um 17.30 Uhr war der Spuk dann zu Ende. Die Kehrgeräte und Putzutensilien wurden aufgeräumt, die Bürgersteige hochgeklappt und die Türen abgeschlossen. Nun musste die Hausfrau noch schnell die Vesper (auch Abendbrot genannt) richten, denn um punkt 18.00 Uhr stand der dritte Höhepunkt des Wochenendes an: die Sportschau! Das war die samstägliche Pflichtsendung eines jeden fußballbegeisterten, passiven deutschen Bundesligatrainers, der von seinem Fernsehsessel aus kurze, aber präzise taktische Anweisungen gab. Die waren meistens an seine Ehefrau gerichtet, die er liebevoll »Alde« nannte, und bedeutete ihr, den rasch schwindenden Biervorrat wieder aufzufüllen.

Natürlich war der Tonfall nicht ganz so barsch wie auf dem Fußballplatz, schließlich neigt der Schwabe zu Verniedlichungen. Wenn er etwas mag, dann hängt er gerne mal die Endung »le« an das eine oder andere Wort an. »Mäd-le, bringsch mr a Bier-le!« ist so ein typischer, immer wieder gern genommener Satz. Wenn sich ein Schwabe in einer so genannten Wirtschaft aufhält, die Bedienung jung und hübsch ist und zudem ein weit ausgeschnittenes Dekolletee trägt, wiederholt er diesen, in seinen Ohren lieblich klingenden Satz besonders gern. Denn beim Abstellen der Bierkrüge auf dem Tisch muss sich das Mädle weit nach vorne neigen. So kann der feurige Liebhaber malzhaltiger flüssiger Nahrungsmittel ein gefahrloses »Äug-le« riskieren.

In diesem und vielen anderen Punkten unterscheiden sich deutsche und sizilianische Männer nicht gravierend. Der Sizilianer mag seine Wünsche vielleicht etwas freundlicher und blumiger formulieren. Dabei benutzt er dann, weil er in seinem gesamten Wesen kommunikativer und nicht ganz so sparsam wie der Schwabe ist, nicht selten auch ein paar Wörter mehr. Aber das Ergebnis bleibt dasselbe: »Schatz, würdest du mir bitte die Zigaretten holen? Danke, meine Süße! Ach, und bring mir doch bitte gleich noch einen Espresso mit. Danke! Ach, wenn dein Mund gerade zufällig offen steht, könntest du vielleicht mal schnell die Kinder rufen?«

Die Parallelen sind hier deutlich erkennbar. Unter den Südländern gibt es sogar einige Prachtexemplare, die das Bett nicht verlassen, wenn die Ehefrau es versäumt hat, ihnen die Kleider für den nächsten Tag bereitzulegen. Den Tag beginnt der gemeine Sizilianer am liebsten mit einem Espresso, den seine Frau ihm ans Bett bringen muss. So gestärkt, beginnt er dann seinen schweißtreibenden Arbeitstag, den er abends beendet, indem er sich ins Bett legt und beim fernsehen füttern lässt.

Die wärmende Frühlingssonne trieb jedenfalls nicht nur unsere Nachbarn aus dem Haus, sie tat uns allen gut. Wir fühlten uns endlich wieder besser, waren fröhlicher, standen gut gelaunt auf und freuten uns auf einen sonnigen Schulweg. Der erste Zwischenstopp des Tages führte uns immer in eine Bäckerei, wo wir uns für zehn Pfennig je eine Karamellmuschel kauften. Die Kunststoffmuschel mit der süßen, klebrigen Füllung passte gerade so in meinen Mund. Sprechen konnte ich mit dem Ding dann zwar nicht mehr, aber es war auf jeden Fall besser als klebrige Finger. Wir liefen der wärmenden Sonne entgegen und schleckten die Muscheln ab – eigentlich hätte alles richtig schön sein können.

Wenn unser Ziel nicht die Schule gewesen wäre. Wir hassten den Unterricht nach wie vor abgrundtief. Die Probleme waren im Laufe der Zeit nicht kleiner geworden. Zwar konnten wir uns inzwischen besser verständigen, aber unsere Sprachkenntnisse reichten nach wie vor nicht aus, um in irgendeiner Form aktiv am Unterricht teilnehmen zu können. Die Anfeindungen und Schmählieder versuchten wir so gut es ging zu überhören, denn wir hatten herausgefunden, dass wir viele gesunde Ansichten mit unseren Kameraden teilten.

So waren wir uns zum Beispiel vollkommen einig, dass Hausaufgaben und Nachsitzen zu ernsthaften geistigen Schäden führen konnten und längst ein Fall für Amnesty International sein müssten. Eigentlich war der Großteil unserer Mitschüler genauso friedlich wie wir und wollten keinen Ärger. Auch wenn der eine oder andere, auch in der Hinsicht entdeckten wir so einige Gemeinsamkeiten, manchmal mit Furcht erregenden Drohgebärden den wilden Gorilla markieren musste, kehrte er Minuten später zur Normalität zurück. Dann setzte er sich brav an seinen Platz, öffnete Mamis liebevoll eingepackte Frühstückstüte, zählte die, mit geometrischer Genauigkeit, belegten Brote ab, biss in seinen entkernten Apfel und freute sich über die mundgerecht zerteilte Schokolade. Handgreiflich wurden nur wenige, aber die waren meist in der Lage, eine ganze Meute aufzuwiegeln. Sie bauschten kleine Meinungsverschiedenheiten zu wahren Staatskrisen auf und waren erst zufrieden, wenn sie noch mindestens fünf andere mit in die Sache hineingezogen hatten.

Sich mit diesen Spezialisten auseinanderzusetzen war äußerst schwierig. Der schlimmste von allen hieß Jörg. Er war ein großer Kerl mit wilden braunen Haaren, Pockennarben im Gesicht und einer schwarzen Brille mit fingerdicken Gläsern. Mit ihm waren Filippo, Salva, Riccardo und ich schon ein paar Mal zusammengerasselt. Stets ging es um Kleinigkeiten; nichts, was man mit einer Entschuldigung nicht hätte aus der Welt schaffen können. Aber das lag gar nicht in seinem Interesse. Jörg war erst zufrieden, wenn sich zehn bis fünfzehn andere Jungen hinter ihn stellten, um den Itakern mal wieder zu zeigen, wer hier der Boss war. Nicht dass einer von uns diesen Titel je angestrebt hätte, ganz im Gegenteil. Wir wollten eigentlich nur in Ruhe gelassen werden.

Aber Jörg wartete nur auf jede sich bietende Gelegenheit. Ein Stück Papier, das nicht im Papierkorb landete, eine unbeabsichtigte Berührung beim Fangen, ein falsches Wort an die falsche Person, und Jörg war sofort zur Stelle, um seine tief empfundene Empörung herauszuschreien. Und zwar gegen die Itaker, die deutschen Boden verschmutzten, deutsche Mädchen besudelten, einen deutschen Kameraden beleidigten. Jörg hatte ein echtes Problem. Er kam auch auffällig oft mit blauen Flecken in die Schule, als ob er sich ständig prügelte.

Gegen ihn war eine Auseinandersetzung nicht zu

gewinnen, diese Erfahrung hatte ich leider schon am eigenen Leib gemacht. Zunächst hatte Jörg den halben Schulhof zusammengebrüllt, und als dann möglichst viele Sympathisanten einen Kreis um ihn und mich gebildet hatten, ließ er sich auf einen Kampf ein. Während er mich ordentlich durchmassierte, traten die Außenstehenden zusätzlich auf mich ein. Nach dieser schmerzhaften Lektion taten mir alle Knochen weh.

Dennoch: Es half alles nichts, um die Schule kamen wir nicht herum. Tag für Tag saßen mein Bruder und ich die Zeit bis zum Unterrichtsschluss ab und machten uns dann glücklich auf den Heimweg.

Eines Mittags, ich schlenderte gerade einen Gehweg entlang, fiel mein Blick auf ein Stück am Boden liegende Kreide. Filippo war schon ein ganzes Stück vorausgelaufen und ich war gemütlich hinterherspaziert.

Der ganze Schulweg war mit Kreide markiert. Viele Schüler hielten beim Laufen ein Stück Kreide in der Hand und dekorierten die Häuser, Zäune, Türen, eigentlich alles, woran sie so vorbeikamen. Endlich besaß auch ich so ein Stück Kreide. Prompt drückte ich es an die Hauswand zu meiner rechten und hinterließ meine Markierung. Es folgten ein Zaun mit breiten weißen Brettern, danach ein Jägerzaun mit braunen, verwitterten Pfählen und eine Garageneinfahrt. Die Kreide ratterte über die Zaunpfähle, ich pfiff im gleichen Rhythmus ein Liedchen, schritt langsam den Jägerzaun ab, blickte zurück und bewunderte fasziniert den schneeweißen Strich auf den dunkelbraunen Pfählen.

Plötzlich stieß ich mit dem Fuß gegen etwas Weiches und stürzte bäuchlings auf den Gehweg. Ein alter Mann saß in der Garageneinfahrt auf einem Schemel, und ich war über seine Füße gestolpert. Der Mann stand auf und starrte mich entgeistert an. Er öffnete den Mund, um etwas zu sagen, schloss ihn aber gleich wieder. Nun wanderte sein Blick über den Zaun, während mein Blick zu dem tropfenden Pinsel in seiner Hand wanderte, und wir begriffen gleichzeitig, was da gerade vorgefallen war: Ich hatte den Zaun eingesaut, den er soeben frisch gestrichen hatte!

»Du Saubua! I schla dr s Gweih ei!«, brüllte der alte Mann plötzlich los.

Sofort sprang ich auf und flitzte davon, auch wenn ich nicht genau wusste, von welchem Geweih der Mann da sprach und wem er es wieso einschlagen wollte. Gefährlich klang es allemal. Der alte Mann hätte mich niemals einholen können, und ich fühlte mich schon in Sicherheit. Doch dann hörte ich eine mir wohlbekannte, widerlich kreischende Stimme hinter mir: Jörg!

Jörg tat mal wieder genau das, was er am besten konnte. Er schrie sich noch ein paar Kameraden zusammen, und ein paar Sekunden später hingen mir etwa sechs Jungen und zwei Mädchen auf den Fersen. Nun spurtete ich erst recht los, schrie meinem Bruder noch schnell zu, er solle um sein Leben rennen, und jagte hinter ihm her. Jörg schrie inzwischen noch lauter und hetzte seine Begleiter gegen mich auf: »Der Itaker hat den Opa verhauen!«

Ohne nach links und rechts zu schauen, rannten Filippo und ich über eine Kreuzung, und ein Autofahrer musste eine Vollbremsung hinlegen. Wir wichen dem Wagen aus, der uns nur um Haaresbreite verfehlt hatte, und bogen in die Seitenstraße ein, die uns direkt nach Hause führte. Ich spornte meinen Bruder an, auf der Zielgeraden noch mal alles zu geben. Uns stand fast schon der Schaum vor dem Mund, und wir hatten noch etwa dreihundert Meter vor uns. Die Meute hinter uns war schnell, aber ich bezweifelte, dass sie uns einholen würden. Bis zu dem Moment, als Filippo stürzte.

Ich bremste ab, rannte zu meinem Bruder zurück, zerrte ihn auf die Beine und schrie ihn an, er solle losrennen. Unser Vorsprung war beängstigend zusammengeschmolzen, zwischen mir und den ersten Verfolgern lagen jetzt weniger als fünf bis sechs Meter. Wir hatten unser Haus beinahe erreicht und entdeckten vor der Haustüre eine bekannte Gestalt, die mit einem Besen in der Hand den Gehweg kehrte: Mama!

Wir schöpften kurz neue Kraft und schrieen lautstark um Hilfe. Als Mama die Meute hinter uns sah, hob sie den Besen und hielt ihn wie einen Schlagstock locker in der Hand. Mein Bruder und ich holten pfeifend Luft, gingen davon aus, dass unsere Verfolger bei Mamas Anblick aufgeben und sich einem besseren Zeitvertreib zuwenden würden. Aber Jörg dachte gar nicht daran. Die Meute blieb ein paar Meter vor Mama stehen. Jörg brüllte ihr sein Schauermärchen vom armen, alten, geschlagenen Großvater ins Gesicht. Er wusste offenbar nicht, dass sie ihn nicht verstehen konnte.

Mama sagte gar nichts. Sie starrte ihn nur aus zusammengekniffenen Augen an. Jörg schrie und schrie, und als Mama immer noch keine Reaktion zeigte, wollte er sich tatsächlich auf uns stürzen. Aber so weit ließ ihn Mama nicht kommen. Sie stieß den Besenstiel vor, und die Spitze war jetzt nur noch wenige Zentimeter von Jörgs Adamsapfel entfernt. Dabei warf sie ihm einen kalten Blick zu und schüttelte den Kopf.

Manche Dinge müssen nicht ausgesprochen werden, denn Jörg verstand, dass er zu weit gegangen war, und tat das einzig Richtige: Er drehte sich um und lief zusammen mit den anderen gemächlich davon. Das tat er natürlich nicht in aller Stille. Er schleuderte uns die wüstesten Beschimpfungen entgegen, die sein krankes Hirn so produzierte. Ich war heilfroh, dass Mama nicht verstand, was er da alles von sich gab, denn er hatte sie auf das Übelste beleidigt. Dennoch war eines klar: Das durfte ich ihm auf gar keinen Fall durchgehen lassen.

In Messina gab es zahlreiche Möglichkeiten, sich einen Todfeind zuzulegen, eine todsichere Methode war: die heilige *mamma* oder die Schwestern eines Kameraden zu beleidigen. Wenn ich also dringend eine Generalüberholung meiner Gesichtskonturen wünschte, musste ich nur einem Jungen aus einer traditionsverbundenen Familie gegenübertreten, seine Mutter beleidigen und ihm rechtzeitig den zu behandelnden Körperteil zuwenden. Solche Kerle waren nicht sonderlich schwer zu finden, besonders in den Barackensiedlungen an den Stadträndern von Messina gab es jede Menge davon. Und natürlich in den Bergdörfern, wo noch Familien lebten, deren Uhren etwa zwanzig Jahre nachgingen. Je ärmer die Familie, desto größer die Ehre, die unter allen Umständen verteidigt werden musste.

Es stimmt zwar nicht ganz, aber als grobe Faustregel kann man es schon gelten lassen. Jemand aus einer solchen Familie hätte mir meinen Wunsch ganz sicher mit großer Freude erfüllt. Noch Jahre später würde er stolz erzählen, wie er dafür gesorgt hatte, dass ich mein Schnitzel wochenlang aus einer Schnabeltasse trinken musste. Die Sache mit den Fingern, die er mir im Eifer des Gefechts einzeln verknotet hatte, würde er hingegen für nicht weiter erwähnenswert halten. Das war Kinderkram.

Filippo und ich waren noch zu jung, um in solch komplizierte Angelegenheiten wie Familienehre eingeführt zu werden. Abgesehen davon hatten sich auch in Sizilien die Zeiten geändert. Während die Beleidigung der Mutter vor nicht allzu langer Zeit noch einem Todesurteil gleichgekommen war, hatte sich das Strafmaß zwischenzeitlich auf schwere Körperverletzung reduziert. Jedenfalls blieb ein derart schwerer Angriff auf die Familienehre niemals folgenlos.

Unsere deutschen Kameraden sahen das ganz anders. Es verging kein Tag, an dem nicht mindestens einer lautstark die Mutter eines anderen auf das Übelste beschimpfte und die entsprechend derbe Entgegnung einstecken musste.

Obwohl mein Bruder und ich diese Wortgefechte irgendwann erstens verstehen und zweitens sogar nachsprechen konnten, hüteten wir uns davor, die Mütter unserer Kameraden auch nur zu erwähnen. Immerhin war das für uns eine der schwersten Todsünden! Für unsere Mitschüler besaß es dagegen eine erschreckend beiläufige Bedeutungslosigkeit. Wie die Frage nach dem persönlichen Befinden, der allgemeinen Wetterlage oder des Brotbelags.

Das konnte natürlich auch damit zusammenhängen, dass die meisten, so wie mein Bruder und ich, gar nicht wussten, was diese Sätze genau bedeuteten. Wir wussten nur, dass sie extrem böse Wörter enthielten und dass wir eine extrem dicke Lippe riskierten, falls

Papa eines Tages davon Wind bekam. Der Verdacht reichte übrigens schon aus, denn Papa verstand in dieser Hinsicht absolut keinen Spaß.

## 13. Rache!

Nachdem Jörg in die Flucht geschlagen war, mussten wir Mama haarklein erzählen, was vorgefallen war. Sie reagierte genau so, wie ich es befürchtet hatte: Sie ging an Papas Werkzeugkiste, holte einen Pinsel und ein paar Lumpen heraus, steckte alles in einen Eimer und schickte mich zurück zu dem alten Mann, um den Zaun zu säubern.

Wütend schnappte ich mir den Eimer und versuchte ihr zu erklären, dass fast alle Kinder, die an dem Zaun vorbeiliefen, das Gleiche taten und nur ich das Pech gehabt hatte, dass der Zaun frisch gestrichen war. So ein Mist!

Ich rannte in unsere Wohnung, steckte mein kleines Wörterbuch ein und machte mich auf den Weg. Wie sollte ich mich dem alten Mann gegenüber verhalten? Seine wütende Drohung hatte ich nicht vergessen, obwohl ich noch immer nicht genau wusste, was er mit Geweih gemeint haben könnte. Immerhin war ich mir ziemlich sicher, kein Körperteil zu besitzen, das so hieß. Es sei denn, die Schwaben bezeichneten damit irgendwelche anderen wichtigen Körperteile.

Das wäre dann eine dieser bösen Fallen der deutschen Sprache, über die ich schon etliche Male gestolpert war. So hatte beispielsweise »arm dran« eine andere Bedeutung als »Arm ab«. Blau konnte sowohl der Himmel als auch ein grölender Mann auf einer Parkbank sein, und sobald man »sechs« sagte, fingen die Mädchen an zu kichern und schienen nicht an eine Zahl zu denken.

Ich musste unbedingt herausfinden, ob »Geweih« eine doppelte Bedeutung hatte und ob das Einschlagen desselben sich nachteilig auf meine Befindlichkeit auswirken konnte. Mehrmals blätterte ich mein Wörterbuch durch, fand jedoch nichts – zumindest nichts Erschreckendes.

Einigermaßen beruhigt marschierte ich kurz darauf meinem Ziel entgegen und sah den alten Mann schon von weitem vor seinem Zaun sitzen. Au weia! Sofort bekam ich Angst, und alles in mir schrie nach Flucht. Aber da meine Füße nicht innehielten, stand ich eine Minute später vor dem Mann, kramte sogleich meinen Pinsel hervor, sah ihn an, stotterte: »Äh … Endschuljung!«, und begann mit der Reinigung des Zaunes.

Der alte Mann erwiderte nichts, und zu meiner großen Freude machte er auch keine Anstalten, nach irgendeinem Geweih zu schlagen. Er gab mir bloß eine fürchterlich stinkende Dose Terpentin und sagte nur: »Donei dunka.«

Zwar verstand ich ihn nicht, doch ich hatte kapiert, dass ich den Pinsel in die Dose tunken und damit über den Zaun streichen sollte. Ich arbeitete bis zum späten Nachmittag und war glücklich, als ich endlich auch den letzten Zaunpfahl gereinigt hatte. Rasch packte ich alles zusammen und verabschiedete mich von dem alten Mann. Er war die ganze Zeit ziemlich wortkarg gewesen, aber böse war er mir nicht mehr.

Ich war noch keine zehn Meter gelaufen, da rief er mich wieder zurück, um mir eine Tafel Schokolade in die Hand zu drücken. Ich versuchte ihm klarzumachen, dass es nicht nötig sei, da ich den Zaun schließlich verschmutzt hatte.

Doch er erwiderte nur: »I woiß, aber die Saubuaba ... die eich vorher hinterher sind, han alle mein Zaun eingesaut. Aber noch nie isch einer zurückkomma zum wieder Saubermacha. Nimm's! Ansonschten kommsch halt mal wieder, wenn d' nix Besseres vorhasch. Tschüss!«

Ich lief nach Hause, erleichtert, die Arbeit hinter mich gebracht zu haben und dass der alte Mann so nett gewesen war. Ich hatte zwar nur jedes zweite Wort verstanden, aber er hatte sich alles andere als böse angehört.

Eins war sicher: Dieses dämliche Wörterbuch war so sinnlos wie ein Tretroller für einbeinige Kinder. Alle Deutschen, mit denen ich bisher zu tun hatte, forderten mich spätestens nach dem zweiten Satz auf, anständiges Deutsch zu lernen. Allerdings schien das nur für mich zu gelten, denn sie selbst hielten sich nicht an die Regeln! Die einzigen Menschen, die in diesem Land wie mein Wörterbuch sprachen, arbeiteten offenbar alle bei irgendwelchen Fernseh- oder Radiosendern. Mir war bis dahin jedenfalls noch keiner persönlich begegnet.

Ich hatte mir sogar schon abgewöhnt, die Deutschen nach der Uhrzeit zu fragen. Die konnte ich nämlich nach dem Stand der Sonne, dem Grummeln meines Magens oder dem Verschmutzungsgrad meines Pullovers exakter ermitteln, als wenn mir ein Passant um 16.40 Uhr ein »Femfvordreiviertelfemfe!« ins Gesicht nieste und ich bei dem Versuch, diesen Wortsalat zu entwirren, mit einem Krampf in der Kinnlade nach Mama rufen musste. Zu Hause angekommen, beschloss ich daher, das Wörterbuch in den Schrank zu werfen und es nie, nie wieder in die Hand zu nehmen.

In den folgenden Tagen studierte ich Jörg aufs Genaueste, denn er war fällig. Da er sich recht häufig stritt, verfolgte ich jede Bewegung, jede Reaktion, jedes Augenzwinkern. Sogar das leichte Zittern seiner Unterlippe, bevor er zuschlug, blieb mir nicht verborgen. Ich wollte kein unnötiges Risiko eingehen, denn Jörg war zwei Köpfe größer als ich und wog ganz sicher zwanzig Kilo mehr. Wenn er es schaffte, sich auf mich draufzusetzen, sähe ich bald wie eine geplatzte Leberwurst aus.

Mein Schlachtplan stand fest. In der großen Pause provozierte ich Jörg so lange, bis er mir eine wüste Drohung ins Gesicht spie:

»Kerle, i dapp dir so in Arsch, dassn in dr Schleng hoimträgsch! Bstell dr glei mol an Leichawaga!«

Nun hatte ich weder vor, meinen Hintern in einer Schlinge nach Hause zu tragen noch einen Leichenwagen zu rufen. Aber wenn mein Plan nicht aufging, würde Jörg mich nach Unterrichtsschluss im Schulhof beerdigen – zumindest befürchtete ich das. Ich bibberte regelrecht vor Angst, aber das Spiel hatte begonnen, und jetzt musste ich es auch zu Ende spielen.

Als die Glocke läutete und alle Schüler aus dem Gebäude stürmten, schickte ich meinen Bruder alleine nach Hause. Er meckerte zwar herum, weil er meine Tasche mitnehmen musste, trotzdem lief er los und war kurz darauf verschwunden. Als ich ins Freie trat, wartete Jörg lässig an einen Zaun gelehnt auf mich. Aber das Wichtigste: Er war allein! Bei seinem Anblick blieb mein Herz für einen Moment stehen. Ich unterdrückte die aufsteigende Panik und lief langsam auf ihn zu. Jörg drehte sich zu mir, verschränkte die Arme und baute sich breitbeinig auf. Was für ein Tier!

Ich sah meinen Plan kläglich scheitern. Jetzt, so kurz davor, bezweifelte ich, ob die Idee, ihn herauszufordern, tatsächlich so gut gewesen war. Na ja, vielleicht hatte ich Glück, und er brach sich zufällig einen Zeh, wenn er mich unglücklich in den Hintern trat. Das wäre eine angemessene Strafe! Er hatte Mama beleidigt, und so etwas tat man nicht ungestraft! Notfalls musste ich ihm eben ins Auge spucken und schnellstens das Weite suchen. Rasch verscheuchte ich die schlechten Gedanken und schlich im Schneckentempo auf ihn zu, bis uns nur noch etwa drei bis vier Meter trennten.

Jörg merkte mir meine Angst an und begann mich zu verhöhnen. Dann ballte er die Fäuste, machte einen Schritt auf mich zu und holte aus.

Das war mein Startsignal. Ohne jede Vorwarnung sprang ich ihn an!

Seine Augen hinter den dicken Gläsern wurden auf einmal ganz groß. Während er sich noch fragte, was das werden sollte, fegte ich ihm die Brille von der Nase. Jetzt war so etwas wie ein Gleichgewicht hergestellt: Er war zwar noch immer größer und stärker, dafür aber blind wie ein Regenwurm. Eine gute Viertelstunde lang polierten wir uns gegenseitig die Milchzähne, und als Jörg endlich am Boden lag, holte ich seine Brille und fragte ihn, ob es jetzt genug sei. Als er bejahte, gab ich sie ihm zurück, drehte mich ohne ein weiteres Wort zu verschwenden um und lief nach Hause.

Jörg schrie mir schon wieder irgendetwas hinterher. Ich blickte zurück und grinste ihn nur an. Er jagte mir keine Angst mehr ein.

Papas Theorie, wir müssten nur den größten von unseren Widersachern vermöbeln, damit der Rest vor Angst erstarrte und Ruhe gab, erwies sich als komplett falsch. Für diesen angenehmen Nebeneffekt waren wir definitiv einen Meter zu kurz geraten. Oder, um es mit einem Originalzitat unseres geliebten Sportlehrers, Herrn Bronzerle, zu sagen: »Ihr seid ja gerade mal einen Kopf größer als eine Sau.«

Herr Bronzerle, ein langer, hagerer, leicht blutleer wirkender Mann, liebte uns heiß und innig. Seine spöttischen Bemerkungen über unsere sportlichen Leistungen, Körpergröße, Intelligenz und unsere nach »Chinesisch rückwärts« klingende Sprache versorgte unsere Kameraden regelmäßig mit neuem Stoff für Hohn und Spott. Der letzte Zwischenfall mit Herrn Bronzerle hatte mir sogar beinahe einen Verweis eingebracht.

Zu Beginn einer Schwimmstunde im schuleigenen Hallenbad hatte ich mich als einer der Ersten an den Beckenrand gesetzt. Das Wasser war schön warm, ich tauchte die Hände hinein und spritzte es mir auf den Oberkörper. Kurz darauf standen Riccardo und Salvatore vor mir und fragten auf italienisch, wie das Wasser sei.

Ich antwortete: »*Calda!*«, was auf italienisch »warm« heißt.

Just in dem Augenblick betrat Herr Bronzerle die Schwimmhalle. Er sah mich an, hob die Augenbrauen, und rief: »Was? Kalt?« Während er noch sprach, steuerte er direkt auf den Beckenrand zu, tauchte einen Fuß ins Wasser und schimpfte sofort los: »Ha! Kinder, das Wasser ist doch nicht kalt! Du bist wohl nicht ganz dicht, oder? Du hast doch nicht mehr alle Tassen im Schrank, oder?«

Ich zuckte bei seiner Reaktion heftig zusammen, denn ich wusste gar nicht, was er von mir wollte.

Wieso sollte ich nicht mehr alle Tassen im Schrank haben? Ich selbst besaß gar keine Tassen, und wenn ich es mir recht überlegte, besaß ich nicht mal den Schrank, in dem jetzt angeblich irgendwelche Tassen fehlten.

Herr Bronzerle unterbrach meine Gedanken und wiederholte seine Frage: »Oder?«

Mist, er erwartete tatsächlich eine Antwort. Ohne nachzudenken platzte ich heraus: »Ich habbe keine Tasse und auch keine Schrank! Verstande?«

Die umstehenden Klassenkameraden brüllten sofort los und kugelten sich vor Lachen.

Herr Bronzerle spürte, dass ihm die Situation entglitt. Er lief rot an und brüllte erst »Ruhe!«, bevor er sich an mich wandte: »Mein Lieber! Ich sag es dir, werd ja nicht frech, sonst gehst du sofort zum Direktor, und dann ist aber was los! Dann brauchst nie wieder zu kommen. Verstanden?«

Der Gedanke, nie wieder in die Schule gehen zu müssen, war mir nicht unsympathisch, aber ich hätte schon gerne gewusst, warum er mich gleich zum Direktor schicken wollte. Ich war mir nach wie vor keiner Schuld bewusst.

Schließlich meldete sich Riccardo zu Wort, und wir klärten das Missverständnis auf. Herrn Bronzerle war das ziemlich egal. Er schrie, dass er jetzt nichts mehr hören wolle, und scheuchte uns ins Wasser, woraufhin unsere lieben Klassenkameraden einen weiteren Grund zum Spotten und Lästern hatten.

Bis zum Beginn der langersehnten Sommerferien gerieten Filippo und ich beinahe täglich in irgendwelche Streitereien. Wir hangelten uns von einem Tiefpunkt zum nächsten. Der letzte kam in Form der Zeugnisse: Wir wurden ohne Noten in die fünfte Klasse versetzt. Für alle Mitschüler, die wegen ihrer schlechten Noten nicht versetzt worden waren, ein willkommener Grund, uns noch mehr zu hassen. In Sizilien war ich einer der Besten in meiner Klasse gewesen, und kaum ein halbes Jahr später folgte der unaufhaltsame Abstieg zum Esel, der in der letzten Bank sein Dasein fristet. Das war ganz schön frustrierend.

Noch frustrierender war, dass sich fast alle unsere Bekannten mit Beginn der Sommerferien für sechs Wochen nach Italien verabschiedeten. Mama und Papa hatten schon lange vorher entschieden, dass wir uns dieses Jahr keinen Urlaub leisten konnten. Wir konnten nicht gleichzeitig wegfahren und in die inzwischen fertig gewordene neue Wohnung ziehen. Zwar kamen wir so endlich raus aus dem feuchten Kellerloch, aber für mich und meine Geschwister war das eher zweitrangig. Die Frage, was wir während der viel zu kurzen Sommerferien mit uns anfangen sollten, war viel wichtiger.

Innerhalb der ersten Woche hatten nämlich sämtliche Bewohner beinahe fluchtartig das Dorf verlassen. Die leeren Straßen wirkten teilweise sogar richtig unheimlich. Einzig auf dem Bauernhof in unserer Nachbarschaft ging das Leben wie gewohnt weiter.

Dort trieben sich zurzeit sogar mehr Kinder herum als sonst. Hans und seine Geschwister hatten Verwandte zu Besuch, die ihre Ferien auf dem Bauernhof verbringen wollten. Es waren durchweg Kinder in unserem Alter und sie waren alle sehr nett, denn wir hörten sechs Wochen lang kein böses Wort. Im Gegenteil, wir durften mit ihnen spielen und herumtoben, wie wir wollten. Der Bauer nahm uns sogar auf seinem Traktor mit, und während er seine Wiesen mähte oder Heu einfuhr, spielten wir Fußball, fielen wie ein Heuschreckenschwarm über die Kirschbäume her und tobten im Heuschober herum.

In jenem Sommer lernte ich die kleine rothaarige Sieglinde kennen. Sieglinde und ich waren gleich alt, gleich groß, hatten am gleichen Tag Geburtstag und trugen die gleichen Latzhosen. Damit waren die Gemeinsamkeiten allerdings auch schon erschöpft. Sieglinde hatte unzählige Sommersprossen im Gesicht und konnte sogar mit geschlossenem Mund plappern – ohne Luft zu holen! Wir hatten uns sehr schnell angefreundet und verstanden uns prächtig. Im Laufe weniger Tage hatte der Bauer seinen Heuschober bis unters Dach gefüllt, und wir verbrachten ganze Tage damit, uns durch das warme, duftende Heu zu graben. Da Sieglinde und ich beschlossen hatten, so bald wie möglich zu heiraten, gruben wir eine Höhle, die nur uns beiden gehören sollte.

Als die Höhle endlich fertig war, überraschte mich Sieglinde mit ihrem Entschluss, dass es allmählich Zeit für ein Knutschspiel sei. Kaum hatte sie es ausgesprochen, da presste sie auch schon die Lippen ganz fest zusammen, zielte auf meine und ließ sich einfach auf mich draufkippen. Das ging so schnell, dass mein Fluchtreflex erst einsetzte, als ich bereits auf dem Rücken lag. Mir schien, als hätte Sieglinde ihr gesamtes Körpergewicht auf ihre Lippen verlagert, denn mein Kopf tauchte tief in das weiche Heu ein. Wenn man Haie an einer bestimmten Stelle am Kopf berührt, verfallen sie in eine Art hypnotische Starre. Eine wie auch immer geartete Verwandtschaft zu Haien innerhalb meiner Familie kann ich mir nun wirklich nicht vorstellen. Dennoch glaube ich, Sieglinde hatte genau diese Stelle bei mir gefunden, denn ich war plötzlich unfähig, mich zu rühren.

Ich bekam kaum noch Luft, meine Lippen drückten schmerzhaft gegen meine Zähne, und ich hatte Angst, dass meine, zwar etwas schief nachgewachsenen, aber immer noch nagelneuen Zähne erneut nach hinten wegbiegen könnten. Wie damals, als sich die Kante eines eisernen Tisches mir gewaltsamen in den Mund geschoben hatte. Als das Kribbeln allmählich in Schmerz überging, erwachte ich endlich aus der Erstarrung. Ich nahm Sieglindes Gesicht zwischen meine Hände, drückte sie hoch, und als sie die Augen öffnete, fragte ich sie, hochrot im Gesicht und atemlos, ob wir – röchel – jetzt wieder – hust – Fußball – röchel – spielen könnten.

Sieglinde starrte mich fassungslos an, beschloss offensichtlich im selben Augenblick, mich doch nicht heiraten zu wollen, und schrie mir brühwarm ins Gesicht, dass ich für eine Beziehung viel zu unreif sei.

Das traf mich hart, dennoch musste ich ihr letztendlich Recht geben. Für klaustrophobische Erstickungsanfälle fehlte mir tatsächlich die Reife.

Die Ferien wurden wider Erwarten sehr schön. Die ganze Zeit über hatten wir mit unseren neuen Freunden nur deutsch gesprochen, und unsere Sprachkenntnisse hatten sich enorm verbessert. Tatsächlich hatten wir in den sechs Wochen Ferien mehr gelernt als in den sechs Monaten davor in der Schule.

Als der Unterricht wieder begann, waren die meisten Lehrer und viele unserer Mitschüler überrascht, dass wir uns mit ihnen beinahe fließend unterhalten konnten. In den ersten beiden Tagen des neuen Schuljahres erfuhren wir, dass Armut für die meisten unserer Schulkameraden eine völlig andere Definition besaß, als wir je geglaubt hatten. Demnach gehörten alle, die über keine tolle Urlaubsreise berichten konnten, zu den Ärmsten dieser Welt.

So manchem Klassenkameraden stieg allein schon bei der Frage, wo er denn die Ferien verbracht habe, die Schamesröte ins Gesicht. Je exotischer das genannte Reiseland, desto stolzgeschwellter die Brust. Verächtliche, mitleidige Blicke gab es dagegen für diejenigen, die sich eine solche Reise nicht leisten konnten. Einer ging sogar so weit, seine Eltern als Versager zu beschimpfen, weil sie sich »nur« einen zweiwöchigen Italienurlaub geleistet hatten.

Filippo und ich hörten bloß staunend zu. Ich dachte an *nonna* Maria, die uns immer wieder gepredigt hatte, dass jemand, der täglich einen Teller Bohnensuppe essen konnte, ein reicher Mensch sei, denn viele auf dieser Welt hatten nicht einmal regelmäßig etwas zu essen. Sie irrte sich gewaltig. Für unsere Kameraden begann Armut auf einer ganz anderen Ebene. Jemand, der täglich zu essen hatte, war vielleicht satt, aber noch lange nicht reich. Reichtum begann da, wo die Kinder der Wohlstandsgesellschaft es sich leisten konnten, ihr Essen in die Mülltonne zu werfen.

Genau das taten viele unserer Schulkameraden

tagtäglich. Erst mal begutachteten sie Mamas liebevoll belegtes Pausenbrot, verzogen angewidert die Mundwinkel und beförderten es schließlich mit Schwung in die nächstbeste Mülltonne. Lieber liefen sie zu einem Imbissstand und kauften sich dort etwas zu essen. Meist frische Brötchen, die mit einer dicken Scheibe einer zartrosa gesprenkelten, schwammigen Masse belegt waren und den wundervollen Geruch dampfender Socken verbreiteten: Läberkäs!

Allein der Name klang in unseren Ohren wie ein ganz hinten im Hals unterdrückter Würgereflex. Und wie das Zeug erst aussah! Was um Himmels willen sollte das sein? Hatten schwäbische Wissenschaftler tatsächlich so lange herumexperimentiert, bis es ihnen gelungen war, aus tierischen Organen Käse herzustellen? Oder waren am Ende wieder mal Kartoffeln im Spiel? Für so etwas warfen unsere Kameraden ihre leckeren Brote weg? Das konnten wir beim allerbesten Willen nicht nachvollziehen.

Leberkäs! Bei der Namensgebung ihrer Spezialitäten legten die Schwaben sowieso einen seltenen Sinn für Humor an den Tag.

So verbargen sich hinter »Nonnafürzla« nicht etwa die frittierten Verdauungsgase weiblicher Klosterinsassen, sondern nur harmlose Hefeteigbällchen. Über einen traditionellen »Rostbrota« wurden keine rostigen Nägel geraspelt. Für einen Teller voller »Buabaspitzla« musste keine Massenkastration unschuldiger Knaben angeordnet werden, und für »Katzagschroi«, ein mit Ei gebratenes Fleischgericht, brauchte weder eine Katze gequält noch eine örtliche Volksmusikkapelle bemüht zu werden. Da der Schwabe die Leckereien kennt, haben diese seltsamen Namen für schwäbische Ohren einen appetitlichen Klang. Bei

Fremden, die auf die wörtliche Übersetzung angewiesen sind, lösen sie allerhöchstens Angstschweiß aus. Oder, wie bei unserer Mama, sogar Ekelattacken, die sich durch eine Gänsehaut auf ihren Armen äußerte. Überhaupt war die wörtliche Übersetzung vom Schwäbischen ins Italienische oder auch vom Schwäbischen ins Deutsche eine äußerst diffizile, ja delikate Angelegenheit.

Wir Kinder mussten immer mal wieder für Mama oder Papa Übersetzer spielen, was nicht selten in krampfartige Lachanfälle ausartete. So etwa eine Woche vor Schulbeginn, als wir direkt vor unserem Haus zwei fremde Männer beobachtet hatten, die sich mitten auf der Straße scheinbar grundlos anschrieen.»Ja! Jetz leck mi no am Arsch! Ja gibts di au no!«

»Hano, hano!«

»Ja d' Deifel soll mi hola! Ja, jetz leck mi no fett!«

»Hano! Jetzt steig mr no in d' Dasch! Du alder Säggl! Wia gohts denn abr au?«

Nachdem Mama eine Weile stirnrunzelnd zugehört hatte, fragte sie mich: »Was haben die Männer gerade gesagt? Streiten die sich?«

»Nein«, antwortete ich. »Die haben sich wohl lange nicht gesehen und sich gerade freudig begrüßt.«

»Wirklich? Was haben sie denn so gesagt?«, bohrte Mama weiter.

»Also, der eine hat gesagt, der andere soll ihn mal am Arsch lecken, weil es ihn noch gibt. Der andere war sprachlos und meinte nur: »Ach nein!«, weil sich der eine gewünscht hat, dass ihn der Teufel holen soll, und der andere ihn aber vorher lecken sollte, bis er zunimmt. Dann hat der andere gesagt, dass der eine ein alter Beutel sei und ihm in die Tasche steigen solle, falls es sein Gesundheitszustand zulässt«, antwortete ich wahrheitsgetreu.

Mama sah mich überrascht an und fragte dann: »Bist du sicher, dass sie sich nicht gestritten haben?«

Das konnte ich nach meiner Übersetzung nun nicht mehr mit absoluter Gewissheit sagen.

Der Eintritt in die fünfte Klasse brachte zahlreiche Veränderungen mit sich. Viele unserer Klassenkameraden hatten die Schule gewechselt. Seltsamerweise waren ausgerechnet diejenigen gegangen, mit denen wir uns am besten verstanden hatten oder die relativ friedlich waren. Die größten Schreihälse waren geblieben und fühlten sich jetzt noch stärker als vorher. Jörg und einige andere Mitschüler liefen gerade zur Höchstform auf.

Es dauerte nicht lange, bis die Anfeindungen und Streitigkeiten schlimmer wurden als je zuvor. Wir Gastarbeiterkinder fühlten uns zeitweise wie Gejagte, rückten immer enger zusammen, und irgendwann dachten wir nur noch: Wir gegen den Rest der Welt! Es war kein schönes Gefühl, ganz im Gegenteil. Der Zwang, sich jemandem verbunden zu fühlen, endet oft damit, dass man Dinge mitträgt, die man alleine und ohne diesen Zwang niemals mitgetragen hätte. Schließlich gab es auch unter den Gastarbeiterkindern gewalttätige Rabauken, mit denen wir unter »normalen« Umständen nichts hätten zu tun haben wollen.

Bestimmte Zeitungen spielten bei der immer stärker werdenden Feindseligkeit, die wir empfanden, eine große Rolle. Mittlerweile konnte ich das, was ich las, auch verstehen, und immer häufiger erschienen Artikel, die in einem abwertend klingenden Ton über den »zu geringen wirtschaftlichen Nutzen« von Gastarbeitern berichteten. Obwohl ich nicht wusste, worum es da genau ging, fühlte ich mich zutiefst gekränkt, bedroht und angewidert.

Ich war gerade mal zwölf Jahre alt, noch nicht mal ein Arbeiter, also auch kein Gastarbeiter, und erfuhr, dass es in diesem Land Menschen gab, die den Wert anderer Menschen nach ihrem wirtschaftlichen Nutzen beurteilten. Diese Berichte und die Diskussionen darüber wurden bis in unseren Schulhof hereingetragen. Die nächste Degradierung ließ also nicht lange auf sich warten: vom einfachen, ungeliebten Itaker zum nutzlosen, ungeliebten Itaker. Wir konnten dem recht wenig entgegensetzen, außer zu beweisen, dass wir genauso viel wert waren wie jeder andere unserer Klassenkameraden.

Jeder von uns bemühte sich auf seine eigene Art und Weise um Akzeptanz. Fußball schien einer der wenigen Wege zu sein. Mein Bruder und ich hatten uns bis dahin nie so richtig für diesen Sport interessiert, doch hier schien es beinahe unerlässlich, einer Mannschaft anzugehören. Unser Freund Riccardo war ein guter Fußballer und hatte längst nicht so viele Probleme wie mein Bruder und ich. Filippo hatte allein wegen seines blinden Auges einen Nachteil, der nicht auszugleichen war. Mein Talent konnte ich allein mit dem von Franz Beckenbauer höchstpersönlich teilen – allerdings nur des Kaisers Gesangstalent: »Gute Fräunde konn nüümand trrönnön …« Als Fußballer würde er, unerreichbar, für immer die Musikkappelle sein und ich der kleine Junge mit der Eistüte in der Hand, der hinterherlief.

Alles in allem hatten wir über den Fußball eher schlechte Karten. Zwar waren gute Schüler ebenfalls anerkannt, aber davon waren wir noch viel weiter entfernt. Die Lage war aussichtslos, und Gestalten wie Jörg riefen uns immer wieder in Erinnerung, dass wir nicht dazugehörten.

Doch die Probleme mit Jörg sollten sich schon bald auf eine Weise lösen, die ich niemals für möglich gehalten hätte.

## 14. Zärtliche Prügel

Das neue Schuljahr brachte eine weitere Änderung mit sich: An zwei Nachmittagen in der Woche wurde ab sofort Italienisch unterrichtet. Da die meisten Italiener nur für begrenzte Zeit in Deutschland blieben, sollte der Unterricht dazu dienen, die italienische Schulausbildung nicht komplett in Vergessenheit geraten zu lassen.

Ich wollte da eigentlich nicht hingehen, denn der Unterricht löste, solange wir uns in Deutschland aufhielten, keines unserer Probleme. Aber da Papa und Mama sich bereits dafür entschieden hatten, blieb uns nichts anderes übrig.

Also saßen wir eines Nachmittags zusammen mit zwölf anderen Kindern, die teilweise in den Nachbardörfern wohnten, im Klassenzimmer und warteten auf unsere Lehrerin. Die Tür ging auf, und ich bekam den Schock meines Lebens, denn Signora Alessandri betrat den Raum! Ausgerechnet Signora Alessandri, die mich knapp drei Jahre zuvor in Messina wegen meiner Gesangskünste verspottet hatte. Damals hatte ich im Unterricht ein Lied vorsingen müssen, und sie hatte sich vor allen Mitschülern über mich lustig gemacht. Im Schlepptau hatte sie eine jämmerlich verheulte Gestalt: Jörg!

Ich war baff. Signora Alessandri in Deutschland wiederzusehen war für mich schon allein unglaublich. Noch unglaublicher war jedoch zweifellos, dass Jörg in unseren Italienischunterricht gehen musste. Freiwillig war er ganz sicher nicht hier. Mein Intimfeind starrte uns der Reihe nach hasserfüllt an und heulte dabei wie ein Wasserfall. Daraufhin winkte Signora Alessandri einen Mann herbei, der offenbar draußen im Gang gewartet hatte. Er stürzte mit grimmigem Gesichtsausdruck herein, und die Lehrerin bat ihn, seinen Sohn wieder mit nach Hause zu nehmen.

Sie sprach mit ihm italienisch. Das bedeutete: Jörgs Vater war Italiener! Die Gesichtslähmung erfasste mich so plötzlich, dass ich den Mund nicht mehr zubekam. Jörg, der größte Idiot aller Zeiten, der uns das Leben wie kein anderer zur Hölle gemacht hatte, war Halbitaliener? Das war wohl ein Witz!

Als ich endlich wieder Herr meiner Mimik war, sagte ich einen Satz, der Jörgs ohnehin schon mehr als volles Fass zum Überlaufen brachte: »Nein, der Itaker soll hierbleiben, wir sind doch die besten Freunde!«

Mit einem Schrei, der an das Quiecken eines Ferkels erinnerte, wollte sich Jörg auf mich stürzen.

Ich machte unbeeindruckt weiter: »Du Itaker! Zitronenschüttler!«

Jörgs Vater griff nach seinem Sohn und funkelte mich böse an. Er hatte ja keine Ahnung, wie sich sein Söhnchen uns gegenüber benommen hatte, und war sichtlich schockiert.

Signora Alessandri stellte sich ebenfalls zwischen uns und verstand nur Bahnhof. Mein Bruder und meine Schwester hielten mich an meinem Pullover fest, und alle anderen Kinder im Raum sahen sich, sichtlich eingeschüchtert, die unwirkliche Szene an.

Jörg fing an zu schreien: »Ich bin kein Itaker! Ihr seid die Itaker!«

Sein Vater sah sich gezwungen, mit ihm aus dem Klassenzimmer zu gehen. Er entschuldigte sich bei der Lehrerin und verabschiedete sich. Jörg, der fast so groß war wie sein Vater, riss sich los und rannte davon.

Ich setzte mich wieder hin und musste Signora Alessandri erst mal erklären, was da gerade vorgefallen war. Da die anderen meine Worte bestätigten, hatte sie keinen Grund, daran zu zweifeln, und war froh, dass sie den Rabauken nicht unterrichten musste.

Zum Glück hatte Signora Alessandri mich nicht wiedererkannt. Offenbar hatte mein Gesangsdebüt keine bleibenden Schäden angerichtet, sonst hätte sie sich bestimmt an mich erinnert. Vielmehr freute sie sich, jemanden aus ihrer Heimatstadt in der Klasse zu haben.

Nach allem, was zu Beginn der Stunde vorgefallen war, war ein normaler Unterricht nicht mehr möglich, und unsere Lehrerin beschloss, uns bald nach Hause zu schicken. Das war uns natürlich nicht unangenehm.

Gemeinsam schlenderten wir am angrenzenden Sportplatz vorbei, als ich am anderen Ende ein jämmerlich weinendes Bündel neben einem Torfpfosten kauern sah. Ich entfernte mich von der Gruppe und lief über den Sportplatz. Neben dem Torfpfosten lag Jörg. Zuerst wollte ich umkehren und schleunigst das Weite suchen, aber meine Neugier war stärker. Ich näherte mich ihm also vorsichtig, und als ich nah genug war, hob Jörg den Kopf und blickte mich aus seinen geröteten Augen an. Er hatte ein blaues Auge, und sein Pullover war ihm über den mit roten Striemen überzogenen Bauch gerutscht.

Ich verstand auf Anhieb, was geschehen war: Sein Vater hatte ihn furchtbar verprügelt. Sosehr ich ihm im ersten Moment die Prügel auch gönnte, kam in mir doch dieses Gefühl der Solidarität hoch, das Kinder instinktiv miteinander verbindet, wenn Erwachsene ihnen Leid zufügen.

Ich sagte nur: »Oh mein Gott! Was hat er denn mit dir gemacht?«

Normalerweise hätte sich Jörg zu diesem Zeitpunkt längst auf mich gestürzt und mir die Kinnlade ausgerenkt, doch dazu war er momentan nicht in der Lage. Da er nicht antwortete, setzte ich mich neben ihn auf den Rasen und schwieg. Nach mehreren schweigsamen Minuten fing er schluchzend an zu reden. Er wollte wissen, ob mein Papa mich auch verprügele. Ich dachte kurz nach und verneinte. Natürlich bekamen wir ab und zu mal eine Ohrfeige, aber das war völlig normal, und ich kannte keinen sizilianischen Papa, der es nicht tat.

In Sizilien galten Backpfeifen als notwendige Erziehungsmaßnahme, mit deren Hilfe die liebenden Eltern ihrem orientierungslosen Nachwuchs die richtigen Wege durch das Labyrinth des Lebens wiesen. Backpfeifen waren also eher eine Art altertümliches Navigationssystem für irregeleitete Heranwachsende. In unserer Großfamilie wurde dieses Thema häufig diskutiert, denn auch hier gab es Gegner und Befürworter. Unverständlicherweise befand sich auf der Seite der Gegner kein einziger Erwachsener. Nach ihrer Ansicht hatten wir keinen Grund, uns zu beklagen, denn wenn wir uns eine einfingen, dann nur aus einem einzigen Grund: Liebe! Weil wir ihnen nämlich nicht gleichgültig waren. Weil es ihnen ungemein wichtig war, aufrechte Menschen aus uns zu machen.

Kinder von gleichgültigen Eltern wurden ihrer Meinung nach im Laufe ihres Lebens zu Mördern, Dieben oder sonstigen Schwerverbrechern, die früher oder später unweigerlich im Gefängnis landeten. Wir sollten also froh um jede einzelne Ohrfeige sein, denn sie zeigte uns nur, dass wir geliebt wurden. Schließlich schlugen sie uns nicht aus Spaß, denn liebende Eltern empfanden beim Austeilen von Ohrfeigen den doppelten Schmerz. Das bedeutete: eine Backpfeife für mich, zwei für Mama. Eines Tages, wenn wir selbst Kinder hätten, würden wir sie verstehen und ihnen dankbar sein.

Diese seltsame »Je-größer-die-Liebe-umso-härter-die-Hiebe«-Theorie stimmte uns tatsächlich nachdenklich. Wenn auch nur für kurze Zeit. Denn diese gepredigten Sätze entwickelten sich unter uns Kindern bald zu einem Running Gag, der so manche Backpfeife abwenden half: »Mama, Mama, hör auf! Du brauchst dir meinetwegen doch nicht wehzutun!«, sagten wir dann. Oder wir erzählten uns: »Au Mann! Mein Papa hat mir letzte Woche vor lauter Liebe fast den Kiefer ausgerenkt!«

»Echt? Au weia! Das war wohl ein Liebesinfarkt! Lebt er noch?« Oder auch: »Autsch! Mama, du könntest mir den richtigen Weg aber auch auf einer Straßenkarte zeigen, oder?

Hier in Deutschland war jegliche körperliche Gewalt gegenüber Kindern verpönt, ja manche Schulkameraden waren sogar felsenfest davon überzeugt, dass es bei Strafe verboten sei. Ich hatte oft genug staunend zugehört, wenn ein Schulkamerad drohte, seine Eltern wegen Kindesmisshandlung bei der Polizei anzuzeigen. Wegen eines Klapses auf den Hintern! Das fanden meine Geschwister und ich nun stark übertrieben. Wie konnte ein Kind seine Eltern denunzieren und hinterher verlangen, dass sie sein Essen kochten, seine Wäsche wuschen, sich um es kümmerten und es noch genauso liebten? Was wäre das für ein liebloses Elternhaus geworden? Das Verbot an sich, wenn es denn eines gab, war uns ganz sympathisch. Aber die Notwendigkeit musste von den Eltern erkannt, nicht von den Kindern erzwungen werden.

Ebenfalls sehr früh erkannten wir, dass unsere Kameraden im Umgang mit Erwachsenen viel lockerer und freier waren als wir und auch vehement ihre Rechte einforderten. Manche legten gegenüber Erwachsenen ein Selbstvertrauen an den Tag, das uns regelrecht sprachlos machte. Einige gingen sogar weit darüber hinaus und waren schlichtweg nur respektlos und beleidigend. Das ging uns natürlich zu weit. Aber wir bogen uns alle Einzelheiten zurecht und gelangten zu der Überzeugung, dass wir, wenn wir groß wären und Kinder hätten, sie vielleicht etwas weniger lieben, aber dafür völlig auf Ohrfeigen verzichten wollten. Dann würden unsere Kinder ebenfalls mutiger und selbstbewusster werden und sich in der Welt der Erwachsenen besser durchsetzen können.

Als Santina, Filippo und ich wieder mal vor unserem Haus saßen, sprachen wir das ernsthaft durch. Wohl wissend, wie demütigend auch nur eine einzige Ohrfeige sein konnte, schworen wir einen heiligen

Eid: Wir drei würden unsere Kinder nie, niemals schlagen! Nicht einmal während der Besuchszeiten, falls sie wegen unseres Entschlusses im Gefängnis landen würden.

Jörg, der inzwischen an einem Torpfosten lehnte und weinte, sprach aber von schwerer Prügel, nicht von Ohrfeigen, und wenn ich mir die Spuren auf seinem Körper ansah ... Nein, mein Vater hätte mich niemals so verprügelt. Nach ein paar Minuten sprudelte es aus Jörg nur so heraus, und ich hatte teilweise Mühe, aus diesem Wasserfall an Worten etwas verständliches herauszufiltern. Ich erfuhr, dass er seinen richtiger Vater kaum gekannt hatte. Er starb, als Jörg noch ein Kleinkind war. Seine Mama hatte eines Tages diesen Italiener kennen gelernt, der vom ersten Tag an so tat, als ob er sein neuer Vater wäre. Und er schlug ihn. Immer dann, wenn er sich nicht so verhielt, wie sein Stiefvater es verlangte. Er hasste ihn abgrundtief. Auch weil er nicht einmal mehr mit seiner Mama reden konnte, ohne dass der fremde Mann dazwischenfunkte. Jörg tat mir irgendwie Leid. Aber das entschuldigte keineswegs das, was er mit uns machte.

Noch während er redete, baute ich mir mühsam meine Sätze zusammen und sagte ihm, was gesagt werden musste: »Weißt du, Jörg, dein Papa ist vielleicht ein mieser Kerl. Aber nicht weil er Italiener ist. Meine Eltern sind beide Italiener und ... ich lebe noch! Sie schlagen uns nicht tot. Dein Papa verprügelt dich nicht, weil er Italiener ist, sondern weil er vielleicht krank im Kopf ist!«

»Ihr Itaker seid doch alle krank im Kopf!«, erwiderte Jörg sichtlich aufgewühlt.

»Nein, das sind wir nicht!«, antwortete ich. »Wir

sind nicht anders oder blöder als ihr, nur weil wir aus einem anderen Land kommen. Ich habe mir, genauso wie du, meinen Geburtsort nicht aussuchen dürfen!«

Jörg sagte zunächst nichts. Seine Lippen zitterten, als kämpfe er verzweifelt gegen die Tränen, die sich wieder einen Weg aus seinen Augenwinkeln bahnten. Schließlich schluchzte er laut und sagte: »Na gut! Ich lasse euch in Zukunft in Ruhe, und ihr versprecht mir, niemandem zu sagen, dass mein Vater Italiener ist. Abgemacht?«

»Was ist denn so schlimm daran, dass dein Papa Italiener ist?«, fragte ich ihn erneut.

Jörg heulte aufgebracht auf: »Für mich ist es nun mal schlimm! Verstanden! Für mich ist es nun mal schlimm! Und für meinen Opa ist es auch schlimm! Er hat schon immer gesagt, dass wir den Krieg nur wegen den Itakern verloren haben und er nur wegen ihnen in Kriegsgefangenschaft musste. Wegen dem Italiener hat mein Opa uns aus dem Haus geworfen und seither kein Wort mehr mit meiner Mama gesprochen. Ihr erzählt niemandem, dass mein Vater Italiener ist, und ich lasse euch dafür in Ruhe, ja?«

Ich war sprachlos. Zugleich erkannte ich, dass ich gegen diesen Hass nichts ausrichten konnte. So etwas hatte ich, auf ähnliche Weise, bei einem Klassenkameraden gespürt, dessen Familie nach Messina geflüchtet war, um einer über Jahrzehnte andauernden Blutfehde mit einer anderen Familie zu entkommen. Einen Krieg, den alle Generationen kämpfen mussten, obwohl sie ihn nicht begonnen hatten, ihn nicht gewinnen konnten und wahrscheinlich nicht einmal mehr wussten, worum es ursprünglich gegangen war. Ich stand auf, streckte Jörg die Hand entgegen und sagte: »Na gut! Solange du dich daran hältst, erfährt niemand ein Wort. Aber du denkst falsch. Und dein Opa auch.«

Jörg ergriff meine Hand, zog sich hoch und sagte: »Ich weiß nicht ... vielleicht!«

»Aber ich weiß es. Sogar ganz sicher!«, antwortete ich, drehte mich um und lief nach Hause.

Wir würden niemals Freunde werden. Das stand fest. Aber Jörg hielt Wort und ließ uns in Ruhe. Das allein war schon sehr viel wert, denn von diesem Tag an lief es plötzlich, bis auf wenige Ausnahmen, viel besser.

So zum Beispiel, als *Der Pate* in Deutschland anlief. Filippo und ich durften uns diesen Film nicht ansehen, aber viele unserer Schulkameraden, vor allem die älteren, waren schwer beeindruckt. Sie konnten fast alle Dialoge nachsprechen. Von da an waren wir auch noch untrennbar mit der Mafia verbunden. Von einer Organisation, die ihre Zeit damit verbrachte, fremden Leuten abgeschnittene Pferdeköpfe ins Bett zu legen, hatten wir Kinder bisher nicht viel gehört. *Nonna* Maria hatte uns immer nur warme Bettflaschen ins Bett gelegt. Wie uncool! Im Leben unserer Familie hatte die Mafia jedenfalls noch keine Rolle gespielt. Das wollte natürlich keiner glauben und erst recht niemand wissen. Im Laufe der Zeit wurden aus Italien und Italienern automatisch Mafia und Mafiosi. Daraus entwickelten sich, speziell bei neuen Bekanntschaften, nicht selten recht merkwürdige Begrüßungssätze.

»Wo kommst denn her?«

»Aus Messina, Sizilien.«

»Ah! Ein Mafioso! Hast du auch dein Messer in der Tasche?«

»Ja, klar! Und einen Pferdekopf in meiner Plastiktüte!« Abgesehen von solchen Erlebnissen, gingen die Streitigkeiten, Spottgesänge und vielen kleinen Hänseleien spürbar zurück. Jörg hatte eine wesentlich größere Rolle gespielt, als uns je bewusst gewesen war. Nicht dass von heute auf morgen Frieden eingekehrt wäre – das war vermutlich unmöglich, das hatte es selbst in Messina nicht gegeben. Dafür hatten alle Seiten zu viele Fehler gemacht, und die meisten davon konnten nicht mehr korrigiert werden.

Manche Auseinandersetzungen gefielen mir sogar außerordentlich gut. Nicht dass ich Freude an Schmerzen gehabt hätte, aber so einige ließen sich leichter ertragen als andere. Da gab es zum Beispiel zwei außerordentlich hübsche Mädchen, die ich während der großen Pause immer unbemerkt anhimmelte. Die beiden waren bereits in der achten Klasse und sahen schon fast erwachsen aus. Sabrina war schlank, hatte eine tolle Figur, große Brüste, lange, glatte, blonde Haare, eine glänzende Brille auf der Nase und ein wirklich hübsches Gesicht. Die andere, ihre Freundin Doris, war genauso hübsch. Nur ihre Frisur war ein bisschen – gewöhnungsbedürftig. Sie hatte die langen schwarzen Haare Strähne für Strähne auftoupiert und mit reichlich Haarlack verleimt. Eine Frisur, die unweigerlich die Frage aufwarf, wie sie die Begegnung mit der Starkstromleitung überlebt hatte.

Ich träumte davon, dass die beiden Mädchen eines Tages auf mich zukamen, mich anlächelten, nach meinem Namen fragten und so taten, als ob ich für sie interessant wäre. Aber das sollte wohl für immer ein geheimer Wunsch bleiben.

Als Sabrina und Doris eines Tages nämlich tatsächlich wie in Zeitlupe auf mich zukamen, fiel ich fast in Ohnmacht. Ich kaute gerade auf dem letzten Bissen meines Pausenbrotes herum und beobachtete gebannt, wie sie mit ihrem aufreizenden wiegenden Schritt direkt auf mich zusteuerten. Ich spürte die Röte in meinem Gesicht aufsteigen und verschluckte mich prompt an meinem Brot. Aber das war nicht so wichtig, denn meine beiden Traummädchen hatten mich beinahe erreicht. Ich konnte noch immer nicht glauben, dass sie tatsächlich zu mir wollten.

Sie blieben vor mir stehen, und Sabrina fragte mich nach meinem Namen. Sie hatte eine tiefe Stimme, die so gar nicht zu ihrem puppenhaften Äußeren passen wollte. Ich kämpfte noch immer mit meinem Brot und konnte nicht sofort antworten.

Die beiden sahen mich verwundert an, und Doris wiederholte die Frage: »Bist du der Lui?«

Ich verfluchte meinen letzten Bissen, würgte ihn mit Gewalt herunter und presste mir ein quietschendes »Jjaa?« aus dem Hals, das wie eine verklemmte Kellertür klang.

»Ja, was jetzt? Bist du es, oder bist du es nicht?«, drängte Sabrina.

Hektisch klopfte ich mir auf die Brust und antwortete mit fester Stimme: »Ja, der bin ich!«

Ich wollte nicht länger wie ein Idiot dastehen und mich gerade nach dem Anlass für ihre Frage erkundigen, als Sabrina ausholte und mir mit der flachen Hand ins Gesicht schlug. Die Ohrfeige traf mich völlig unvorbereitet und schüttelte mich ordentlich durch.

Völlig entgeistert blickte ich sie an und rief: »Hey! Warum?«

Da hatte Doris auch schon ausgeholt und mir mit dem Wort »Darum!« eine auf die andere Wange verpasst.

Während ich mir noch ungläubig die glühenden Wangen hielt und mich fragte, was ich den beiden getan haben könnte, drehten sie sich synchron um und liefen gemessenen Schrittes und mit wiegenden Hüften davon.

Das war der Beginn einer großen Liebe. Von diesem Tag an trafen wir uns in der großen Pause an einer einsamen Ecke des Schulhofes und hauten uns die Backen voll. Oder vielmehr: die beiden hauten mir die Backen voll. Denn ich war zu klein, um ihre Backen zu erreichen. Ich begnügte mich damit, die Mädchen gegen die Schienbeine zu treten. Zwischen der einen und anderen Ohrfeige unterhielten wir uns ein bisschen. Schließlich wollte ich die beiden näher kennen lernen. Die Erkenntnis, dass Sabrinas rechte Hand exakt auf meine linke und Doris' linke Hand perfekt auf meine rechte Wange passten, reichte mir bei weitem nicht aus. Statt Verlobungsringen gab es jedenfalls reichlich Hämatome.

»Hallo, Sabrina! Wie geht es dir?« Klatsch!

»Ganz gut und dir?« Klatsch!

»Aua!«

»Doris, du hast so weiche Hände, gestern etwa mit Pril gespült?« Klatsch! Flump!

»*Aiiii!*«

»Mist! Warum sind deine Schuhe so hart?« Klatsch! Flump! »Oh, entschuldige. Sie sind neu. Gut, oder?« Klatsch!

»Okay! Also tschau dann, bis demnächst!« Klatsch! Flump!

»Ciao Sabrina! Ciao Doris!« Klatsch! Flump!

Ich liebte meine beiden Mädchen trotzdem! Sie waren nun mal von der handfesten Sorte. Dennoch fragte ich mich die ganze Zeit, warum sie damit angefangen hatten. Aber das wussten sie vermutlich selbst nicht. Ich gestehe, dass ich diese seltsame Beziehung trotzdem genossen habe. Auch wenn ich manchmal den halben Tag lang mit Fingerabdrücken im Gesicht herumlaufen musste.

Nach ein paar Monaten bekam unsere Beziehung leider die ersten Risse. Der Frühling stand vor der Tür, die Sonne ließ sich immer häufiger blicken und erwärmte die länger werdenden Tage. Eines Morgens, nach fünf bis sechs Ohrfeigen und vier Schienbeintritten, nahmen mich Sabrina und Doris zur Seite und sagten.

»Okay, lass uns jetzt aufhören!«, sagten sie.

»Oh! Warum?«, fragte ich entgeistert.

»Wir würden im Sommer ganz gerne Miniröcke anziehen, und das sieht mit den vielen blauen Flecken nicht schön aus.«

»Oh, schade!«, erwiderte ich enttäuscht. »Aber verstehe. Miniröcke sind natürlich wichtig.«

»Genau!«, antworteten beide.

Sie klatschten mir noch einmal auf die Wangen, ich trat ihnen zum Abschied mit Anlauf in den Hintern, und damit war meine erste glückliche Beziehung beendet.

## 15. Die Halbdackel

Als die Glocke zum Schulschluss läutete, warteten Filippo und ich, bis meine beiden Schönheiten an uns vorbeiliefen. Wir lächelten, winkten einander zu und schlenderten gemächlich zum Fahrradabstellplatz. Sabrina und Doris fuhren davon, wir setzten uns auf eine Mauer und beobachteten unsere glücklichen Kameraden, die mit ihren nagelneuen Bonanza-Rädern über den Parkplatz flitzten. Das war der Traum aller Jungen: ein neues orangefarbenes Bonanza-Fahrrad mit schwarzem Bananensattel, Rückenlehne, geschwungenem Hochlenker und Dreigangschaltung im Mittelholm. Manche motzten ihre Räder zusätzlich auf, mit Fähnchen, Fuchsschwänzen und Wimpeln, die im Wind flatterten. Andere montierten Holzplättchen an die Felgen, die beim Fahren ein lautes Rattern erzeugten. Von unseren Klassenkameraden konnten sich nicht sehr viele diese Fahrräder leisten, und die stolzen Besitzer fühlten sich wie Mitglieder einer Eliteeinheit.

Davon konnten wir nur träumen. Die Wahrscheinlichkeit, dass unsere Eltern mal so viel Geld übrig hatten, um uns dreien neue Fahrräder zu kaufen, tendierte so ziemlich gegen null. Das hatte jedoch nicht nur mit dem fehlenden Geld zu tun, denn Mama und

Papa waren fest davon überzeugt, dass Fahrräder nicht zum Fahren, sondern zum Stürzen gemacht seien. Ihrer Ansicht nach war der Name dieser teuflischen Erfindung völlig irreführend. Die Dinger dürften nicht Fahr-, sondern müssten Sturzräder heißen. Das Herumstürzen auf öffentlichen Straßen hielten sie übrigens für absolut unverantwortlich.

Sie kannten es nun mal nicht anders. In Sizilien fuhr so gut wie niemand Sturzrad. Auf der Straße schon gar nicht. Dafür gibt es mitten in Messina die große, ausbruchsicher vergitterte Parkanlage Villa Mazzini. Dort können sich Schürfwundensüchtige, natürlich gegen Gebühr, Sturzräder in allen erdenklichen Fallhöhen ausleihen und sich anschließend nach Herzenslust in ihre Einzelteile zerlegen, sämtliche Knochen brechen, neu sortieren, wieder zusammenlegen und, wem all das nicht ausreicht, auch mal versuchen, mit dem Kopf eine Palme zu fällen. Bis der Notarzt kommt oder der Verleiher einem das Rad wegnimmt. Innerhalb des Geländes werden sie aber wenigstens nicht von autofahrenden Verkehrsrowdys auf die Straße gebügelt.

Hier in unserem kleinen schwäbischen Dorf gab es kein solches Gelände. Also auch keine Fahrräder für uns. Und da Mama in ihrer Jugend einen lebensgefährlichen Sturz mit Gottes Hilfe, dem Einsatz von mindestens vier Heiligen, acht Schutzengeln und ihrer Schwester Maria, die das Fahrrad noch am Sattel festgehalten hatte, nur ganz knapp überlebt hatte, gab es für sie in dieser Hinsicht keinen Diskussionsbedarf. Für Mama stand fest, dass sie auf diesem teuflischen Gerät dem Tod direkt ins Auge geblickt hatte. Wir Kinder sollten unseren himmlischen Katastrophenschutz keinesfalls wegen so etwas Unnötigem wie einem Sturzrad in Anspruch nehmen.

Es waren leider auch noch keine zwei Wochen vergangen, seit ich durch einen dummen Unfall erstens das Fahrrad von Signor Nunzio in handliche Einzelteile zerlegt und zweitens meine Argumentation für ein eigenes Fahrrad entscheidend geschwächt hatte. Dabei hatte ich den Unfall nicht einmal verursacht.

Ich fuhr mit Signor Nunzios altem schwarzem Fahrrad, einem Vorkriegsmodell, das so groß war, dass ich nicht einmal darauf sitzen konnte, um eine Hausecke. Die schmale Gasse, die ringförmig um das ganze Grundstück herumführte, lud geradezu zum Fahrradfahren ein, und ich drehte einige Runden. Es machte riesigen Spaß und ich fuhr immer schneller und schneller. Bis eine komische Hundekarikatur vor mir auftauchte und mich für ihre Beute hielt.

Ich kannte den Hund schon von früheren Begegnungen, denn der verhätschelte Rauhaardackel und sein Herrchen waren mir schon mehrmals unangenehm aufgefallen. Ich konnte nicht mit Sicherheit sagen, wen von den beiden ich weniger leiden konnte. Jedenfalls tauchte der Hund wie aus dem Nichts vor mir auf, knurrte, bellte, heulte, fletschte die Zähne und schnappte immer wieder nach meinem Vorderreifen. Diese Hundeimitation versuchte mir ernsthaft weiszumachen, sie sei ein riesiger, bissiger Schäferhund. Dabei war das Tier, rein optisch betrachtet, einer großen Ratte näher als einem echten Hund. Als ich wieder nach vorn blickte, war es längst zu spät, und ich donnerte mit voller Geschwindigkeit in einen Sandberg!

Das Vorderrad blieb stecken, ich flog im hohen Bogen über den Lenker, direkt an meinem verblüfften

Papa vorbei, der gerade eine Schubkarre mit Sand füllte. Unser Hauseingang besaß zum Glück noch keine Tür, denn ich schoss durch die Öffnung direkt ins Treppenhaus, drehte mich zweimal um einen großen, senkrechten Holzpfahl und schlug schließlich auf die Treppenstufen auf, die Papa gerade frisch betoniert hatte. Zu meinem Glück war der Beton noch ganz weich. Ich stand mit wenigen Schürfwunden an Armen und Beinen wieder auf und konnte gerade noch sehen, wie der Dackel um die Hausecke verschwand. Ich wünschte ihm drei Wochen Dünnschiss.

Papa half mir auf und untersuchte mich eingehend. Nachdem er festgestellt hatte, dass alle Körperteile vorhanden und noch funktionsfähig waren – natürlich mit Ausnahme meines Gehirns, denn das hatte seiner Meinung nach schon vor dem Unfall schwere Defekte aufgewiesen –, schimpfte er natürlich gleich los. Nunzio kam hinzu, fragte, ob alles in Ordnung sei, und lachte, als er die traurigen Überreste seines Fahrrads sah. Sofort entschuldigte ich mich dafür, aber er lachte immer weiter und winkte nur ab. Er wolle das alte Fahrrad sowieso bei der nächsten Sperrmüllabfuhr abholen lassen, und da sei ihm der Zustand egal, betonte er.

Dieser Zwischenfall hatte unseren Traum, eines Tages unsere eigenen Räder zu besitzen, ein ganzes Stück unrealistischer gemacht. Filippo und ich beobachteten, wie sich der Bonanza-Club zum gemeinsamen Abzug sammelte, und blickten den Jungen sehnsüchtig nach. Irgendwann, das wussten wir beide ganz genau, würden wir auch so ein Fahrrad haben.

Nach einer Weile sprangen wir von der Mauer und trotteten langsam nach Hause. Wir hatten es nicht eilig, denn Papa und Mama kamen erst nach vier Uhr von der Arbeit. Unser Mittagessen lag im Kühlschrank, und Santina war längst zu Hause. Wir liefen gerade über den Parkplatz, als ein wohlbekanntes Rattern ertönte und zwei seltsame Silhouetten an uns vorbeifegten. Wir erkannten sie sofort und liefen hinter ihnen her.

Der eine hieß Dirk, ein großer, blonder Hüne, der mindestens einen Meter neunzig maß. Der andere hatte dunklere, glatte Haare, war nur geringfügig kleiner und wurde von allen bloß Nobbe gerufen. Und das, obwohl er darauf bestand, »Bruce« genannt zu werden – nach seinem großen Vorbild Bruce Lee, der ein berühmter Filmstar und ein noch größerer Kung-Fu-Kämpfer war. An die Kampfkunst seines Idols reichten Nobbes Fertigkeiten natürlich noch lange nicht heran. Tatsächlich war er mal bei der Vorführung eines Kicks unfreiwillig im Spagat gelandet. Das hatte ihm außer Eiersalat und einer Zerrung auch noch den Beinamen Sackhupfer eingebracht. Das hörte er ganz und gar nicht gerne und drohte jedem, der dieses Wort in seiner Gegenwart erwähnte, damit, ihm auf der Stelle den Riabahafa, will heißen den Schädel, einzudellen.

Dirk gehörte zu den jungen Männern, die ich insgeheim bewunderte: groß, stark, gut aussehend, selbstbewusst. Nobbe war eher der Mitläufertyp. Einer, den man niemals fragen durfte, was man tun oder wohin es gehen sollte. Er hatte sehr selten eine eigene Meinung, und ihm schien alles egal zu sein. Dirk fuhr eine kleine rote Honda Dax, Nobbe eine noch kleinere rote Monkey. Die beiden zusammengefalteten Riesen auf den schon für Kinder zu klein wirkenden Motorrädern wirkten reichlich merkwürdig. Dirk und Nobbe fanden sich aber ganz toll. Die fahrenden Streichholschachteln waren schließlich schwer angesagt – auch wenn man darauf aussah wie ein Frosch auf einem Schleifstein.

Jedenfalls steuerten die beiden ihre Kinderkisten in ein Gebüsch in der Nähe des Bolzplatzes und stellten den Motor ab. Filippo und ich liefen quer über den Platz und erreichten sie ein paar Sekunden später. Kaum eingetroffen, schimpfte Nobbe mit sich überschlagender Stimme auch schon los.

»Ja, Herrgottzack! Mensch Dirk, ich hab doch gesagt, dass wir hier keine Ruhe haben!«, rief er und wedelte dabei mit den Armen, als ob er Fliegen verscheuchen müsste.

»Was hast denn für ein Problem?«, antwortete Dirk mit ruhiger, tiefer Stimme, während er gemächlich auf uns zulief. »Glaubst du, dass die unseren Meister kennen und uns verpetzen? Komm, spinn dich aus! Und ihr zwei! Wir zeigen euch jetzt, wie man an einen gelben Schein für eine Krankmeldung kommt. Ihr dürft es aber niemandem erzählen! Haben wir uns verstanden?«

Mein Bruder und ich hatten nur Bahnhof verstanden, denn was ein gelber Schein mit einer Krankmeldung zu tun haben sollte, war uns nicht geläufig. Wir sahen uns an und nickten.

»Gut!«, sagte Dirk zufrieden. »Dann passt jetzt auf, die wichtigsten Sachen fürs richtige Leben lernt ihr nämlich in keiner Schule! Das Wichtigste ist: Man darf nicht blöd sein! Faul ja, aber nicht blöd!« Er spannte einen mächtigen Bizeps, tippte mit dem Zeigefinger darauf, sagte: »Man darf's nicht bloß da haben, sondern auch hier!«, und tippte sich dabei gegen die Stirn.

Nach diesem beeindruckenden Vortrag drehte er uns seinen ehrfurchtgebietenden breiten Rücken zu und stapfte zusammen mit Nobbe, der den Vortrag seines Freundes mit dem Worten »Genau so ischs!« bekräftigt hatte, über das Gelände.

Kurze Zeit später kehrten sie mit zwei Ziegelsteinen und einem großen Stock, der sehr stark an eine prähistorische Keule erinnerte, zum Gebüsch zurück. Dirk legte die beiden Ziegelsteine auf den Boden, nahm kurz Maß, rückte sie enger zusammen, nickte zufrieden und richtete sich auf. Nobbe stand mit der Keule daneben und schaute interessiert zu.

»So! Jetzt geht's los! Wer macht den Anfang, du oder ich?«, sagte Dirk, drehte sich um und wartete auf Nobbes Antwort.

»Ist mir egal«, antwortete dieser. »Meinetwegen kannst du anfangen. Oder ich. Is mir worscht!«

»Also gut, wenn's dir egal ist, dann fängst du an!«, bestimmte Dirk. Er zog seine Jacke aus, kniete sich auf den Boden, legte einen Arm zwischen die Ziegelsteine, kniff die Augen zusammen und brüllte: »Auf die Plätze, fertig ... los!«

Nobbe zuckte mit keinem Muskel.

Dirk öffnete die Augen und sah ihn verärgert an. »Ja, was ist jetzt? Ich warte und warte, was ist los?«

»Du hast doch gesagt, dass ich anfangen soll! Ich hab gedacht, du machst jetzt eine Probe«, antwortete Nobbe.

»Ach, quatsch! Probe. Du schlägst zuerst und dann ich. Fertig? Also: auf die Plätze, fertig ... los!«

Nobbe schwang die Keule hoch über den Kopf und schlug sie einen Sekundebruchteil später mit voller Wucht auf Dirks Arm! Er brach im gleichen Augenblick, als wäre er ein Stück trockenes Holz.

Dieses Geräusch sollten mein Bruder und ich nie mehr vergessen. Genauso wenig wie Dirks aufgeblasene Backen und den fürchterlichen Schrei, der seine Kehle verließ. Wir schauten uns an und fragten uns, ob die beiden geistig noch gesund sein konnten. Aber sie waren wild entschlossen, die Sache durchzuziehen. Dirk jammerte und hielt sich den Arm. Nobbe lag schon auf dem Boden und hatte seinen Arm bereits zwischen die Ziegelsteine gelegt. Das Problem war nur, dass Dirk den Stock mit seinem gebrochenen Arm nicht mehr hochbekam. Als Nobbe feststellte, dass es nicht wie gewünscht lief, fing er wieder an zu stänkern.

»Na super! Du gehst zum Arzt, und ich darf jetzt allein ins Geschäft. Toll! Genau so hab ich's mir gedacht. Deswegen hab ich wohl auch anfangen müssen, oder?«

»Herrgottsblitz, jetzt halt die Klappe! Irgendwie werdet mir das schon hinkriege«, antwortete Dirk mit jämmerlicher Stimme und schmerzverzerrtem Gesicht. »Also, mit dem Stecka geht's nicht, den krieg ich nicht hoch, hmmm ...! Pass auf, ich trapp einfach drauf, un d' Fisch ist putzt. Einverstanden?«

»Ist mir ganz egal!«, antworte Nobbe. »Mach's, wie du willsch!«

»Also gut! Jetzt: auf die Plätze, fertig ... los!«

Dirk trat zu und schrie gleichzeitig seinen Schmerz hinaus. Nobbe schrie ebenfalls. Tränen schossen ihm in die Augen, aber sein Arm brach nicht.

»Du bleda Depp, du! Du bist doch zu blöd zum Brennnessla na dappa! Machs noch mal!«, heulte Nobbe. »Aber diesmal ohne auf die Plätze, fertig, los!, sonst hau ich dir den Stecka aufs Hirn! Auf jetzt!«

Diesmal sprang Dirk mit voller Wucht, Nobbe schrie erneut, doch der Arm war wieder nicht gebrochen. Jetzt hatte Nobbe endgültig die Nase voll und beschimpfte seinen Freund.

Dirk ließ die Beleidigungen nicht auf sich sitzen, trat erneut nach Nobbes Arm und sprang nun sogar mehrmals darauf herum, wie auf einem Trampolin.

Mein Bruder und ich hatten uns längst abgewendet. Diesem Elend konnten wir nicht mehr zuschauen. Dirk hatte sich nach der letzten Aktion ins Gras gesetzt und jammerte. Nobbe heulte und betrachtete seinen stark geröteten, angeschwollenen Arm. Er setzte sich auf, hielt seinen Arm hoch und fragte unter Tränen:

»Mensch, Dirk, des müsste doch für fünf Wochen reichen oder?«

»So wie der aussieht, müsst's sogar fürs Doppelte reichen. Der sieht ja schon halba he aus«, antwortete Dirk.

»Schwätz kein Müll!«, erwiderte Nobbe besorgt.

Für echte Schwaben und nach schwäbischer Logik ist etwas halb Kaputtes nämlich schlimmer als etwas ganz Kaputtes.

Die beiden beschlossen, nun gemeinsam zum Arzt zu fahren. Also erhoben sie sich, gingen zu ihren Maschinen und stellten entsetzt fest, dass sie gar nicht fahren konnten. Ihre rechten Arme waren nicht mehr zu gebrauchen, und der Gasgriff drehte sich nun mal nicht von alleine auf. Diesen Aspekt hatten sie bei der Ausarbeitung ihres ausgeklügelten Planes wohl außer Acht gelassen. Jetzt mussten sie die etwa zwei Kilometer in die nächste Arztpraxis zu allem Übel auch noch laufen. Sie drehten ab und stapften heulend über den Bolzplatz, und da wir den gleichen Weg hatten, liefen wir hinter ihnen her.

Nach einer Weile fragte mich Filippo, ob ich ihm mal erklären könne, warum die beiden Hirnbollen sich das angetan hatten.

Ich antwortete, dass sie einem Doktor eine Krankheit melden wollten, damit dieser die Krankheit auf einem gelben Schein notieren konnte. Da sie jedoch kerngesund waren, mussten sie erst mal eine finden. Das klang auch für mich nicht wirklich einleuchtend. Wenn ich eine Krankheit finden müsste, würde ich mir nach Möglichkeit eine schmerzlose suchen. Ein Virus war doch sicher schnell gefunden, und ich müsste mich nicht mit einem gebrochenen Arm durch die Straßen quälen. Aber das alles ergab sowieso keinen Sinn. Nach einer Weile konnte ich mir die Frage nicht mehr verkneifen und erbat von dem stöhnenden Dirk, der erfolglos versuchte, seinen Arm in eine schmerzfreie Stellung zu bringen, eine Erklärung.

Dirk riss seine Augen weit auf und sah mich an, als ob ich mich gerade vor seinen Augen in ein kleines sprechendes Eichhörnchen verwandelt hätte. »Ja, seid ihr blöd oder was! Verschwendet bloß, sonst verdreh i euch d' Nas, dass nei regnat! Blöde Seggel!«

Nobbe, der zwei Schritte hinter Dirk ging und ebenfalls heulte, blickte durch uns hindurch, als wären wir gar nicht da, und rief immer wieder: »Hergottzackaberau! So'n Scheiß, net oi mol was recht macha! Net oi mol was fertigbringa ... Hergottsdonderwetteraberau! Bleda Halbdackel, bleda!«

Filippo und ich ließen uns zurückfallen und stapften schweigend hinter den beiden merkwürdigen Gestalten her. Ich glaubte zwar nicht, dass Dirk eine Nase so verdrehen könnte, dass es dauerhaft hineinregnete, wollte mich aber unter keinen Umständen als Versuchskaninchen zur Verfügung stellen.

Nach ein paar Metern stieß Filippo mich am Ellenbogen an und flüsterte: »Au Mann! Wenn wir das jemandem erzählen, sperren sie uns mit den beiden zusammen in ein Irrenhaus und werfen den Schlüssel weg!«

»Nein! Stell dir mal vor, jemand findet den Schlüssel ... Von wegen, die mauern die Türen zu und verminen den Garten!«, antwortete ich, ebenfalls flüsternd.

»Was hat Nobbe denn gemeint mit: »Nicht einmal etwas recht machen und etwas fertigbringen?«, wollte Filippo wissen.

»Keine Ahnung!«, erwiderte ich. »Vielleicht ist er sauer, weil sein Arm nicht gebrochen ist. Oder wegen der blöden Idee. Ich weiß es nicht!«, fügte ich hinzu und zuckte mit den Schultern.

»Hm, Dirk hat gesagt, man müsse es nicht nur da haben, sondern auch hier«, sagte Filippo und tippte erst auf seinen Arm und dann auf seine Stirn. »Vielleicht wollten sie außer einem gebrochenen Arm auch noch einen Schädelbruch melden und haben vergessen, sich die Keule auf die Stirn zu schlagen.«

Ich lachte zuerst laut auf, unterdrückte es aber schnell wieder und tat so, als ob ich husten müsste. Dirk und Nobbe waren noch nicht außer Hörweite, und so kicherten wir vorsichtshalber nur noch leise vor uns hin. Um uns beide in den nächstbesten Gully zu schnippen, brauchte Dirk sicherlich nicht mehr als zwei gesunde Finger. Aber in einem sollte Dirk Recht behalten: Diese lebenswichtige Lektion würden wir tatsächlich in keiner Schule lernen.

## 16. Der kleine Teufel

Ein paar Minuten später erreichten Dirk und Nobbe die Arztpraxis und traten wortlos durch die Tür. Wir schauten unseren Lehrmeistern nach und bogen von der Hauptstraße in die kleine Gasse ein, wo wir nach etwa dreihundert Metern unser Haus erreichten. Wir kicherten zwar noch immer über das Erlebte, aber in Wirklichkeit waren wir beide ganz schön geschockt.

Filippo lief an der Innenseite des Gehwegs, strich mit der rechten Hand an den spitzen Enden eines Jägerzauns entlang und summte leise vor sich hin. Ich schlenderte schweigsam nebenher, als wie aus heiterem Himmel ein rotes Maul mit spitzen Reißzähnen auftauchte und nach Filippos Hand schnappte. Als mein Bruder etwas an seiner Hand spürte, zuckte er erschrocken zurück. Da setzte auch schon ein heiseres Knurren und Bellen ein, das wir beide sehr gut kannten, schließlich hatte ich dem Tier meinen Fahrradsturz zu verdanken: des Nachbars Rauhaardackel!

Dieses kleine Mistvieh hatte es tatsächlich wieder geschafft, uns zu erschrecken. Wie aufgezogen raste der Dackel den Zaun entlang, hüpfte dabei wie ein Gummiball auf und ab, machte Bocksprünge und schob mit gefletschten Zähnen seine Schnauze durch die Zaunstäbe. Es sah aus, als wolle er sich durch das Holz beißen, um uns durch den schmalen Spalt zu ziehen.

Filippo und ich beschimpften den Hund wegen seiner Hinterhältigkeit und ließen ihn wüten und toben wie ein Berserker. Als wir das Ende des Zaunes erreicht hatten, waren wir froh, dass es für ihn nun nicht mehr weiterging und sein widerwärtiges Kläffen endlich verstummte. Da ging die Haustür auf, und unser aufgebrachter, wütender Nachbar kläffte und knurrte uns entgegen.

Herr Nägele, so der Name des freundlichen Hundehalters, war ein kleiner Herr um die siebzig, dessen Oberbekleidung stets aus einer geschmackvollen Variation verschiedenster Grün- und Brauntöne bestand, die perfekt mit dem warmen Braunton seines Hutes und der darunter verborgenen Gesinnung harmonierten. Herr Nägele hatte große Ohren, hängende Backen, graublaue Augen und eine extrem unangenehme Stimme. Wir hatten uns schon mehrmals gefragt, wer hier eigentlich wen imitierte: der Herr seinen Hund? Oder doch eher der Hund seinen Herrn? Tatsache war, dass Herr Nägele nicht sprach, sondern bellte! Diese Eigenschaft trat umso deutlicher zutage, je heftiger er sich mit jemandem stritt. Wobei niemand genau sagen konnte, wann Herr Nägele sich noch normal unterhielt und wann der Streit bereits begonnen hatte, denn der Unterschied in Tonlage und Lautstärke war kaum zu bemerken.

Die Schwaben haben für diese Art der ungepflegten Unterhaltung ganz wunderbare Begriffe erfunden: beffen oder goschen. Herr Nägele stürzte jedenfalls aus dem Haus und stimmte ein Duett mit seinem inzwischen heiser gewordenen Dackel an, der am

Ende des Gartenzauns wie ein aufgezogenes mechanisches Äffchen hin- und herrannte und einen Asthmaanfall unterdrückte.

»Warum müsst ihr immer meinen Hund ärgern, hä? I tapp euch demnächst den Stiefel wohin, das versprech ich euch!«, fuhr er uns an.

Filippo und ich antworteten nicht, denn Papa und Nunzio hatten uns schon mehrfach vor Diskussionen mit unserem Nachbarn gewarnt. Herr Nägele hatte nämlich immer Recht. Auch und besonders dann, wenn er im Unrecht war. Wir liefen langsam weiter und beobachteten, wie er seinen giftigen Köter in den Arm nahm, an die Brust presste und beruhigend auf ihn einredete: »Ist ja gut, Dolfi, du bist mein Bester, gell? Ja... du bist der Beste. Mit Idaker und Patschaka unterhalten mir uns nicht mehr, gell? Des haben mir nicht nötig, gell Dolfi? Du kloiner Deifel du! Mir hen doch Recht, gell? Du kloiner ... Deifel!«

Mein Bruder und ich sahen uns an und fragten uns unwillkürlich, wie oft sich Herr Nägele wohl schon eine Keule gegen die Stirn geschlagen hatte und ob es nicht besser gewesen wäre, wenn er sich stattdessen ein paar Mal die Arme gebrochen hätte.

Dass die Deutschen mit ihren Haustieren sprachen, war für uns mittlerweile nichts Ungewöhnliches mehr. Dabei galten bei uns in Sizilien Menschen, die sich mit Tieren unterhielten, als geistesgestört. Nun gut, andere Länder, andere Sitten, sagten wir uns und redeten uns ein, es sei nicht weiter dramatisch.

Hätte sich Herr Nägele mit seinem Dolfi mitten im größten Park von Messina auf die *piazza* Cairoli gestellt und seine »Du bist der Beste!«-Darbietung begonnen, wäre das gewiss nicht ohne Folgen geblieben. Wahrscheinlich wären am Ende seines Auftritts zwei freundliche, in Weiß gekleidete Herren aufgetaucht, die ihn sogleich in ein echtes Prachtstück italienischer Haute Couture gesteckt hätten. Hinten geschnürt, ohne Ärmellöcher, dafür aber mit langen Bändern versehen, die, als Beweis für ihre unerreichbare, zeitlose Eleganz, ebenfalls am Rücken verknotet wurden. Gerade für Herrn Nägele hätte mir das Finale besonders gut gefallen.

Aber da wir nicht mehr in Messina lebten, war dieses Ende ziemlich unwahrscheinlich. Sizilianer, also auch unsere Familie, hatten zu der Zeit kein besonderes Verhältnis zu Haustieren. Sie waren entweder Nutztiere oder Schlachtvieh. Kein Nutzen – keine Existenzberechtigung. Niemand wäre auf die Idee gekommen, auch noch eine Katze oder einen Hund durchzufüttern, wenn es die Lage nicht zwingend erforderte. Das hieß: ohne Rattenplage keine Katze, und wenn es nichts zu bewachen gab, keinen Hund. In Sizilien hatte ich Katzen und Hunde nur als dürre, von Zecken und anderen Parasiten befallene Wesen kennen gelernt, die irgendwann tot auf der Straße lagen.

Die Katzenkompanie am Hafen von Messina dagegen war eine Attraktion, die ein jeder irgendwann mal gesehen haben musste. Wenn die Fischerboote früh am Morgen ihren Fang einbrachten, versammelten sich am Hafen Hunderte von Katzen und warteten geduldig auf die Rückkehr der Männer, die an Ort und Stelle die Fische ausnahmen und den Katzen die Innereien zuwarfen.

Streunende Katzen und Hunde in Wohngebieten galten oft als potenzielle Überträger schwerer Krankheiten. Wenn ein Säugling starb, verdächtigte man als Erstes die Katzen, dem Baby den Atem geraubt zu haben. Jedes Mal, wenn in einem Viertel eine unbekannte Krankheit auftrat oder sich ungeklärte Todesfälle häuften, hatten im Zweifelsfall die Katzen oder Hunde eine Seuche eingeschleppt. Sobald der Verdacht aufkam, schlossen sich bis etwa Mitte der siebziger Jahre die Männer zusammen und jagten die streunenden Übeltäter. Oft überfuhren sie die Tiere nur und ließen die Kadaver auf der Straße liegen. Als Filippo und ich vor Jahren, als Mama ins Krankenhaus musste, mal eine Woche bei *nonna* Maria verbrachten, verging kein Tag, an dem nicht mindestens ein Hund im Straßengraben landete.

Dass die Einwohner von Messina mit ihrem Hund an der Leine auf die *piazza* Cairoli, dem Corso, der Panoramica oder der Passeggiata am Hafen spazieren gingen, war im Grunde unvorstellbar. Nach landläufiger Meinung verursachten Haustiere nichts als Krach, Dreck und Gestank, deshalb bekamen die meisten Kinder, so wie wir, in der Regel auch nur Goldfische und Schildröten als Haustiere. Erwachsene hielten sich höchstens Kanarienvögel und exotische Singvögel, wie *nonno* Luigi.

Hier in Deutschland hatten wir dagegen Menschen kennen gelernt, die mit Katzen und Hunden schmusten, mit ihnen sprachen und sie teilweise sogar besser behandelten als ihre Mitmenschen. Uns Kindern gefiel die Art, wie unsere deutschen Nachbarn mit ihren Tieren umgingen, auf Anhieb. Papa und Mama dagegen taten sich am Anfang damit eher schwer. Natürlich gab es Grenzen. Auch wir drei konnten nicht nachvollziehen, wie jemand ungemein liebevoll mit seinem Hund sprechen konnte, aber für die meisten seiner Mitmenschen nur Schimpf und Schande übrig hatte. Herr Nägele war so ein Prachtexemplar.

Filippo und ich beachteten ihn nicht weiter und liefen nach Hause. Als Papa und Mama am späten Nachmittag von der Arbeit kamen, erzählten wir ihnen, was vorgefallen war. Papa schüttelte nur wütend den Kopf und lobte uns dafür, dass wir nichts erwidert hatten. Papa machte nie viele Worte, das musste er von *nonno* Luigi geerbt haben, denn äußerlich hatte er kaum Ähnlichkeit mit seinem Vater. Es kam selten vor, dass er aus der Haut fuhr, und wenn es mal geschah, kamen Dinge zum Vorschein, mit denen wir nie gerechnet hätten. Entweder weil sie schon vor langer Zeit passiert waren oder weil wir sie als nicht wichtig eingestuft hatten.

An jenem Abend wurde er wegen Herrn Nägele sehr zornig. Dass sich in Papa so eine Wut aufgestaut hatte, erstaunte uns. Wir hatten gedacht, nur wir hätten mit Anfeindungen zu kämpfen. Weil Kinder nun mal so sind, wie sie sind. Dass Erwachsene genauso sein konnten, hatten wir durchaus bei dem einen oder anderen Lehrer oder eben unserem freundlichen Nachbarn ebenfalls festgestellt. Dennoch waren wir zu der Überzeugung gelangt, dass es nur eine Minderheit betraf. Denn die meisten hatten sich uns gegenüber immer fair und freundlich verhalten. Aber gerade an jenem Tag hatte Papa noch etwas anderes erlebt, und beides zusammen brachte sein Fass wohl zum Überlaufen.

Papa arbeitete seit seinem elften Lebensjahr auf dem Bau und war von Beruf Maurer. In Messina hatte er sich, aufgrund seiner langjährigen Berufserfahrung, zum Meister und Bauleiter hochgearbeitet. In Deutschland angekommen, hatte er wieder ganz unten angefangen, als einfacher Maurer, und arbeitete auf Baustellen in ganz Deutschland. Genau dort schienen sich jedoch auch die meisten Elite-Kampftrinker herumzutreiben. Manche seiner Kollegen konnten Bier in Mengen trinken, die kein Kamel jemals an Wasser zu sich nehmen könnte, ohne dass ihm die Beine wegknickten.

Wenn diese Männer morgens eine Baustelle betraten, waren sie erst einmal eine halbe Stunde damit beschäftigt, ihre Biervorräte zu verstauen, ein paar Frühstücksbierchen zu stemmen und anschließend ganz gemächlich mit der Arbeit zu beginnen. Um die Mittagszeit herum konnten sie oft nicht einmal mehr geradeaus gucken, brüllten manchmal völlig unsinnige Befehle und bedrohten Papa sogar, wenn er sie auf Fehler hinwies. Dabei verdiente er weit weniger als die meisten dieser Gesellen, die manchmal einen so bedrohlich niedrigen Blutanteil im Alkoholkreislauf hatten, dass sie eine Zeichnung brauchten, um ihren eigenen Hintern zu finden. Allerdings waren sich auf der Baustelle alle darüber einig, dass Gastarbeiter nichts zu melden und den Weisungen sämtlicher deutschen Kollegen Folge zu leisten hatten.

Sie wussten alles besser und hatten immer Recht. Egal ob sie nun nüchtern oder betrunken waren oder gar von Natur aus zu der Spezies gehörten, die bei Wind einen Helm aufsetzen mussten, damit sie nicht wie Nebelhörner zu tuten begannen. Manche von ihnen waren nach Papas wütender Schilderung gar zu dämlich, Sand in einen Eimer zu schaufeln, besaßen dafür aber die hochgeschätzte Fähigkeit, eine Bierflasche mit einem Meterstab, einem Hammer, dem Haken eines Baukrans oder notfalls sogar mit den Zähnen zu öffnen. Und natürlich konnten sie auch ordentlich was wegstemmen, weshalb eine Kiste Bier pro Tag oft die Untergrenze darstellte.

Diese Fähigkeiten hatte Papa nicht. Das heißt, auch er konnte selbstverständlich Bierflaschen öffnen, keine Frage. Nur mit dem Trinken hatte er es nicht so, denn Alkohol im Übermaß war bei uns verpönt. Das tat man einfach nicht. Wenn Papa zum Essen ein oder zwei Gläser Bier oder Wein trank, dann war es schon mehr als genug. Bier als Wasserersatz war für ihn undenkbar. Damit war Papa ein Außenseiter – nicht nur weil er ein Gastarbeiter, sondern weil er auch noch eine Spaßbremse war. Ein Spielverderber. Kein richtiger Mann. Er saß nach Feierabend nicht noch stundenlang im Bauwagen herum, um ein paar Bierchen zu zischen, und war auch nie dabei, wenn seine Kollegen, noch in Arbeitskleidung, den Bauwagen verließen, die nächste Kneipe aufsuchten, um dort noch ein paar Biere und Schnäpse zu vernichten.

Papa fand es auch unverantwortlich, spät in der Nacht sturzbetrunken mit dem Auto nach Hause zu fahren. Die meisten seiner Kollegen waren davon überzeugt, dass sie betrunken noch immer besser Auto fuhren als alle anderen nüchtern. Ihrer Überzeugung nach galt außerdem die Maxime: »Dummheit frisst, Intelligenz säuft!« Demnach waren die abendlichen Zusammenkünfte im Bauwagen gar keine ordinären Saufgelage. Nein, da versammelten sich in Wirklichkeit die intelligentesten Wesen dieses Planeten, um die dringendsten Fragen des Universums zu erörtern und, wenn möglich, auch zu beantworten.

So, wie sie Papa an jenem Morgen damit überrascht hatten, dass ihr geschätzter gemeinsamer Kollege Bodo H. am Vorabend eine fast schon nobelpreisverdächtige Antwort auf eine der spannendsten

Fragen der Menschheitsgeschichte gefunden hatte: warum die Männer den Frauen auf die Brüste schauen.

An jenem lauen Abend im Sommer des Jahres 1973 löste eine Flasche Doppelkorn im Zusammenspiel mit drei Litern lauwarmem Bier, drei roten Würsten und einem Bund Radieschen mehrere heftige Geistesblitze aus und versickerte gleich anschließend in einer an den Bauwagen angrenzenden Baugrube. Der erleichterte Bodo H. hatte seine Genialität nicht länger ertragen und sie mit lauten Würgegeräuschen der Baugrube übergeben. Jedoch nicht ohne zuvor die Antwort auf besagte Frage zu geben, an dessen eindeutiger Beantwortung schon etliche Wissenschaftler gescheitert waren. Originalzitat Bodo H.: »Ich starre keine Titten an, die Titten starren mich an!«

Auch Papa amüsierte sich über diese Bauwagenphilosophie und die damit einhergehenden bahnbrechenden Erkenntnisse. Allerdings war die Zusammenarbeit mit Herrn Bodo H., der seinen Verstand offenbar komplett der Baugrube übergeben hatte und folglich ohne ihn auskommen musste, alles andere als witzig. Der große, grobschlächtige, laute Kerl baute nur Bockmist, gab ständig unsinnige Anweisungen und fing mit einigen, seiner Ansicht nach unfähigen Kollegen Streit an. Regelrecht gefährlich wurde es, als Bodo vom Baugerüst zu stürzen drohte, sich im letzten Moment an Papa festkrallte und ihn dabei beinahe vom Gerüst gestoßen hätte. Zum Glück war die Sache glimpflich ausgegangen.

Doch als sich Papa bei seinem Vorgesetzten wegen des Vorfalls beschwerte, behauptete Bodo einfach frech, er habe Papa vor einem Absturz bewahrt und nicht Papa ihn. Einige andere Kollegen hatten den

Vorfall wohl nicht bemerkt und spielten ihn herunter. Oder sie hatten so große Angst vor Bodos Wutausbrüchen, dass sie sich erst gar nicht äußerten. Papas schlechte Sprachkenntnisse führten letztlich dazu, dass Bodo Recht bekam und der Vorgesetzte ihm, obwohl er sich nichts hatte zuschulden kommen lassen, mit Kündigung drohte.

Als wir Papa nun von Herrn Nägele erzählten, ärgerte er sich darüber, dass er sich mit diesen chronischen deutschen Besserwissern, die sich von Natur aus für unfehlbar hielten, nicht nur in seinem Arbeits-, sondern auch in seinem Privatleben herumschlagen musste. Auf einmal wurde er so zornig, wie wir es nur selten erlebt hatten.

An jenem Abend sagte er uns, dass er sich eine neue Arbeit suchen und zusehen wollte, dass sie Filippos Behandlung zügig weiterführten. Er hatte nicht vor, auch nur eine Sekunde länger als unbedingt notwendig in diesem Land zu bleiben.

Wir hätten vor Freude am liebsten sofort angefangen zu packen.

## 17. Nimm zwei!

Papa hatte an jenem Abend einfach genug gehabt. In Messina hatte sein Wort noch Gewicht besessen, und die Leute hatten ihn respektvoll gesiezt. Dieses ungeschriebene Gesetz war ein Zeichen des gegenseitigen Respekts und gehörte sich einfach so. Geduzt wurden nur Familienangehörige, enge Freunde und gute Bekannte.

Dasselbe galt im Prinzip auch in Deutschland. Nur für Gastarbeiter wie ihn machten die Einheimischen offenbar eine Ausnahme. Alle, selbst kleine Kinder und wildfremde Menschen wie unser Nachbar Herr Nägele, hielten Papa wegen seiner mangelnden Sprachkenntnisse fast automatisch für dumm und nahmen sich das Recht heraus, ihn einfach zu duzen. Und an diesem Brocken hatte er schwer zu schlucken.

Als Papa und Mama am nächsten Tag nach Hause kamen, war der größte Ärger jedoch verflogen, und sie begannen das Abendessen vorzubereiten. Papa betrachtete seine Weinflasche, merkte, dass sie fast leer war, und schickte Filippo und mich zum Einkaufen.

Wir hatten den ganzen Nachmittag am Ufer der Fils gespielt und standen in Gummistiefeln noch im Wasser, als Papa uns einen Fünfer in die Hand drückte und zum Laden schickte. Also stiefelten wir los und erreichten ihn ein paar Minuten später. Es war kein Laden im eigentlichen Sinne. Es war vielmehr ein altes Bauernhaus, dessen Gewölbekeller umgebaut worden war. Die alte, grauhaarige Bäuerin mit der seltsamen Pudelfrisur besserte durch den Verkauf von Wein, Schnaps und Süßigkeiten ihre Rente auf. Die Auswahl war eher bescheiden, aber der Wein war nach Papas Ansicht nicht ganz so schlecht. Was Filippo und mich schon vom ersten Tag an fasziniert hatte, waren, neben den Süßigkeiten, die uns die nette alte Frau manchmal zusteckte, die vielen winzigen Fläschchen, die dort lagerten. Die Weinflaschen standen aufgereiht im hinteren Teil des Raumes. Im vorderen Teil waren die Süßigkeiten und viele dieser kleinen, bunten Flaschen untergebracht, die gerade mal so groß waren wie eine Kinderhand.

Beim letzten Mal hatten wir die alte Frau gefragt was in diesen kleinen Flaschen drin sei.

»Kinderschnaps!«, antwortete sie. Vielleicht hatte sie aber auch gesagt: »Für Kinder keinen Schnaps!«

Kinderschnaps hörte sich für uns einfach Interessanter an. Wir schlossen daraus, dass deutsche Kinder sogar ihren eigenen Schnaps hatten. Insgeheim hofften wir, dass die alte Frau uns mal so ein kleines Fläschchen schenkte, denn sie waren sehr teuer. Das hatte sie bisher aber nicht getan, und so betrachteten wir jedes Mal die kleinen Flaschen, wenn wir den Laden betraten. Die alte Frau kam herein, holte Papas Wein aus dem hinteren Teil des Kellers, packte die Flasche in unsere Stofftasche und übergab sie uns.

»Sagt eurem Vater einen lieben Gruß. Ich muss meinen Laden Ende des Monats schließen. Nicht vergessen, ja? Ich gebe euch noch ein Abschiedsgeschenk für ihn mit.«

Mit diesen Worten packte sie uns vier kleine Fläschchen und Süßigkeiten in die Tüte und verabschiedete uns.

Unser Herz übersprang zwei Schläge, so sehr freuten wir uns über unser Geschenk. Denn eines war klar: Papa würde unseren Kinderschnaps nicht zu sehen bekommen!

Wir liefen auf die Straße, holten ungeduldig die vier Fläschchen heraus und musterten sie ausgiebig. Zwei waren ziemlich schmucklos und trugen die Aufschrift »Dornkaat«. Die anderen beiden hatten wenigstens noch einen hübschen Hirschkopf auf dem Etikett, auf dem »Jägermeister« stand. Endlich würden wir in den Genuss von Kinderschnaps kommen. Wir beschlossen, die schmucklosen Flaschen zuerst zu probieren. Wir öffneten sie, prosteten uns wie die Erwachsenen zu und stürzten das bittere, scharfe Getränk in einem Zug hinunter.

Angewidert verzog Filippo das Gesicht und schnitt eine fürchterliche Grimasse. Er schüttelte sich fast die Locken glatt und rief: »Prrrruaaahhh! Das schmeckt ja widerlich!«

Ich konnte mich selbst zum Glück nicht sehen, aber das spastische Zucken und Spannen meiner Gesichtsmuskeln deutete an, dass meine Miene genauso aussah, wie sie sich anfühlte. Das Zeug ätzte sich wohl gerade einen neuen Weg in den Magen, denn es brannte an Stellen, die ich niemals mit meinem Verdauungsapparat in Verbindung gebracht hätte. Unsere Gesichter wollten sich gar nicht mehr entspannen.

»Das brennt ... hechel ... bestimmt so schlimm, weil wir noch nie so etwas getrunken haben«, erklärte ich, um meinen Bruder und vor allem mich selbst zu beruhigen.

»Brrrr ... kann schon sein«, antwortete Filippo. Dabei kaute er mit ausholenden Bewegungen an den Resten des scharfen, bitteren Geschmacks herum und sog pfeifend Luft ein.

»Sollen wir die anderen auch noch probieren? Vielleicht schmecken die besser und spülen den widerlichen Geschmack weg«, schlug ich vor. Obwohl mir bei der Sache auf einmal gar nicht mehr wohl war.

»Also gut«, antwortete Filippo. Wir holten die beiden verbliebenen Flaschen hervor, schraubten sie auf und nippten vorsichtig daran.

»Hmm! Das schmeckt viel besser!«, sagte ich.

Filippo nickte. Wir prosteten uns zu und kippten den zweiten Schnaps des Tages hinterher. Der Jägermeister schmeckte leicht nach Kräutern. Er war zwar nicht ganz so scharf wie der erste, aber mild war schon noch mal etwas anderes. Nach einer Weile brannte es nämlich ebenfalls ganz schön, und die Zuckungen meiner Gesichtsmuskeln setzten wieder ein. Dafür breitete sich eine bisher ungekannte Wärme in meinem Bauch aus, die durch die Adern nach oben strömte und mir wie eine prickelnde Welle in den Kopf stieg.

»Hihi ... und das trinken ... hehe ... deutsche Kinder?«, kicherte ich und schielte auf das Fläschchen.

»Haha ... Nee, das glaube ich nicht«, erwiderte Filippo grinsend. Er wurde für einen kurzen Augenblick ernst, hielt sich den Bauch und fragte:»Ist dir auch so komisch wie mir?«

»Hihi ... was heißt komisch? Mir ist warm, hehe, und ich muss lachen. Hoffentlich merkt Papa nicht ... hehe ... dass wir seinen Kinderschnaps getrunken haben«, antwortete ich kichernd.

Ich stülpte mir die Stofftasche mit Papas Weinflasche über Hals und Schulter und stapfte langsam in die Richtung, in der ich unser Zuhause vermutete. Filippo stolperte lachend hinter mir her, holte mich ein, grinste breit und verkündete, dass uns Papa sicher zusammen mit dem Kinderschnaps aus unseren Hosen schütteln werde. Daraufhin lachte ich entrückt und hastete meinen Gummistiefeln hinterher, die, wie mir auf einmal schien, alleine vor mir herliefen. Filippo lachte und grunzte. Ich lachte wegen seines Gegrunzes, bis wir stolperten und übereinander auf die Straße stürzten. Lachend robbten wir ein paar Meter weiter und überwanden auf allen vieren eine schier unüberwindliche Bordsteinkante.

Dolfis Knurren und Bellen hörte sich an diesem Nachmittag besonders lustig an. Vor allem aber klang es viel weiter entfernt, als der Hund tatsächlich war. Der Teufelsbraten hüpfte schon wieder wie ein zähnefletschender schwarzer Gummiball mit eingeschaltetem Knurrsimulator hinter seinem Gartenzaun auf und ab. Filippo und ich rappelten uns auf, liefen noch immer lachend, aber zügig am Zaun entlang und versuchten uns zusammenzureißen.

Nun lagen gerade mal noch knappe hundert Meter zwischen uns und einem Donnerwetter, das sich gewaschen hatte. Ich konnte mich noch ganz gut erinnern, wie Santina als Vierjährige regelmäßig heimlich von dem Wein meiner Eltern getrunken hatte und irgendwann in Ohnmacht gefallen war. So gesehen hatten wir eigentlich noch Glück, denn wir waren keineswegs in Ohnmacht gefallen. Vielleicht müssten wir es beide nachholen, wenn wir in diesem Zustand vor Papa traten, er uns fragte, was mit uns nicht stimme, und wir keine überzeugende Antwort parat hätten.

Wir passierten den Zaun und sahen aus den Augenwinkeln, wie Dolfi knurrend durch das offenstehende Gartentor schlüpfte und sich an unsere Fersen heftete.

»Mist! Der Köter ist draußen, renn!«, schrie ich meinem Bruder zu, der sich umblickte und aufschrie.

Im gleichen Augenblick spürte ich Dolfis Fänge an meiner Ferse, und mein Vorwärtsdrang wurde jäh gestoppt. Ich fiel auf die Knie und versuchte, schnell wieder auf die Beine zu kommen, während der Hund sich an meinem Stiefel festgebissen hatte und daran zerrte. Filippo schnappte mich am Arm, zog mich erst hoch und dann vorwärts in Richtung Haus. Ich kämpfte mich voran und schleifte den wild knurrenden Dolfi hinter mir her, der sich mit aller Kraft dagegenstemmte und mir meinen Stiefel beinahe schon vom Fuß gezogen hatte. Da lachte mein Bruder wieder los, und ich musste unwillkürlich mitlachen. Dolfi sah aber auch wirklich zum Schießen aus. Wie er mit meinem Stiefel im Maul so tat, als ob er groß und gefährlich wäre, war er schon wieder allerliebst. Das Knurren und Bellen des großen Hundes, der gerade von der anderen Straßenseite herbeigelaufen kam, hörte sich dagegen wirklich bedrohlich an. Herr Nägele rannte nun ebenfalls keifend auf uns zu!

In dem Augenblick, als Dolfi es endlich geschafft hatte, mir den Stiefel vom Fuß zu zerren, packte mich Herr Nägele mit hartem Griff im Genick, schüttelte mich durch und spuckte feuchte Drohungen gegen uns aus.

»Ich schlag euch tot! Zigeuner! Lumpenpack! Ich hab gesagt, ihr sollt mein Hund in Ruh lassen oder? Ihr verfluchte Patschaka! Hab ich das gesagt, oder hab ich das nicht gesagt?«

»Ihr Hund ist auf uns losgegangen, nicht wir auf ihn, ist das klar? Was sie sagen, ist mir schnurzegal, verstanden?« Ich spürte, dass der Kinderschnaps eine überraschende Nebenwirkung hatte, denn ich war über meine deutlichen Worte sehr erstaunt.

Filippo hielt mich noch immer am Arm fest und schrie Herrn Nägele an, er solle mich gefälligst loslassen und verschwinden. Dolfi hatte sich unterdessen an eine Hauswand verzogen und rammelte knurrend meinen Stiefel. Entsetzt glotzte unser Nachbar seinen Hund an und schrie ihm zu, er solle den Stiefel in Ruhe lassen und nach Hause laufen. Gleich darauf versuchte er seine Drohung wahr zu machen und uns so lange in den Hintern zu treten, bis wir auf unseren Zähnen Klavier spielen könnten. Im selben Augenblick, als er mir einen Tritt verpasste, rammte ihm Filippo die Faust in die Weichteile.

Herr Nägele schrie auf, fluchte, grub mir die Fingernägel in den Nacken und drückte mich dabei herunter. Ich drehte mich weg und schmetterte ihm ebenfalls die Faust ins Gelege. Unser Nachbar riss die Augen weit auf und pustete mir mit aufgeblasenen Backen einen Schwall warme Luft ins Gesicht. Einen kurzen Augenblick lang, wie er so den Mund öffnete und dabei die Zähne fletschte, sah er fast aus wie Dolfi, wenn er böser Hund spielte. Der doppelte Glockenschlag hatte ihm jedenfalls gereicht. Mit beiden Händen hielt er sich das Gemächt und trat in gebückter Haltung den Rückzug an.

Mama und Papa, die den Lärm gehört hatten, waren auf die Straße gerannt und hatten gerade noch gesehen, wie Filippo und ich den armen alten Mann misshandelten. Herr Nägele sagte kein Wort mehr. Er zog den sabbernden Dolfi von meinem Stiefel herunter und verschwand mit dem Hund im Haus. Mit spitzen Fingern hob ich meinen triefenden, zerbissenen Stiefel auf, und wir gingen gemeinsam mit Papa und Mama nach Hause. Filippo und ich kicherten schon wieder wie blöd, und noch schob Papa es auf die Aufregung wegen des Streits mit Herrn Nägele.

Drinnen mussten wir ihm haarklein berichten, was vorgefallen war. Papa hörte sich alles in Ruhe an und sagte dann, dass Herr Nägele seine Strafe wohl zu Recht erhalten habe. Der Ansicht waren nicht nur wir, sondern das ganze Haus. Einer nach dem anderen kamen sie zu uns herunter, und wir mussten allen erzählen, warum sich Herr Nägele schmerzende Glocken geholt hatte. Die einhellige Meinung aller Anwesenden lautete: »Das hatte er schon lange verdient!«

Von allen Gästen an jenem Nachmittag blieb Signor Manfredo, von dem ich annahm, dass er seit meiner Frage nach Gottes Plänen vom Glauben abgefallen sei, am längsten sitzen. Er lebte zusammen mit seiner Frau seit fünf Jahren in Deutschland. Beide arbeiteten, sparten das verdiente Geld und unterstützten damit ihre Familien in Sizilien. Ihre Ehe war bisher, trotz zahlloser nächtlicher Gebete, kinderlos geblieben. Signor Manfredo erzählte uns, dass er nicht vorhatte, noch lange in diesem Land zu bleiben. Ihm gefiel es hier nicht, denn er hatte in den vergangenen Jahren nicht immer die besten Erfahrungen gemacht. Dementsprechend sah auch sein Deutschlandbild nicht sehr positiv aus.

Das Erste, was ein jeder Mensch lernt, wenn er sein Zuhause verlässt, ist, dass er überall auf der Welt ein Ausländer, auf jeden Fall aber ein Fremder ist. Er wird von den Einheimischen erst mal argwöhnisch beäugt, lernt neue Freunde, aber auch Anfeindung und Ausgrenzung kennen.

Signor Manfredo saß bequem auf seinem Stuhl und drehte ein Weinglas zwischen seinen großen Händen, deren Haut an manchen Stellen tiefe Risse aufwies. Dann fing er an, uns seine Geschichte zu erzählen:

»Am Anfang fällt es einem nicht leicht, aber mit der Zeit lernt man, nicht mehr hinzuhören. Als ich mit meiner Frau auf Wohnungssuche war, haben die Deutschen uns fast wie Leprakranke behandelt. Wir waren in normalen Häusern mit bezahlbaren Wohnungen nicht erwünscht. Die Einzigen, die uns nicht die Tür vor der Nase zugeschlagen haben, waren irgendwelche hässlichen Leute, die uns ins Gesicht lächelten und mitteilten, dass die Zweizimmerbruchbude mit den kaputten Fenstern und dem Etagenklo für drei Mietparteien genauso viel kostete wie das luxuriöse Fünfzimmerappartement des deutschen Kollegen. Dabei wussten wir ganz genau, dass wir so eine Wohnung niemals bekommen würden und uns mit der Bruchbude zufriedengeben müssten.

Könnt ihr euch auch nur annähernd vorstellen, wie erniedrigend es war? Vor allem, wenn sich der verkommene Halsabschneider auch noch als gütiger, barmherziger Samariter aufführte und so tat, als ob ich ihm neben der Hälfte meines Monatslohnes auch noch tiefe Dankbarkeit schuldete? Wenn er sich ganz nebenbei das Recht herausnahm, zweimal die Woche unangemeldet an unsere Tür zu klopfen, um die Wohnung zu inspizieren. Er guckte uns dabei sogar in die Töpfe und fragte, was wir schon wieder äßen. Dann erklärte er uns allen Ernstes, dass wir gefälligst Fleisch essen sollten, damit er sich auch mal an unseren Tisch setzen könne.

Irgendwann war es mir dann genug: Ich warf ihn aus der Wohnung, woraufhin er mir fristlos kündigte. Als ich am Tag darauf von der Arbeit nach Hause kam, standen alle meine Möbel auf der Straße, und ich kam nicht mal mehr in die Wohnung hinein, weil er die Schlösser ausgetauscht hatte. Und, das Beste kommt noch: Ich rief sofort die Polizei an, doch anstatt den Mistkerl zu zwingen, die Wohnung aufzuschließen, überprüfen die erst mal zwanzig Minuten lang, ob meine Aufenthaltsgenehmigung noch gültig und mein Pass nicht abgelaufen ist und ob auch kein Haftbefehl gegen mich vorliegt. Ich könnte ja auch, wie jeder Italiener, ein gesuchter Mafioso sein.

Einer der Beamten fragte mich das sogar. Er stellte sich allen Ernstes vor mich hin, eine Hand an der Pistole, und fragt: »Mafia? Camorra? Oder Cosa Nostra?«

Da platzte mir dann wirklich der Kragen, und ich antwortete: »Ja! Zweimale! Fur mi, all'arrabiata und fur mein Frau mit Parmesan! Und dazu eine Flasche *affanculo classico*!«

Daraufhin guckte er erst mal reichlich dämlich unter seiner Mütze hervor und erwiderte dann: »Ganz ruhig bleiben!«

Ich war ganz ruhig. Nur in Gedanken hatte ich ihn bereits erwürgt. Wenn ich ein Mafioso wäre, hätte ich diesem Vollidioten von Vermieter erst mal ordentlich die Zähne geschrubbt, ihm Betonschuhe in Größe hundert verpasst und ihn anschließend, damit er ein paar frische Luftblasen schnappen kann, in einem Tümpel verankert.

Das sollte man von einem halbwegs anständigen Mafioso doch erwarten können, oder? So ist es aber nicht. Denn sobald ein Mafioso in Deutschland ankommt, wird er schlagartig blöd. Er löst seine Probleme nicht mehr selbst, sondern ruft die Polizei und lässt sich mitsamt seinen Möbeln auf der Straße verhaften. Dass ich für die Wohnung im Voraus Miete bezahlt und meine Möbel sich gerade in Müll verwandelt hatten, interessierte die Beamten nicht im Geringsten. Gerade so, als ob es in Deutschland für solche Fälle keine Gesetze gäbe. Nun ja, sie gelten nun mal nicht für jeden. In diesem Land gibt es für jeden Furz, den du lassen willst, ein Gesetz, das dir vorschreibt, wonach er riechen darf und in welcher Zeit er sich verflüchtigt haben muss. Du brauchst morgens nicht einmal aus dem Bett zu steigen, und schon hast du gegen ein gutes Dutzend Gesetze, Verordnungen oder Richtlinien verstoßen. Jede Lebenslage wird durch Gesetze zubetoniert. Wäre Gott ein Deutscher, hätte Moses garantiert zweihundert Jahre gebraucht, um seine Gesetzestafeln ins Tal zu schleppen.«

Signor Manfredo machte eine kurze Pause, leerte sein Weinglas und sah uns mit einem Blick an, in dem sich Verbitterung und Traurigkeit einander abwechselten. Die meisten Deutschen, die er bisher kennen gelernt hatte, mochte er nicht. Er berichtete, wie oft er in den letzten fünf Jahren Sizilien verflucht hatte, das er hatte verlassen müssen, um für seine Familie die Zukunft sichern zu können. In seinem Heimatdorf gab es alles, was er sich wünschte: seine Familie, freundliche Menschen, Sonne, wärme, saubere Luft, herrlich frisches Obst, das Meer ... nur leider keine Arbeit!

»Was nützt einem die schönste Insel, wenn man dort nicht leben kann?«, fragte er in die Runde.

Wir kannten die Antwort: »Nichts!«

»Und was nützt einem ein Land, in dem man leben könnte, weil man Arbeit hat, in dem man aber keine Freude mehr empfindet?«

Wir musterten uns schweigend. Selbst wir Kinder wussten, was er meinte. Er redete weiter:

»Seht euch doch nur mal Herrn Nägele an: Er hat genug Geld, ein großes Haus, ein neues Auto. Das alles hat er sich von seinem Geld gekauft. Aber er ist nicht glücklich! Er hat keine Freunde, keine Familie, keine Lebensfreude. All das kann er sich nämlich nicht kaufen. Er wird in jeder Sekunde seines restlichen Lebens ein unglücklicher, einsamer Mann bleiben. Und wenn er sich eines Tages nicht mehr selbst versorgen kann, wird er in ein Heim gehen. Oder seine Verwandten werden ihn dorthin abschieben, um anschließend in sein Haus einzuziehen, sich über sein Auto freuen, während er tagtäglich in seinem Einzelzimmer sitzt und auf seinen Tod wartet.

Vor ein paar Jahren ist seine Frau gestorben, und kurz darauf hat er seine einzige Tochter aus dem Haus geworfen, weil sie einen Italiener geheiratet hat. Er wollte den Mann nicht mal kennen lernen. Seht euch doch nur mal um! In der Nachbarschaft wohnen fast ausschließlich alte Leute. Einsam und verlassen. Ab und zu kommt mal jemand vorbei, überzeugt sich davon, dass sie noch atmen, und geht wieder. Wenn sie eines Tages auf Hilfe angewiesen sind, verschwinden sie aus ihren Häusern.

Habt ihr das Altenheim hier im Ort schon mal gesehen? Geht ruhig mal hin! Dort kommt ihr euch vor wie in einem Supermarkt. Große, verglaste Konservendosen, und hinter jedem Fenster steht eine graue, gebeugte Gestalt, die hinausstarrt. Man kann ihre Gedanken fast hören.

›Nehmt mich mit!‹, rufen sie. ›Lasst mich nicht hier!‹

Jeder lebt in diesem Land allein vor sich hin und denkt nur an sich. Hauptsache er hat eine tolle Arbeit, viel Geld, alle zwei Jahre ein neues Auto und kann mehrmals im Jahr alleine in Urlaub fahren. Familie ist den Deutschen nicht wichtig. Wenn die Kinder erwachsen sind, ziehen sie einfach weg. Gehen sie nicht freiwillig aus dem Haus, werfen die Eltern sie eben hinaus. Denn wenn der Nachwuchs erst mal aus dem Haus ist, wollen sie noch mal anfangen zu leben. Als ob sie zusammen mit ihren Kindern nicht gelebt hätten.

Jeder hat hier alles, aber wenn es darum geht, so wie es bei uns üblich und auch richtig ist, die alte Mutter oder den alten Vater in die Familie aufzunehmen, werden sie plötzlich alle arm wie Kirchenmäuse. Auf einmal haben sie keine Zeit, kein Zimmer frei und auch ohne den Alten schon genug Sorgen am Hals. Ja, und die alte Frau, die mal ›die geliebte Mama‹ war, ist auf einmal nur noch ein weiteres Problem. Deutschland ist ein reiches Land mit vielen armen, einsamen Menschen.«

## 18. Unheimliche Begegnungen

Nachdem Signor Manfredo sich verabschiedet hatten, gingen wir schlafen. Die Wirkung des Kinderschnapses hatte nach dem Essen spürbar nachgelassen. Das Dauergrinsen hatte unsere Gesichter wieder verlassen und nach dem ernsten Gespräch waren wir alle sehr nachdenklich geworden. Vieles von dem, was er erzählt hatte, hatten wir selbst auch schon beobachtet. Großväter und Großmütter lebten hier tatsächlich die meiste Zeit allein. Wir hatten aber auch den Eindruck, dass sie es gar nicht anders wollten.

Allein zu leben, ohne eine Familie, die einen auffing, die einem Halt gab, einem half und in der Not beistand, war für uns unvorstellbar. Wir hatten in Messina immer nur wenig Platz gehabt. Jahrelang wohnten wir in nicht mehr als zwei bis drei Zimmern, und zwar mit einer fünf- bis sechsköpfigen Familie.

Aber für die Opas und Omas rückten wir eben ein bisschen zusammen und machten Platz. Da gab es keine Diskussionen, es gehörte sich so, und damit basta! Meine Cousins mussten zum Beispiel jeweils zu zweit in einem Bett schlafen, damit *nonna* Mina die letzten Jahre ihres Lebens bei ihrer Familie verbringen konnte. Dafür erfreute *nonna* Mina uns

Abend für Abend mit ihren tollen Geschichten und konnte mit kaum mehr als nichts die tollsten Gerichte zaubern. Was bedeutete da schon ein eigenes Bett?

Der nächste Punkt war die Ehe. Die Deutschen hatten dazu eine recht lockere Einstellung. Mama und Papa waren entsetzt, dass sich hier so viele Ehepaare einfach so scheiden ließen. Scheidung, das war in Sizilien nur ein Wort. So etwas taten nur Show- und Filmstars, die einen lockeren, sündigen Lebenswandel pflegten. Für normale, »anständige« Menschen war eine Scheidung eine Schande. Demnach mussten die meisten Deutschen einen lockeren, sündigen Lebenswandel führen.

Am deutlichsten sah man dies an den Frauen. Die arbeitende deutsche Frau war selbstständiger, freier und viel selbstbewusster als ihr sizilianisches Ebenbild, das von Anfang an auf Haushalt und Mutterrolle vorbereitet wurde und sich aus dieser Rolle nicht entfernen durfte. Jedenfalls nicht, ohne Repressalien befürchten zu müssen. Hierzulande gingen Mädchen in die Schule, lernten einen Beruf und arbeiteten. Das selbst verdiente Geld ermöglichte ihnen etwas, was im Sizilien meiner Eltern schlichtweg unvorstellbar war. Etwas, wovon Sizilianerinnen nicht einmal zu träumen wagten: Unabhängigkeit!

Sie waren selbstbewusste, unabhängige Frauen, die so kurze Miniröcke trugen, dass ein jeder Mann bei genauerem Hinsehen eine chronische Bindehautentzündung riskierte. Oder einen Schädelbasisbruch, wenn die langen Beine irgendwelche im Weg herumstehenden Laternenpfähle verdeckten. Frauen, die alleine ausgingen, sich in Diskotheken die Nächte um die Ohren schlugen und auch schon mal sturzbetrunken nach Hause gebracht werden mussten, die sich schminkten, auf der Straße rauchten, tun und lassen konnten, was sie wollten, ohne ihre Väter, Brüder oder Verlobten um Erlaubnis fragen zu müssen.

Und, das Allerschlimmste: Sie alle hatten vorehelichen Sex! Vielleicht sogar mit mehr Männern als nur dem einen, den sie mal heirateten. Viele lebten unverheiratet mit einem Mann zusammen. Dieser, nach sizilianischer Sichtweise gottlose Zustand nannte sich dann »wilde Ehe«, und nicht wenige dieser Paare zeugten sogar Kinder.

In Sizilien hätten Frauen, die so etwas gewagt hätten, ihren ruinierten Ruf niemals wiederherstellen können. Sie wären abgestempelt, gebrandmarkt und für alle Zeiten zu Huren degradiert und ihre Kinder ein Leben lang als Bastarde verschrien worden. Wegen so einer Schande stürzte die gesamte Familie unweigerlich in die untersten Schichten der sizilianischen Gesellschaft ab: zum Abschaum. Vieles von dem, was die Deutschen tolerierten oder als »normal« ansahen, widersprach allen Traditionen und guten Sitten, die wir bis dahin gewohnt waren und die wir erfahren und gelebt hatten.

Signor Manfredo war nicht der Einzige, der sich von diesem legeren Lebensstil abgestoßen fühlte. So wie ihm erging es den meisten Gastarbeitern. Deutschland war eine völlig andere Welt. Eine Gesellschaft mit völlig anderen Werten. Werten, die man nicht so einfach übernehmen konnte. Auch wenn das eine oder andere durchaus sinnvoll, vernünftiger oder gar besser war, so würde es bei einer Rückkehr in die Heimat zu Schwierigkeiten, Anfeindungen und Ausgrenzung führen. Da gab es nur zwei Möglichkeiten: sich anzupassen und in Kauf zu nehmen, nicht wieder zurückkehren zu können, oder die alten Traditionen zu pflegen, die Familie vor der fremden Kultur so weit wie möglich zu bewahren und den richtigen Zeitpunkt zur Rückkehr nicht zu verpassen.

Während ich im Bett lag, kehrten meine Gedanken immer wieder zu Herrn Nägele zurück, und ich fragte mich, ob Einsamkeit der Grund für sein Verhalten war. War unser Nachbar vielleicht nur deshalb so böse, weil er einsam war? Oder war er einsam, weil er so böse war? Auf einmal hatte ich Mitleid mit ihm. Dabei hatte er sich die Abreibung wahrlich verdient, denn er hatte uns angegriffen und nicht wir ihn. Aber warum? Wir hatten ihm nichts getan. Ich fand keine befriedigende Antwort, doch ich nahm mir fest vor, der Sache auf den Grund zu gehen.

Ich nahm mir vor, Herrn Nägele in den nächsten Tagen einen Besuch abzustatten, ihm eine Tafel Schokolade zu schenken und ihn zu fragen, ob wir die Sache vergessen könnten. Eine ganze Tafel Schokolade? Hm ... nein! So groß war mein Mitleid nun auch wieder nicht. Wenn ich eine ganze Tafel Schokolade erst mal in den Händen hielt, würde sie den Weg bis zu Herrn Nägeles Haus nicht überleben. Dann stand ich am Ende mit dem Einwickelpapier in den Händen und verschmiertem Mund da und müsste ihm das letzte angebissene Stück anbieten. Keine gute Idee! Wein! Ich würde Papa fragen, ob er eine Flasche Wein für unseren Nachbarn kaufte. Gleich am nächsten Tag wollte ich mit Papa reden und noch vor dem Abendessen zu Herrn Nägele gehen. Zufrieden schlief ich ein.

Papa war von meiner Idee nicht sonderlich begeistert, aber am Ende stimmte er zu, gab mir das Geld für eine Flasche Wein und sagte: »Ich warte aber vorsichtshalber draußen, und wenn irgendetwas ist, dann ruft ihr, so laut ihr könnt, ja?«

»Okay! Wir sind gleich wieder da!«, antwortete ich.

Filippo und ich stiefelten los, kauften den Wein und machten uns auf den Rückweg. Als wir am Zaun unseres Nachbarn vorbeikamen, warteten wir auf Dolfis »Ihr Rotkäppchen, ich Wolf«-Aufführung und waren erstaunt, dass der Hund nicht im Garten war. Die Eingangstür von Herrn Nägeles Haus rückte immer näher, und ich fragte mich langsam, ob meine Idee wirklich so gut war. Egal, jetzt waren wir schon mal hier, und ein Versuch konnte nicht schaden. Notfalls würden wir ihm den Wein eben in den Hals gießen, damit er uns zur Abwechslung die Beleidigungen mal vorgurgeln konnte.

Merkwürdigerweise stand die Haustür offen. Filippo und ich blieben vor dem Gartentor stehen und konnten durch das ganze Haus hindurchblicken. Im letzten Raum standen zwei Personen, die sich angeregt unterhielten, im Zwielicht jedoch nur schlecht zu erkennen waren. Herrn Nägeles Stimme hallte durch das ganze Haus, und ich glaubte zu verstehen, dass er seinem Besucher gerade von dem gestrigen Zwischenfall berichtete.

Plötzlich drehten die beiden sich zu uns um, und Herrn Nägeles Organ schallte durch den Flur: »Jetzt sind die Patschaka schon wieder da! Mensch, euch soll der Blitz treffen! Verschwindet auf der Stelle, sonst erschieß ich euch.«

Filippo und ich zuckten zusammen und wandten uns zum Gehen. Es hatte keinen Zweck. Wenn Herr Nägele einsam war, dann nur, weil er durch und durch böse war. Mein Bruder zupfte mich am Ärmel und hinderte mich daran, unserem Nachbarn eine Beleidigung entgegenzuschleudern. Da kam er auch schon aus dem Haus, und sein Besucher, der bisher in seinem Schatten gestanden hatte, trat ins Licht. Filippo und ich wollten unseren Augen nicht trauen: Es war Jörg!

Wir waren baff. Plötzlich fügte sich alles zusammen: Herr Nägele hatte seine Tochter aus dem Haus geworfen, weil sie einen Italiener geheiratet hatte. Dieser Italiener war Jörgs gewalttätiger Stiefvater. Das bedeutete, unser Nachbar war Jörgs Großvater. Der Mann, der die Italiener abgrundtief hasste. Mit diesem Mann hatte ich wegen seiner vermeintlichen Einsamkeit so viel Mitleid gehabt, dass ich jetzt mit einer Flasche Wein vor seiner Haustür stand. Was war ich bloß für ein dämlicher Hund! Und was war das bloß für eine furchtbare Familie?

Ich rechnete fest damit, dass der Waffenstillstand zwischen uns und Jörg damit erledigt war, aber zu unserer Überraschung lief unser Klassenkamerad durch das Gartentor, warf uns im Vorbeigehen einen kurzen Blick zu und sagte nur: »Also dann tschau! Bis morgen!«

»Ciao, Jörg!«, antworteten Filippo und ich. Damit hätten wir nun wirklich nicht gerechnet.

Herrn Nägeles Reaktion dagegen war schon eher vorhersehbar. Entsetzt fragte er seinen Enkel, wieso er mit uns redete, und jagte ihn aus dem Haus. Uns rief er noch ein freundliches »Und ihr zwei macht, dass ihr Land gewinnt!« hinterher.

Jörg war stehen geblieben und blickte in das fratzenhaft verzerrte Gesicht seines Großvaters. Filippo und ich wandten uns ab und liefen los. Als wir uns noch mal umdrehten, hörten wir Jörgs Abschiedsgruß.

»Verreck doch endlich! Du alter Depp!«

Dass Jörg den Mut hatte, seinem Großvater so etwas ins Gesicht zu schleudern, erstaunte meinen Bruder und mich ungemein.

Papa erwartete uns mit Santina vor der Haustür. Ich sagte ihm, unser Nachbar brauche keinen Wein, sondern eine Dauerkarte für die örtliche Irrenanstalt. Nur leider war die nicht so einfach zu bekommen wie eine Karte für das örtliche Freibad. Schade! Diese Freude hätte ich ihm gerne gemacht. Wir beschlossen, dass Herr Nägele für alle Zeiten eine Persona non grata sein sollte. Eine Person, die nicht gerne gesehen ist, die gemieden wird und mit der man nicht spricht.

Das galt natürlich nicht für Dolfi. Der Hund hatte uns zwar auch viel Ärger gemacht, aber er war trotzdem nur ein kleiner, niedlicher, verspielter Hund, dem ich einen Fahrradsturz, ein paar Fingernagelabdrücke im Genick, aber auch neue Gummistiefel zu verdanken hatte. Ihn konnte ich jedenfalls eindeutig besser leiden als sein Herrchen.

Es wurde endlich Sommer, und damit rückte, nach Papas freudiger Ankündigung, unsere erste Fahrt nach Messina in greifbare Nähe. Achtzehn Monate waren seit unserer Abreise vergangen. Achtzehn lange Monate, die uns allen nur wenig gefallen hatten. Es hatte sich vieles verändert: Papa hatte ein neues Auto gekauft, einen weißen Opel Kadett. Wir wohnten in einer größeren Wohnung als in Messina, und seit Mama ebenfalls arbeitete, waren wir zwar die meiste Zeit allein zu Hause, aber dafür war bei uns allmählich so etwas wie Wohlstand zu spüren. Die Zeiten, als unsere gesamten Kleider in einen kleinen Koffer gepasst hatten, waren vorbei. Santina brauchte mittlerweile einen Kleiderschrank für sich alleine, und wir besaßen inzwischen sogar echte gekaufte Badehosen!

Bei den ersten Schulschwimmstunden mit Herrn Bronzerle hatten er und alle unsere Klassenkameraden sich noch über die geblümten Frottebadehosen lustig gemacht, die Mama aus zerschnittenen Handtüchern für uns genäht hatte. Sie hatten aber auch wirklich schlimm ausgesehen.

Finanziell standen wir zweifellos besser da als je zuvor. Dennoch hätten wir sofort unser altes Leben gegen dieses hier eingetauscht. Mit weniger Geld, alten Kleidern und einer kleineren Wohnung, dafür aber mit unserer Familie, unseren Freunden und keinem, der uns spüren ließ, dass wir nicht dazugehörten. Meine Geschwister und ich hofften insgeheim, dass Papa es sich anders überlegte und wir nach den Sommerferien einfach in Messina blieben.

Diese Hoffnung wurde aber sofort im Keim erstickt, als Filippo nach der ersten erfolglosen Therapie einen neuen Operationstermin für den September 1973 erhielt. Nach den Sommerferien. Trotzdem freuten wir uns riesig auf Messina und das Wiedersehen mit unserer Familie, vor allem mit unseren Cousins. Tagelang schmiedeten wir Pläne, was wir in den fünf Wochen alles mit ihnen unternehmen und spielen wollten. Der letzte Schultag sollte unser Abreisetag sein. Als an jenem Tag die Zeugnisse ausgeteilt wurden, kam es, wie schon im Jahr davor, zu einem schlimmen Zwischenfall.

Karl, unser rotblonder, sommersprossiger Klassenkamerad, der vom ersten Schultag an einer unserer besten Freunde geworden war, hatte heimlich einen

Blick in mein Zeugnis geworfen. Darin hatte er neben vielen schlechten Noten und einigen nicht benoteten Fächern auch den Vermerk »Versetzt nach Klasse 6« entdeckt. Da er selbst wohl schwer für seine Versetzung gebüffelt hatte, fühlte er sich angesichts der Ungleichbehandlung zutiefst diskriminiert. Er brüllte wie ein Irrer durch den Saal und drohte mir nach der Schule Prügel an.

Ich sah ihn nur an und sagte, er solle sich doch bei unserer Klassenlehrerin beschweren. Mein Bruder und ich hatten uns schließlich weder selbst benotet noch eigenmächtig in die nächste Klasse versetzt.

Karl war leider nicht so einsichtig, wie ich gehofft hatte. Nach der Schule wartete er, natürlich zusammen mit drei anderen Jungen, auf dem Schulhof, um mich zu verprügeln. Ich stieß die Tür des Schulgebäudes auf, sah sein wutverzerrtes Gesicht und dachte noch: Warum muss ich mich in diesem Kaff eigentlich mit jedem hirnlosen Idioten prügeln? War es wirklich möglich, dass der liebe Gott für mich keinen Plan B in der Schublade hatte?

Ich war felsenfest davon überzeugt, dass dieser Plan zu *nonno* Ciccios Fluch gehörte, der uns, seinen Nachkommen, noch immer nachhing und unter anderem auch vorsah, dass ich mich mein Leben lang mit irgendwelchen Spatzenhirnen herumprügeln musste. Mittlerweile eilte mir sogar der Ruf voraus, schwul zu sein. Ich hatte zwar keine Ahnung, was das genau bedeutete, aber so, wie meine Kameraden es mir ins Gesicht spieen, musste es etwas sehr Böses sein.

Später begriff ich, dass ich für meine Kameraden der weltweit einzige, real existierende schwule Sizilianer war. In Italien gibt es nämlich von Neapel bis zur südlichen Landesgrenze keine Homosexuellen. Die gibt es nur oberhalb von Rom und natürlich in allen nordeuropäischen Ländern. Und wer das jetzt nicht glauben will, kann gerne im Vatikan nachfragen.

Nach Ansicht meiner Kameraden gab ich mich nämlich viel zu oft mit Mädchen ab, und das war in ihren Augen ein sicheres Zeichen dafür, dass ich schwul sein musste. Unglaublich, aber wahr.

Und es stimmte. Ich spielte tatsächlich lieber mit Mädchen als mit Jungen. Jungen in meinem Alter spielten nicht, sie maßen und verglichen sich – ständig und immer wieder aufs Neue. Aus diesen Vergleichen entstand meistens Streit und aus dem Streit dann eine Prügelei. Um in Prügeleien verwickelt zu werden, brauchten mein Bruder und ich mit niemandem zu spielen. Das geschah oft genug und ganz automatisch, dazu genügte unsere bloße Anwesenheit. Ich hasste diese Vergleiche und verdrehte schon die Augen, wenn ich auch nur das erste Wort dieser typischen Sätze hörte: »Wetten, dass meine Füße, Arme, Hände, Eier größer sind als deine?« Oder: »Wetten, dass ich viel schneller, breiter, tiefer, länger und überhaupt viel weiter springen, werfen, spucken, pinkeln und sterben kann als du?« Ja, genau deshalb spielte ich lieber mit Mädchen. Falls ich deshalb schwul sein sollte, dann war mir das völlig »worscht!«, wie der Schwabe so schön sagt.

Je länger wir hier lebten, desto mehr vermissten wir unsere Cousins. Gianni war, seit ich denken konnte, nicht nur mein Cousin, sondern auch mein bester Freund gewesen. Hier hatten wir, außer Riccardo und Salva, die wie wir Italiener waren, nur einen Deutschen kennen gelernt, den ich als »Freund« bezeichnet hätte. Und auch der war manchmal sehr seltsam.

Bernd, ein kleiner, drahtiger Junge mit blauen Augen und dunkelblonden Haaren, spielte mit uns öfters am Ufer der Fils und verbrachte nebenher viel Zeit damit, Todesanzeigen zu verfassen. Das war für uns sehr befremdlich. Er verfasste diese Todesanzeigen für jeden und alles, was ihm über den Weg lief, und trug uns diese kleinen Vierzeiler anschließend mit viel Herzschmerz und Pathos in der Stimme vor. Sobald er auch nur eine Spinne zertrat, blieb er darauf stehen, hob dann den Fuß und sagte: »Der Bernd zu groß, sein Fuß zu schwer, Spinne Karl lebt nimmer mehr. Amen!«

Oft las er uns auch die Todesanzeigen aus der Tageszeitung vor und gab dazu seine Kommentare ab. »Hört mal, Erna Schildknecht geht, viel zu schnell und unerwartet, nicht mehr einkaufen. Der Erwin Ziller hat sich verabschiedet und braucht keine neuen Schuhe mehr. Und der Jochen Vogler ist umgezogen und wohnt seit neuestem auf dem Friedhof.« So lustig seine Ideen manchmal auch waren, Bernd war uns oft nicht ganz geheuer.

Filippo und ich versuchten Karl jedenfalls nicht weiter zu beachten. Wir liefen über den Schulhof und hörten uns die Hasstiraden an. Reden war in so einem Fall ohnehin völlig zwecklos. Zielstrebig verließen wir die Schule, überquerten die Straße und erreichten den Gehweg. Die vier Schreihälse holten ihre Fahrräder, und wir hatten schon den Eindruck, als ob sie sich besonnen hätten.

Filippo sagte gerade, dass die Sache wohl noch mal gut gegangen sei, als sich von hinten das Vorderrad eines Fahrrads zwischen uns schob und der breitere

Lenker uns beiden einen gewaltigen Stoß in den Rücken versetzte. Mein Bruder stürzte nach rechts gegen einen Gartenzaun, ich nach links auf die Straße. Karl war bei dem Versuch, uns beide über den Haufen zu fahren, über den Lenker gesegelt und hart auf die Bordsteinkante gestürzt. Die drei Kameraden, die hinter ihm hergefahren waren, schrieen entsetzt auf und stiegen von ihren Rädern ab. Zwei von ihnen kamen auf uns zu und halfen uns auf die Beine.

Filippo und ich waren schon ganz erstaunt und verfolgten verwundert die folgenden Szenen. Karl war diesmal offenbar eindeutig zu weit gegangen, und seine Freunde hatten ihm die Gefolgschaft aufgekündigt. Während die drei auf ihn einschrieen, liefen mein Bruder und ich einfach weiter. Schließlich war uns nichts weiter passiert. Unsere Schulranzen hatten den Aufprall weitgehend gedämpft, und ein blauer Fleck mehr oder weniger spielte für uns sowieso keine große Rolle. Wir drehten uns noch ein paar Mal um und sahen zu, wie die drei ihre Fahrräder bestiegen und davonfuhren.

Karl blieb allein zurück. Er saß auf dem Bürgersteig, entfernte die Splitter aus seinen blutenden, aufgeschürften Knien und heulte. Ich verspürte das dringende Verlangen, zurückzulaufen und ihm einen blauen Ring um seine braunen Augen zu verpassen. Mit geballten Fäusten ging ich ein paar Schritte zurück, blieb dann aber stehen und sagte zu meinem Bruder: »Morgen sind wir in Messina bei Gianni, Umberto, Franci und den anderen. Was interessiert uns Karl? Lass uns schnell nach Hause laufen!«

Zwei Stunden später war das Auto bereits beladen, und wir fuhren überglücklich auf der Autobahn in Richtung München. Der Zwischenfall mit Karl war schlimm gewesen. Aber er hatte uns auch gezeigt, dass die meisten unserer Schulkameraden ganz normale Jungen waren, die auch ganz normal reagieren konnten. Nicht viel anders als wir. Auf der Fahrt nach Messina hatten wir jedenfalls jede Menge Zeit, über vieles nachzudenken.

## 19. Heimkehr

Ich saß bereits seit über einer Stunde am Bahnsteig auf meinem Koffer und ärgerte mich über die italienischen Staatseisenbahnen. Der Zug hatte eine ganze Stunde Verspätung und, noch schlimmer: Der Anschlusszug verspätete sich ebenfalls und sollte erst in drei Stunden eintreffen. Da saß ich also mitten in der Nacht im römischen Hauptbahnhof fest, musste dringend auf die Toilette und machte mir Gedanken, wie ich, mit Koffer und mehreren Taschen voll bepackt, am schnellsten eine erreichen könnte.

Eine Lautsprecherstimme quäkte regelmäßig die Warnung, man solle sein Gepäck nicht unbeaufsichtigt lassen. Diese Warnung hatten mir auch alle Bekannten und Verwandten mit auf den Weg gegeben: »Wenn du deine Sachen auch nur eine Sekunde aus den Augen lässt, sind sie weg!«

Mir blieb also nichts anderes übrig, als mit meinem gesamten Reisegepäck loszugehen. Nach einem Gewaltmarsch von gefühlten zwanzig Kilometern wurden meine Arme immer länger. Ich hatte nicht schlecht Lust, mich mitten im Bahnhof zum Sterben hinzulegen, und bereute die leichtfertig getroffene Entscheidung, das Gesicht zu wahren und nicht einen der vielen schönen messingfarbenen Standaschenbecher, die alle fünfzehn Meter aufgestellt waren, als Urinal zu missbrauchen. Verdammt! Ein Klo mehr in diesem Gebäude hätte die Stadt Rom doch nicht gleich in den Ruin gestürzt. Oder etwa doch? Wer konnte das schon wissen.

Endlich entdeckte ich das rettende Zeichen über einer Tür. Mit letzter Kraft schleppte ich mich hin, stieß mit meinem Koffer dagegen und betrat einen bis unter die Decke gekachelten Raum. Die sanitären Anlagen waren unter einem Berg an Unrat begraben. Das war keine Toilette, das war eine Mülldeponie.

Entsetzt starrte ich auf die komplett zugemüllten Waschbecken und auf die Berge von zerknülltem Toilettenpapier, das stellenweise kniehoch im Raum stand. Die Wände waren von unbekannten Künstlern dekoriert worden, und ich fragte mich, ob die verschiedenen Brauntöne ein Produkt der chemischen Industrie oder Überreste schlecht verdauter Mahlzeiten waren. Mehrere große Brandflecken an den Türen der Kabinen legten den Schluss nahe, dass ein besonders reinlicher Mitbürger versucht hatte, die Toiletten mit der schnellsten Methode aufzuräumen, die ihm in den Sinn gekommen war. Ein echter Albtraum!

Nichtsdestotrotz zwängte ich mich mitsamt meinem Gepäck hinein. Der Anblick der gefüllten Schüsseln setzte meinem Magen mächtig zu. Angewidert verzog ich das Gesicht und versuchte krampfhaft, nicht hinzusehen. Ich beeilte mich, um die Toilette schnellstens wieder verlassen zu können, bevor das Wesen, das seine Nachkommen hier abgelegt hatte, zurückkam. Ich floh regelrecht aus dem

Raum und machte mich schnellstens auf den Rückweg.

Als ich den Bahnsteig mit am Boden schleifender Zunge erreichte, stellte ich mein Gepäck ab, legte mich darauf und spielte toter Mann. Um mich herum standen, saßen und lagen ein paar hundert Reisende und warteten geduldig auf den Zug. Ein Blick in den dunkleren Teil des Bahnhofes offenbarte eine weit weniger anstrengende Art, sich zu erleichtern. Dort standen mehrere Männer an der Bahnsteigkante und urinierten einfach auf die Geleise. Jetzt erst begriff ich, warum es in dem Gebäude so wenig Toiletten gab: Sie mussten täglich gereinigt werden. Die Geleise dagegen nicht. Raffiniert!

Meine schwäbisch-italienische, durch unzählige Kehrwochen verdorbene Seele wünschte sich in dem Augenblick, die Geleise könnten sich wehren und Stromschläge abgeben. Im Geiste sah ich die Männer schon einen wilden Tanz aufführen. Es gab tatsächlich Leute, die behaupteten steif und fest, dass Michael Jackson seinen legendären »Moonwalk« einem unbeabsichtigt angepinkelten elektrischen Weidezaun zu verdanken habe. Genaueres wusste natürlich niemand.

Die Gestalten, die sich hier an den Geleisen vergingen, sahen jedenfalls nicht so aus, als ob sie nach einem Stromschlag ins Allerheiligste noch einen halbwegs anschaulichen Robot Dance hinbekämen. Der sizilianische Teil meiner Seele übernahm die Oberhand und befahl mir, mich nicht weiter darum zu kümmern. Die Dinge hier hatten ihre eigene Ordnung. Es gab Leute, die sich nicht scheuten, sich in einer Ecke zu erleichtern, und es gab genügend andere, die dafür sorgten, dass die Ärmsten in dieser Notsituation ihr weggeworfenes Altpapier vorfanden, damit sie sich den Hintern abwischen konnten. Alles war bestens geregelt.

Ein Blick auf die Uhr verriet mir, dass ich noch gut zwei Stunden Zeit hatte, meinen Koffer platt zu liegen. Mittlerweile bereute ich diese Bahnfahrt zutiefst. Klar, mit dem Auto hätte ich in einen Stau geraten und ebenfalls stundenlang festsitzen können, aber die Wahrscheinlichkeit war ungleich niedriger. Andererseits waren knapp zweitausend Kilometer konzentriertes Fahren alles andere als ein Vergnügen. Schon gar nicht, wenn man allein im Auto saß.

Ich konnte mich noch ganz gut an die Urlaubsfahrten mit der ganzen Familie erinnern. Wir Kinder saßen auf der Rückbank und Papa fuhr die zweitausend Kilometer, bis auf ein paar Zwangspausen, am Stück durch. Zwangspausen entstanden entweder durch uns Kinder oder durch höhere Gewalt – einen leeren Tank zum Beispiel oder eine Panne. Die schlimmste und hinterhältigste aller Pannen war aber zweifellos die kurze Fahrt durch die Münchner Innenstadt. Papa war davon überzeugt, dass München durch und durch böse war!

Papa verfügte, wie die meisten Sizilianer, über ein integriertes, so gut wie unfehlbares GLM-Navigationssystem: Gott lenkt mit! Aber München verwirrte sogar den Heiligen Geist! Die Stadt setzte alle nur erdenklichen perfiden Ablenkungsmanöver ein, die ihr zur Verfügung standen: fahrbare Baustellen, schwenkbare Brücken, unsichtbare Hinweisschilder, selbstdrehende Einbahnstraßen und Tunnels, die zwar direkt in die Hölle zu führen schienen, aber niemals auf die A 8 in Richtung Salzburg. München konnte sogar ganze Straßenzüge verschwinden, in sich verdrehen und an völlig anderer Stelle spiegelverkehrt wieder auftauchen lassen.

»Hä ... Die Kirche stand doch gerade eben noch auf der anderen Seite, oder? Und das Schild da vorn war vorhin auch nicht hier! Äh ... Wie geht denn so was? *Boh*!«

Nachdem Papa diesen italienischen Ausruf mehrfach wiederholt hatte, was so viel hieß wie: »Woher soll ich das wissen«, oder: »Das verstehe jetzt, wer will«, griff Mama ein.

Nach zwei bis drei Stadtrundfahrten versuchte sie unseren verzweifelt schimpfenden Papa zu beruhigen, indem sie mit gesalbter Zunge, beinahe schon andächtig, flüsterte: »Wenn Gott will, werden wir bis zum Ende unserer Ferien schon noch die richtige Abfahrt finden.«

Papa quittierte ihre Bemühungen sofort mit einem weiteren Wutausbruch und einer ausgewachsenen Hassattacke auf alle Münchner Verkehrsplaner samt den ihnen nachfolgenden Generationen. Nach einer weiteren Stadtrundfahrt erstrahlte dann plötzlich etwas, was uns den Weg aus der ausweglosen Dunkelheit dieses Geisterfahrerparadieses wies: ein winziges Schild. Kein Wunder, dass wir es schon dreimal übersehen hatten!

Ansonsten liefen diese ewig langen Fahrten immer gleich ab: zwanzig Stunden sitzen, stumpfsinnig aus dem Seitenfenster starren und mit öder Regelmäßigkeit fragen, wie lange die Fahrt noch dauere. Aus diesem Grund waren kleinere Fahrtunterbrechungen für uns Kinder eine nette, relativ einfach herbeizuführende Abwechslung. Allen voran Santina verstand sich prächtig darauf, die elterlichen Gewissensdrüsen mit dem einen oder anderen äußerst erfolgversprechenden Klassiker zu aktivieren. Gekonnt variierte sie zwischen »Ich habe Hunger«, »Ich habe Durst« und »Ich habe Heimweh«. Solche Sätze, mit weinerlicher, dem Tod naher Stimme vorgetragen – da kann kein Elternherz länger als drei Sekunden widerstehen. Bei ganz hartnäckigen, weil sehr schnellen Formel-U-Piloten, den so genannten Urlaubsrasern, hilft dagegen oft nur noch zweierlei: mit verzweifelter, aber fest entschlossener Stimme zwischen den Kopfstützen gewürgte: »Mir ist schlecht!«, oder: »Ich mach mir gleich in die Hose!«

Zu viele solcher Boxenstopps können allerdings schnell zu steigerungsfähigen Unmutsäußerungen der Piloten führen. Aus diesen und ähnlichen Gründen machen viele Familien auf typischen Urlaubsautobahnen ein Gesicht, als ob ihnen statt zwei Wochen Rimini die ewige Verdammnis bevorstünde.

Zwanzig lange Stunden pure Langeweile. Von Italien sahen wir auf der Autobahn sowieso nicht viel. Nur ein endloses graues Band, das sich durch die ausgetrocknete Landschaft fraß und ab und zu mit Schlaglöchern aufwartete, die wie aus dem Nichts auftauchten und uns durchschüttelten. Allein an deren Frequenz konnten wir erkennen, wann der *mezzogiorno*, der südliche Teil Italiens, begann. Der zweite Abschnitt der Autostrada del Sole, die von Neapel nach Reggio Calabria führt, dokumentierte auf deutlich spürbare Weise die gewaltigen finanziellen Unterschiede zwischen dem reichen Norden und dem armen Süden des Landes.

Die Straße sah aus wie ein Flickenteppich und fühlte sich an wie die längste Stoßdämpferprüfstrecke der Welt. Mit der erträumten Heimkehrromantik, mit der wir Jahr für Jahr ins Auto stiegen und uns auf den langen Weg machten, hatte die raue, holprige, schweißgetränkte Wirklichkeit nichts zu tun. Die Romantik verging spätestens dann, wenn sich die gnadenlos glühende Sonne durch das Blechdach fraß, die Temperatur im Auto die Vierzig-Gradmarke überschritt und wir mit jedem weiteren zurückgelegten Kilometer im eigenen Saft garten.

Auf einmal bekam das Wort »*Autogrill*« auf den riesigen Schildern, die auf die Autobahnraststätten hinwiesen, eine ganz andere Bedeutung. Wozu dort anhalten, wenn wir bereits in einem saßen? Achtzehn Monate Deutschland, und schon hatten wir vergessen, wie sich vierzig Grad im Schatten anfühlten. Wir öffneten die Fenster, in der Hoffnung, dass der Fahrtwind etwas Abkühlung hereinwehte. Doch das Einzige, was tatsächlich hereinwehte, war ein weiterer Gluthauch, der uns den Atem raubte. Nach drei Minuten kamen wir uns vor wie ausgedörrte Zwetschgen: innen feucht und außen knusprig. Wir tranken warmes Wasser, aßen warme Salamibrötchen und ärgerten uns über unsere Kühlbox, die seit Rom nur noch als Thermoskanne taugte und uns nach etwas Eiskaltem lechzen ließ. Das gab es aber leider nur zu Wucherpreisen an den vielen Autobahnraststätten.

Neben kühlen Getränken gab es dort auch allerlei nützliche Touristennippes zu kaufen, etwa den roten Peperoni-Mann – einen Anhänger aus 18 Karat Plastik für damals läppische zwölf Mark das Stück – einen absoluten Schnäppchenpreis. Dieser Mann im Frack, mit Gehstock und Zylinderhut, der statt auf zwei Beinen auf einer roten Chilischote stand, war ein beliebter Glücksbringer. Er sorgte unter anderem dafür, dass der italienische Ehemann seine ohnehin schon übermenschliche, weil südländische Potenz bis ins hohe Alter behielt, und bewahrte zugleich die Ehefrau davor, wegen eines Seitensprungs liquidiert zu werden. Ein wahrlich multifunktioneller, geschlechtsneutraler Glücksbringer, der in keinem süditalienischen Haushalt fehlen durfte.

Anfang der achtziger Jahre tauchten auf den Autobahnraststätten auch vermehrt fliegende Händler auf, die sich auf das Ausnehmen ahnungsloser Touristen spezialisiert hatten und sich, beim seltenen Anblick eines Polizeifahrzeuges, im Bruchteil einer Sekunde in fliehende Händler verwandelten. Ihr Angebot reichte von der angeblich verplatinierten Rolex mit diamantenbesetztem Ziffernblatt – die übrigens weniger kostete als eine Dose Coca-Cola – bis zum Hightech-Videorekorder mit extrem langlebiger Technik – der etwas teurer als zwei Dosen Orangina war. Die original TV-VCR-Six-Head-Turbo-Drive-Speed-HiFi-Video-Verpackung enthielt zwar meist nur einen blechummantelten Ziegelstein, der war aber, wie vom Händler versprochen, durchaus sehr langlebig. Für Freunde kurzweiliger Videoabende allerdings nicht unbedingt die erste Wahl und deshalb nur eingeschränkt empfehlenswert. Außer man benutzte ihn als Werkzeug, um sich den passenden Ersatz aus dem Schaufenster eines Fachgeschäfts zu besorgen.

An den Autobahnraststätten wurden kühle Getränke beinahe in Gold aufgewogen. Das waren keine Getränke, das waren kleine Preziosen. Wertvolle Sammlerstücke. Teure Wertanlagen.

Papa hegte die Befürchtung, dass gewisse kriminelle Elemente die finanzielle Situation potenzieller

Entführungsopfer an der Menge der gekauften Getränkedosen erkannten und danach ihre Opfer aussuchten. Wir stellten uns vor, wie die Verbrecher die Kassen der Raststätten beobachteten und ihre verwerflichen Pläne schmiedeten:

»*Minchia*! Der Dicke da hat sechs Dosen Cola gekauft! Das ist bestimmt Rockefeller! Turi, wenn er rauskommt, ziehst ihm du den Sack über den Kopf. Mimmo, du schneidest ihm den kleinen Finger ab, und ich bring ihn mit einer schönen Lösegeldforderung gleich zur Post. *Pronti*? Seid ihr bereit?«

Die Getränke waren in der Tat so teuer, dass an der Geschichte durchaus etwas dran sein konnte. Für uns stand jedenfalls fest: Ohne schwerbewaffnete Leibwächter am Boden und mehrere Abfangjäger in der Luft würden wir keine Limonade im Wert eines kleinen Diamanten vertrinken. Papa vertröstete sich und uns jedes Mal mit dem Versprechen, in Messina für nur halb so viel Geld eine ganze Badewanne voll Orangina zu kaufen. So viel, dass wir sogar darin baden könnten. Nun ist ja das Baden in klebrig süßem Wasser mit Orangengeschmack nicht jedermanns Sache. Dieser Drang war, soweit mir bekannt ist, in unserer Familie auch nie besonders ausgeprägt. Das war vermutlich auch der Grund, warum Papa dieses feierliche Versprechen nie einhielt.

Wir tranken weiter unseren mitgeführten lauwarmen Sprudel und stöhnten vor uns hin. Immer dann, wenn wir glaubten, es nicht mehr auszuhalten, tauchte plötzlich das Meer vor uns auf. Saphirblau, mit kühlen weißen Gischtspitzen durchsetzt und so gewaltig, dass es mit dem Horizont verschmolz, erschien es kurz nach Neapel vor der Windschutzscheibe. Sofort löste es bei uns Kindern freudige Aufschreie und tränenfeuchte Augen aus. Der Anblick des Meeres befreite eine unterdrückte, kaum erklärbare Sehnsucht. Solange wir in Messina gelebt hatten, war das Meer nie etwas Besonderes gewesen. Schließlich war es immer da. Mal hellblau, mal dunkelblau, mal gefleckt, mal grau und manchmal auch schlammig braun. Immer mit Gischt oder Schaumkronen auf den Spitzen der wogenden Wellen und ständig in Bewegung. Nach achtzehn Monaten Entzug hielt Papa am Standstreifen an, wir sprangen alle aus dem Wagen und starrten minutenlang mit Tränen in den Augen schweigend das weite Meer an. Dieser Anblick hatte uns wahrlich gefehlt, und es berührte uns auf eine Weise, die keiner von uns für möglich gehalten hätte. Das Meer belohnte uns für so manche Strapaze und mobilisierte die letzten Reserven für die Weiterfahrt.

Auf die letzte Etappe unserer langen Reise freuten wir uns immer ganz besonders: die kurze Schifffahrt von Villa San Giovanni nach Messina. An Bord der Fähre wartete nämlich eine nur in Sizilien erhältliche Köstlichkeit: *arancini*! Diese mit Tomatensoße, Mortadella und Mozzarella gefüllten panierten Reiskugeln verbreiteten einen unwiderstehlichen Duft. Sobald wir das Passagierdeck bestiegen und an der Reling lehnten, rochen wir auch schon den wundervollen Duft des Meeres, bestaunten die Fischschwärme in der unergründlichen azurblauen Tiefe, genossen unsere ersten *arancini* und ließen uns jedes Jahr aufs Neue vom majestätischen Anblick der Meerenge von Messina überwältigen. Während wir genüsslich vor uns hin schmatzten, glitt die Fähre langsam an der Madonna vorbei, deren lateinische Segnung »*vos et ipsam civitatem benedicimus*« für die Stadt in großen Lettern auf dem grauen Sockel prangte, und steuerte auf den Hafen zu.

Minuten später erreichten wir die Anlegestelle, stiegen mit schmerzenden Hintern wieder ins Auto und reihten uns auf dem Weg ins sizilianische Verkehrschaos in die Schlange der wartenden Fahrzeuge ein.

Ich öffnete die Augen und blinzelte in die Runde. Auf einem Schild gegenüber meinem Gleis stand in großen Lettern noch immer »Roma«. Offenbar war ich auf meinem Koffer eingenickt. Die Zeit schien auf diesem Bahnhof langsamer zu vergehen als überall sonst auf der Welt. Ich stand auf, zündete mir eine Zigarette an und rauchte. Die stickige Hitze des Tages verzog sich langsam, und eine frische, angenehme Brise wehte durch den Bahnsteig. Es war still geworden. Kinder schliefen in den Armen ihrer Mütter oder lagen eingekuschelt auf Reisetaschen. Männer standen in kleinen Gruppen zusammen und diskutierten leise über die zuverlässige Unpünktlichkeit der *Ferrovie Statali*.

Abgekürzt hießen die italienischen Staatseisenbahnen FS, woraus der Volksmund *Ferrovie Scassate* gemacht hatte: kaputte Eisenbahnen. Das hing allerdings nicht unbedingt nur mit dem Zustand der Lokomotiven und der Waggons zusammen, sondern mit dem ganzen System.

Hier und da flogen mir deutsche Wortfetzen entgegen. Viele der Wartenden waren, so wie ich, auf dem Weg in die alte Heimat, von der sie sich oft weiter entfernt hatten als ursprünglich geplant.

»So etwas wäre in Deutschland ausgeschlossen!«, hörte ich jemanden sagen. »In Deutschland sind die

Züge so pünktlich, danach könnt ihr eure Uhren stellen! Wenn sich alle paar Schaltjahre und für maximal ein paar Minuten mal ein Zug verspätet, dann kommt der Schaffner persönlich vorbei und entschuldigt sich bei jedem Einzelnen!«

Der Redner stand ein paar Meter von mir entfernt und lobte die deutsche Bundesbahn in den höchsten Tönen. Der kleine, gedrungene Mann mit dem altmodischen Anzug und dem lichten Haupthaar sah aus wie ein typischer Gastarbeiter, der sich Anfang der sechziger Jahre aus seiner Heimat verabschiedet hatte, um in Deutschland ein neues Leben anzufangen. Um das zu bemerken, bedurfte es allerdings keiner hellseherischen Fähigkeiten: Er sprach, so wie ich, ein altmodisches Italienisch.

Jede Sprache wird beinahe täglich mit neuen Wörtern, Begriffen und Redewendungen bereichert und modernisiert. Für den Emigranten bleibt sie jedoch ab dem Zeitpunkt seiner Ausreise einfach stehen. Er benutzt Wörter und Begriffe, die kein Einheimischer mehr verwendet, weil sie unmodern geworden sind. Das zeigt sich in beinahe allen Bereichen des Lebens.

Während in Italien das Leben in seiner Abwesenheit einfach weiterging, und sich die familiären Strukturen, Bräuche und Ansichten im Laufe der Zeit veränderten, bleibt der Emigrant dem antiquierten, vergangenen Bild seiner Heimat verhaftet. Dadurch wird sie ihm, je mehr Zeit vergeht, immer fremder. Genauso erging es auch uns.

Für uns, vor allem aber für Mama und Papa, war Messina wie ein altes Familienfoto, aus dem wir im Jahre 1971 herausgestiegen waren. Wir kehrten regelmäßig zu dem Foto zurück und wunderten uns, dass es nicht mehr dasselbe Bild zeigte. Mama und Papa waren die Einzigen, die sich nicht groß verändert hatten, und das sollte noch einige Folgen haben.

## 20. Messina

Das, was der kleine Mann auf dem Bahnsteig gesagt hatte, war ebenfalls typisch. Auf italienischem Boden wird Deutschland zu dem Land, in dem Milch und Honig fließen. Auf deutschem Boden dagegen ist für den italienischstämmigen Wahldeutschen Italien das Maß aller Dinge. Gründe für diese Wankelmütigkeit gibt es zuhauf: In Italien scheint immer die Sonne, und selbst im Winter ist es angenehm warm. Dazu kommen das Meer und die Vielfalt an frischem Fisch, die es dort gibt. Die Gärten sind eine wahre Pracht. Die Früchte schmecken noch nach Früchten. Die Menschen sind netter, freundlicher, warmherziger und nicht nur aufs Geldverdienen bedacht. Italiener stehen kulturell eine Stufe höher als ihre gesamten europäischen Nachbarn, haben die besten Universitäten und die besten Ärzte. Skandale hin, Skandale her: In Italien wird der beste Fußball der Welt gespielt! Und in Sachen Mode, Design und Kulinaria macht den Italienern sowieso niemand so schnell etwas vor.

Ist der Gastarbeiter erst in Italien angekommen, heißt es dann: In Deutschland wird es zum Glück nie so warm, dass man nachts nicht schlafen kann, und das Wasser ist niemals so knapp, dass es abgestellt wird. Die Gärten sind eine wahre Pracht und immer tipptopp gepflegt. Die Deutschen sind sehr ordentlich, pünktlich, zuverlässig, rechtschaffen und bestens organisiert. Sie stehen technisch und kulturell eine Stufe höher als ihre gesamten europäischen Nachbarn, haben die besten Universitäten, die besten Ärzte und funktionierende Krankenkassen, die, im Gegensatz zu den italienischen, die Arztbehandlung auch noch bezahlen. Deutsche Fußballer spielen zwar etwas hölzern, aber dennoch sehr erfolgreichen Fußball. Und in Sachen Bildung, Technik, Justiz und Kriminalitätsbekämpfung macht den Deutschen so schnell niemand etwas vor. Außerdem bauen sie, von Ferrari einmal abgesehen, die besten Autos der Welt! Natürlich widersprechen sich die meisten dieser Aussagen. Aber da wir Italiener im Allgemeinen nicht kleinlich sind, interessiert uns das nicht die Bohne.

Ich schnippte meine Zigarette auf die Geleise und warf einen Blick auf die Uhr. Ich musste mir noch eine weitere Stunde um die Ohren schlagen. Ein älterer Herr kam schwer atmend und noch schwerer bepackt auf mich zu und fragte mich, wie er am schnellsten zu den Toiletten komme. »Mit dem Taxi!«, antwortete ich grinsend und setzte mich wieder auf meinen ohnehin schon platten Koffer. Ich bot ihm an, so lange auf sein Gepäck aufzupassen. Er nahm dankend an und machte sich erleichtert auf den Weg.

Trotz der vielen wartenden Menschen hatte sich eine gespenstische Stille über den Bahnsteig gelegt. Jedem Einzelnen stand die Müdigkeit ins Gesicht geschrieben. Wirre Blicke, wirre Frisuren und wütende Gedanken – wie an der Mimik mancher Reisender unschwer abzulesen war.

Nach ein paar Minuten kehrte der ältere Herr zurück und erzählte mir, dass er schon lange in Deutschland lebe und es ihm dort besser gefalle als in Sizilien. Eine Familie, zu der er zurückkehren könne, gebe es nicht, und er wolle mit diesem Besuch seine einzige noch lebende Schwester überraschen. Er bedankte sich noch einmal überschwänglich und verschwand aus meinem Blickfeld. Ich schloss die Augen und versuchte noch ein bisschen zu schlafen.

Papa überraschte auch gerne. Es bereitete ihm sichtlich Vergnügen, unangekündigt und mit einem breiten Grinsen bei unseren Verwandten vor der Tür zu stehen. Als wir im ersten Jahr von der Fähre fuhren, überlegten wir uns, wen wir zuerst überraschen sollten. Papa entschied sich für *nonna* Maria. Sein Plan war recht einfach: Ich hatte mich von uns allen in den vergangenen achtzehn Monaten am stärksten verändert. Ich war, zwar nicht viel, aber immerhin ein Stück größer geworden. Meine Haare waren, nach den Vorgaben der deutschen Mode der frühen Siebzigerjahre, deutlich länger als in Messina üblich. Nur der obligatorische Mittelscheitel war mir – noch – erspart geblieben. Um die Dackelohrkragenhemden hingegen kam auch ich nicht herum. Und so waren auch meine Kragenenden so lang, dass sie im Wind flatterten, als hätte ich mir lebendes Geflügel um den Hals gebunden.

Die Siebzigerjahre sollten ohnehin als das Jahrzehnt der größten Kapitalverbrechen gegen den guten Geschmack in die Geschichte eingehen. Das war die Zeitspanne, in der man die Wände mit grellfarbenen, groß geblümten Delirium-Tapeten verunstaltete, die dank ihres behaglichen Charmes und ihrer beruhigenden Aura zu einer örtlichen Betäubung beider Pupillen führen konnten. Halb blind, müde und nach Entspannung lechzend, konnte man sich dann zu einem futuristisch anmutenden blauen, roten oder gelben Edelplastiksessel schleppen und feststellen, dass dieser erst in zwei Metern Wassertiefe, in der Schwerelosigkeit des Weltraums oder nach drei Flaschen Apfelkorn auf ex seine körpergerechte Bequemlichkeit gänzlich entfaltete.

Die Siebziger waren aber auch die Zeit, in der man dankbar war, dass die geschmackvolle, startbereit blinkende UFO-Leuchte, die von der Decke baumelte, den Blick von der modernen Schrankwand ablenkte, deren zeitlose fäkalienbraune Eleganz wohnliche Akzente setzten sollte. Was sie wegen der nicht zu übersehenden Hässlichkeit allerdings nicht mal im Ansatz schaffte. Dafür bot sie jedoch so viel Stauraum, dass sich ganze Generationen von Kindern darin verstecken konnten, ohne sich jemals über den Weg zu laufen.

Schlimmer als die Wohnungseinrichtung war aber zweifellos die damalige Mode, und da vor allem: Plateauschuhe. Ein Jahrzehnt davor noch Stelzen genannt, bekamen sie eine Schuhoptik verpasst, damit auch Erwachsene mal wieder ein paar Zentimeter über dem Boden herumstolpern konnten, ohne ausgelacht zu werden. Dazu Schlaghosen, die so lang waren, dass sie vorne und hinten bis unter die Schuhe reichten und mit denen man sich schneller auf die Nase legte, als man »Hoppla!« sagen konnte.

Wenn man dann bewusstlos auf der Straße lag, erkannte man sogleich, woher die Inspiration für die Muster der modischen Batik-T-Shirts stammte. Die konzentrierte Betrachtung dieser Muster konnte im

Extremfall eine hypnotische Rückführung erzwingen. Und zwar bis zum Anfangsstadium des Lebens als schwimmende Samenzelle.

Außerdem gab es noch allerlei buntes, mörderisches Spielzeug. Von den allseits beliebten Klickerkugeln, mit denen man sich als Anfänger fein säuberlich die Handgelenke entbeinen konnte, bis zur mit Gummiband betriebenen Apollo-Rakete, die man senkrecht nach oben schießen musste, damit sie an einem Fallschirm wieder herabschwebte. Was sie aber nur dann tat, wenn sich der ungeübte Hobbyastronaut beim Spannen der Gummibänder nicht über die Abschussrampe beugte und sich die Rakete versehentlich in die Nase schoss. Was eine beträchtliche Erweiterung der Nasenflügel zur Folge hatte.

Da *nonna* Maria nach wie vor in der Taverne arbeitete, sollte ich das Lokal, nach Papas Plan, möglichst unauffällig betreten, mir etwas zu essen bestellen und abwarten, ob mich *nonna* Maria erkannte. Wenn dies der Fall war, sollte ich aus der Taverne laufen und die anderen hereinwinken, die dann mit großem Hallo hereinstürmen sollten.

Ich stieg also aus dem Auto, ging in die Taverne und sah meine Großmutter am Tresen stehen. Ihre Haare waren eine Spur grauer geworden und ihre Sorgenfalten etwas tiefer. Aber ihre braunen Augen und die dazu passende Miene versprachen jedem, der sich nicht an ihre Regeln hielt, noch immer großen Ärger. Ich befürchtete schon, dass ich vor lauter Freude keinen Ton herausbringen würde. *Nonna* Maria musterte mich nur kurz, fragte nach meinen Wünschen, und da sie keine Anstalten machte, mich zu erkennen, bestellte ich mir freudestrahlend mein Leibgericht: ihr Hammelgulasch. Sie brachte mir einen großen, randvollen Teller, begleitete mich zu einem Tisch und wünschte mir einen guten Appetit. Während ich mit dem ersten Löffel eine seelische Verbundenheit zu meinem Gulasch herstellte, fragten sich Papa und Mama, ob bei ihrem Plan etwas schiefgelaufen sein könnte.

Als sie dann, ohne großes Hallo, hereinkamen, hatte ich meinen Teller beinahe geleert und dachte gerade über einen Nachschlag nach. Meine Eltern blickten mich entgeistert an und stellten mir die Gewissensfrage, ob ich fähig sei, für einen Teller Gulasch den Rest der Familie in die Sklaverei zu verkaufen. Keine einfache Frage.

Das große Hallo folgte natürlich trotzdem. *Nonna* Maria freute sich über uns, genau wie wir uns über sie, und konnte nicht fassen, dass sie mich nicht sofort erkannt hatte. An diesem Tag taumelten wir von einer Wiedersehensfreude in die nächste. Stundenlang klapperten wir die engsten Verwandten ab und kamen erst am frühen Abend zu Hause an. Als wir die Stufen zu unserem Haus hochliefen, rannten unsere Cousins Gianni, Umberto und Franci uns schreiend entgegen. *Nonno* Luigi strahlte heller als die untergehende Sonne, und *zio* Paolo schickte *zia* Gianna gleich nach der Begrüßung in die Küche, um noch schnell etwas Essbares für uns aufzutischen. Gott, was waren wir glücklich!

Als wir später unser Haus betraten, fühlten wir uns einen kurzen Augenblick lang wie Zeitreisende. Es war, als hätten wir die schwere Tür erst am Vortag hinter uns abgeschlossen. Nur die modrig riechende, abgestandene Luft, die unerträgliche Hitze und der Putz, der von der Decke gebröckelt war und sich als feiner Staubschleier über Boden und Möbel verteilt hatte, zeugten vom Gegenteil. Und natürlich die fehlenden Einrichtungsgegenstände, die sich während unserer Abwesenheit aus dem Staub gemacht hatten, um dem einen oder anderen Verwandten zu Diensten zu sein.

Ja, auch dies war einer der Vorteile unserer Großfamilie: Es war immer jemand da, der unsere paar Habseligkeiten nicht ungenutzt verrotten ließ. Santinas Schlafschrank, meine Matratze, zwei Esszimmerstühle, Fernseher, Töpfe, Teller, Tassen, die kleinen geflochtenen Stühle, auf denen wir immer draußen gesessen hatten – all das war einfach weg! Papas Überraschungscoup war nach hinten losgegangen, und wir hatten in der ersten Nacht glatt zwei Betten zu wenig. Da niemand gewusst hatte, wann wir eintrafen, hatte die liebe Verwandtschaft nicht die Möglichkeit gehabt, die geliehenen Gegenstände rechtzeitig zurückzubringen. Im Laufe der nächsten Tage standen sie grinsend vor unserer Tür, brachten uns mit feierlicher Miene unser Eigentum zurück und versicherten uns hoch und heilig, dass sie sich die Sachen nur ausgeliehen hatten, um sie vor der völligen Zerstörung zu bewahren.

»Glaubt mir, ich schwöre es bei der heiligen Madonna. Ohne mein beherztes Eingreifen hätte der Fernseher längst Selbstmord begangen! Und die Matratzen litten auch schon an Depressionen!« So eine besorgte Familie ist doch wirklich etwas wunderbares.

Die folgenden Tage erlebten wir wie im Traum. Nichts schien wirklich zu sein. Wir waren während der achtzehn Monate in Deutschland an keinem Tag so fröhlich und ausgelassen gewesen wie in den ersten Tagen unseres ersten Urlaubs in Messina. Das beklemmende Gefühl der Angst, die permanente Unsicherheit und die ohnmächtige Wut, die sich aufgestaut hatte, fielen von uns ab wie eine zu eng gewordene alte Haut. Unsere Freunde wiederzusehen, die vielen vertrauten Orte, die schmalen, verwinkelten Straßen und Gassen, die farbenfrohen Pflanzen, der Geruch frisch gepflückter Pfirsiche, die Gewissheit, dass die Sonne auch am nächsten Morgen wieder aufgehen würde. Dazu eine Zitronengranita zum Frühstück, Schokoladeneis, köstlicher, frischer Fisch und sämtliche andere Leckereien, auf die wir so lange hatten verzichten müssen. All diese, an sich völlig banalen Dinge erzeugten eine unbeschreibliche Freude.

Wir erlebten Messina völlig neu. Aus einer Perspektive, die sonst nur den zahlreichen Touristen vorbehalten blieb. Neugierig schlenderten wir über den Domplatz, besuchten das Gotteshaus und bewunderten die mechanische Uhr, deren Glockenspiel um Punkt zwölf mehrere Figuren zum Leben erweckt. Wir schlenderten die Panoramica entlang, an deren Ende die Kirche Christo Re mit ihrer mächtigen Kuppel thront, und bewunderten den traumhaften Blick über die Stadt und die Meerenge bis nach Reggio Calabria, zum italienischen Festland.

Ansonsten spielten wir mit unseren Cousins, gingen zwischendurch an den Strand, bevor sich dann gegen Abend der Großteil der Familie in *nonno* Luigis Hof versammelte, um bis spät in die Nacht zu plaudern. Wir blieben so lange, bis uns die Augen von alleine zufielen. Zu erzählen gab es mehr als genug, denn das Leben war nicht nur für uns weitergegangen. Bei diesen Gesprächen ging es natürlich meistens um Familienangehörige und ihr inniges, herzliches Verhältnis zueinander. Boshafte Gesellen würden vielleicht ablästern dazu sagen. Aber das war es auf keinen Fall. Nur ein normaler, harmloser Meinungsaustausch, bei dem der ahnungslose Missetäter auf gewohnt liebevolle, familiäre Weise geteert, gefedert und zum Abschluss noch einmal geteert wurde. Stundenlang! Von morgens bis abends. Wer hat was angestellt, wer hat wen geheiratet, wer war dafür, wer dagegen, warum es gut oder böse enden musste, wer hat sich danebenbenommen, wer war charakterlos? Wer einfach nur bescheuert?

Eben all die kleinen, wichtigen Dinge des Lebens, die so lange diskutiert, gedreht, gewendet und durchgekaut werden, bis man am Schluss eine eindeutige Position für die eine oder andere Seite bezogen hat. Und ehe man es sich versieht mit sträflicher Arglosigkeit in eine Falle tappt. Die bösesten Fallen lauern natürlich da, wo man sie am wenigsten vermutet: im liebevollen Verhältnis zwischen Schwiegermüttern und -töchtern oder Schwiegervätern und -söhnen. Schlachtfelder, bei dem sich Militärstrategen medaillenträchtige Lektionen in psychologischer Kriegsführung holen könnten.

Hier eine eindeutige Position zu beziehen erfordert, außer Nerven wie breite Nudeln, auch die Bereitschaft, von einem Teil der Familie als größter Judas seit Judas himself betrachtet zu werden. Aus diesem Grund ist es oft besser, das Schlachtfeld erst gar nicht zu betreten. Um so wichtiger ist, dass man allen Parteien interessiert zuhört oder sein Interesse zumindest sehr überzeugend vortäuscht. Und zwar selbst dann noch, wenn einem das Thema schon beidseitig zu den Ohren hinaushängt. Mitleid sollte am besten eimerweise, aber – extrem wichtig – gleichmäßig verteilt werden. Dabei sollte man jedoch nicht den Fehler begehen, für eine Seite Partei zu ergreifen oder sich ernsthaft festzulegen. Sonst kann es passieren, dass sich die Kontrahenten hinterrücks verbünden und man plötzlich selbst der Bösewicht ist, der die Prügel einsteckt.

Der größte Vorteil einer Großfamilie ist: Man ist nie allein! Der größte Nachtteil ist: Man ist ... nie allein! Übrigens nur ein scheinbarer Widerspruch. Es ist unmöglich, es allen recht zu machen. Jeder versucht den anderen davon zu überzeugen, dass sein Standpunkt der richtige ist. Der Sieger dieser internen Machtkämpfe, sofern es überhaupt einen gibt, ist am Ende derjenige, der die meisten Familienmitglieder für sich gewinnt. Was allerdings immer bedeutet, dass man innerhalb der Familie gleichzeitig der Held und der Trottel sein kann.

## 21. Eiserne Gesetze

An dem Morgen, als mir die rosarote Brille zum ersten Mal von der Nase rutschte und mir einen ernüchternden Blick auf die Wirklichkeit gewährte, stand ich gut gelaunt mit Gianni in der Bar Colucci und holte gerade unsere morgendliche Portion Zitronengranita. Enrico, der verschmitzt lächelnde Verkäufer, packte sechs große Becher sorgfältig ein und übergab sie uns mit den Worten: »Feiert ihr zurzeit jeden Tag ein Familienfest? Seit ihr da seid, läuft das Geschäft richtig gut. *Ciao e grazie!*«

Gianni und ich verabschiedeten uns ebenfalls und verließen die Bar. Die Verkäufer in Messina sind im Allgemeinen sehr freundlich. Das war nichts Besonderes. Aber seine Frage erschien mir trotzdem sehr merkwürdig.

»Du, Gianni, wie oft kauft ihr hier Granita ein?«

»Ein-, vielleicht auch zweimal im Monat. Warum?«

»Weil Enrico gefragt hat, ob wir zurzeit jeden Tag ein Familienfest feiern.«

»Ist doch klar! Wir kaufen seit zwei Wochen jeden Tag so viel Granita wie sonst nicht einmal das ganze Viertel! Wenn wir so weitermachen, fühlt der sich noch wie Onassis und kauft sich von unserem Geld eine Yacht!«

Wir hatten die leckere Eislimonade früher nie öfter als ein–, zweimal im Monat gekauft, weil es sehr viel billiger war, sie selbst herzustellen. Das Wasser kam aus der Leitung, Zitronen pflückten wir kostenlos von *nonno* Luigis Baum, und die paar Löffel Zucker kosteten nicht die Welt. Zwei Stunden ins Gefrierfach damit, anschließend kräftig durchrühren, und fertig war die Granita.

Dass Papa sich über unsere Verschwendungssucht noch nicht beklagt hatte, wunderte mich etwas. Wenn Mama und wir zu viel Geld ausgaben, trat er normalerweise sehr schnell auf die Bremse. Seit wir hier waren, tat er jedoch so, als ob Geld für uns keine Rolle spielte. Der Wechselkurs der harten D-Mark war so vorteilhaft, dass wir in Messina nun zu den Wohlhabenden gehörten. Die sechs Becher kosteten für uns weniger als zwei billige Eistüten in Deutschland. Das Einkommen meiner Eltern, das uns dort gerade mal so zum Leben reichte, war in Messina ein kleines Vermögen wert. Ich warf einen Blick in meine Tüte, wo die sechs Granitabecher im Rhythmus meiner Schritte hin- und herschaukelten, und fühlte mich plötzlich selbst wie Onassis.

Während wir zügig die steile, schmale Gasse hochliefen, die uns nach Hause führte, sang Gianni ein Lied von Adriano Celentano, mit dem Titel »Azzurro«. Lächelnd lauschte ich seiner Stimme und freute mich, hier zu sein, gemeinsam mit meinem Cousin. Ich hatte ihn so sehr vermisst, dass ich jede Minute genoss, die wir zusammen verbringen konnten. Wir redeten über alles Mögliche, erzählten uns jeden Quatsch und streunten dabei durch die Gassen oder kletterten auf unserem Berg herum. Gianni hatte sich in den letzten anderthalb Jahren kaum verändert. Er war wie ich ein

Stück gewachsen. Aber er hatte nach wie vor, wie alle in seiner Familie, meerblaue Augen, eine schmale Nase, ein markantes Gesicht sowie eine schwarze Lockenpracht auf dem Kopf.

Ich zog ihn etwas an den Straßenrand, weil ein alter grauer Fiat Cinquecento knatternd an uns vorbeirumpelte. Der nachfolgende Luftzug wehte uns den fauligen, ekelerregenden Geruch des Todes und der Verwesung in die Nase. Ein Geruch, bei dem jeder Mensch automatisch das Gesicht verzieht und sich mit der Hand frische Luft zuwedelt. Aus einer schmalen Seitengasse sahen wir dichte, schwarze Rauchwolken hochsteigen, die die Luft mit einem bestialischen Gestank nach verbranntem Müll und Kadavern verpesteten. Wir hielten uns die Nase zu und atmeten nur noch flach durch den Mund. Diesen ekeligen Geruch, den ich noch von früher kannte, hatte ich auch schon beinahe vergessen. In der Seitengasse brannte ein Müllberg. Entweder war die Müllabfuhr spät dran oder sie streikte mal wieder. Der Menge des Unrats nach zu urteilen kam eher ein Streik in Frage.

Wo ich auch hinblickte, überall lag Müll herum: Zwischen den parkenden Autos, am Straßenrand, in den Hauseingängen, auf Treppenabsätzen, Mauervorsprüngen, sogar in der kleinsten Ritze des groben Kopfsteinpflasters gammelte das Zeug vor sich hin und verbreitete diesen widerwärtigen Gestank, der uns den Atem raubte. Plötzlich sah ich auch die alten, verbeulten Autos am Straßenrand mit ganz anderen Augen. Kaum ein Fahrzeug, dessen Sitze nicht abgenutzt, zerrissen oder herausmontiert und durch Klappstühle ersetzt waren. Ich sah kaum ein neueres Modell, das noch komplett, ohne Kratzer und Dellen war.

Ich schaute hoch und ließ den Blick über die ausgebleichten Fassaden der dicht an dicht stehenden Gebäude wandern. An vielen Häusern war der Putz von tiefen, spinnennetzartigen Rissen durchzogen. Stellenweise hatten sich große Platten abgelöst und waren auf die Straße gestürzt. Von den grün gestrichenen Fensterläden blätterte die Farbe ebenfalls großflächig ab, und an vielen Fenstern fehlte das Glas. Die gähnende, dunkle Leere dahinter war oft notdürftig mit Pappe abgedeckt. Kein Vergleich zu den sauberen, adretten Einfamilienhäusern mit den pedikürten Rasenflächen, die das Straßenbild im Schwabenland prägten. Kein Vergleich zu den schönen fabrikneuen Autos, die jeden Samstag gewaschen, poliert, geherzt und gestreichelt wurden und sogar ihr eigenes Schlafzimmer besaßen. Vom stinkenden Müll, der – nicht! – auf der Straße herumlag, gar nicht erst zu reden.

Schweigend schlich ich durch die Gasse, betrachtete die heruntergekommenen Häuser und wäre fast mit einem älteren Mann zusammengestoßen, den ich nicht bemerkt hatte. Der Mann lächelte mich an, bugsierte mich um sich herum und lief eilig weiter. Eine graue, speckige Mütze bedeckte einen schmalen Kranz fettiger Haare. Seine ausgebleichten, zerschlissenen Hosen und die Jacke schienen aus zusammengenähten alten Löchern zu bestehen, die mehrmals notdürftig geflickt, erneut aufgerissen waren. Er drehte sich noch mal kurz nach mir um, lächelte noch breiter und präsentierte mir zwei braune, vereinsamte Zahnstummel, die sich wie Handpuppen in einem Kasperletheater gegenüberstanden.

Mir fiel ein, dass *Nonno* Luigi auch mehrere Lücken im Gebiss hatte. Das hatte ich bis dahin nie bewusst wahrgenommen. Wenn ich genauer darüber nachdachte, hatte meine verstorbene *nonna* Mina ebenfalls keine Zähne mehr im Mund gehabt. In Deutschland hatten alle Menschen, die ich kennen gelernt hatte, selbst die ganz alten, fast makellose weiße Zahnreihen im Mund. Das war wohl der sichtbarste Unterschied zwischen Arm und Reich. Wenn am Ende des Geldes noch zu viel Monat übrig war, biss der arme Schwabe in die Tischkante. Der Glückliche! Der arme Sizilianer konnte, wegen seiner fehlenden Zähne, allerhöchstens daran lutschen.

Ein paar Meter weiter tauchte Enzo, ein ehemaliger Klassenkamerad von mir, wie ein Geist aus einem Hauseingang auf. In weißer Jacke, schwarzer Hose, ein metallisch glänzendes Tablett in der Hand und über unsere Begegnung sichtlich erfreut, rief er mir schon von weitem zu: »Gigi! Bist du es?«

Ich blickte hoch und strahlte ihn an. Enzo war seit unserer letzten Begegnung in die Höhe geschossen und überragte mich um gute zehn Zentimeter. Er hatte hellgrüne Augen, Wangengrübchen und streng nach hinten gekämmte schwarze Haare.

»Enzo! Wie geht es dir denn?«

»Gut natürlich, wie soll es mir schon gehen? Ich bin ja nicht ausgewandert. Mit der Schule bin ich fertig, und jetzt kann ich endlich Geld verdienen. Und du? Was macht Deutschland? Sprichst du schon deutsch?«

»Och, ist im Großen und Ganzen okay. Die Sprache ist schwer, aber wir kommen durch.«

Enzo wollte gerade etwas erwidern, als ein Angstschleier über sein Gesicht huschte, der ihn erstarren ließ.

Im selben Augenblick hallte eine tiefe, furchterregende Stimme die Gasse hoch: »Enzooou! Du Vollidiot! Sieh zu, dass du sofort herkommst! Ich schwöre dir, ich mach dich kalt!«

Enzo warf mir zum Abschied einen entschuldigenden Blick zu und rannte aus dem Stand los. Um den grobschlächtigen Mann zu erreichen, brauchte er keine Minute. Um die furchtbarste Ohrfeige zu empfangen, die ich je in meinem Leben gesehen hatte, brauchte es nicht den Bruchteil einer Sekunde.

Enzo, von der Heftigkeit der Ohrfeige überrascht, prallte beinahe ungebremst gegen eine Hauswand und sackte in sich zusammen. Der Mann schaute ihn mitleidslos an, beschimpfte ihn weiter, wobei er alle Heiligen verfluchte und dem Jungen sagte, er solle sich nicht mehr bei ihm blicken lassen. Für einen Tagedieb wie ihn gebe er sein sauer verdientes Geld nicht aus.

Wutentbrannt beugte er sich bedrohlich nah zu dem wimmernden, blutenden Jungen hinunter, als ihn der erste von insgesamt fünf Steinen traf, die Gianni und ich laut brüllend nach ihm warfen. Der erste Stein schmetterte gegen seine Hand, der zweite streifte sein Ohr die folgenden drei waren volle Körpertreffer, die ihn in Deckung zwangen. Gianni und ich liefen mit weiteren Steinen bewaffnet auf Enzo zu, wild entschlossen, diesen widerlichen Kerl zu steinigen, bis er tot umfiel. Er hatte sich hinter einer Hausecke versteckt und brüllte uns allerlei Beleidigungen entgegen. Rasch liefen wir den Berg hinunter und drohten, ihm die Augen aus dem Kopf zu schießen, falls er es wagen sollte, seine hässliche Fratze noch einmal hervorzustrecken.

Als wir den wimmernden Enzo erreichten, linsten wir erst mal vorsichtig um die Ecke. Gianni blieb wurfbereit stehen, ich beugte mich zu meinem Freund hinunter und half ihm auf die Beine. Er blutete aus dem Mund und spuckte einen Zahn auf die Straße. In der Zwischenzeit war sein ehemaliger Chef davongelaufen. Gianni und ich nahmen den Jungen in die Mitte und zerrten ihn den Berg hoch. Enzo hatte Angst, dass Don Vittorio, so der Name seines Peinigers, Hilfe holen werde, um sich wegen der Steine zu rächen. Wir liefen so schnell es ging nach Hause, wo Mama und Papa sich erst mal um Enzo kümmerten.

*Nonno* Luigi kam hinzu, inspizierte ebenfalls die Wunde und hörte sich dabei unsere Geschichte an. Enzo hatte eine Platzwunde an der Lippe und eine Zahnlücke, die größer schien, als ein einzelner fehlender Zahn sie hinterlassen könnte. Tatsächlich hatte an der Stelle auch schon ein anderer Zahn gefehlt. Ich schlug vor, gleich zur Polizei zu gehen und den alten Don Vittorio anzuzeigen. Ganz beiläufig, aus den Augenwinkeln heraus, bemerkte ich, wie *nonno* Luigi und Papa einen Blick wechselten, den ich nicht richtig zu deuten vermochte. Den gleichen Blick wechselten auch Enzo und Gianni, und ich kam mir vor wie jemand, der, ohne es zu merken, etwas furchtbar Dummes gesagt hatte. Mein Freund sah mich an, als wäre ich von allen guten Geistern verlassen worden.

»Zur Polizei? *Ma che sei? Scemo?* Was glaubst du, was die mit uns machen? Wir sind hier in Sizilien, nicht in Deutschland.«

Ich war ein bisschen beleidigt, weil er mich als blöd bezeichnet hatte, und erwiderte: »Ja und? Hier gibt es doch auch Gesetze, oder etwa nicht? Darf hier jeder jeden totschlagen, und die Polizei hält sich raus, oder wie soll ich das verstehen?«

»Gigi, du träumst!«, sagte Gianni und gab Enzo Recht.

In Messina, in ganz Sizilien galten andere, ungeschriebene Gesetze, deren Einhaltung von weitaus größerer Bedeutung war als die Einhaltung der staatlichen. Wenn man die staatlichen Gesetze brach, bezahlte man mit Geld oder seiner Freiheit. Die Gesetze der sizilianischen Gesellschaft dagegen musste man mit seiner Ehre und mit seinem Blut begleichen.

In Sizilien ging man nicht einfach zur Polizei wie in Deutschland. Das taten nur Spitzel, Verräter, Abtrünnige und Denunzianten. Mit Polizisten sprach und kollaborierte man nicht, und man half auch nicht bei der Aufklärung von Verbrechen oder bat die Gesetzeshüter gar um Hilfe. Das Gleiche galt für die Staatsanwaltschaft, die Gerichte und letztendlich auch für das Militär. Ein Mann, der sich Gerechtigkeit, Respekt und Ehre nicht selbst verschaffen konnte, war kein ehrenwerter Mann.

Don Vittorio war gewiss ein übler Kerl, aber er war Enzos Chef und Ausbilder. Während der Lehrzeit meines Freundes durfte er daher alles tun, was er für angebracht hielt. Ihn also auch verprügeln. Der Einzige, der etwas dagegen unternehmen könnte, war Enzos Vater. Und da seine Familie dringend auf das Geld angewiesen war, das er verdiente, bezweifelte Enzo, dass sein Vater etwas unternehmen würde. Er beschloss, nach Hause zu gehen und mit seinem Vater zu sprechen. Erst danach würde sich entscheiden, was weiter passierte. Mit diesen Worten verabschiedete er sich, und ich blieb verstört zurück.

*Nonno* Luigi setzte sich zu mir und sagte etwas, was mich an seinem Verstand zweifeln ließ: »Gigi, hier denken wir anders als in Deutschland. Menschen mit langer Zunge sind hier nicht sehr beliebt, und lange Zungen, die Polizistenhintern lecken, schneidet man beizeiten ab. Das singen sogar schon die Kinder auf der Straße! Hast du das etwa vergessen?«

Ich hatte es tatsächlich vergessen. Oder den Text damals nicht richtig verstanden. Anderthalb Jahre in Deutschland hatten jedenfalls ausgereicht, um es in die hintersten Regionen meines Gehirns zu verbannen.

Menschen mit langer Zunge waren geschwätzige Menschen. Geschwätzige Menschen, die mit Polizisten redeten, galten als Verräter oder Spione. Das Misstrauen ging sogar so weit, dass die Leute Polizisten auf der Straße nicht einmal grüßten. Aus lauter Sorge, die Nachbarn könnten diesen Gruß als Einschmeichelungsversuch fehlinterpretieren.

*Aktenzeichen XY ungelöst*, eine in Deutschland äußerst erfolgreiche Sendung, würde in Sizilien keinen toten Hamster vor die Mattscheibe locken. Wahrscheinlich trüge die sizilianische Version den Titel *XY – bleibt ungelöst*, und Eduard Zimmermanns sizilianischer Kollege würde mit Spinnweben unter den Achseln und schnarchend neben einem stummen Telefon sitzen. Die sizilianischen Gastarbeiter in Deutschland waren von dieser Sendung zutiefst beeindruckt. Die deutsche Strafverfolgung schreckte vor keiner Gemeinheit zurück und präsentierte die Fahndungsfotos sogar im Fernsehen. Und die Leute riefen tatsächlich in der Redaktion an und gaben Hinweise, wo der Gesuchte aufzufinden sei. An so etwas wie Denunziantentum durften Sizilianer nicht einmal denken. Das galt für die Landsleute als sicheres Zeichen dafür, dass man seine Herkunft zu verleugnen begann oder gar schon verraten hatte. Sie galten als deutscher als die Deutschen. Eine größere Verletzung der Ehre war schier nicht denkbar.

So gnadenlos überzogen das klingen mag, dokumentiert es dennoch recht anschaulich das traditionell zwiespältige Verhältnis zwischen den Sizilianern und der jeweiligen Staatsgewalt. Allein die Möglichkeit, dass jemand in Erwägung zog, mit staatlichen Stellen zusammenzuarbeiten, bewies eindeutig, dass er sich bereits sehr weit von seinen Wurzeln entfernt hatte. Dieses angeborene misstrauische Verhalten gegenüber Staatsorganen hing mit der über Jahrhunderte andauernden, ständig wechselnden Fremdherrschaft zusammen und erklärte sich mir erst viele Jahre später.

Die Regierenden und ihre ausführenden Organe waren stets Fremde gewesen, die dem sizilianischen Volk nur als korrupte, gnadenlose Steuereintreiber gegenübertraten. Aus diesen Gegebenheiten heraus entwickelten sich die Mafia und die *Omertà*: das Gesetz des Schweigens. Die Mafia war in ihren Anfängen bei weitem nicht das organisierte Verbrecherkartell, zu dem sie nach dem Ende des Zweiten Weltkriegs wurde. Wegen der fehlenden Präsenz staatlicher Justiz unterhielten reiche Großgrundbesitzer anfangs eigene Schutztruppen, die als Wächter und Aufseher auf den Feldern und Plantagen für Ruhe und Sicherheit sorgten. Die Führer dieser privaten Sicherheitsdienste stiegen allmählich zu *gabellotti* auf. Diese Großpächter verpachteten das Land an die Bauern weiter. Aus den Reihen der *gabellotti* erwuchsen schließlich die ersten Mafiosi.

Fest verwurzelt mit der sizilianischen Mentalität, ihren Traditionen und nicht zuletzt durch wohldosiert eingesetzte Gewalt, gewannen sie sehr schnell an Ansehen, Macht und Einfluss. Ein echter Mafioso war stets eine autoritäre, gewalttätige Persönlichkeit, die, um in die patriarchalisch geordnete Gesellschaft aufsteigen zu können, eine gewisse charismatische Ausstrahlung besitzen musste. Ein respektierter, furchteinflößender Übervater, der zum Beschützer, Berater, Vermittler, Richter und Henker in Personalunion wurde. Und der, natürlich gegen Bezahlung, dafür sorgte, dass die gesellschaftlichen Werte eingehalten wurden. Für den Mafioso, der in gewisser Weise die fehlende Justiz vertrat, waren diese erzwungenen Abgaben freilich keine Schutzgelderpressung, sondern so etwas wie eine Dienstleistungssteuer. Dass manche dieser so genannten Familienoberhäupter von Recht und Gerechtigkeit weiter entfernt waren als die meisten Fremdherrscher, liegt in der leicht korrumpierbaren Natur des Menschen.

Aus diesem Grund hat das Wort Mafia in Sizilien bis heute eine doppelte Bedeutung. Eine schöne Frau wird schon mal auch als »*picciotta Mafiusa*« bezeichnet, was ihrer Schönheit und ihrem Stolz schmeichelt. Die Welt außerhalb von Sizilien kennt natürlich nur die hässliche Seite dieses Begriffs, der sehr stark von der amerikanischen Variante der Mafia geprägt wurde.

In den nächsten Tagen liefen mir, neben Enzo, der inzwischen nicht mehr für Don Vittorio, sondern für einen anderen Barbesitzer kellnerte, noch ein paar andere ehemalige Klassenkameraden über den Weg. Sie alle hatten die Schule nach der vierten Klasse verlassen und arbeiteten oder, was auf das Gleiche hinauslief, erlernten einen Handwerksberuf. So begegnete ich auch meinem alten Kumpel Biancu, einem kleinen, drahtigen Jungen mit schneeweißen Haaren, denen er auch seinen Namen verdankte. Ich traf ihn auf einer Baustelle, wo er Zementsäcke über die Schulter wuchtete, die fast größer waren als er selbst. Der dunkelhäutige, schmächtige Pizzo, der uns mit seinen abstehenden Ohren und seinen Grimassen immer zum Lachen gebracht hatte, arbeitete an einer Tankstelle in der Nähe von Provinciale. Als ich ihn das erste Mal sah, lag er völlig verdreckt und verschmiert in einer Seitengasse unter einem Auto und badete gerade in Motorenöl, das er eigentlich nur wechseln sollte. Ansonsten putzte er Scheiben, bediente die Zapfsäulen und füllte Kühlwasser nach. Meinen Freund Orazio, der immer davon gesprochen, hatte, Taucher werden zu wollen, traf ich in einer kleinen, verstaubten Schreinerei. Statt der erträumten Taucherbrille hatte er sich einen alten Lappen als Schutzmaske um Mund und Nase gebunden und lackierte alte Fenster.

Ich hätte mich nur zu gerne mit ihnen unterhalten. Aber bei der Arbeit war Reden nicht erlaubt, und die Chefs passten auf wie Gefängnisaufseher. Enzos neuer Chef schien dagegen ganz nett zu sein. Jedenfalls fing er nicht sofort an zu zetern, als Gianni und ich auf der Straße ein paar Worte mit meinem Freund wechselten. Enzo berichtete, dass sein Vater noch am selben Tag mit Don Vittorio gesprochen und eine Entschuldigung von ihm verlangt hatte. Da sich der Barbesitzer extrem uneinsichtig gezeigt und seinem Vater sogar eine Tracht Prügel angedroht hatte, war die Aussprache ein wenig aus dem Ruder gelaufen. Am Ende kam Don Vittorio mit einem blauen Augen und dem gut gemeinten Ratschlag davon, bei einer künftigen Begegnung sicherheitshalber die Straßenseite zu wechseln. Rein wirtschaftlich gesehen konnte sich Don Vittorio jedoch nicht beklagen, denn die Leute aus dem Viertel pilgerten seither scharenweise in seine Bar. Jeder wollte das regenbogenfarbige Prachtveilchen bewundern und sich bei einem Espresso erzählen lassen, wie der arme Barbesitzer ganz allein und halb blind drei bewaffnete Räuber aus seinem Lokal geprügelt hatte. Eines musste man ihm lassen: Der Mann hatte Sinn fürs Geschäft.

Enzo verabschiedete sich eiligst und balancierte ein randvolles Tablett über die Straße zu seinen nächsten Kunden. Ich sah ihm nach, und mir wurde bewusst, dass die Burschen seit mittlerweile einem Jahr arbeiteten. Sie waren nicht älter als meine deutschen Klassenkameraden oder ich selbst und trotzdem ein ganzes Jahrzehnt von uns entfernt. Mit zwölf Jahren war ihre Kindheit bereits zu Ende.

## 22. Die Prozession

Für sizilianische Verhältnisse war es keineswegs ungewöhnlich, so früh ins Arbeitsleben einzutreten. Papa hatte auch nur die Grundschule besucht und *nonno* Luigi ebenfalls. Höhere Bildung war nur denen vorbehalten, die sich diesen Luxus auch leisten konnten. In unserer Familie hatte es, bis dahin jedenfalls, noch keine Generation geschafft. Das deutsche Schulsystem schien besser zu funktionieren. Es gab eine Schulpflicht über die Grundschule hinaus und ein respektables Jugendarbeitsschutzgesetz, das beachtet und eingehalten wurde. Wie so viele Gesetze, die es in Messina in ähnlicher Form zwar auch gab, die aber niemand kümmerten.

»Hier herrscht Schulpflicht!« Das war oft der erste Satz, den sizilianische Gastarbeiter in Deutschland zu hören bekamen und mit dem man ihnen unmissverständlich klarmachte, dass ihre zwölf- bis vierzehnjährigen Söhne und Töchter in Deutschland nicht arbeiten durften, sondern in die Schule gehen mussten. Sie mussten! Ein Zwang, den ein Patriarch alten Schlages, absolutistischer Herrscher über Haus und Familie, Gebieter über Leben und Tod, nun mal gar nicht vertragen konnte. Dass in Deutschland ein Staat am Werk war, der sich kümmerte, durchsetzte, dessen Herrschaftsanspruch nicht anfechtbar war, der sich um den Willen des Hausherrn nicht scherte und in jeder Lebenslage Präsenz zeigte, war für ihn etwas völlig Ungewohntes.

Für den Sizilianer alten Schlages galt ein einfaches Gesetz: In meinem Haus befehle ich! Manch einer dachte tatsächlich, es reiche aus, diesen affigen, eingebildeten, aufdringlichen deutschen Schulbehörden mitzuteilen, dass Seine Majestät, der temporär im Ausland verweilende König von Sizilien, die schulische Ausbildung seiner Kinder für beendet erklärte. Die Söhne seien alt genug, um zu arbeiten, und, der Madonna sei dank, seien die Töchter mit prächtigen Milchtüten gesegnet und benötigten darüber hinaus keine weitere Ausbildung. Er habe es so entschieden, und damit basta! Wenn dann eines Tages tatsächlich die Polizei vor der Tür stand und mit Strafe drohte, war der Patriarch wie vor den Kopf gestoßen. Wie konnten diese Barbaren es wagen, seine Autorität zu untergraben?

Aber dank ihrer natürlichen Anpassungsfähigkeit sahen die meisten Sizilianer in Deutschland keine Notwendigkeit, allzu großen Widerstand zu leisten. Sie beugten sich der Staatsgewalt und arrangierten sich mit den Gegebenheiten.

So wie Santina, Filippo und ich uns nach den ersten beiden wunderbaren Wochen mit unserer persönlichen Staatsgewalt arrangieren mussten. Papa und Mama hatten nämlich kurzerhand beschlossen, dass es an der Zeit sei, die Verwandtschaft zu besuchen. Und zwar die ganze Verwandtschaft! Das gehörte sich so, schließlich respektierten sie uns, und somit hätten wir die moralische Verpflichtung, diesen Respekt zu erwidern. Außerdem wollten sie vermeiden, dass irgendwer aus der Familie auf die Idee kam zu behaupten, dass wir, in Deutschland zu den zehn reichsten Familien der Welt aufgestiegen, die arme, darbende Familie vergessen hätten. Was im Übrigen als höchst unanständig galt. Das, was in den nächsten Tagen und Wochen folgte, sollte leider der Prototyp aller folgenden Ferien in Messina werden. Tagein, tagaus ins Auto steigen, etliche Kilometer durch die verstopften, überhitzten Straßen der Innenstadt fahren, völlig verschwitzt und ausgetrocknet bei sich freuenden Verwandten auftauchen, die uns selbstverständlich zum Mittag- und zum Abendessen einluden. Was man in Sizilien selbstverständlich nicht ausschlagen darf, weil es als ausgesprochen unhöflich gilt. Was allerdings unsere Hoffnung auf einen kurzen Besuch mit anschließendem Freigang sofort zunichte machte.

Manchmal entschädigte uns Kinder die eine oder andere längst vergessene kulinarische Köstlichkeit, kleine Juwelen der sizilianischen Küche, für viele Stunden sinnlosen Herumsitzens und anstrengenden Bravseins. Manche Köstlichkeiten waren allerdings nicht grundlos in Vergessenheit geraten. Unsere geliebte Stockfischsuppe zum Beispiel oder in Salzwasser gekochte Schweinefüße oder – für Menschen, die eine gepflegte Verdauungsstörung zu würdigen wissen – Kuttelsuppe mit gedünsteten Auberginen. Schmeckt wie Radiergummi und belastet den Magen nur ganz, ganz kurz. Wegen solcher Gaumenkitzler kann man sich durchaus die Speisekarte der vergangenen vierzehn Tage noch mal in aller Ruhe durch den Kopf gehen lassen.

Gegen Abend fuhren wir dann endlich nach Hause, spielten noch etwas mit unsere Cousins, redeten mit *nonno* Luigi und fielen todmüde ins Bett. Am nächsten Tag begann dasselbe Spiel von vorn. Das Meer sahen wir nur noch vom Auto aus. Im Vorbeifahren. Zu Verwandten, die Kinder in unserem Alter hatten, gingen wir ja noch relativ gerne. Schlimm wurde es nur, wenn keine Kinder da waren und wir stundenlang auf irgendwelchen unbequemen Stühlen sitzen mussten.

»Wenn sich Erwachsene unterhalten, haben Kinder still zu sein!«, hieß es dann immer. Papa und Mama wurden nicht müde, uns diesen Satz wie flüssiges Blei in die Ohren zu gießen. Aber für uns wurden diese Besuche immer unerträglicher. Papa fühlte eine irgendwie geartete Verpflichtung, selbst die Familienangehörigen besuchen zu müssen, bei denen er sich nicht einmal mehr sicher war, ob ein echter Verwandtschaftsgrad bestand. Mehr als einmal stellte sich heraus, dass der Verwandte in Wirklichkeit nur ein ehemaliger Nachbar oder ein Bekannter aus Papas Jugendtagen war, der, wegen eines zwischenzeitlichen Verlustes des verwandtschaftlichen Überblicks, kurzfristig zum Cousin, Onkel oder Taufpaten aufgestiegen war. Auf diese Weise nahmen so manche Besuche schon beinahe filmreife Qualitäten an, um die uns sogar ein Charlie Chaplin beneidet hätte.

Die verzweifelten Versuche der Akteure, die komplizierten Verwandtschaftsgeflechte zu entwirren, konnten schon mal bis weit nach dem Abendessen andauern. Was unmittelbar damit zusammenhing, dass es in beinahe jeder Familie eine Maria, einen Giuseppe, eine Anna, einen Francesco, eine Santa oder einen Luigi gab.

Das Chaos begann, indem eine schlichte Türklingel den Hausherrn herbeiläutete. Das Ganze läuft dann in etwa folgendermaßen ab:

»Ciao, Giuseppe! Ich bin es, Francesco!«, ruft Papa freudestrahlend.

Giuseppe schaut unsicher aus dem Fenster, will aber nicht unhöflich sein und öffnet die Haustür.

»Ich bin es, Francesco, der Sohn von Luigi!«, bekräftigt Papa und setzt ein gönnerhaftes Lächeln auf. Damit will er zum Ausdruck bringen, dass er die Familie nicht vergessen hat.

»Luigi, der Mann von Santa?«, fragt der höfliche Giuseppe vorsichtig nach.

»Ja! Sag mal, erkennst du deine eigenen Verwandten nicht mehr?«

Papa, im festen Glauben, er habe allein und ohne fremde Hilfe den lange verschollenen dritten Arm der Familie wiederentdeckt, strahlt wie eine 1000-Watt-Glühbirne kurz vorm Durchbrennen.

»Francesco! Entschuldige, komm rein! Ich hätte dich fast nicht wiedererkannt.« Giuseppes Gesicht verrät, das er keinen blassen Schimmer hat, wer da gerade vor ihm steht. Aber wie gesagt: Er ist sich nicht sicher und will nicht unhöflich sein.

Papa winkt uns herein, stellt uns vor, und wir nehmen im Wohnzimmer Platz, wo Maria, Giuseppes Ehefrau, sich als Erstes für die herrschende Unordnung entschuldigt. Sie sei noch beim Aufräumen und habe nicht mit Besuch gerechnet. Auch Giuseppe entschuldigt sich, weil er sich nicht an uns Kinder erinnern kann. Aber schließlich habe man sich ja schon lange nicht mehr gesehen. Sein Blick wandert vom einem zum anderen. Er gräbt so intensiv in seinen Erinnerungen, dass man beinahe die schleifenden Schaufelgeräusche hören kann. Bevor der dieselbetriebene Schaufelbagger zum Einsatz, kommt unterbricht ihn Papa.

»Giuseppe, Giuseppe. Wie die Zeit vergeht. Wie geht es deiner Mutter, der guten Maria?«

»Äh ... ich bin der Sohn von Anna. Maria ist meine Tante.«

»Was? Ja – ist dein Vater denn nicht Luigi?«

»Nein, mein Vater ist Francesco, der Cousin von Luigi.«

»Francesco, der Sohn von Giuseppe?«

»Nein, Francesco, der Sohn von Michele.«

»Michele? Etwa Michele, der Bruder von Santo?

»Ja! Genau! Santo, der damals Santa geheiratet hat, weil die Namen so schön gepasst haben!«, triumphiert Giuseppe, in der Hoffnung, nun endlich eine heiße Spur entdeckt zu haben.

»Santa? Ich dachte immer, Santo hat Maria geheiratet?« Papas Blick verschwimmt im Meer der Unwissenheit und in dem allmählich aufkeimenden Verdacht, vor dem falschen Giuseppe zu sitzen.

»Nein, Maria hat Luigi geheiratet!« Den höflichen Giuseppe überkommt das unbestimmte Gefühl, dass hier gerade ein falscher Francesco samt Familie an seiner Tafel sitzt. Da er sich jedoch nicht nachsagen lassen will, dass er ein schlechter Gastgeber sei, lädt er uns zum Essen ein. Bis die nächsten gemeinsamen Urahnen, Maria die dreizehnte und Luigi der vierzehnte, auftauchen und die Hoffnung auf etwaige gemeinsame Vorfahren erneut geschürt wird, fängt es draußen an zu dämmern. Kurz bevor beide Seiten offiziell feststellen, dass unsere enge familiäre Verbindung sich frühestens auf die Zeit vor Adam und Evas Vertreibung aus dem Paradies datieren lässt, stellt Papa fest, dass es langsam Zeit wird, die Heimfahrt anzutreten.

Wir verabschieden uns von den netten Verwandten,

sind über das Wiedersehen hocherfreut und versäumen es nicht, eine Gegeneinladung zu uns nach Hause auszusprechen. Der freundliche Giuseppe und die noch freundlichere Maria versprechen, bald einmal vorbeizukommen, weil es schließlich ein Schande ist, wenn sich die Familie so selten sieht. Maria blickt immer noch leicht verstört zu Giuseppe hinüber, der sich, wen wundert's?, nach wie vor nicht erinnern kann, wer zum Teufel wir sind. Nach den üblichen Wangenküssen steigen wir endlich ins Auto und fahren nach Hause. Mama guckt ebenfalls verstört.

Giuseppe wird uns ganz sicher nie besuchen kommen, weil er nämlich nicht nach unserer Adresse gefragt hat und daher gar nicht weiß, wohin er fahren müsste. Was freilich kein Grund ist, sich nicht trotzdem ins Auto zu setzen und wie ein Schlafwandler durch halb Sizilien zu gondeln. Papa versucht Mama zu überzeugen, dass Giuseppe noch genauso behämmert ist wie früher. Hatte er doch sogar vergessen, wie sein eigener Vater heißt. Denn er, Papa, wisse schließlich ganz genau, dass Giuseppes Vater Luigi heiße. Und zwar deshalb, weil sein Vater schließlich auch so heiße.

Wer weiß, vielleicht ist uns auf diese Weise auch mal das Vergnügen vergönnt, am Tisch eines Serienkillers zu sitzen. Der würde sich über unseren Besuch bestimmt freuen. Meine Geschwister und ich waren an jenem Abend eigentlich nur froh, wieder nach Hause zu fahren. Unsere Proteste, dass wir lieber mal wieder mit unseren Cousins an den Strand gehen oder einfach nur zu Hause bleiben wollten, verhallten ungehört.

Das einzige unvergessliche Erlebnis in jenen Wochen ereignete sich, als Filippo und ich die Köpfe durch die Stäbe von *zia* Annas und *zio* Nuccios Balkongeländer steckten.

Wir wollten eine Schlange beobachten, die sich in einem Gebüsch unterhalb des Balkons sonnte. Wir lagen beide auf den von der Sonne aufgeheizten Fliesen, quetschten irgendwie die Köpfe durch die Gitterstäbe hindurch, schauten der Schlange eine Weile zu und stellten dann überrascht fest, dass wir im Geländer feststeckten. Zunächst nahmen wir die Sache ganz locker, aber als alle Befreiungsversuche fehlschlugen, ergriff uns eine ausgewachsen Panik, und wir lösten Großalarm aus. Wir hatten schon alles Mögliche probiert: gerade gezogen, angewinkelt gezerrt, mit Spucke geschmiert, Kopf um 180 Grad nach hinten gedreht. *Niente!*

Filippo fing an zu weinen, ich rief laut greinend um Hilfe und hoffte, dass Mama und Papa, die auf der anderen Seite des Hauses ebenfalls draußen saßen, uns hörten und aus dieser misslichen Lage befreiten. Die Fenster und Balkone der Wohnblöcke gegenüber unseres Geländers füllten sich zusehends mit Leben. Bald gab es kein Fenster und keinen Balkon, auf dem nicht ein Mann in Unterhemd, eine Frau mit Lockenwicklern auf dem Kopf, ganze Familien mit Kindern, Kanarienvogel, Wellensittich und Goldfisch draußen standen und uns aus großen, runden Augen anstarrten. Unten auf der Straße blieben schon die Leute stehen und schauten zu uns hoch. Erst einer, dann drei, dann sechs, die Sache entwickelte eine Eigendynamik wie im Mittelalter, als man Verbrecher am Pranger öffentlich zur Schau stellte. So sahen wir aus, und so fühlten wir uns auch.

Filippo und ich zerrten mit aller Kraft an den Gitterstäben, versuchten verzweifelt, sie auseinanderzubiegen, und gaben nach ein paar Minuten entnervt und entkräftet auf. Die Stäbe waren zu stark, und niemand kam uns zu Hilfe. Unten auf der Straße war es mittlerweile zu einem kleinen Verkehrsinfarkt und einem spontanen mittelgroßen Volksauflauf gekommen. Jetzt fehlten nur noch der fahrende Eisverkäufer, der »*Gelaatii!*« brüllte, ein Stelzenmann, der Luftballons anbot und vielleicht noch eine Losbude. Allerdings sollte irgendjemand auf jeden Fall für unseren oscarverdächtigen Auftritt noch überteuerte Eintrittskarten verkaufen. Mit ähnlichem Blödsinn hatten schließlich manch andere den Grundstein zu einem Millionenimperium gelegt. Mir fiel zwar spontan niemand ein, aber viele Dinge verdanken ihre Existenz dem Unglück eines Menschen. Hätte ein gewisser Sir Isaac Newton keinen Apfel auf die Birne bekommen, wäre womöglich die Schwerkraft unentdeckt geblieben und wir müssten bis heute ohne sie auskommen!

Wir hörten es im Haus klingeln. Endlich war jemand auf die Idee gekommen, dem Hausherrn mitzuteilen, dass zwei unbekannte Jugendliche gerade versuchten, sein Balkongeländer herauszureißen.

*Zio* Nuccio, Papa und der Rest der Familie kamen uns endlich zu Hilfe. Unser Onkel war ein großer, kräftiger Mann mit pechschwarzen Haaren, der Papa um Kopfeslänge überragte. Was bei Papas langgestreckten 165 Zentimetern allerdings keine wirklich herausragende Leistung darstellte. Sein weiches, gutmütiges Gesicht mit den eingegrabenen Lachfältchen, gepaart mit den dunklen Augen, die winzig klein aus einer schwarzen Hornbrille herauslugten, verrieten auf den ersten Blick, dass man einem warmherzigen, freundlichen Menschen gegenüberstand. Zudem hatte er immer einen Witz parat und war ständig zu Späßen aufgelegt. Deshalb lief auch sein Friseursalon für sizilianische Verhältnisse einigermaßen ordentlich. Seine Kunden kamen gerne zu ihm, denn er verstand es nicht nur, ihnen ordentliche Haarschnitte zu verpassen, sondern sie nebenbei auch noch glänzend zu unterhalten.

*Zio* Nuccio und Papa machten sich sofort an unsere Befreiung. Mama stand ratlos daneben, kaute an ihren Fingernägeln und fragte sich, warum ausgerechnet sie mit solch hochbegabten Kindern gesegnet sei. Sie wäre schließlich auch mit ganz normalen zufrieden gewesen. Santina stand verschüchtert in einer Ecke und musterte uns aus großen Augen. *Zia* Anna versuchte uns nebenher lauthals freizubeten, wobei sie alle möglichen Heiligen aufzählte. Bei dem Wissensstand einer ehemaligen Klosterschülerin kann das durchaus ein Weilchen dauern, denn das sind eine ganze Menge. Zwischendurch fragte sie immer mal wieder, welcher Teufel uns eigentlich befohlen habe, die Köpfe da durchzustecken?

Leider war uns weder sein Name noch seine Adresse bekannt. Immerhin konnten wir kundtun, dass bei der Ausführung unseres Geniestreichs eine Schlange maßgeblich beteiligt war. Das veränderte unsere Lage zwar nicht entscheidend, fügte aber wenigsten eine zusätzliche, nicht unerhebliche biblische Dimension hinzu.

*Zio* Nuccio und Papa schmierten unsere inzwischen rot angelaufenen, angeschwollenen Hälse mit Seife ein, zogen, drehten und bogen an den Stäben herum und gaben, nach reichlich Tränen und Schmerzensschreien wegen der widerhakenden Ohren, irgendwann entnervt auf. Die versammelten

Menschen auf der Straße, an den Fenstern und Balkonen begleiteten jeden missglückten Befreiungsversuch mit Ausrufen des Bedauerns und feuerten unsere Retter immer wieder an, damit sie nicht aufgaben. *Zio* Nuccio und Papa berieten sich und kamen auf die einzige verbleibende Lösung: Kopf ab und anschließend mit Sekundenkleber wieder draufkleben. Bleibende Hirnschäden waren ihrer Meinung nach nicht zu befürchten, denn: Wo kein Hirn, da kein Schaden! Nein, alles nur Spaß ... Hahaha! Filippo und ich hatten uns fast in die Hosen gemacht, und Dick und Doof beliebten zu scherzen. Schließlich verschwand *zio* Nuccio und kam kurz darauf mit einem Schraubenschlüssel zurück.

»Ich werde jetzt das Geländer abschrauben«, erklärte er. »Ihr bleibt ganz ruhig liegen, bis ich euch sage, dass ihr euch wieder bewegen dürft. Verstanden?«

Ja klar hatten wir verstanden. Viel mehr als das hatten wir schließlich auch in der vergangen halben Stunde nicht getan. Minuten später hatte *zio* Nuccio alle Schrauben gelöst, und gemeinsam mit Papa hob er, unter Beifall und lautem Gejohle aus den umliegenden Balkonen und von der Straße, das knapp drei Meter lange Geländerstück aus der Halterung. Jetzt konnten wir immerhin wieder stehen. Gelöst war das Problem allerdings noch lange nicht.

Nach gründlicher Untersuchung entschied *zio* Nuccio, dass die einzige Möglichkeit, uns da wieder herauszuholen, darin bestand, mit dem Geländer in eine nicht allzu weit entfernte Schlosserei zu laufen und zwei Schweißnähte auftrennen zu lassen. Da die Situation für uns immer unbequemer wurde, plädierten wir dafür, diesen Vorschlag sofort in die Tat umzusetzen. *Zio* Nuccio hielt das Geländer vorne, Papa hielt es hinten, Filippo und ich hielten es für ratsam, uns möglichst ruhig und unauffällig zu verhalten. Wir wollten nur dafür sorgen, mit den Füßen möglichst auf dem Boden zu bleiben. Minuten später marschierten wir in Reih und Glied zur Haustür hinaus und wagten den beschwerlichen Abstieg der Salita Gravitelli.

Der schmale Pfad, der an manchen Stellen kaum breiter war als unser Geländer, wand sich durch menschenleere Hinterhöfe. Er führte uns immer weiter bergab auf roh gemauerte, verwitterte Treppenstufen zu, die sich schier unendlich durch labyrinthisch verschachtelte Gänge zwischen den Häusern und durch nadelöhrartige Torbögen nach unten schraubten. Hin und wieder mussten *zio* Nuccio und Papa das Geländer schräg halten und komplizierte Einfädelmanöver vollführen, um uns um einige enge Kurven zu manövrieren.

Dann endlich: Nach über vierzig derben Flüchen, siebzehn Verwünschungen, zwölf *affanculos*, acht Drohungen, uns im Wiederholungsfall in der Wildnis auszusetzen, und sieben Litern vergossenen Schweißes bei angenehmen zweiundvierzig Grad im Schatten, kam das letzte Teilstück in Sicht. Es war breiter und besser ausgebaut und führte auf geradem Weg auf die Straße. Unten angekommen, begrüßte uns eine beachtliche, etwa fünfzigköpfige Menschenmenge mit tosendem Applaus. Lachend, johlend, aber tief mitfühlend schlossen sich die Schaulustigen spontan unserer Prozession an. Sofort griffen mehrere helfende Hände nach dem Geländer, um *zio* Nuccio und Papa zu entlasten. Filippo und ich kamen uns vor wie eine *vara*, eine Heiligenstatue, am Karfreitag auf ihrem Weg durch Messina. Nur, dass wir selbst laufen mussten und, wie an der Farbe unserer Gesichter unschwer zu erkennen war, in der wohl peinlichsten Situation unseres bisherigen Lebens steckten.

Bis zur Schlosserei mussten wir nur noch die vierspurige Via Tommaso Cannizzaro überqueren, was dank der Länge des Prozessionszuges überhaupt kein Problem war. Ganz im Gegenteil! Die meisten Autofahrer hielten freiwillig an und starrten durch die Windschutzscheiben, als ob sie gerade Zeugen einer Invasion von Außerirdischen würden, die sie wild hupend von unserem Planeten vertreiben müssten. Dass wir ausgerechnet über eine der verkehrsreichsten Straßen von Messina mussten, war mehr als peinlich. An jeder Straßenecke blieben Leute stehen, blickten uns verwundert nach und bekreuzigten sich dabei. Männer griffen sich, in dem Glauben, ein Trauerzug ziehe gerade vorbei, in den Schritt und schickten rasch ein Stoßgebet gen Himmel. Kinder liefen neben uns her und fragten unentwegt, was wir Schlimmes angestellt hätten und wie es den Erwachsenen gelungen sei, uns ausgerechnet mit einem Geländer einzufangen.

Als wir endlich die Werkstatt erreichten, klopfte *zio* Nuccio gegen eine große Jalousie, die kurz darauf ein kleiner, stämmiger Mann mit roten Haaren und Sommersprossen hochzog. Der erstaunte Schlosser stieß einen überraschten Laut aus, zuckte zusammen und wollte im ersten Moment fliehen. Die Menschenmasse vor seiner Werkstatt hatte ihn offenbar erschreckt. Erst *zio* Nuccios freundlich gebrülltes: »*Buon giorno, dottore!*«, überzeugte ihn davon, dass wir keine unzufriedenen, verärgerten oder gar rachsüchtigen Kunden waren. Er machte zwei misstrauische Schritte auf uns zu und schaute mit fragendem Blick in die Runde. Als er Filippo und mich mit hochroten Köpfen im Geländer stehen sah, brauchten Papa und *zio* Nuccio das Problem nicht weiter zu erläutern. Der Schlosser bekam einen Lachanfall und danach sein Grinsen nicht mehr aus dem Gesicht. Aber er befreite uns in weniger als zwei Minuten, und auch das Geländer war hinterher wieder wie neu.

Erleichtert schritten wir aus der Werkstatt, nahmen unseren wohlverdienten Applaus entgegen, ließen uns von sämtlichen Nachbarn zu mehr Vorsicht ermahnen, den Kopf tätscheln, die Haare ordentlich verstrubbeln und trotteten überglücklich, diesmal in ungeordneter Formation, zu den Stufen der Salita Gravitelli zurück. So sind sie nun mal, die Sizilianer: In der Not braucht man Anteilnahme und Trost nicht lange zu suchen.

## 23. Fluch oder Schicksal?

Als wir an jenem Abend im Hof von *nonno* Luigi zusammensaßen und der Rest der Familie sich über unser Missgeschick vor Lachen beinahe die Unterwäsche einnässte, fühlten wir uns wie die zwei größten Pechvögel des gesamten Universums. Hohn und Spott gehören scheinbar zu den wenigen Dingen, die überall auf der Welt kostenlos verteilt werden. Die Einzige, die sich nicht auf dem Boden kugelte, sondern nur still vor sich hin lächelte, war *nonna* Maria. Jetzt war für mich der Zeitpunkt gekommen, mir ein paar überfällige Antworten zu holen.

Die Geschichte mit *nonno* Ciccios Fluch verfolgte mich nun schon seit einigen Jahren, und ich wollte ein für allemal wissen, ob alles, was mit uns geschah, von einem unabänderlichen göttlichen Plan vorgegeben oder auf eine lächerliche, in hilfloser Wut ausgesprochene Verwünschung zurückging. Mein Uropa Ciccio war seinerzeit von seiner Mutter verstoßen und verflucht worden, weil er ihrer Meinung nach die falsche Frau geheiratet hatte. Ich konnte mich sogar noch an den genauen Wortlaut des Fluchs erinnern, den *nonna* Mina in jener Sommernacht mit dunkler, unheilvoller Stimme ausgesprochen und den *nonna* Maria anschließend wiederholt hatte: »*Das Unglück soll dich treffen, wo du gehst und stehst! Ich verfluche dich, deine Nachkommen sowie alles, was du tust und am Leib trägst! Auf dass du nicht einmal mehr Hosenknöpfe besitzen sollst!«*

Als ich nun *nonna* Maria darauf ansprach, verengten sich ihre dunklen Augen zu Schlitzen, die auch dann nicht größer wurden, als sie mich, von einem heftigen Lachanfall geschüttelt, zu sich herzog, umarmte und mir ins Ohr gluckste.

»Du machst dir vielleicht Gedanken! Hehe, aber du brauchst wirklich keine Angst zu haben.«

»Ich hab keine Angst!«, antwortete ich bestimmt. »Trotzdem möchte ich gerne wissen, warum wir so sehr vom Pech verfolgt werden. *Nonno* Ciccio, der selbst die Knöpfe seines Totenhemdes verloren hat, *nonno* Filippos früher Tod, die Armut der Familie, *zia* Annas Virus, *zia* Marias tote Kinder, *zia* Rosettas Misshandlung in Palermo, Filippos Auge, der Umzug nach Deutschland, die vielen Streitigkeiten mit Leuten, die uns nicht ausstehen können. Das muss doch einen Grund haben!«

*Nonna* Maria streichelte mir lächelnd über die Haare, nahm mein Gesicht in beide Hände und flüsterte: »Das ist kein Pech, das ist das Leben, Gigi. Gott allein weiß, was passiert und wie es ausgeht. Es steht nirgendwo geschrieben, dass das Leben ein rauschendes Fest ist. Dass alle Menschen immer glücklich, wohlhabend und gesund sind, dass sie genug zu essen haben und niemand mehr sterben muss. Das Leben ist nun mal so, wie es ist. Was wir selbst daraus machen. Ob der Fluch deiner Ur-Uroma unser Leben beeinflusst hat, kann ich dir nicht sagen. Das weiß Gott allein. Möglich ist alles! Vielleicht war es aber auch eine Aneinanderreihung unglücklicher Zufälle, die wir dann einfach nur Pech nennen oder einem Fluch zuschreiben.« *Nonna* Maria legte eine kleine Pause ein, atmete stöhnend aus und fuhr mit leiser Stimme fort.

»Zu der Zeit, als *nonno* Filippo vom Baugerüst gestürzt ist, war das Krankenhaus voll mit verunglückten Menschen, und nicht alle von ihnen haben überlebt. Als *zia* Maria ihre Kinder verloren hat, sind auch viele andere Kinder kurz nach der Geburt gestorben. Das war früher nun mal so. Das Schicksal meint es nicht immer gut mit uns. Mal straft es uns mehr, mal straft es uns weniger. Irgendwie gleicht sich das am Ende des Lebens aber wieder aus.«

Das waren ja mal wieder äußerst präzise Aussagen. Ich weiß, dass ich nichts weiß. Aber das weiß ich ganz sicher! Wenn das doch alles nur nicht so verdammt kompliziert wäre, dachte ich. Warum musste das Schicksal einen überhaupt strafen? Wofür denn? Was war das überhaupt? Hatte Gott damit zu tun? Ich löcherte *nonna* Maria so lange mit Fragen, bis schließlich die ganze Familie mich zu überzeugen versuchte, dass es besser wäre, über manche Dinge nicht nachzudenken, weil es keine Antwort gäbe, außer der, die Gott uns gibt.

»Also keine!«, sagte ich resignierend.

»Doch, aber nicht die, die du suchst«, orakelte *nonno* Luigi, der gerade eine Zigarette rauchte und perfekte Rauchringe in die stehende, warme Luft blies.

Ich schaute den Ringen hinterher, bis sie zerfaserten und sich nach und nach auflösten. *Nonna* Maria kramte geräuschvoll in ihrer Handtasche und zog eine flache lederne Mappe hervor, auf deren

Oberseite in verschnörkelter Schrift das Wort »*Ricordi*« – Erinnerungen – eingeprägt war. Darin befanden sich mehrere alte Fotos, unter anderem ein Bild des lächelnden *nonno* Filippo und auch eines mit dem zahnlos grinsenden *nonno* Ciccio. Ein Bild zeigte die ständig griesgrämig dreinschauende *nonna* Teresa.

Schließlich hielt *nonna* Maria ein dem Anschein nach noch älteres, vergilbtes Foto hoch und rief: »Ha! Hier habe ich sie. Das Bild meiner Großtante Sofia. Sie hat siebenmal geheiratet und alle Männer überlebt! Es ist schon so lange in dieser Mappe, ich hatte es fast vergessen.

*Nonna* Maria gab Mama das Bild, die es kurz betrachtete und an mich weiterreichte. *Zia* Sofia war eine außergewöhnlich schöne Frau mit edlen, ebenmäßigen Gesichtszügen, großen Augen und einem gerade noch erkennbaren stolzen, ja fast schon überheblichen Zug um die Lippen. Ihre dunklen Haare waren streng zu einem Knoten gekämmt und wurden durch ein hauchzartes, glänzendes Diadem gehalten. Das dunkle, mit feiner Spitze verzierte Kleid und das weiße, ebenso reich verzierte Schultertuch verrieten, dass die Dame nicht gerade zu den Ärmsten gehört hatte. Mit ihrer feingliedrigen rechten Hand berührte sie eine langstielige Rose, die aus einer schlanken weißen Vase herausschaute, die auf einem kleinen runden Tisch mit zierlichen, geschwungenen Beinen stand. Das Foto sei vor dem Ersten Weltkrieg entstanden, um 1912 herum, erzählte *nonna* Maria. Der Anlass war Sofias sechste Hochzeit, und was sie uns eigentlich zeigen wollte, befand sich am unteren Teil des Bildes: Sie trug glänzend weiße Schuhe.

»Na und?«, entfuhr es mir, weil ich mir nicht vorstellen konnte, was die weißen Schuhe von *zia* Sofia mit dem ernsten Gespräch zu tun hatten, das wir gerade noch geführt hatten. Na gut, sie hatte sieben Männer verschlissen. Wenn sie die armen Kerle nicht gerade mit den Schuhen totgeprügelt hatte oder sich hinter der schönen Fassade die fiesesten Schweißfüße des Planeten verbargen, mit denen sie ihre Männer ins Grab gebracht hatte, schien mir das ein typischer Themenwechsel zu werden, mit dem Erwachsene gerne den unangenehmen Fragen dummer Kinder aus dem Weg gehen.

»Jetzt warte doch mal ab!«, rief *nonna* Maria. »Das ist auch so eine Geschichte, bei der niemand sagen kann, was sich dahinter verbirgt. Ein Fluch? Schicksal? Gottes Wille? Auf jeden Fall ist es eine äußerst mysteriöse Angelegenheit.«

»Wirklich? Dann erzähl doch mal!«, forderten alle Anwesenden. *Nonna* Maria ließ sich nicht lange bitten:

»Sofia war die jüngere Schwester der Gräfin Bulino, also *nonno* Ciccios Tante. Sie war ein junges, fröhliches Mädchen, das mit Schönheit und Anmut geradezu gesegnet war. Als sie sechzehn Jahre alt wurde, konnte sie sich vor Verehrern nicht mehr retten, und bald häuften sich bei ihrem Vater die Besuche junger Männer, die um ihre Hand anhielten. Einer von ihnen, ein junger Offizier namens Bernardo, beendete wegen Sofia seine Freundschaft mit einem anderen Mädchen, der Tochter des stadtbekannten Kaufmanns Cesare Carlucci.

Dieser war sehr wohlhabend und handelte mit Waren aus aller Welt: Gewürzen und Spezialitäten aus Übersee, aber auch exklusiven Mode- und Luxusgütern aus ganz Europa. Zudem beauftragte er örtliche Handwerker mit der Herstellung exakter Kopien der ungemein teuren importierten Waren. Mit diesen Kopien ließ sich offensichtlich sehr viel mehr Geld verdienen als mit den Originalen. Die Handwerker bekamen für ihre Arbeit freilich nur einen Hungerlohn. Womit sich wieder einmal der Spruch bewahrheitet, dass einer nur dann schwerreich werden kann, wenn hundert andere dabei verarmen. Daran hat sich leider bis heute nichts geändert.

Sarina Carlucci, die unglücklich verliebte Tochter des Kaufmanns, hatte jedenfalls fest damit gerechnet, dass Bernardo bald um ihre Hand anhalten würde, und war bitter enttäuscht. Die Leute erzählten sich damals, dass sie sich vor Kummer einen ganzen Monat in ihrem Zimmer eingeschlossen, so gut wie nichts gegessen, kaum etwas getrunken, sich nicht mehr gewaschen und manchmal auch vor Wut die Haare ausgerissen habe. Manche erzählten sogar, dass man sie in ein Irrenhaus eingewiesen habe, damit sie sich nichts antat. Sie starb auf äußerst mysteriöse Weise, und ihre Leiche wurde nie gefunden.

Bernardo wurde mit seiner Entscheidung jedoch auch nicht glücklich. Nach einem heftigen Streit mit einem der vielen Verehrer der schönen Sofia kam es eines Nachts zu einem tödlichen Pistolenduell. Zwanzig Schritte, umdrehen, auf Befehl feuern. Sie feuerten beide. Bernardo wurde tödlich getroffen und starb noch an Ort und Stelle. Sein Rivale erlitt einen Bauchschuss und starb qualvoll drei Tage später. Sofia war über diese sinnlose Tat zutiefst erschüttert. Vor allem weil sie sich für keinen der beiden entschieden hatte, denn ihre Wahl war längst auf einen anderen gefallen. Einen jungen Mediziner, der charmant, intelligent und aus reichem Hause war. Die Hochzeitsvorbereitungen nahmen einige Zeit in Anspruch. Sofia kaufte sich das schönste, teuerste Hochzeitskleid und die schönsten Schuhe, die das Modehaus Carlucci zu bieten hatte. Carlucci ließ die Schuhe extra für Sofia anfertigen und lieferte beides eine Woche vor der Hochzeit an. Die Braut war überglücklich, denn Kleid und Schuhe passten wie angegossen. Sofia sah so fantastisch aus, dass es der ganzen Familie bei ihrem Anblick förmlich den Atem verschlug.

Sie heiratete und lebte ganze neun Monate mit ihrem Mann zusammen, bevor ihn ein Hirnschlag aus dem Leben riss. An seinem Grab brach Sofia weinend zusammen, und sie trauerte ein ganzes Jahr. Trotz allem war die schöne Witwe sehr begehrt, und so dauerte es nicht lange, bis der nächste um ihre Hand anhielt. Ihr zweiter Mann starb sechs Monate nach der Hochzeit bei einem Reitunfall, als sein Pferd stürzte und ihn unter sich begrub. Und so ging es immer weiter. Ihr dritter Mann verbrannte in einer Jagdhütte. Der vierte ertrank beim Baden im Fluss. Dem fünften schnitt ein Bauer im Streit um eine nicht bezahlte Pacht die Kehle durch und ließ ihn verbluten. Der sechste erlag dem Mückenfieber. Und der letzte erlitt einen Herzinfarkt, der ihn eines Nachts niederstreckte. Sofia beerdigte ihren siebten Mann und beschloss noch am Grab, nie wieder zu heiraten!

Ihre Männer hatten ihr so viel hinterlassen, dass sie sich bis ans Ende ihres Lebens keine Sorgen zu machen brauchte. Sie lebte jahrelang nur mit zwei Bediensteten in einem großen Haus, kümmerte sich tagtäglich um ihren Garten und machte einen großen Bogen um sämtliche heiratswilligen Männer, die sie nach wie vor mit Anträgen überhäuften. Bis eines Tages keiner mehr vorbeikam und vorsprach. Da erst merkte sie, dass sie alt geworden war. Sehr alt. Sie hatte inzwischen die Achtzig hinter sich gelassen, und ihre Verehrer waren allesamt weggestorben.

Eines schönen, kalten Dezemberabends stand sie allein in ihrem Schlafzimmer und wühlte in einer Kiste voller Erinnerungen. Darin waren viele alte Sachen, an denen sie hing und die mit wichtigen oder schönen Erlebnissen ihres Lebens verknüpft waren. Die Erinnerungen riefen Empfindungen und Gefühle hervor, deren Bedeutung sie sich als junges, unerfahrenes Mädchen gar nicht bewusst gewesen war. Stapelweise eingelagerte Briefe verflossener Verehrer, die vor lauter Liebe dahingeschmolzen und Dinge getan hatten, die ein Mensch bei klarem Verstand sich wohl überlegt und dann wohl eher gelassen hätte. Unter diesen Erinnerungsstücken war auch der einzige Brief des jungen Offiziers Bernardo. Der Mann, der gestorben war, weil sie sich nicht früh genug entschieden hatte. Es tat ihr leid. Er tat ihr leid. Sie hatte das alles nicht gewollt, aber sie war sich der Tragweite nicht bewusst gewesen.

Sie legte die Briefe weg, holte ihre sieben Hochzeitskleider heraus und hängte sie rings um den Baldachin ihres Bettes. Als Letztes lagen nur noch ihre weiße Schuhe in der Kiste. Sie waren noch so schön wie bei ihrer ersten Hochzeit. Sofia hatte in sieben verschiedenen Hochzeitskleidern geheiratet, aber immer dieselben Schuhe getragen. Sie konnte sich nicht einmal an den Grund erinnern. Versonnen presste sie die Schuhe an ihre Brust und legte sich hin. Bald schlief sie ein und wachte noch vor Sonnenaufgang wieder auf. Als Erstes räumte sie die Kleider in die Kiste zurück, nur die Schuhe nicht. Sie passten noch, und Sofia beschloss, sie zu tragen, bis man sie in einem Sarg aus ihrem Haus trug.

Es war ein wunderschöner Morgen, und Sofia wollte einen kleinen Spaziergang machen. Sie zog sich warm an, füllte einen kleinen kupfernen Handwärmer mit ein paar Stücken glühender Kohlen, schob ihn in ihren Muff und verließ das Haus. Sie lief einen schmalen Trampelpfad entlang, der hinter dem Haus begann und über eine Wiese geradewegs auf eine Anhöhe führte. Von der Anhöhe aus hatte man einen fantastischen Blick über das ganze Tal. Ein Panorama, das vor allem am frühen Morgen, wenn die Luft noch klar war, die Mühen des Weges belohnte.

Doch so weit kam Sofia gar nicht. Sie rutschte wohl auf dem noch feuchten Gras aus, fiel hin, schlug mit dem Kopf auf einen Stein auf und blieb bewusstlos liegen. Der kleine kupferne Handwärmer sprang auf, und die glühenden Kohlen setzten ihre Kleidung in Brand. Sofia verbrannte mitten auf der Wiese. Als ihre Bediensteten sie am späten Nachmittag fanden, war sie längst verkohlt. Das Einzige, was nicht verbrannt war, waren ihre Füße. Und die Schuhe.

Nachdem sie die Leiche geborgen und aufgebahrt hatten, händigten sie *nonno* Ciccio, der von seiner Familie enterbt worden war und sowieso nichts zu erwarten hatte, die Schuhe aus. Er betrachtete sie und fragte sich, was er mit den alten, aber immer noch tadellosen Schuhen anfangen sollte. Er beschloss, sie mit nach Hause zu nehmen und *nonna* Teresa zu zeigen. Sollte sie entscheiden, was damit passieren sollte. Zu der Zeit warf man nun mal nichts weg, nicht einmal die Schuhe einer Toten. Ciccio gab die Schuhe seiner Frau, die sofort erkannte, dass die Schuhe niemandem aus der Familie passten. Achtlos warf sie das Paar quer durchs Zimmer in eine Ecke.

Die Schuhe prallten gegen die Wand und rollten über den Boden. Dabei brach von dem einen der Absatz ab, und ein feiner, grauer Staub rieselte hervor. *Nonno* Ciccio hob den Schuh auf, schaute in den hohlen Absatz und klopfte ihn in der Hand aus. Da kam außer dem Staub auch noch ein graues, gefaltetes Stück Papier zum Vorschein, das ihm in die geöffnete Hand fiel. *Nonno* Ciccio blies den Staub weg und faltete den Zettel auseinander. Er strich ihn glatt und erkannte eine hauchfeine Schrift, die mit bloßem Auge kaum zu lesen war. Erst mit einem Vergrößerungsglas entzifferte er die Buchstaben und las uns Sarina Carluccis letzte Worte an Sofia vor:

*»Siebenmal wirst du dich beugen über die Gräber der deinen, bis das Feuer dich trennt von der Asche des meinen!*

*Sarina und Bernardo.«*

*Nonno* Ciccio bekam einen so heftigen Schreck, dass er die ganze Nacht kein Auge zubekam. Am nächsten Morgen verbrannte er die Schuhe im Kamin, sammelte die Asche ein und versenkte sie zusammen mit dem Brief im Weihwasserbecken der Kirche der Heiligen Maria. Vor Schmerz wahnsinnig geworden, hatte Sarina Carlucci den Schuhmacher aufgesucht, Bernardos Asche in die Absätze gefüllt, die Schuhe verflucht und sich danach das Leben genommen.

Wer weiß schon, ob das alles Zufall war. Wenn, dann handelt es sich zumindest um eine Anhäufung ziemlich merkwürdiger Zufälle. Findet ihr nicht auch?«

## 24. Auf der Flucht

Die Erlebnisse von *zia* Sofia steckten in der Tat voller merkwürdiger Zufälle. Aber es war eine wirklich tolle Geschichte, die uns sofort mehrere Jahre in die Vergangenheit katapultierte und schöne Erinnerungen an viele warme Abende weckte, als Deutschland noch in weiter Ferne gelegen und *nonna* Mina uns mit ihren Geschichten in den Bann gezogen hatte. Auf ihre ureigene Weise und so spannend, dass allen Zuhörern Schauer über den Rücken liefen.

Auch diesmal hingen wir noch immer wie gebannt an den Lippen von *nonna* Maria, die nun leider verstummt war. Genau das hatten wir alle in Deutschland vermisst. Bei Kerzenschein im Kreise der Familie zu sitzen und einer Geschichte zu lauschen. Der magische Moment, wenn die Worte sich auf der inneren Leinwand zu Bildern formten, die allmählich zum Leben erwachten. Das Glücksgefühl, gepaart mit der Enttäuschung, wenn das letzte Wort verhallte, das letzte Bild erlosch und wir aus der Tiefe jener Welt gerissen wurden, die wir doch gerade erst betreten hatten. In Deutschland hatten wir fast jeden Abend schweigend vor dem Fernseher gesessen. Aber mit einer Geschichten erzählenden Oma konnte Edgar Wallace nicht mithalten.

Das tragische Ende von Großtante Sofia beantwortete jedoch keine einzige meiner Fragen, vielmehr kamen noch ein paar neue hinzu. Mir schien, dass in den Tiefen der Familie noch viele geheimnisvolle Geschichten nur darauf warteten, endlich erzählt zu werden.

Kurze Zeit später wünschten wir uns alle eine gute Nacht und liefen zurück ins Haus. Ich ging mal wieder sehr nachdenklich ins Bett und war ziemlich enttäuscht, trotz vieler Nachfragen keine einzige nachvollziehbare Erklärung für das gefunden zu haben, was meiner Ansicht nach in unserem Leben schieflief. Das, was wir unser Schicksal nannten. Im Zimmer war es wieder mal sehr heiß und stickig. Ich nahm mir ein Stück Pappe und fächerte mir Luft zu, während Santina selig neben mir in ihrem Bett schlief. Nur Filippo lag noch wach und wedelte sich ebenfalls die Hitze aus dem Gesicht.

In knapp zwei Tagen würden wir wieder in unseren deutschen Betten schlafen, dann wäre es damit sowieso vorbei. In Deutschland hatte es anderthalb Jahre lang nicht eine Nacht gegeben, in der es so heiß geworden war, dass wir kein Auge zubekommen hatten. Hier in Messina war es dagegen die Regel. Die letzten Tage waren so heiß gewesen, dass mich jeden Morgen mein eigener Schweiß wachgekitzelt hatte. Er sammelte sich auf der Kopfhaut oder an der Nasenwurzel, lief übers Gesicht und drang brennend in die Augen ein. Ein widerliches Gefühl.

»Gigi, bist du noch wach?« Filippo hatte sich in seinem Bett aufgesetzt, flüsterte, nein zischelte leise und starrte angestrengt durch das Halbdunkel in meine Richtung.

»Ja!«, flüsterte ich zurück.

»Morgen fahren wir wieder. Dabei will ich gar nicht. Und du?«

»Ich will auch nicht. Aber ich glaube kaum, dass Mama und Papa das interessiert. Außerdem musst du dringend zum Doktor.«

»Das ist mir egal! Ich will auf keinen Fall nach Deutschland zurück! Da leben nur Idioten! Sollen wir einfach abhauen?«

»Abhauen? Bist du doof? Wohin sollen wir denn abhauen? Und wovon sollen wir leben? Was sollen wir essen? Müll etwa? Vergiss es!«

»Das interessiert mich nicht. Willst du dich etwa noch ein oder zwei Jahre lang mit jedem herumschlagen, der meint, er sei was Besseres, nur weil er zufällig Deutscher ist?«

»Nein, das will ich sicher nicht. Außerdem sind gar nicht alle so. Das sind nur ein paar Vereinzelte, das weißt du genauso gut wie ich. Die gibt es hier auch!«

»Aber hier gibt es weit weniger davon, und wir sind in Messina keine Ausländer. Wir verschwinden einfach, und wenn Papa und Mama weg sind, kommen wir zurück. *Nonno* Luigi wirft uns bestimmt nicht hinaus. Außerdem können wir wie Enzo eine Arbeit finden, Geld verdienen und uns etwas zu essen kaufen.«

»Ja, und wir können wie Enzo eins auf die Nuss bekommen, und niemand wird da sein, der uns hilft«, antwortete ich.

Filippo schwieg. Er legte sich wieder hin und starrte an die Decke. Ich schloss die Augen und ließ die letzte Begegnung mit unseren deutschen Schulkameraden wie einen Film in meinem Kopf ablaufen. Karls hasserfüllte Fratze, das am Boden liegende Fahrrad, mit dem er uns umgefahren hatte, Filippo, der sich gegen einen Gartenzaun drückte. Die anderen Kameraden, die uns aufhalfen, nachdem sie uns zuvor nur allzu bereitwillig gejagt hatten, obwohl sie genau wussten, dass Karl im Unrecht war.

»Okay, lass uns gehen!«, sagte ich zu Filippo. Wir standen auf, zogen uns an und verließen auf leisen Sohlen das Haus.

Möglichst lautlos versuchten wir, *zio* Paolos Tor zu öffnen, doch es war ein Ding der Unmöglichkeit. Die alten, verzogenen Scharniere quietschten so laut, dass sie sogar Tote aus dem Schlaf reißen konnten. Hastig quetschten wir uns durch den Spalt, liefen wortlos die ausgetretenen Steintreppen hinunter bis zur Straße und wandten uns bergab in Richtung Provinciale. Auf der Treppe war es, bis auf den Schein des fahlen Mondlichts, stockdunkel gewesen. Doch auf der Straße hing etwa alle fünfzig Meter eine trübe Laterne, die einen gelben Lichtkegel auf das Kopfsteinpflaster warf. Es war kurz nach zwei Uhr. Wenn wir, in Provinciale angekommen, die Via Catania entlang zur Viale San Martino und danach zur Piazza Cairoli liefen, konnten wir von dort aus bis zum anderen Ende der Stadt gelangen und wären bis zum Sonnenaufgang unauffindbar über alle Berge.

»Wo sollen wir hin?«, fragte Filippo.

Ich blieb stehen und sah ihn entgeistert an. »Woher soll ich das wissen? Du wolltest doch abhauen!«, brauste ich auf.

Mein Bruder blickte betreten zu Boden und schob die Hände in die Taschen seiner kurzen Hosen. »Klar wollte ich abhauen. Das heißt aber nicht, dass ich weiß, wohin wir jetzt gehen sollen. Ich will nur nicht nach Deutschland zurück.«

»Wir laufen jetzt auf jeden Fall erst mal nach Provinciale, und dann werden wir sehen«, bestimmte ich und ging weiter.

Wir liefen eine gute halbe Stunde schweigend nebeneinanderher. Die Gedanken in meinem Kopf jagten einander. Was sollten wir morgen früh essen? Würde die Polizei nach uns suchen? Würden Mama und Papa überhaupt zur Polizei gehen? In Sizilien ging doch niemand zur Polizei. Galt das auch, wenn Kinder verschwanden? Nein, sicher nicht. Wir mussten also damit rechnen, dass Hunderte Polizisten mit unserem Steckbrief in der Hand durch die Straßen laufen würden: »*Wanted – dead or alive: Gigi & Filippo. Unbewaffnet und beschränkt.*«

Letzteres hatte ich hinzugefügt, weil wir nicht einmal Taschentücher mitgenommen hatten. Auch kein Geld. Keine Klamotten. Nichts! Andererseits hatte ich auch noch nie davon gehört, dass minderjährige Ausreißer noch groß Zeit hatten, tagelang zu planen und zu packen. Oder tibetanische Sherpas anzuheuern, die das ganze Zeug hinter ihnen herschleppten. Ein Bett, zum Beispiel, wäre sicher nicht das Schlechteste, überlegte ich. Oder sollten wir etwa auf dem Boden schlafen? Ja, das wäre bestimmt toll! Das ganze Ungeziefer, das so in der Gegend herumkroch, würde sich über rosiges, frisches Fleisch ganz sicher freuen. Oder würden die Viecher womöglich zu einer willkommenen Mahlzeit mutieren? Buaaahhh! Allein der Gedanke brachte mein Gaumensegel gefährlich zum Schwingen. Durchatmen, an etwas anderes denken, ermahnte ich mich. Tarzan reihert doch auch nicht los, wenn er an Flöhe denkt. Oder vielleicht doch, und er lässt sich nur nicht dabei filmen?

Würden Papa und Mama überhaupt nach uns suchen? Oder würden sie unmittelbar nach der Entdeckung unseres Verschwindens ein rauschendes Fest feiern? Würden sie unsere Betten, Kleider und mein persönliches Besteck verkaufen und bis in alle Ewigkeit glücklich darüber sein, uns beide Nervensägen vor der Zeit losgeworden zu sein? Mein Besteck. Verdammt! In der Hektik hatte ich es ganz vergessen. Papa hatte mir zu meinem fünften Geburtstag ein besonderes Geschenk gemacht: ein Messer, eine Gabel und ein Löffel, auf denen mein Name eingraviert war. Das war das schönste Geschenk, das ich je bekommen hatte. Es war mir nach Deutschland gefolgt und in den Ferien auch nach Sizilien. Jetzt hatte ich es einfach vergessen. Der Gedanke an mein armes, zurückgelassenes Besteck machte mich plötzlich sehr traurig. Nicht dass ich vorher vor Glück geplatzt wäre. Aber der Verlust meines Bestecks war für mich etwas sehr, sehr Ernstes. Und Mama? ... Na gut! Sie fehlte mir auch. Genauso wie Papa. Und Santina.

Seit unserer Flucht waren noch nicht einmal zwanzig Minuten vergangen. *Weichei!* Wer, ich? *Aber Hallo! Wer heult denn hier wegen seines Bestecks, du oder du?* Sei jetzt endlich still! Jetzt fing ich auch noch an, mit mir selbst zu streiten.

Der Friedhof lag längst hinter uns und wir liefen zielstrebig auf die Umrisse der großen Bäume der Piazza Cairoli zu. Die Stadt war menschenleer. Hin und wieder durchschnitt der helle Scheinwerferkegel eines Autos die Dunkelheit und verschwand genauso schnell, wie er aufgetaucht war. Wir erreichten die geisterhafte Piazza, die wir im Dunkeln noch nie gesehen hatten. Die großen, knorrigen Bäume wirkten im Zwielicht fast lebendig und warfen unheimliche Schatten. Die alten hölzernen Sitzbänke, die tagsüber unter dem Gewicht Tausender Hintern ächzten, waren jetzt verlassen und erholten sich still von den Strapazen des Tages. Wir ließen die Piazza Cairoli hinter uns, liefen geradeaus weiter und gingen schnurstracks zu den Anlegestellen des Hafens.

Der Hafen schlief nie. Selbst mitten in der Nacht wurden Schiffe be- oder entladen, Fähren voller Fahrzeuge legten an, entließen ihre rollende Ladung oder schluckten sie und fuhren ab. Langsam, gemütlich schlenderten Filippo und ich am Kai entlang, blickten aufs Meer hinaus, beobachteten das hektische Treiben und entfernten uns wieder von den Anlegestellen. Weit vor uns lag der Fischereihafen. Ein paar lange, schlanke Schwertfisch-Fangboote dümpelten gemächlich auf den leichten Wellen. Im Gegensatz dazu wirkten die Bewegungen der kleinen Männer an Bord hektisch und hölzern. Heisere Befehle und laute, derbe Flüche hallten durch die Luft. Im Schein einiger trüber Lampen, die mehr Schatten warfen, als sie Licht spendeten, machten die Fischer ihre Boote startklar. Die Schwertfischsaison war noch nicht zu Ende, und sie mussten sehr bald hinausfahren, um die besten Fangplätze noch vor der Konkurrenz zu erreichen.

Seit wir aus den Betten gestiegen waren, hatten Filippo und ich noch keine zwei Sätze miteinander gewechselt. Jeder für sich hingen wir unseren trüben Gedanken nach. In der ergrauenden Dunkelheit, ein paar Schritte vor uns, zischte etwas kurz und laut. Mein Bruder und ich sahen uns ängstlich um. Im Gegenlicht des Mondes zeichnete sich hinter einer Mole eine kleine, sitzende Gestalt ab, die eine lange Angelrute in den Händen hielt.

»Psst! Hey, was sucht ihr denn hier?«

Der Zischer hatte eine sehr junge Stimme. Dem Klang nach nicht viel älter als mein Bruder und ich, aber rauer, verbrauchter. Junge Marktschreier hatten häufig solche Stimmen. Wenn sie ihre Waren anboten und lauthals ihre Sprüche herausbrüllten, konnten sie nach einer gewissen Zeit nur noch krächzen. Der Junge sah ziemlich zerlumpt aus. Seine lockigen Haare klebten ihm verfilzt am Kopf, Nase und Wangen waren schwarz vor Schmutz, und seine Hände sahen aus, als hätte er sie mit Teer eingerieben.

»Nichts, wir spazieren hier nur ein bisschen herum«, antwortete ich.

»Um drei Uhr nachts? Haltet ihr mich für blöd? Solche Märchen könnt ihr eurer Oma erzählen, aber sonst niemandem. Kommt her, setzt euch hin. Ich bin Lillo. Ihr habt nicht zufällig was zu essen dabei?«

»Nein, leider nicht. Wir haben gar nichts dabei.«

Filippo und ich setzten uns neben Lillo an die Kaimauer. Einen kleinen, schwarzen, furchtbar stinkenden Eimer neben sich, starrte der Junge aufs Wasser und summte eine mir unbekannte traurige Melodie. Es war nicht der Eimer, der so übel stank, es war Lillo. Er sonderte eine seltsame Duftmischung aus Schweiß, Schmutz und altem Fisch ab, bei der sich mir schier der Magen verknotete.

»Wonach angelst du?«, fragte Filippo und beugte sich über den Eimer, um nachzusehen, ob etwas darin lag.

»Nach Tintenfischen. Falls heute endlich mal wieder einer anbeißen sollte. Ansonsten mache ich wie gestern Nacht nur meine Angelschnur nass, bis ich einschlafe. Und ihr? Jetzt erzählt mal, was sucht ihr eigentlich hier?«, krächzte Lillo, während er immer wieder seine Angelrute zu sich herzog und wieder losließ.

»Nichts Besonderes, wir sind nur herumgelaufen. Und du, warum angelst du mitten in der Nacht?«

»Weil Tintenfische nur nachts anbeißen. Weißt du das denn nicht? Wo kommt ihr denn her?«

»Wir sind von hier, aber wir haben noch nicht so oft geangelt.«

»Nicht so oft geangelt? Wenn ihr mich fragt, habt ihr noch nie geangelt! Vielleicht habt ihr mal einen Angelhaken ins Wasser geworfen und die Würmer gebadet. Hahaha!, war nur Spaß. Wonach habt ihr geangelt? Nach Schwertfischen? Haien? Walen? Touristengeldbeuteln am Bahnhof?«

»Geldbeutel? Was redest du denn da?«

»Das macht ein Freund von mir. Läuft an Touristen vorbei, schneidet mit einer Rasierklinge ihre Hosentaschen auf und angelt sich ihre Geldbeutel. Bis die merken, dass sie beklaut worden sind, ist er schon einen Kilometer weiter und angelt sich den nächsten. Das ist der tollste Beruf der Welt! Jedenfalls viel besser, als arbeiten zu gehen. Da kannst du auch viel schneller Karriere machen. Erst Geldbörsen angeln, dann ein paar Kumpels anheuern, die für dich klauen gehen, und wenn du eine gute Bande zusammenhast, kommst du mit dem Geldzählen gar nicht mehr nach! Hast du diese Leiter erst mal erreicht, führt sie dich geradewegs nach oben.« Beim letzten Satz ließ Lillo die Hand in den Himmel gleiten und blickte dabei so verzückt, als hätte ihm von da oben ein gütig lächelndes, bärtiges Gesicht soeben mitgeteilt, dass Moses das siebte Gebot nur unvollständig in Stein gemeißelt habe. Das Gebot heiße nämlich eigentlich: Du sollst *dich* nicht *beim* S*tehlen erwischen lassen*! Außerdem freue der Herr sich sehr darüber, dass die Menschheit es, trotz

Moses Schreibfaulheit, richtig verstanden habe und auch fleißig befolge.

»Nein, so etwas tun wir nicht!«, stellte ich sofort klar.

Lillos Gesicht verdüsterte sich auf der Stelle. »Aha, *ho capito*. Ihr seid wohl *signorini*, was?«

»Nein, wir sind ganz bestimmt keine jungen Herren, aber auch keine Diebe, wenn du das meinst.«

»Wovon lebt ihr denn dann? Angeln könnt ihr nicht, klauen tut ihr nicht? Irgendetwas müsst ihr doch essen?«

»Wir haben eine Familie. Unser Papa hat eine Arbeit, und wir kaufen unser Essen. Ist das bei dir etwa anders?«

»Dann seid ihr also doch *signorini*! Das sieht man euch auf einen Kilometer Entfernung an. Ja, bei mir ist es ande...«

Dann überschlugen sich die Ereignisse.

Die Angelrute ruckte plötzlich so heftig, dass sie Lillo beinahe aus den Händen geglitten wäre. Sofort packte er fester zu und zog mit aller Kraft daran. Gleichzeitig rief er Filippo und mich zu Hilfe. Zu dritt hielten wir den schartigen, getrockneten Bambusstab fest und zogen den Fang mit vereinten Kräften an Land. Als er endlich über die Kante der Kaimauer rutschte und auf dem Asphalt liegen blieb, hatte wir einen großen Tintenfisch vor uns, der noch heftig mit den Tentakeln zuckte. Lillo ging auf den Kraken zu, bückte sich und versuchte die Tentakeln zu greifen. Das Tier spürte die Berührung, stemmte seine Tentakeln gegen den Boden und richtete sich auf. Uns bot sich ein groteskes Bild. Aufgerichtet war der Krake fast so groß wie wir. Die riesigen schwarzen Glotzaugen starr auf uns gerichtet, bewegte er sich auf die Kante der Kaimauer zu, um ins Meer zurückzuspringen.

Panisch schrie Lillo »*Nooooo!*« und hechtete hinterher. Er bekam den Tintenfisch gerade noch an einem Tentakel zu fassen, schleuderte ihn zurück auf das Pflaster und drehte mit beiden Händen den glibberigen Kopfsack um. Das Tier erschlaffte sofort. Lillo packte ihn an den Tentakeln, schlug ihn ein paar mal auf den Boden und lachte dabei lauthals.

»Gott sei Dank! Endlich wieder mal was gefangen. Ich komme gleich! Ich gehe nur schnell runter und wasche ihn.«

Lillo verschwand. Direkt neben dem Kai führte eine schmale Treppe bis zum Meer hinunter. Dort schwenkte der Junge das Tier ein paar mal im Wasser herum und kam dann hocherfreut die Treppe heraufgerannt. Er warf den Tintenfisch in den Eimer, setzte sich an die Kaimauer und ließ die Füße baumeln. Filippo und ich untersuchten derweil seinen Fang. Das war schon ein beeindruckendes Tier, mit riesigen Saugnäpfen an den Tentakeln. Lillo kramte ein Klappmesser aus seiner Hose, klappte es auf und trennte ein Stück von einem Tentakel ab. Er biss hinein, zog daran, schnitt es knapp vor seinem Mund erneut ab und kaute laut schmatzend auf dem zähen Zeug herum. Mein Magen rebellierte, und Filippo verzog das Gesicht, wie vor ein paar Monaten, als wir ein wildes Tier namens Jägermeister bei lebendigem Leib getrunken hatten, das uns beinahe die Eingeweide herausgebrannt hätte.

»Wieso kochst du den Fisch denn nicht?«, fragte ich angewidert.

»Kochen? Womit denn? Siehst du, schmatz, hier etwa irgendwo eine Küche und, schmatz, Töpfe?«

»Nein! Aber hast du denn kein Zuhause, keine Familie?«

»Nein. Ja. Nein. Das geht euch, schmatz, nichts an! Möchtet ihr was davon? Es gibt nichts Besseres als fangfrischen Tintenfisch!«

»Nein ... danke«, würgte Filippo hervor.

Entsetzt starrten wir auf die aus dem Eimer heraushängenden Tentakeln des Kraken und wussten, dass die Zeit gekommen war, wieder nach Hause zu gehen. Am besten, noch bevor jemand wach wurde und unser Verschwinden bemerkte. Wollte ich mich künftig von rohem Tintenfisch ernähren? Nein! Wollten wir harmlose Touristen ausnehmen, damit wir uns ab und zu etwas anständiges zu essen kaufen konnten? Auf keinen Fall!

Wir verabschiedeten uns von Lillo, wünschten ihm viel Glück bei der Suche nach seiner Karriereleiter und liefen schnurstracks nach Hause. Unterwegs kamen mein Bruder und ich überein, dass wir von unserem Leben eine etwas andere Vorstellung hatten als Lillo. Der brauchte zum Glücklichsein offenbar nur einen toten Tintenfisch und den Traum von einer eigenen Diebesbande. Ich für meinen Teil wollte dagegen Forscher werden. Entdecker. Wissenschaftler. Ich wusste zwar nicht, was ich erforschen, entdecken oder wissen wollte, aber ich wusste, dass ich nie, niemals in meinem Leben ungekochte Tiere essen würde.

## 25. Die Rückkehr

Als Filippo und ich nach unserem misslungenen Ausflug in die Freiheit die Treppe zu unserem Viertel erreichten, brach der Tag gerade an. Erneut stemmten wir uns gegen *zio* Paolos Tor und achteten darauf, das erbärmliche Quietschen nicht zu laut werden zu lassen. Rasch zwängten wir uns hindurch und schlichen auf Zehenspitzen durch *nonno* Luigis Hof, geradewegs auf die Haustür zu. Bis uns zu unserem Entsetzen einfiel, dass sich die Tür von außen gar nicht öffnen ließ und wir keinen Schlüssel hatten. Unser Plan, unbemerkt wieder ins Bett zu gelangen, stürzte wie ein Kartenhaus in sich zusammen.

»Mist! Wie kommen wir jetzt wieder rein?«, flüsterte mir Filippo ins Ohr. Mein Bruder war so bleich, wie ich mich fühlte.

»Keine Ahnung!«, flüsterte ich zurück. »Papa wird uns die Ohren so lang ziehen, dass wir sie hinterm Kopf zusammenknoten müssen, um nicht draufzutreten.«

»Oder uns so lange in den Hintern treten, bis wir in keine Hose mehr passen. Sollen wir nicht doch lieber abhauen?«

Ich schielte Filippo nur an und ersparte mir eine Antwort. Ohne seine blöde Idee wären wir gar nicht erst hier.

»Was macht ihr denn hier draußen?«

Die leise gezischelten Worte trafen uns wie Fausthiebe mitten in die Magengrube. Wir waren so sehr mit uns selbst beschäftigt, dass wir *nonno* Luigi gar nicht bemerkt hatten, der mit einer Zigarette im Mundwinkel unter seinem Orangenbaum saß, eine kleine Tasse Espresso in der Hand hielt und uns aus zusammengekniffenen Augen anstarrte. Er schien über unsere Anwesenheit nicht halb so überrascht zu sein wie wir über seine.

»Ach nichts, *nonno*. Wir konnten nur nicht schlafen und sind ein bisschen spazieren gegangen«, stammelte Filippo wahrheitsgemäß.

Die Tatsache, dass wir schon wieder zu Hause waren, reduzierte unseren Fluchtversuch automatisch auf einen harmlosen Spaziergang. Glaubte ich zumindest. Auch wenn Papa es bestimmt anders sah.

»Um fünf Uhr früh? Haltet ihr mich für blöd? Solche Märchen könnt ihr eurer Oma erzählen, aber sonst niemandem. Kommt her, setzt euch hin!«

Diese Sätze hörten wir nun zum zweiten Mal in dieser Nacht. Filippo und ich setzten uns. *Nonno* Luigi stand auf und ging gemächlich ins Haus. Filippo sah ihm nach und fragte mich, wohin er wohl gehe.

»Weiß auch nicht«, antwortete ich. »Aber wenn er jetzt mit einem Tintenfisch rauskommt, breche ich ihm sofort über seine Schlafanzughose.«

Filippo und ich lachten uns krumm und verstummten erst, als *nonno* Luigi mit zwei Cafè Latte aus der Haustüre kam. Er überreichte uns die beiden Tassen, die mit herrlich frischer, warmer Milch gefüllt, mit einem Schuss Espresso verfeinert und mit Zucker gesüßt waren. Mein Bruder und ich schlürften unsere köstliche Milch. *Nonno* Luigi zündete sich unterdessen eine Zigarette an und setzte sich zu uns.

»Nun erzählt mal, wo wart ihr?«, sagte er mit ernster Miene.

»Nur ein bisschen spazieren«, antwortete ich.

*Nonno* Luigi hob die Augenbrauen, blies den Rauch seiner Zigarette durch die Nase aus, was sehr furchteinflößend aussah, und grinste kalt. »Wen wollt ihr hier belügen? Mich etwa? Ich habe genau gehört, wann ihr gegangen seid, und sitze seit drei Stunden hier. Also: Wo seid ihr gewesen und vor allem: Aus welchem Grund seid ihr mitten in der Nacht gegangen? Entweder ihr sagt es mir freiwillig, oder ich wecke euren Vater, und ihr dürft es ihm erzählen. Also, legt los!«

*Nonno* Luigi klang sehr ernst. Wir wussten genau, dass mit ihm nicht zu spaßen war. Er tat immer genau das, was er sagte. Ohne Ausnahmen. Ich fing an zu erzählen. Filippo ergänzte immer wieder mal etwas, aber im Grunde redeten wir uns jeglichen Kummer von der Seele. Am Ende wusste *nonno* Luigi, dass wir uns in Deutschland nicht halb so wohl fühlten, wie alle immer gerne glauben wollten. Wie es seine Art war, sagte er nicht viel dazu. Am Ende unserer Erzählung lehnte er sich zurück, atmete geräuschvoll aus, klopfte sich eine neue Zigarette aus der Nationali-Packung, zündete sie an und musterte uns aus seinen kühlen grünblauen Augen. In seinem Kopf rumorten die Gedanken, das war ihm deutlich anzusehen. Er nickte mehrmals hintereinander, schob seine Mütze ins Genick und schnaufte.

»Seid ihr den Deutschen gegenüber etwa unfreundlich?«, fragte er dann.

»Wir? Unfreundlich? Wir lächeln sogar beim

Speien!«, erwiderte ich, während Filippo bestätigend nickte.

*Nonno* Luigi schüttelte den Kopf: »Wir Menschen sind doch wirklich die letzten Idioten! Selbst Tiere gehen freundlicher miteinander um. Lernt die Sprache, geht Streitigkeiten aus dem Weg, seht zu, dass es mit Filippos Auge vorangeht, und kommt schnellstens wieder nach Hause. Das ist alles, was ich euch sagen kann. Im Leben ist es nun mal so, dass alles zunächst viel schlimmer werden muss, bevor es irgendwann wieder gut wird.«

*Nonno* Luigi sprach mal wieder in Rätseln. Wir saßen noch eine Weile auf den kleinen Stühlen herum und merkten, wie die Müdigkeit uns langsam niederkämpfte. Irgendwann fielen uns die Augen einfach zu. *Nonno* Luigi griff nach unseren schlaffen Händen und führte uns zu seinem Bett. Wir kippten sofort um und schliefen bis zum Mittagessen durch. Über unseren nächtlichen Ausflug verloren Papa und Mama kein einziges Wort. Vielleicht hatte *nonno* Luigi ihnen schon alles Nötige dazu gesagt. Aber es war viel wahrscheinlicher, dass sie sich nervenaufreibende Diskussionen ersparen wollten.

Der letzte Tag unseres ersten Urlaubs in Messina wurde zu einem der traurigsten Tage unseres Lebens. Wäre es nach uns gegangen, hätte die Rückfahrt schlichtweg nicht stattgefunden. Wir beluden das Auto, verabschiedeten uns von *nonno* Luigi, *zio* Paolo, *zia* Gianna, unseren Cousins und den Nachbarn und fuhren schweren Herzens los. Auf dem Weg zur Fähre klapperten wir alle anderen Verwandten ab, verabschiedeten uns und bepackten unser Auto bis über die zulässige Höchstgrenze hinaus. Fast alle hatten Lebensmittelpakete vorbereitet, die sie uns zum Abschied mit auf den Weg gaben. Diese Pakete enthielten so ziemlich alles, was es in Deutschland nicht zu kaufen gab. Und das war eine ganze Menge. Ablehnen war nicht möglich, denn damit hätten wir ungefähr die Hälfte der Familie beleidigt. Es blieb uns also nichts anderes übrig, als alles, was uns ins Auto hereingereicht wurde, irgendwie zu verstauen.

Beim letzten Paket standen wir vor der Entscheidung, entweder den Tank oder den Motor auszubauen, denn alles andere war bereits vollgestopft. Da der Ausbau wichtiger Fahrzeugteile unsere Weiterfahrt entscheidend beeinträchtigt hätte, entschied Papa, das Paket zu öffnen und die deutlich handlicheren Einzelteile unter den Sitzen zu verteilen. Der Kofferraum des Kadetts war so was von überfüllt, dass der Auspuff bei jedem Schlagloch funkenschlagend aufsetzte. Das Fahrverhalten unseres fahrenden Lebensmittelladens hatte sich dramatisch verändert. Die neue, optimierte Straßenlage mit dem unterirdisch verlaufenden Schwerpunkt erlaubte eine rekordverdächtige Beschleunigung von 0 auf 100 in etwas weniger als drei Stunden. Das Auto lag nicht wie ein Brett auf der Straße, sondern wie eine ganze Schrankwand.

Papas Pläne, die kühlere Nacht zu nutzen und durchzufahren, wurden in dem Augenblick zunichte gemacht, als er die Scheinwerfer einschaltete und feststellte, dass der Himmel über uns bestens ausgeleuchtet war, aber die Straße im Dunkeln blieb. Das war ein Problem, das nicht missachtet werden konnte. Überladen ging ja noch. Aber ein Blindflug durch halb Italien war nicht zu verantworten. Es half alles nichts. Das Problem musste gelöst werden, und da es sowieso Zeit zum Tanken war, fuhr Papa eine Raststätte an. Mamas erster Vorschlag, die drei nervtötenden Kinder von der Rückbank auf die vordere Stoßstange zu verfrachten und somit die Last, weit weg von ihren Ohren, etwas gleichmäßiger zu verteilen, scheiterte am eingelegten Protestgeheul der Betroffenen.

Nach langem Hin und Her erkannten unsere Eltern, dass ihnen nichts anderes übrig blieb, als einen Dachgepäckträger zu kaufen. In der Zwischenzeit sollten wir drei uns verstärkt um den essbaren Teil des Problems kümmern. Bei diesen Temperaturen konnte die eine oder andere Köstlichkeit nämlich sehr schnell zu neuem, unappetitlichem Leben erwachen. Santina, Filippo und ich, drei hochentwickelte Fressmaschinen mit nahezu unbegrenztem Fassungsvermögen, waren von Papas wundervollem Geistesblitz äußerst angetan und machten uns sofort ans Werk. Wir standen, evolutionstechnisch gesehen, nicht nur an der Spitze der Nahrungskette – nein, wir waren auch in der Lage, uns innerhalb weniger Stunden bis zur Basis durchzufuttern.

Unterdessen sprach Papa mit einem jungen Mann, der angeblich jemanden kannte, dessen Cousin dritten Grades eine Werkstatt betrieb und der uns sicherlich zügig weiterhelfen könnte. Das war ein Vorschlag ganz nach Papas Geschmack. In Deutschland, mit seinen strengen, gesetzlich geregelten Ladenschlusszeiten, wo die Geschäfte mitten am helllichten Tag, nämlich pünktlichst um 18.00 Uhr, die Türen schlossen, wäre so etwas schon wieder strafbar. In Italien dagegen – dem Land der wahren Freiheit – konnte man sogar noch mitten in der

Nacht nach Anbauteilen für sein Fahrzeug fragen. Hier fand sich immer jemand, der bereitwillig sein Bett verließ, im Schlafanzug seine Lagerbestände durchforstete, um dem geschätzten Kunden das passende Teil bis zu einem Parkplatz hinterherzutragen. In Italien ist der Kunde eben nicht nur König, er kommt vielmehr gleich nach dem lieben Gott!

Drei Stunden später, kurz nach zwei Uhr, kam der junge Mann in Begleitung eines anderen Mannes und eines Dachgepäckträgers über der Schulter zu unserem Auto. Das Ding passte zwar nicht ganz genau, ließ sich aber befestigen und löste schlagartig unser Problem. Der Träger war sogar günstiger, als Papa zunächst befürchtet hatte. Wir drängten unseren Rettern noch zwei volle Tüten Proviant auf und konnten endlich weiterfahren. Fünfhundert Kilometer weiter, als die nächste Tankfüllung fällig war, begutachteten wir den Träger bei Tageslicht. Es war ein ziemlich altes Teil, außerdem waren Telefonnummer und Name seines Besitzers eingraviert. Der arme Mensch vermisste das Ding inzwischen bestimmt schon.

Papa fing heftig an zu fluchen: »*Porca miseria!* Ja, sind wir denn in Italien, oder was?«

Am liebsten hätte er auf der Stelle kehrtgemacht und den gestohlenen Gepäckträger zurückgebracht. Aber tausend Kilometer Umweg war ihm der Träger dann doch nicht wert. Es blieb uns also nichts anderes übrig, als weiterzufahren und den Gepäckträger von Deutschland aus mit der Post zurückzuschicken. Aber Papas Laune war dahin. Der Gedanke, dass er Diebesgut spazieren fuhr, war für ihn nur schwer zu ertragen.

Gegen Abend passierten wir erneut die Grenze und landeten mitten in einer Schlechtwetterfront. Es war kalt, es goss wie aus Kübeln, und der Dauerregen begleitete uns bis vor die Haustür. Die ohnehin schon schlechte Laune entlud sich in allgemeinem Heulen und Zähneknirschen.

»Willkommen in Deutschland!«, rief ich.

»Im Land der Kälte und des Dauerregens!«, ergänzte Santina.

»In dem Land, wo einem niemand gestohlene Sachen andreht und wo man für seine Arbeit anständig bezahlt wird!«, ergänzte Papa.

Damit hatte er, nach allem, was wir erlebt und gehört hatten, sicher Recht. Der Einzige, der sich nicht über die wirtschaftliche Situation in Sizilien beklagt hatte, war unser Cousin Peppi. Gerade in den letzten Tagen unseres Urlaubs war er freudestrahlend von einer norditalienischen Modemesse zurückgekehrt und hatte seiner staunenden Familie mitgeteilt, dass er Aufträge in zweistelliger Millionenhöhe erhalten hatte. (D-Mark, nicht Lire!) Er hatte Mama sogar gefragt, ob sie als Pelzmantelnäherin bei ihm arbeiten wollte, was sie jedoch aus naheliegenden Gründen abgelehnt hatte. Peppis Karriereleiter hatte ihn jedenfalls schlagartig in den Himmel geschossen.

Als wir am nächsten Morgen das Auto entluden, freuten wir uns, dass es noch genau dort stand, wo wir es in der Nacht abgestellt hatten, und dass alles noch da war. Papa war sich plötzlich sehr sicher, dass so etwas in Italien nicht möglich wäre. Deutschland war also mal wieder klar im Vorteil. Über die vielen Köstlichkeiten und Erinnerungen, die wir mitgebracht hatten, freuten wir uns natürlich riesig.

Damit konnten wir uns die nächsten paar Monate mehrmals eine Portion Sizilien auf den Tisch zaubern. Es war tatsächlich so, dass wir selbst nach anderthalb Jahren an keinem einzigen Tag etwas Deutsches gegessen hatten. Außer Brötchen, dem überaus köstlichen Gebäck und den saftigen Obstkuchen. Darin waren die deutschen Bäcker einfach die besten. Und natürlich Laugenbrezeln. In der nahen Umgebung hatten wir ein paar Geschäfte ausgemacht, die auch italienische Spezialitäten anboten. Die waren zwar vergleichsweise sehr teuer, aber ab und an war es das Papa wert. Erfreulicherweise eröffneten auch immer mehr Pizzerien in unserem Ort. Auch wenn die Pizza, die sie dort fabrizierten, lange nicht so gut schmeckte wie die in Messina. Bis zu unserer ersten deutschen Mahlzeit sollte jedenfalls noch viel Zeit vergehen.

Wir räumten das Auto komplett leer und halfen Papa beim Putzen. Der Innenraum sah aus wie ein Schlachtfeld. Während ich quer auf der Rückbank lag und mit einem Lappen den Staub sauber verteilte, drang das heisere Bellen eines mir wohlbekannten Hundes zu uns herüber. Kurz darauf näherte sich Dolfi mit großen Sprüngen. Kurz bevor er unser Auto erreichte, spazierte auch schon Herr Nägele aus dem Haus und bellte seinen Hund zurück.

»Hei! Komm sofort her! Zu denen gehst du nicht!«, rief er.

Wie hatte ich doch diese liebliche Stimme vermisst. Stimme?

Ich fuhr hoch und rutschte von meinem eingedellten Koffer herunter. Die quäkende Stimme über mir klang zwar ähnlich, aber sie gehörte nicht Herrn Nägele. Der Lautsprecher auf dem Gleis schnarrte und knisterte, als ob der Sprecher bei seiner Durchsage vom Stuhl gefallen wäre. Im selben Moment fuhr der Zug ein. Endlich! Mit fünf Minuten weniger Verspätung als vorhergesagt. Das nannte ich mal Pünktlichkeit! Ein Ruck ging durch die Wartenden, die sich augenblicklich erhoben, ihre Kinder weckten und sich so nahe an die Bahnsteigkante stellten, als befürchteten sie, dass der Zug nicht lange genug anhielte, um sie alle einsteigen zu lassen.

Ich kannte mich mit den italienischen Gepflogenheiten bei Zugverspätungen nicht aus. Die Reaktion meiner Mitreisenden beunruhigte mich jedenfalls ungemein. Würde der Zug am Ende, um die Verspätung wieder einzuholen, gar nicht halten, sondern nur etwas langsamer fahren, um den Mitfahrwilligen wenigstens eine kleine Chance zu geben aufzuspringen? Nicht mit mir! Als der Zug dann einfuhr, wunderte mich überhaupt nichts mehr. Er stand noch nicht einmal, da rissen die Ersten bereits die Türen auf und stürzten sich kopfüber in die Abteile. Sie stiegen nicht ein, sie enterten die Waggons auf Piratenart, mit Säbelrasseln und lautem Gebrüll.

Ähnliche Szenen kannte ich eigentlich nur von hausfraulichen Großwildjagden im Schlussverkauf. Fenster wurden aufgerissen, Gepäck hinaus und hinein geworfen, Frauen hoben ihre Kinder durch die offenen Fenster in die Arme ihrer Männer und schoben die zierliche Oma gleich hinterher. Eine nicht ganz so zierliche ältere Frau steckte mit baumelnden Beinen im Fensterrahmen fest und wurde, während die Helfershelfer an beiden Enden zogen und drückten, Zentimeter für Zentimeter hindurchgepresst. Ich stand nur fassungslos da, beobachtete das Gerangel und erkannte, dass die Chancen, mich mit meinem Gepäck durch diese Menge zu drängeln, kleiner waren, als mit verbundenen Augen unversehrt eine sechsspurige Autobahn zu überqueren. Die Menschenmassen drückten und schoben sich lärmend gegen die engen Türen und verstopften sämtliche Eingänge.

Im Inneren der Abteile wuselte es wie in einem Ameisenhaufen. Von außen betrachtet sah das Ganze eher nach einer Massenkeilerei als nach Sitzplatzsuche aus: rudernde Arme, verknotete Beine, eingekeilte Gesäßtaschen, plattgedrückte Gesichter. Nachdem die Männer alles verstaut hatten, konnten sich die Frauen setzen und endlich die Wege frei machen. Die nächsten rückten nach, und das Spiel begann von vorn. Was lobte ich mir da die deutsche Disziplin.

Der Deutsche bildet in solchen Fällen eine Schlange, stellt sich hinten an und wartet geduldig, bis er dran ist. Außer er sitzt am Steuer eines Autos. In diesem Fall ändert er in Sekundenschnelle seine Gesichtsfarbe, fängt an zu hupen, gestikuliert wild herum und streckt als Zeichen seines Unmuts auch schon mal einen Mittelfinger aus dem Seitenfenster. Manch einem ist diese überaus nützliche Erfindung schon so sehr in Fleisch und Blut übergegangen, dass er zum Hupen gar kein Auto mehr benötigt. »Ööhhh, Siieee! Ich war zuerst da!«, heißt es gerne mal bei tadelnd erhobenem Zeigefinger. Außerhalb der schützenden Blechummantelung kommt der Mittelfinger eher selten zum Einsatz. Womöglich aus Angst, an einen Kandidaten zu geraten, welcher der Hupe als Stilmittel einer gepflegten Kommunikation eher ablehnend gegenübersteht und lieber gleich zur Keule greift.

Hupen ist in Italien absolut sinnlos, denn in einem anhaltenden mehrstimmigen Hupkonzert kommt eine einzelne Hupe gar nicht zur Geltung. Außerdem bilden Italiener keine Schlangen. Viel lieber zwängen sie sich alle gleichzeitig durch einen schmalen Durchlass. Was nicht selten dazu führt, dass sie sich im Gedränge oft nur noch mit Tiernamen ansprechen und den Mitdränglern eine biologische Verwandtschaft zur Gattung der Schafe vorwerfen.

Auf dem Bahnsteig standen jedenfalls nur noch die Ahnungslosen herum. Der Ahnungslose. Ich. Und der Zugbegleiter, der mit einer Trillerpfeife im Mundwinkel und stoischem Blick auf die Uhr starrte. Wollte er das Einsteigespiel etwa schon abpfeifen? Da er direkt neben mir stand, bereitete ich mich darauf vor, ihm die Pfeife notfalls mit Gewalt zu entreißen. Dieser Zug würde nicht ohne mich losfahren! Als sich die Reihen in den Gängen so weit lichteten, dass ich endlich einsteigen konnte, war der Zug komplett überfüllt. Was war ich glücklich, einen reservierten Platz im Schlafwagen zu haben. Endlich fuhr der Zug los. Ich schwankte durch die Abteile, stieg über am Boden sitzende und liegende Reisende hinweg und zwängte mich mit letzter Kraft in mein Schlafwagenabteil.

Im Zwielicht erkannte ich, dass drei der vier Betten bereits belegt waren. Aber es war definitiv zu dunkel, um erkennen zu können, wie meine Mitreisenden aussahen. Nicht dass ich besonders ängstlich war, aber ich hätte es ganz schön gefunden, zu wissen, dass das Gesicht meines Bettnachbarn keine Ähnlichkeit mit dem eines im ganzen Land gesuchten Massenmörders hatte. Die Anwesenheit eines Serienkillers im eigenen Schlafgemach kann den Erholungswert einer Tiefschlafphase nämlich durchaus negativ beeinflussen. Hatte ich mir sagen lassen. Und eine schwere Blutbadallergie auslösen. Vor allem wenn man unfreiwillig hineingezogen wird. Aber egal.

Ich wuchtete mich in meine Koje, deckte mich zu, lauschte ein paar Minuten dem monotonen Rattern des Zuges und schlief ein. Das dachte ich zumindest – bis ich ein dumpfes Geräusch hörte. Tompf, tompf! Angestrengt spähte ich auf den Boden zwischen den Kojen und entdeckte zwei längliche Gegenstände. Noch bevor ich raten konnte, was dort unten lag, erreichte mich eine übel riechende Miefwolke, die mir schier den Atem aus den Lungen presste und Tränen in die Augen trieb. Der Mann unter mir züchtete wohl Limburger oder Romadur in seinen Schuhen. Auf jeden Fall einen Käse der übelsten Sorte. Verzweifelt hielt ich mir die Nase zu, pumpte röchelnd die ätzend schmeckende Luft in meine Lungen, drehte mich zum Fenster und hebelte es ein Stück weit auf. Das Rattern war nun zwar etwas lauter, aber das war auf jeden Fall besser, als elendig zu ersticken. So ein Mist! Dem Gestank nach trug Herr Romadur Schuhgröße 142 und laborierte in seiner Freizeit mit der Herstellung chemischer Kampfstoffe. Ich rutschte so weit es ging zu dem Hauch frischer Luft hinüber, der zum Fenster hereinwehte, und wünschte mir, ich hätte einen Atemschlauch, den ich hinaushängen könnte. Verärgert schloss ich die Augen und schlief zum Glück wieder ein.

Bis mich ein furchterregendes Geräusch erneut aus dem Schlaf riss. Es war eine Mischung aus unterirdischem Grollen und tiefem Brummen, begleitet von dunklem Kreischen und zischendem Fauchen. Es hörte sich an, als befände sich ein gewaltiges Tier im Abteil. Ein Bär? Nein, zu klein. Etwa ein schlecht gelaunter Elefant mit Rüsselverstopfung? Herr Romadur unter mir fluchte laut. Mein Kojennachbar gegenüber riss den Vorhang zur Seite und streckte seinen kantigen Schädel so schnell hinaus, dass ich vor Schreck beinahe aus dem Bett gefallen wäre. Mein Gott! Ein Zombie? Jedenfalls war das der hässlichste Kerl, den ich im wirklichen Leben je zu Gesicht bekommen hatte. Fleckige, bleiche Haut, krumme Boxernase, graue Haare, die wie Stacheldraht vom Kopf abstanden, eine große Narbe, die an der Stirn begann und mitten durch eine leere schwarze Augenhöhle bis zum Mundwinkel lief.

Mit einem scharfen Blick aus seinem Auge durchbohrte er mich und fauchte: »Bist du das?«

Ich konnte die Frage beruhigt verneinen, denn das Tier im Abteil wechselte gerade die Tonart und schickte dem beängstigenden Röcheln, das noch im Raum hallte, ein schrilles Quiecken hinterher. Oje! Keine Massenmörder, ich teilte das Schlafwagenabteil mit den Apokalyptischen Reitern. Jedenfalls mit dreien davon. Offenbar hatte ich Glückspilz dem vierten den letzten Platz vor der Nase weggebucht. Herr Romadur unter mir verließ seine Schlafstatt, schob den Vorhang der letzten Koje zur Seite und schüttelte die darin liegende Gestalt. Das Grunzen verstummte schlagartig. Ein schmächtiger, alter Mann blinzelte aus verschlafenen Augen und fragte mit dünner, piepsiger Stimme, was los sei.

»Das wollte ich Sie gerade fragen«, antwortete Herr Romadur. »Sie schnarchen so laut, dass ich dachte, der Zug entgleist. Gehen sie mal zum Arzt!«

»Oh, Entschuldigung! Mein Gaumensegel flattert.

Da kann man nicht viel machen. Soll nicht wieder vorkommen«, piepste der kleine Mann betreten. Herr Romadur schüttelte verwundert den Kopf. »Gaumensegel? Der Lautstärke nach flatterten da mehrere Segelschiffe! Sachen gibt's. Unglaublich!«

## 26. Ein anderes Land

Nachdem sich Herr Romadur wieder in seine Koje verzogen hatte, kehrte endlich Ruhe ein. Ich lag noch eine ganze Weile wach und wartete, bis die Müdigkeit mich übermannte. Was für eine verrückte Fahrt. Nie wieder! Das schwor ich mir jetzt schon zum fünften oder sechsten Mal. Nie wieder würde ich auch nur einen Fuß in einen Eisenbahnwaggon setzen.

Das Rattern des Zuges verschwamm in meinem Kopf zu einem Wirbelwind, der sich ständig im Kreis drehte. Der kleine, schmächtige alte Mann mit dem Gaumensegelproblem eines ausgewachsenen Elefantenbullen war aufgestanden, hatte die Türe leise geöffnet und verließ gerade das Abteil. Seine Silhouette zeichnete sich im Gegenlicht des helleren Ganges deutlich ab. Er erinnerte mich stark an *nonno* Luigi. Mein Großvater war mittlerweile 76 Jahre alt. Ein gebeugter, sehniger alter Mann, der seine Schweigsamkeit im Laufe der Jahre richtiggehend kultiviert hatte. Dafür hatte er seine Leidenschaft für sizilianische Sprüche und Redewendungen entdeckt, die er gerne und oft verwendete. Auf die Erklärung, in welchem Zusammenhang diese Sprüche mit dem aktuellen Gesprächsthema standen, wartete man oft vergeblich. Er hielt sich am liebsten an den, seiner

Ansicht nach, wahrsten aller Sprüche: »Wer nicht spricht, sagt nichts Falsches!«

Im Nachhinein betrachtet, hatte er mit seinem rätselhaften Spruch »Im Leben ist es nun mal so, dass alles zunächst viel schlimmer werden muss, bevor es irgendwann wieder gut wird« Recht behalten. Unsere Situation war tatsächlich schlimmer geworden, bevor sie sich endgültig zum Besseren wandte.

Als wir Ende August 1973, unmittelbar nach der Rückkehr aus unserem ersten Heimaturlaub, abends den Fernseher einschalteten, flimmerten beunruhigende Bilder über die Mattscheibe. Offenbar streikte wegen der Kündigung von über 300 Kollegen die gesamte ausländische Belegschaft der Kölner Fordwerke. Einige Tage später beendeten Polizei, Werkschutz und Streikbrecher den Aufstand gewaltsam. Die reißerisch aufgemachte Schlagzeile einer Zeitung erweckte den Eindruck, als wäre in Deutschland ein Krieg zwischen ausländischen und deutschen Arbeitnehmern um die Macht in den Betrieben ausgebrochen. »Deutsche Arbeiter kämpfen Fabriken frei!«, hieß es da.

Wegen dieser Geschichte rechneten wir vorsorglich mit dem Schlimmsten. Und tatsächlich: Gleich am ersten Schultag hielten unsere Mitschüler uns genau diese Ausgabe der Zeitung unter die Nase. Unsere lieben Freunde hatten sie extra für uns aufgehoben und taten gerade so, als ob sie selbst an vorderster Front gestanden und die aufmüpfigen Ausländer windelweich geprügelt hätten. Sie hatten uns nach Deutschland geholt, um die Arbeit zu erledigen, die für Deutsche unzumutbar war. Wir sollten gefälligst die Klappe halten und diese Tatsache nicht vergessen. In uns brodelte der Hass. Sie hatten uns dreckiges, minderwertiges Gesindel schließlich nur geholt, um die Drecksarbeit zu machen.

Riccardo, Filippo und ich ließen sie einfach stehen und trollten uns in eine einsame Ecke des Schulhofs. Diskussionen waren ohnehin sinnlos. Jedes Wort von uns hätte unweigerlich eine Prügelei provoziert, die mit Sicherheit in eine Massenkeilerei mit den älteren Schülern ausgeartet wäre. Ein paar von denen gingen nämlich keinem Streit aus dem Weg. Es war mal wieder zum Verzweifeln.

Salva war nicht aus den Ferien zurückgekehrt, was uns sehr wunderte. Daher gingen wir drei Verbliebenen nach der Schule bei ihm zu Hause vorbei, wo wir von seiner Mutter erfuhren, dass er beschlossen hatte, die Schule abzubrechen und sich in Italien eine Arbeit zu suchen.

Wenige Tage später sagten die Ärzte Filippos Augenoperation wegen mangelnder Erfolgsaussichten ab. Die Untersuchungen hatte ergeben, dass eine erneute Operation mehr Risiken als Nutzen brachte. Stattdessen schlugen die Ärzte unseren Eltern eine neuartige Therapie vor, bei der sie mit verschiedenen Linsen versuchen wollten, dem kranken Auge eine normale Sehkraft anzutrainieren. Für Mama hörte sich das an, als ob die Ärzte es aufgegeben hatten. Die Aussichten, dass Filippo jemals wieder normal sehen könnte, schwanden immer mehr. Als wir das hörten, drängten wir Kinder immer heftiger darauf, nach Messina zurückzukehren. Aber irgendwie passten unsere Wünsche nicht in die Pläne unserer Eltern.

Immerhin besserte sich die Stimmung in der Schule. Als die Nachwirkungen des sogenannten »Türkenstreiks« vorbei waren, ging es spürbar aufwärts. Die

Beliebtesten auf dem Schulhof würden wir wahrscheinlich niemals werden, dazu war einfach zu viel Porzellan zerschlagen worden. Aber das wollten wir auch gar nicht. Uns reichte es völlig aus, wenn uns die anderen nicht wie Aussätzige behandelten. Wir konnten unseren Schulkameraden eigentlich nicht mal böse sein. Wenn es Schuldige gab, dann waren es die Erwachsenen. Bei den Eltern angefangen, über die Schulämter bis zu den Lehrern. Wir Kinder mussten nur die Suppe auslöffeln, die sie uns eingebrockt hatten.

Wie sollten auftretende Konflikte und Missverständnisse gelöst werden, wenn keine gemeinsame Sprache zur Verfügung stand? Warum hatten das selbst meine eigenen Eltern so gedankenlos zugelassen? Die Folgen unserer ersten Monate in der Schule, in denen wir uns nicht hatten verständigen können, bekamen wir anderthalb Jahre später noch immer zu spüren. Dass uns manche wie Luft behandelten, hänselten, mit uns Kanakendeutsch sprachen, dass sie uns nachäfften, sich über uns lustig und damit lächerlich machten, dass sie uns abwertend ansahen und sich abwinkend umdrehten, sobald wir den Mund aufmachten. Das alles hatten wir nur den Erwachsenen zu verdanken. Allen Erwachsenen!

Aber wie Signor Manfredo so schön gesagt hatte: Wir waren darüber hinausgewachsen. Wir hatten gelernt, nicht mehr hinzuhören, und fühlten uns einfach nicht mehr angesprochen. Stattdessen versuchten wir, anderthalb Jahre nach unserer Ankunft, den »normalen« Umgang mit den anderen Deutschen zu pflegen. Den normalen. Die nicht weniger deutsch waren als die anderen, aber diese Schmähungen nicht nötig hatten. Die sich nicht auf unsere Kosten größer machen, sich nicht ständig beweisen mussten und die keine Angst vor uns hatten. Denn die Aufwiegler hatten genau das: Angst!

Es hatte ein Weilchen gedauert, bis wir zu dieser Erkenntnis gelangt waren. Obwohl sie die ganze Zeit deutlich sichtbar vor unserer Nase gebaumelt hatte. Dabei waren es nicht einmal ihre eigenen Ängste. Sie trugen nur die Ängste der Erwachsenen mit sich herum. Anders waren so manche Vorwürfe, die wir von diesen Kameraden zu hören bekamen, nicht zu erklären. Sie fürchteten sich vor uns, weil wir Fremde waren. Wir überfremdeten ihr Land. Wir nahmen ihnen günstigen Wohnraum weg. Wir schmälerten beim Einzug in eine Wohnung den Wohnwert der gesamten Straße. Leer stehende Häuser in der Nähe von Gastarbeiterwohnungen galten als unverkäuflich, denn Gastarbeiter hatten zu viele Kinder, waren zu laut und zu schmutzig. Außerdem nahmen wir ihnen die Kindergartenplätze, die Ausbildungsplätze, die Arbeitsplätze und die Stammplätze im Fußballverein weg und drängten uns in jeden Bereich ihres Lebens, bis in ihre Stammkneipen hinein, und tranken ihnen auch noch das Bier weg. Natürlich erst, nachdem wir ihnen auch noch die Frauen abgeluchst hatten. Zudem bekamen wir vom deutschen Staat alles in den Hintern geblasen, wofür sie hart schuften mussten: Arbeitslosengeld, Krankengeld, Wohngeld, Kleidergeld, Sterbegeld und Kindergeld! Außerdem konnten sie mindestens eine Pizzeria beim Namen nennen, die ihre Pizza mit leckerem Rattenfleisch, fangfrischen Kakerlaken oder getrocknetem Hasenmist belegte. Diese leckeren Spezialitäten wurden natürlich ausschließlich deutschen Gästen vorgesetzt. Solche Ängste sind für zehn- bis dreizehnjährige Jungen nicht unbedingt typisch. Demnach plapperten sie im Schulhof nur das nach, was sie entweder zu Hause, bei Nachbarn oder Bekannten aufgeschnappt hatten. Einschließlich der Angst, dass wir angeblich ihre Haustiere aßen. Eine Frage, die sie uns oft stellten, war die, ob wir Italiener tatsächlich Katzen aßen. Dass unsere Kameraden von allein auf diese tolle Idee gekommen waren, war eher zweifelhaft. Vermutlich steckten, wie bei jedem anderen Mist, mal wieder die dummen Erwachsenen mit ihren dummen Vorurteilen dahinter.

Aus diesen Vorurteilen und der daraus resultierenden Angst machten wir uns manchmal einen Spaß. Dann beantworteten wir gern verwendete Aufforderungen wie »Geh heim, du Spaghettifresser!« mit einer nicht ganz ernst gemeinten Drohung: »Sei jetzt still, sonst esse ich deine Katze!«

Manchmal, wenn eines der Mädchen Bilder von niedlichen Katzenbabys in der Klasse herumzeigte und die anderen dahinschmelzend riefen: »Oh, sind die süüßß, wie niedlich!«, leckten wir uns die Lippen und sagten nur: »Ja, echt lecker!« Die empörten, angewiderten Gesichter waren immer wieder ein Grund für kindliche Heiterkeitsausbrüche.

Ein Jahr später, im Sommer 1974, als Deutschland im eigenen Land Weltmeister werden und Italien bereits in der Vorrunde scheitern sollte, planten Filippo und ich unsere nächste Flucht. Nachdem wir tagelang verhöhnt und verspottet worden waren, als ob wir selbst gespielt und auf dem Fußballplatz unsere Hosen samt unserer Würde verloren hätten, dachten wir, es sei an der Zeit, dieses Elend zu beenden. Der nächste Urlaub in Messina sollte die endgültige

Rückkehr in unser altes Leben einleiten. Da unsere Wünsche an Papas und Mamas Ohren scheinbar ungehört abprallten, wollten wir diesmal nichts dem Zufall überlassen. Schritt für Schritt gingen wir sämtliche Details unserer Flucht durch. Nachdem Papa und Mama nach einigen Veränderungen keinen zwingenden Grund mehr für eine Rückkehr nach Italien sahen, blieb für uns nur noch die Flucht als letzte Möglichkeit.

Papa hatte tatsächlich die Branche gewechselt und war bereits seit mehreren Monaten als Gemeindearbeiter in einem Klärwerk beschäftigt. Mama arbeitete mit wachsender Begeisterung für eine Göppinger Firma, die Modelleisenbahnen herstellte. Die beiden hatten im Kreis ihrer italienischen Kollegen schon recht viele Freundschaften geschlossen und fühlten sich mittlerweile sehr wohl in Deutschland. Mama blühte förmlich auf und dachte nicht im Traum daran, nach Messina in ihr altes Leben als Hausfrau und Mutter zurückzukehren. Sie verdiente hier ihr eigenes Geld, hatte eigene Freundinnen und entwickelte ein völlig neues Selbstwertgefühl. Verglichen mit ihren Schwestern in Messina führte sie ein ausgefülltes Leben. Das tägliche Einerlei aus Haushalt, Herd, Kindern und pflegebedürftigen Verwandten bot nicht gerade eine verlockende Alternative. Hinzu kam die finanzielle Sicherheit, die Deutschland zweifellos bot.

In Messina war ihr Leben ungleich härter gewesen. Papa hatte sehr oft vierzehn Stunden am Tag gearbeitet. Er trug die Verantwortung für bis zu zwanzig Maurer und musste sich am Monatsende oft mit einer lächerlichen Anzahlung auf seinen Lohn zufriedengeben. Auf die restliche Summe warteten seine Kollegen und er so manches Mal vergeblich. Es war ein endloser, unfairer Kampf, bei dem die reichen Bauträger immer reicher wurden und die ohnehin schon armen Arbeiter das einzige Kapital, das sie besaßen, nämlich ihre Arbeitskraft, fast verschenken mussten. Im Falle einer Krankheit oder eines Unfalls gab es nach wie vor keine ausreichende Absicherung. Jede ernsthafte Krankheit bedeutete den unweigerlichen Absturz – ins nackte Elend.

Krankengeld, Arbeitslosengeld, Sozialhilfe, aber auch Urlaubsgeld, bezahlte Überstunden, Kündigungsschutz und sonstige, von deutschen Gewerkschaften hart erkämpfte Annehmlichkeiten waren für damalige sizilianische Arbeitsverhältnisse geradezu paradiesische Zustände. Das galt natürlich ausschließlich für die Arbeit in den vorwiegend patriarchalisch geführten Kleinunternehmen der freien Wirtschaft. Anders verhielt es sich, wenn man ein Pöstchen beim größten Arbeitgeber Siziliens ergattert hatte: den staatlichen Behörden. Selbst wenn man nur eine Putzstelle in einem der vielen Amtsgebäude ergattert hatte, war es so gut wie sicher, dass einem nichts mehr passieren konnte. Solange man während der Arbeitszeit seinen Vorgesetzten nicht grundlos massakrierte oder von Kollegen Schutzgelder erpresste, war ein lebenslanges Einkommen garantiert. Wer es sogar bis zum Sachbearbeiter in einem Bereich mit viel Publikumsverkehr brachte, war ein gemachter Mann.

Sizilianer hassen Behördengänge jeder Art. Im Volksmund heißen viele Ämter *casa di pazzi*, also Irrenhaus. Folgerichtig verspottete man all diejenigen, die sich für die höhere Beamtenlaufbahn weiterbildeten, als *studiani per pazzi*. Und in der Tat studierten sie nicht selten den Wahnsinn. So manche Behördengänge konnte man sich freilich sparen, wenn man jemanden kannte, der beim entsprechenden Amt arbeitete und die lästigen Vorgänge gegen ein geringes Entgelt oder eine kleine Gefälligkeit schnell und unbürokratisch erledigte. So ein sicheres Pöstchen mit dazugehöriger, kräftig sprudelnder Nebenerwerbsquelle war für jemanden wie Papa freilich unerreichbar. Zum ersten Mal in seinem Leben arbeitete er nun in einem Beruf, der nicht annähernd so schwer war wie sein erlernter. Und zum ersten Mal hatte er keine Angst, dass er sein Geld nicht in voller Höhe ausbezahlt bekam und seine Familie am Ende des Monats nichts zu essen auf dem Tisch hatte. Dass Papa und Mama es mit der Rückreise nicht so eilig hatten, war unter diesen Umständen mehr als verständlich. Auch wenn mein Bruder, Santina und ich es zu diesem Zeitpunkt nicht begreifen konnten.

Doch dann, von einem Tag auf den anderen, war plötzlich alles anders. Papa überraschte uns mit der Neuigkeit, dass sein Arbeitgeber eine neue Wohnung für uns besorgt habe. Sie war etwas günstiger, er musste nicht mehr so weit fahren, und durch den Umzug verkürzte sich auch Mamas Arbeitsweg um ein paar Kilometer. Die Entscheidung für den Umzug fiel innerhalb weniger Stunden. Als drei Wochen später das Schuljahr zu Ende ging, zogen wir aus, fuhren ein paar Kilometer weiter in unser neues Zuhause und ließen neben einigen liebgewonnenen Freunden auch nicht wenige unangenehme, unfreundliche Zeitgenossen zurück.

Der Umzug nach Salach, so hieß unser neues Dorf, sollte sich als die glücklichste Entscheidung unseres Lebens erweisen. Ein völliger Neuanfang. Wir wohnten in einem großen, alten Mehrfamilienhaus, das unsere Nachbarn Gaswerk nannten. Offenbar war es früher mal für ebendiesen Zweck erbaut worden. Schon als wir auf den Hof fuhren, entdeckten wir auf einem nahen Bauhof, der mit riesigen Rohren und allerlei Baumaterial vollgestopft war, ein paar spielende Kinder. Wir stiegen aus, erkundeten das Haus, verstauten unsere Sachen und gingen kurze Zeit später raus zum Spielen.

Zwei der vier Jungen im angrenzenden Bauhof waren so alt wie mein Bruder und ich, die anderen beiden nur wenig jünger. Sie kamen gleich grinsend auf uns zu, streckten uns die Hände entgegen und stellten sich vor: Rainer, Hermann, Heiko und Pietro. Mit diesen vier Jungen schlossen wir von der ersten Minute an eine enge Freundschaft. Ihre Eltern waren ebenfalls sehr nette Menschen. Helga und ihr italienischer Ehemann Greco waren das erste Mischehepaar, das wir kennen lernten. Greco, der Stiefvater der drei älteren und Vater des jüngsten Sohnes, Pietro, war ein Gastarbeiter der ersten Stunde. Er stammte aus Sardinien und sprach ein witziges Kauderwelsch aus Deutsch, Italienisch und Schwäbisch. Zum besseren Unverständnis rutschte ab und zu auch noch ein leichter bayrischer Akzent mit hinein. Den hatte er von seiner Frau übernommen, die aus Bayern stammte. Zwischen Mama, Papa und den beiden entwickelte sich ebenfalls eine enge, von gegenseitigem Respekt geprägte Freundschaft.

Im Laufe der ersten beiden Tage kamen, bis auf eine alte Frau, die sich kaum bewegen konnte, alle Nachbarn bei uns vorbei. Sie begrüßten uns freundlich und hießen uns herzlich willkommen. Und das, obwohl sie alle Deutsche waren. Dieses Verhalten überraschte uns sehr, war es doch eine völlig neue Erfahrung. Mit so viel Freundlichkeit hatten wir nicht gerechnet und waren am Anfang sichtlich verkrampft und sehr misstrauisch. Gestalten wie Herr Nägele, Herr Sehrmann, Herr Bronzerle, Karl, der frühere Jörg und viele andere hatten unser Verhalten gegenüber Fremden geprägt – und dabei ganze Arbeit geleistet. Im Gaswerk gab es von Anfang an weder Anfeindungen noch böse Blicke oder dumme Vorurteile.

Der Tag unseres Umzugs nach Salach wurde zum Tag unserer eigentlichen Ankunft in Deutschland. Alles, was vorher geschehen war, hatte sich in einem Niemandsland ereignet, das, wie ein böser Albtraum nach dem Erwachen, einfach aufgehört hatte zu existieren.

Innerhalb von zwei Wochen kehrte sich unser Deutschlandbild ins Gegenteil um. Wir erlebten ein völlig neues Land mit völlig neuen Menschen. Etwas, was wir schlichtweg nicht mehr für möglich gehalten hatten. Neben der deutsch-italienischen Familie gab es noch eine ganz besonders nette alte Frau, die über uns wohnte. Eines Morgens stand sie mit einem Gläschen selbst gemachter Marmelade in der einen und einem süßen, blondgelockten Mädchen, das gerade mal laufen konnte, an der anderen Hand vor unserer Haustür und stellte sich als Frau Staudenmeier vor. Das blonde Mädchen war ihre Enkelin Nicole. Die Kleine eroberte unsere Herzen im Sturm. Von da an verging kaum ein Tag, an dem sie nicht bei uns war oder draußen mit uns spielte. Sie war ein sonniges Kind mit einem Lächeln, das Steine erweichen konnte. Wie auch ihre Oma. Eine Frau, die, an ihrer Freundlichkeit, Herzlichkeit, Zuneigung und menschlichen Wärme gemessen, eine Riesin unter Zwergen war.

Ebenfalls zum ersten Mal erlebten wir, dass sich unsere neuen deutschen Nachbarn nachmittags draußen im Hof versammelten. Sie saßen in geselliger Runde zusammen, tranken Kaffee, aßen Kuchen, unterhielten sich, lachten viel und genossen die warmen Sommertage. Und es war für sie selbstverständlich, uns einen Platz, eine Tasse Kaffe und ein Stück von ihrem Kuchen anzubieten. Diese Geselligkeit kannten wir bisher nur von Italienern. Sie stand jedenfalls im völligen Gegensatz zu der eigenbrötlerischen Art der anderen Schwaben, die wir bis dahin kennen gelernt hatten. Die guckten nämlich die meiste Zeit mürrisch und miesepetrig aus der Wäsche und zum Lachen gingen sie vermutlich in den Keller.

## 27. Die Verwandlung

Als wir in jenem Sommer für drei Wochen nach Messina fuhren, freuten wir uns schon, am Ende der Ferien wieder nach Deutschland zu unseren neuen Freunden zurückzukehren. Die vier Brüder, die für jeden Spaß zu haben waren und mindestens so viel Unsinn im Kopf hatten wie wir, hatten unseren Fluchtplan schlichtweg überflüssig werden lassen. Selbst Mama und Papa konnten sich nicht erklären, wie eine Entfernung von wenigen Kilometern einen Menschenschlag derart verändern konnte.

Oder hatten wir uns etwa verändert? Daran bestand kein Zweifel. Natürlich waren auch wir anders geworden. Wir Kinder sprachen beinahe perfektes Schwäbisch. Filippo mit leichtem italienischem Einschlag, Santina und ich fast akzentfrei. Papa und Mama hatten es da schon deutlich schwerer. Vor allem, weil sie zahlreiche italienische Kollegen hatten, mit denen sie ausschließlich italienisch sprachen. Auch waren wir mit den Sitten und Gepflogenheiten unserer Nachbarn besser vertraut als bei unserer Ankunft in Deutschland. Trotzdem konnte das nicht die einzige Erklärung sein. Jemandem wie Herrn Nägele wäre es niemals in den Sinn gekommen, seine italienischen Nachbarn freundlich zu grüßen. Da hätte er sich vorher lieber einen Doppelknoten in die Zunge gemacht und für den Rest seines Lebens vor sich hin gesabbert. Nein, es gab sie. Die freundlichen, die netten Deutschen. Sie waren nur nicht so laut und so aufdringlich wie die anderen. Die brüllenden, wütenden Deutschen. Sie saßen lieber friedlich in ihren Wohnzimmern und Hinterhöfen, überließen den anderen die Straßen und ließen sie, obwohl sie ihre Meinung nicht teilten, auch in ihrem Namen sprechen.

Unser neues Leben gefiel uns außerordentlich gut. In der Schule lief es reibungslos, und inzwischen gingen wir sogar gerne hin. Unsere Schulkameraden waren durchweg normale, freundliche Jungen und Mädchen, die uns nie spüren ließen, dass wir nicht dazugehörten, und die sehr schnell zu Freunden wurden. Verbale Ausfälle, wie sie uns zweieinhalb Jahre lang fast täglich begleitet hatten, waren fast vollständig aus unserem Leben verschwunden. Oder besser, aus meinem Leben. Mein Bruder geriet durch sein südländisches Aussehen immer wieder mal an Gestalten, die ihn daran erinnerten, dass er in diesem Land nicht erwünscht war. Aber es kam deutlich seltener vor als früher. Und da wir nun jede Menge gute Freunde hatten, spielte die Meinung einzelner verwirrter Geister, die es leider auch in unserem neuen Dorf gab, keine große Rolle. In dieser Beziehung hatte ich mehr Glück. Mit meinen hellen Haaren, der hellen Hautfarbe und meinem fast akzentfreien Deutsch war ich für niemanden als Italiener zu erkennen.

Nach ein paar Monaten war ohnehin aller Ärger mit unseren ehemaligen Klassenkameraden vergessen. Dafür erwarteten uns Probleme ganz anderer Art. Unser Klassenlehrer kündigte an, dass ab sofort

Sexualkundeunterricht auf dem Lehrplan stand. Dazu bekamen wir ein Formular ausgehändigt, auf dem unsere Eltern durch ihre Unterschrift ihr Einverständnis erklären sollten. Für meine Eltern und besonders für Papa war das ein ungeheuerlicher Skandal. Schmutzkundeunterricht in der Schule! Wieder eine dieser neumodischen Marotten, mit denen die Deutschen die unschuldige Jugend für alle Zeit verdarben. Als ob es nicht schon schlimm genug wäre, dass sie im deutschen Fernsehen nackte Brüste und echte Geburten zeigten. Zur besten Sendezeit und ohne Vorwarnung. Noch dazu in Sendungen, in denen man niemals damit rechnete, wie *Klimbim*, *Tatort*, oder *Die Sendung mit der Maus*. Als Ingrid Steeger eines abends ihre wohlgeformten Möpse aus dem Bildschirm direkt in unser Wohnzimmer streckte, bekamen mein Bruder und ich peinliche Stielaugen, während Papa von einem Tobsuchtsanfall heimgesucht wurde.

Nackte Frauen im Fernsehen! Skandal! Scham und Moral gingen unwiederbringlich den Bach hinunter. Sitte und Anstand galoppierten geradezu davon. Unsere christlichen Werte waren dem Untergang geweiht! Filippo und ich waren schockiert. Das hörte sich ja an, als hätten Frau Steegers hübsche Glocken gerade das Ende der Welt eingeläutet. Papa erteilte uns mit sofortiger Wirkung *Klimbim*-Verbot und kündigte an, uns nur noch die Sendungen zu erlauben, die seiner Ansicht nach absolut schmutzfrei waren. Also *Das Wort zum Sonntag* oder die *Hitparade* mit Dieter Thomas Heck. Die ungeheure Spannung dieser Gruselschocker war aber nichts für unser dünnes Nervenkostüm. Aus Angst, nachts von Albträumen heimgesucht zu werden, in denen Rex Gildo mit lauten Hossa!-Rufen versuchte, den Sprecher des Wortes zum Sonntag von den Toten zu erwecken, verzichteten wir lieber ganz aufs Fernsehen.

Papa untersagte uns sogar die ersten Folgen der *Rappelkiste*, weil der Titel seiner Meinung nach zweideutig klang. Was rappelte da? Und in was für einer Kiste? War das eine jugendfreie Kiste? Oder schnappte Ratz Rübe irgendwann mal am Wollzipfel, um mit ihm splitterfasernackt in die Kiste zu springen? Für Papa war die *Rappelkiste* eine subversive Sendung, die brave Kinder zu Revolutionsganoven umerzog. Ratz und Rübe verbreiteten aufrührerische Thesen, die direkt gegen die Erziehungsautorität der Erwachsenen zielten. Es gab da Beiträge zu Themen wie Kinderrechte, Gewalt gegen Kinder, mit Tipps, wie man sich dagegen wehren kann, und eine weitere unsinnige deutsche Absonderlichkeit: antiautoritäre Erziehung.

Antiautoritäre Erziehung klang für Papa in etwa so, als ob in Deutschland die Schafe den Schäfer hüteten oder die Verbrecher Polizisten verhafteten. Oder Geisteskranke sich selbst therapierten. Letzteres wäre jedenfalls schon mal eine gute Erklärung zur Entstehungsgeschichte dieser großartigen Idee. Das brachte ihn dazu, umgehend unseren Klassenlehrer aufzusuchen, um ihm mit seinen eigenen Worten darzulegen, was er von dieser speziellen Erziehungsform hielt.

»Antiträteräh Erziechung is Scheißendreck! Is onmeglik! Wenn meine Jung brauche eine zwische die Horna, dann gebe! Un fertik!«, erklärte er dem verdutzten Lehrer, und damit war die Diskussion für ihn erledigt.

Nachdem er sich davon überzeugt hatte, dass die

*Rappelkiste* keine pornografischen Trickfilme ausstrahlte, hatte er seine Sanktionen gelockert. Gerade als er sich in Sicherheit wähnte, kam auch noch die Schule daher und verlangte sein Einverständnis zu diesem abartigen Unterricht. Schlimm genug, dass seine unschuldigen Kinder zu Hause vor dem Fernseher verdorben wurden, jetzt waren sie nicht mal mehr in der Schule sicher. Niemals! Nur über seine Leiche.

Filippo und ich waren über seine Reaktion bestürzt. Kaum hatten wir Freunde gefunden, die uns nicht wie Aussätzige behandelten, versuchte Papa uns gleich wieder zu isolieren. Das kam unter keinen Umständen in Frage. Es folgten unendliche Diskussionen, Drohungen, ein Satz Ohrfeigen, Geschrei und Gezeter, und als dies alles nicht den gewünschten Erfolg brachte: eine perfekt gefälschte Unterschrift. Wir würden an allen schulischen Veranstaltungen teilnehmen, und wenn wir dazu in Zukunft alles selbst unterschreiben mussten.

Nur manchmal war es mit einer Unterschrift allein nicht getan, denn die Schulveranstaltungen kosteten gelegentlich richtig Geld. Und das hatten Filippo und ich nicht zur Verfügung. Jeder geplante Schulausflug begann mit unendlichen Debatten und endete meist mit tränennassen Kopfkissen. Die Fahrt ins Schullandheim lehnte Papa allein wegen der damit verbundenen Übernachtungen derart rigoros ab, als ginge es dabei um die Teilnahme an einer Gruppensexorgie. Bei uns zu Hause begann ein langer, nervenzermürbender Kleinkrieg um Dinge, die für unsere deutschen Klassenkameraden völlig normal waren.

Aber die Teilnahme am Sexualkundeunterricht hatten wir uns fürs Erste gesichert. So wussten wir dann auch gleich nach der ersten Stunde, dass die Erwachsenen sowieso allesamt Lügenbeutel waren. Mamas Geschichte, dass sie mich unter einem Salatblatt gefunden hatte, war genauso erfunden wie das deutsche Märchen, dass der Storch die Babys brachte. Somit waren Störche definitiv keine fliegenden Gastarbeiter, die ihre afrikanische Heimat verließen, um den Deutschen bei der Fortpflanzung behilflich zu sein. Alles erstunken und erlogen!

Die Wirklichkeit klang aber auch nicht appetitlicher. Im Gegenteil. Ich fand diese ganze Geschichte, in der es ständig um Schleimhäute, Samen, Gleit- und Körperflüssigkeiten ging, ziemlich eklig. Vielleicht lag es auch daran, dass die verwendeten Namen, wie auch bei manchen schwäbischen Spezialitäten, ziemlich unglücklich gewählt waren. Kinder wurden gezeugt, indem der Mann einen Höhepunkt erreichte. Einen O-r-g-a-s-m-u-s. Das klang, als müsste man einen norwegischen Bergsteiger einholen, der an einer Felswand festhing. Uterus und Klitoris. Waren das nicht zwei römische Legionäre, die von Asterix und Obelix ständig verprügelt wurden? Im Übrigen hatte der kleine Cris völlig recht gehabt: Wir Männer waren allesamt Samenverlierer – und die Frauen legten Eier. Auch diejenigen, die sonst keinerlei Ähnlichkeit mit Geflügel hatten. Nur waren die Eier so klein, dass man sie mit bloßem Auge nicht erkennen konnte. Und die Pu-ber-tät! war keine umgebaute Trompete und auch keine frisierte Fanfare. So hieß vielmehr die Verwandlung.

Mama hatte mir als Kind erklärt, dass die Verwandlung aus jedem lieben Jungen einen wilden, unzivilisierten Kannibalen mache, der mit einer Keule bewaffnet nach einer bewohnbaren Höhle suchte. Bis zu dem Tag, an dem er eine Frau kennen lernte, die ihm Manieren beibrachte. Das war natürlich völliger Unfug. So spektakulär war die Angelegenheit gar nicht. Die Sprache reduziert sich zwar auf wenige Grunz- und Muh-Laute, dafür verdoppelt sich jedoch die Lautstärke. Das gleicht den fehlenden Wortschatz locker wieder aus. Außerdem ist die lautlose Kommunikation mittels geruchsintensiver Botenstoffe viel effektiver. Ein Klassenzimmer voller pubertierender Jugendlicher riecht nicht umsonst wie ein Raubtiergehege. Das ist kein Gestank, das ist lautlose Unterhaltung!

An manchen Tagen wirkten die Arme zu lang, dann wieder die Beine zu kurz, und an anderen Tagen blickte mich am frühen Morgen der Glöckner von Notre Dame aus dem Spiegel an, und ich stellte mir die Frage, wie er wohl da hineingekommen war. Überall entdeckte ich Pusteln und Pickel, die Nase war zu groß, der Mund zu klein, ein Auge kleiner, eins größer und links und rechts zwei gefaltete Handtücher, die mal zierliche Ohrmuscheln gewesen waren. Dazu kamen auch noch Mamas schwere Eingriffe in meine jugendliche Privatsphäre und die daraus resultierenden Verletzungen meiner Persönlichkeitsrechte.

Kaum waren die Turnschuhe ausgezogen, hallte auch schon der Befehl: »Wasch dir die Füße!«, durchs Haus. So etwas sollte keine Mutter ungestraft sagen dürfen. Es waren nicht meine Füße, die stanken, sondern die Turnschuhe! Vielleicht waren es auch die Champignons, die darin wuchsen. Aber auf keinen Fall meine Füße! Das alles begründete sie auch noch mit dem Totschlagargument, ich könnte schließlich einen Unfall haben und meine Füße könnten abgetrennt werden ... Was sollten denn die Leute denken, wenn dann mitten auf der Straße zwei stinkende Teile herumlägen? Das war mal wieder typisch Mama. Ich könnte mit abgerissenen Füßen auf der Straße verbluten, und sie würde sich über mich beugen und fragen, ob ich sie denn wenigstens ordentlich gewaschen hätte. Mein Argument, dass ich im Falle eines Massenunfalls unter Hunderten von Füßen meine eigenen sofort identifizieren könnte, zog dagegen keinen Camembert vom Teller.

Aber das alles waren kleinere Probleme, denn die wichtigste aller Fragen war: Ist ER zu klein? Natürlich ist ER zu klein. ER ist immer zu klein. ER ist nur dann nicht zu klein, wenn man ihn sich zweimal um den Bauch wickeln kann. Dann ist er aber garantiert zu dünn und vielleicht ein kleines bisschen zu lang. Obwohl, so ein angewachsener Gartenschlauch manchmal nicht ungeschickt wäre. Diese Frage stellte sich jeder Junge meines Alters. Auch ich. Im vernebelten Zustand, mit einer Überdosis Testosteron im Körper, ist ein Leben ohne Hirn durchaus denkbar und in manchen Szenekneipen auch häufig anzutreffen. Aber ein Leben ohne IHN – niemals! Das Schreckensszenario, das meine Kumpels und ich häufiger durchspielten, handelte genau davon: Was würden wir tun, wenn wir IHN nicht mehr hätten? Ich, als biologischer Spätentwickler, hinkte natürlich mal wieder schwer hinterher und kam beim ersten Gedankenspiel nicht sofort auf die richtige Antwort. Die natürlich nicht: »Künstlicher Ausgang«, sondern: »Vom Balkon springen!« lautete. Meine Entschuldigung, dass ich im Erdgeschoss wohnte, ließen sie schlichtweg nicht gelten. Ich hätte mich ja auch aufhängen, vom Auto überfahren oder auf die Gleise legen und vom Zug überrollen lassen können. Das Ding war ja schließlich nicht zum Pinkeln entwickelt worden. Das war ein hochentwickeltes Präzisionswerkzeug, das uns Männer von gewöhnlichen ... Frauen unterschied. Das Ding, – ES, war unser wichtigstes Körperteil. Also: Arme, Beine, Kopf verlieren. Alles kein Problem. Solange ER noch am richtigen Platz saß und sich für die richtigen Dinge interessierte, war alles im grünen Bereich. Die richtigen Dinge waren natürlich auch wichtig. Alles, was mit Mädchen zu tun hatte, war richtig, alles andere falsch. Rosafarbene Klamotten, zum Beispiel: ganz falsch! So ein Versehen aus der schwesterlichen Sockenschublade endete leicht damit, dass dir keiner mehr die Hand gab und tagelang: »da kommt der Schwule!« hinterherschrie. Als ob du statt mit falschen Socken mit Muttis schwarzen Strapsen und blankpolierten Stilettos die Schulräume betreten hättest.

Meiner Meinung nach hatten es die Mädchen sowieso viel leichter. Sie hatten IHN nicht, mussten sich deswegen aber noch lange nicht vom Balkon stürzen. Außerdem durften sie zu zweit aufs Klo gehen, grundlos kichern und in aller Öffentlichkeit die *Bravo* lesen. Sie konnten sich alle wichtigen Fragen von Dr. Sommer beantworten lassen: Ich bin schon neun und hatte noch keinen Gruppensex. Bin ich noch normal? Oder: Mein Freund und ich haben aus einer Flasche getrunken. Bin ich jetzt schwanger? Das waren nun mal lebenswichtige Fragen, die wir Jungs auch gerne beantwortet haben wollten. Aber als harter Mann durfte man doch keine *Bravo* in die Hand nehmen. Und wenn, dann nur, um sie verbal zu vernichten und den Mädchen vorzuwerfen, dass sie Schund lasen, anstatt mal ordentlich auf die Straße zu rotzen. Mit dieser coolen Geste demonstrierten wir Jungs unsere geistige Überlegenheit und fühlten uns dabei nicht viel schlechter informiert. Konnte aber auch daran liegen, dass wir die *Bravo* allein und heimlich hinter abgesperrten Türen oder höchstens in kleinen verschwiegenen Gruppen lasen. Nicht weil wir irgendetwas nicht wussten. Aber ab und zu schadete es nicht, wenn man sich die neuesten Infos beschaffte. Wo sitzen in dieser Saison die Reißverschlüsse, wo die Druckknöpfe, wo wurden noch althergebrachte Häkchen verwendet. Wir kamen zwar nie näher als einen Meter an die Wäsche unserer Träume heran, waren aber, für den Fall der Fälle, bestens informiert.

## 28. Glaubensfragen

So richtig wichtig waren Mädchen für uns und unsere Freunde sowieso noch nicht. Wir redeten zwar von fast nichts anderem, aber die Inhalte unserer Gespräche hielten sich in relativ bescheidenen Grenzen. Es gab schließlich auch noch andere wichtige Themen. Fußball zum Beispiel. Und ... und auch ... Na gut, mir fällt gerade kein anderes ein. Aber es gab sie. Die anderen Themen. Glaube ich zumindest.

Die Mädels waren natürlich nicht uninteressant. Wir beobachteten sie sehr gerne und übten uns in der Einschätzung ihrer Paarungsbereitschaft anhand der Kleidungsstücke, die sie trugen. So konnte der eine mit ziemlicher Sicherheit sagen, dass Sabine immer dann besonders heiß war, wenn sie rosa Ringelsöckchen trug. Ein anderer wusste ganz gewiss, dass Elke immer dann spitz war, wenn sie enge Jeans anhatte. Ein dritter erahnte in Gabis halb durchsichtiger Bluse das sicherste Zeichen, dass sie rattenscharf war. Die Mädchen erkannten an der Art, wie sie angeglotzt wurden, dass sich drei Mann ein halbes Gehirn teilten.

Mittlerweile unterschieden Filippo und ich uns in nichts von allen anderen Jugendlichen unseres Alters. Wir hatten inzwischen sogar die deutschen Wurstsorten durchprobiert und einige für gut befunden. Kurze Zeit später sollten auch Papa und Mama, wenn auch anfangs etwas widerwillig, Geschmack daran finden. Der ständige Umgang mit unseren deutschen Nachbarn erleichterte uns den Einstieg in die deutsche Küche. Auch wenn wir überwiegend bei der italienischen blieben. So gerne Italiener die kulinarischen Spezialitäten ihrer Heimat in die Welt hinaustragen, so ungern übernehmen sie Essgewohnheiten und Gerichte anderer Länder. Es sollte ganze vier Jahre dauern, bis wir zum ersten Mal ein deutsches Gericht vorgesetzt bekamen.

Wir waren zu einer Weihnachtsfeier der Gemeinde eingeladen, saßen mit einer Hundertschaft anderer Gäste in einer Sporthalle und starrten entsetzt auf die riesigen, völlig überfüllten Teller. Darauf schwammen Kartoffelsalat, Spätzle, Kroketten, Rotkraut und ein Schweinebraten gemeinsam in zähflüssiger dunkelbrauner Soße. Aus Höflichkeit gegenüber unserem Gastgeber, der gleichzeitig Papas Arbeitgeber war, unterdrückten wir den ersten Fluchtreflex und blieben brav vor der dampfenden Katastrophe sitzen. So etwas hatten wir noch nie gesehen. Die deutschen Köche hatten so ziemlich alle Todsünden begangen, die man einem gepflegten Essen nur antun kann.

In Italien aß man in mehreren Gängen. Alles fein säuberlich voneinander getrennt, auf verschiedenen Tellern oder in kleinen Schüsseln. Hier warf man sämtliche Gänge zusammen und ertränkte sie anschließend in Unmengen von Soße. Kein Mensch hatte uns gesagt, dass die Schwaben Bratensoße als Salatdressing verwendeten. Oder Spätzle mit Salatsoße zu sich nahmen. Das Zeug auf dem Teller sah aus, als wäre es schon mal gegessen worden. Wir saßen wie versteinert da und überlegten krampfhaft, wie wir ohne aufzufallen aus der Halle verschwinden könnten. Eine Ohnmacht vortäuschen und uns raustragen lassen wäre zwar die sicherste Methode gewesen, aber nicht unbedingt die unauffälligste. Andererseits konnten wir uns nichts Schlimmeres vorstellen, als die durchweichte Pampe essen zu müssen. Aber da wir in der Mitte der Halle saßen, mussten wir zwangsläufig an zu vielen Tischreihen vorbei, an denen Leute saßen, die Papa kannten und ihm peinliche Fragen über unseren übereilten Aufbruch stellen konnten. Unangenehme Situation.

Filippo und ich beobachteten unseren dicken, pausbackigen Tischnachbarn, der seine ohnehin schon unansehnliche Mahlzeit mit Messer und Gabel zu einem groben, klumpigen Brei verarbeitete, noch mal kräftig durchmischte, nachsalzte und -pfefferte, etwas Soße nachschöpfte und gleichzeitig sein volles Bierglas hob. Wir hielten den Atem an: Goss der Mann jetzt etwa auch noch sein Bier über das Essen? Das würde passen. Vielleicht sogar noch ein paar Zahnstocher, eine brennende Zigarette, einen Aschenbecher und eine Rolle Klopapier dazu, dann hätte er aus seinem Teller nicht nur gegessen, sondern auch getrunken, geraucht, sich die Zähne geputzt, verdaut und vollautomatisch den Hintern gewischt.

Das wäre mal effizientes Zeitmanagement. Typisch schwäbisch, würde manch einer sagen. Durch den täglichen Umgang mit meinen Freunden, ihren Eltern und unseren Nachbarn hatte ich nämlich schon recht viel über die schwäbische Seele gelernt. Mit das Wichtigste war: Sie haben niemals Zeit! Immer wirken sie gehetzt, ständig sind sie am »schaffen«, und bei den vielen noch anstehenden Aufgaben wünschen sie sich oft, dass ihr Tag 48 Stunden haben sollte. Und selbst die könnten sie problemlos wieder so vollpacken, dass sie am Ende genauso wenig ausreichten. Da so ein Tag wahnsinnig schnell vergeht, sind sie gezwungen, alles so schnell wie möglich zu erledigen. Nein, nicht schnell, sondern »gschwind«.

Der Schwabe macht eigentlich alles gschwind. Er geht gschwind schaffen, trinkt gschwind noch ein Bierle, er isst gschwind, schlürft gschwind noch ein Kaffeele und erfüllt nicht selten sogar seine ehelichen Pflichten gschwind. Wenn es abends mal später wird, weil er in der Kneipe gschwind versackt ist und es sich eigentlich nicht mehr lohnt, ins Bett zu gehen, dann schläft er, um die Zeit wieder hereinzuholen, eben ein bissle schneller als sonst.

Selbst dann, wenn er sich eigentlich Zeit nehmen könnte, zum Beispiel für ein Schwätzle mit seinen Mitmenschen, macht er auch das allzu häufig nur mal eben gschwind und spricht dann am liebsten über sein Gschäft und darüber, dass er eigentlich gar keine Zeit hat. So gilt auch seine erste Frage meist nicht der Gesundheit oder dem Wohlbefinden seines Gegenübers, sondern dessen Arbeit. »Und, was schaffsch?«, heißt es dann. Da kein Schwabe gern als fauler Hund dastehen will, fordert diese an sich harmlose Frage den Gefragten geradezu heraus, sämtliche noch anstehenden Tätigkeiten des Tages einzeln aufzuzählen.

Sobald die Beteiligten ihre Pflichten ausreichend dargelegt haben, beginnt das gegenseitige Bedauern, wie kurz so ein Leben doch sei und dass das Schaffa halt doch ein Gschäft sei. Wie gut haben es da doch die anderen, die den ganzen Tag auf der faulen Haut liegen und trotzdem ganz gut leben könnten.

Dieser glückselige Zustand ist dem rechtschaffenen Schwaben aber, seit der beliebteste und bekannteste aller Deutschen vor sehr, sehr langer Zeit den Löffel abgegeben hat, nicht mehr vergönnt. Niemand kennt seinen Vornamen, und keiner weiß genau, wann er gelebt hat, aber alle bedauern und betrauern sein allzu frühes Ableben. Der *Schenker* war gestorben! Noch dazu hatte er seine berühmten Spendierhosen mit in sein finsteres Grab genommen. Und nun, da dieser spendable Herr nicht mehr unter den Lebenden weilt, müssen sie wohl oder übel bis zum Ende ihrer Tage schaffen und alles andere hintanstellen. Ja, so gut wie die anderen, die noch über einen großzügigen, gesunden Schenker verfügen, haben sie es leider nicht mehr. Ein sehr bedauerlicher Zustand, der ebenso häufiges wie intensives Jammern erforderlich macht. Zeit zum Jammern findet sich übrigens immer. Zumindest gschwind nebenher.

Der dicke Mann gegenüber von Filippo und mir durchpflügte genüsslich seinen Teller. Er hatte sein Bier doch nicht in den Teller geleert. Das wäre aber auch der Gipfel gewesen. Dann wären wir ganz sicher aufgestanden und hätten den Saal verlassen. Höflichkeit hin oder her. Unkontrolliertes Losreihern, während andere schmausten, wäre auch nicht besonders höflich gewesen.

Wir saßen noch immer vor unseren Tellern, hatten als Alibi eine Gabel in der Hand und betrachteten die wundervolle Komposition vor uns. Filippo rollte eine aufgeweichte Krokette zum Tellerrand und fragte mich, was das sein sollte.

Der dicke Tischnachbar hörte die Frage und antwortete mit vollem Mund: »Panierte Hundeköttel!«

Filippo und ich wurden steif wie Stockfische. Der dicke Mann lachte lauthals los, langte mit einer riesigen Pranke über den Tisch und verstrubbelte Filippos Haare. Während er noch lachte, forderte er uns auf zu essen, denn es schmecke alles sehr gut, und das Fleisch sei »babbelesweich«.

Ich vermutete, dass ein lebenslanges Studium aller deutschen Wörterbücher nicht ausreichen würde, um die Bedeutung dieses Begriffes in Erfahrung zu bringen, und entschied mich nur das »weich« gehört zu haben. Zaghaft schoben Filippo und ich uns die erste Gabel in den Mund, und tatsächlich: Das Essen sah zwar widerlich aus, schmeckte aber vorzüglich. Obwohl das Fleisch und die Spätzle für unseren Geschmack viel zu lange gekocht und damit »babbelesweich«, also ohne jeden Biss, waren.

Mama fand, dass die Spätzle trotzdem einen tollen Geschmack hätten. Gleich am nächsten Tag kaufte sie ein paar Packungen davon und startete voller Enthusiasmus die ersten Experimente. Ihrer Ansicht nach musste es doch möglich sein, die Dinger al dente zu kochen. Ein paar Jahre und Hunderte Kilo Spätzle später gab sie dann endlich entnervt auf.

Am Ende des siebten Schuljahres wurde Filippo nicht versetzt und bekam die Empfehlung, die Hauptschule zu verlassen und auf eine Sonderschule zu gehen. Während Santina hervorragende Noten schrieb und ich mich, dank meiner mittlerweile sehr guten Sprachkenntnisse, mäßig wieder nach oben kämpfte, ließen seine schulischen Leistungen sehr zu wünschen übrig.

Die neue Kontaktlinsentherapie, der er sich nun seit fast einem Jahr unterzog, hatte ihm außer ständigen Kopfschmerzen nichts eingebracht. Filippo war davon überzeugt, dass eine Fortführung der Therapie sinnlos war. Er teilte Mama und Papa mit, dass sein Auge sowieso nicht wieder gesund werde und er sich entschieden habe, sie endgültig abzubrechen. Mama und Papa konnten nichts weiter tun, als seine Entscheidung zu akzeptierten.

An jenem Tag saßen wir gemeinsam an unserem Esstisch und redeten über unsere Zukunft. Mittlerweile wussten auch wir Kinder, dass Filippos Augenleiden, die Tübinger Augenklinik und die besten Augenärzte Europas nicht die einzigen Gründe für unseren Deutschlandaufenthalt waren. Die wirtschaftliche Situation in Messina war nicht minder ausschlaggebend gewesen. Da Filippo seine Therapie abgebrochen hatte, stand einer Rückkehr in die Heimat eigentlich nichts mehr im Wege. Mama und Papa gingen alle Möglichkeiten durch, und am Ende des Gespräches stand fest, dass wir nicht sofort nach Messina zurückkehren würden.

Zunächst sollten wir die Schule beenden und einen Beruf erlernen. Eine deutsche Berufsausbildung würde uns in Sizilien Tür und Tor öffnen und eine gute berufliche Laufbahn ermöglichen. Da es uns hier mittlerweile ganz gut gefiel, hatten wir Kinder nichts dagegen einzuwenden. Die einzige andere Alternative, nämlich sofort alle Zelte abzubrechen und nach Messina zurückzukehren, wäre die mit Abstand dümmste Entscheidung gewesen. Ein weiterer Schulabbruch, und wir hätten weder in Deutschland noch in Messina jemals wieder einen Fuß auf den Boden gebracht.

Doch mit genau dieser Entscheidung vertieften sich im Laufe der nächsten drei Jahre die Gräben zwischen uns und unseren Eltern. Wir Kinder hatten, bis auf die jährlichen Urlaubsfahrten nach Messina, so gut wie keinen Kontakt zu anderen Italienern. In unserem Dorf gab es zwar ein paar ältere, aber keine jungen, mit denen wir uns hätten abgeben können. Die Folge davon war, dass wir Kinder ausschließlich deutsche Freunde hatten und auch zu Hause nur noch deutsch sprachen.

Das sorgte eine Zeit lang für böse Verstimmungen innerhalb der Familie. Papa und Mama befürchteten, dass wir unsere Muttersprache völlig vergessen könnten. Und mit dieser Annahme lagen sie nicht ganz falsch. Im Vergleich zu meinen Cousins, die in Messina die Schule besuchten, hatte ich den Sprachschatz eines Grundschülers, ständig auf der Suche nach dem nächsten Wort. Meine Geschwister und ich sprachen nur noch stockend italienisch. Das führte dazu, dass Papa uns eines Tages verbot, zu Hause deutsch zu reden. Das sprachen wir tagsüber in der Schule und mit unseren Freunden, aber in unseren vier Wänden sollten wir nur noch italienisch reden.

Der nächste Ärger bahnte sich an, als Santina ihre Regel bekam. Von diesem Tag an änderte sich das Verhalten unserer Eltern grundlegend. Es fing damit an, dass sie uns immer häufiger vorwarfen, dass wir uns fast schon wie unsere deutschen Freunde benahmen und zu viele ihrer Ansichten und Denkweisen einfach so übernommen hatten. Ansichten, die im totalen Gegensatz zu unseren sizilianischen Traditionen standen. Filippo und ich passten ihrer Ansicht nach zum Beispiel nicht scharf genug auf unsere kleine Schwester auf, die inzwischen eine junge Frau war und keinen Kontakt zu Jungen haben durfte. Das zu unterbinden war eigentlich unsere oberste Pflicht.

Mein Bruder und ich reagierten auf diese Anschuldigungen völlig verständnislos und warfen unseren Eltern vor, sich an veralteten Traditionen festzuklammern, an die sich selbst in Messina kaum noch jemand hielt. Die Zeiten, als Mädchen nur in Begleitung ihrer Brüder das Haus verlassen durften, waren großteils vorbei. Selbst in Sizilien ging es nicht mehr ganz so streng zu wie noch vor wenigen Jahren. Es gab Diskotheken und Tanzveranstaltungen, in die Mädchen auch mal allein gehen konnten. Und zwar ohne schwer bewaffnete männliche Verwandte im Schlepptau, die dafür sorgten, dass der Anstand gewahrt wurde.

Warum sollten wir also ausgerechnet hier in Deutschland unsere Schwester unter Dauerbewachung stellen? Warum sollte sich Santina nicht mit ihren Freunden treffen dürfen? Sie tat nichts anderes als das, was alle anderen Mädchen ihres Alters auch taten. Außerdem war uns diese so überaus wichtige Aufgabe schon in früheren Zeiten, als wir noch in Sizilien gelebt hatten, nicht eingetrichtert worden. Wie so viele andere Dinge, die auf einmal eine sehr wichtige Rolle spielen sollten.

Religion zum Beispiel. In Sizilien hatte unser Glaube kaum eine Rolle gespielt. Da es nur einen gab, hatten sich unsere Eltern nie ernsthaft Gedanken darüber gemacht. Je länger wir uns in Deutschland aufhielten, desto öfter dachten sie jedoch darüber nach, dass wir, unter dem Einfluss der unzähligen Glaubensrichtungen, die es hier gab, vom rechten Glauben abkommen könnten.

Viele Deutsche waren Protestanten. Mama und Papa wussten nicht, woran diese Menschen glaubten, und wollten es eigentlich auch gar nicht wissen.

Aber sie hatten gehört, dass viele von ihnen notorische Berufsquerulanten waren, die ständig mit großen Schildern auf die Straße gingen und gegen jeden und alles protestierten. Und das weitaus Schlimmere war: Sie glaubten nicht an die Heilige Madonna! Damit hatten sie sich natürlich sofort disqualifiziert. Diese Leute waren längst im Besitz einer einfachen Fahrkarte ins Fegefeuer. Sie wussten es nur noch nicht.

Dann standen eines Tages die Zeugen Jehovas vor unserer Tür. Alles in allem waren das ganz vernünftige, nette Leute, fanden Mama und Papa. So nette Deutsche konnten sie unmöglich einfach so vor der Tür stehen lassen, dachten sie und ließen die beiden herein. Von diesem Tag an kamen der nette Herr und die adrette Dame einmal die Woche vorbei und unterhielten sich mit unseren Eltern über Gott und die Welt. Nein, eigentlich unterhielten sie sich mehr mit sich selbst, denn Papa und Mama verstanden nicht einmal die Hälfte von dem, was die beiden erzählten.

Nach jedem Besuch des netten Pärchens lautete Mamas erste Frage: »Und? Was wollten sie jetzt schon wieder?«

Papa antworte dann immer: »*Booh!* Woher soll ich das wissen?«

Nach einer Weile wurde das nette Pärchen plötzlich ganz ernst und verlangte, dass Papa und Mama sich nach so vielen Besuchen doch langsam im Klaren sein müssten, ob sie sich denn nun dem wahren Glauben zuwenden und ebenfalls Zeugen Jehovas werden wollten.

Papa blickte erst mal verwundert drein und sagte dann: »Wer Zeuge? I? Nein! Binni keine Zeuge. Wari nichda, habi nix gesehe.«

»Nein, nein. Sie – nicht – verstehen – mich. Ich – frage – ob – Sie – wollen – wechseln – Religion?«

»Wechsele? Was wechsele? Religione? I?«

In diesem Moment dämmerte es Papa, dass da zwei Abgesandte des Teufels in unserem Wohnzimmer saßen. Und er hatte sie auch noch willkommen geheißen und bewirtet. Mama rief mich herein und forderte mich auf, die Frage des – nun weniger – netten Herrn wortwörtlich zu übersetzen. Der gute Mann war sich über die Tragweite seiner Frage nicht im Geringsten bewusst. Genauso gut hätte er Papa um einen feuchten Zungenkuss bitten können. Oder den Papst um ein Foto im Minirock. Das Ergebnis wäre nicht weniger drastisch ausgefallen. Papa stand so heftig auf, dass sein Stuhl zwei Meter zurückrutschte und rumpelnd umkippte. Gleichzeitig überschlug sich seine Stimme.

»Anticristi!«, rief er empört. »Raus meine Hause! Aba SOFOT!«

Mama faltete die Hände und warf mehrere Male ein »*O Dio mio!*« ein, was den lieben Gott persönlich dazu animieren sollte, das personifizierte Böse aus ihrem Haus zu vertreiben.

Der nette Mann und die adrette Dame wurden auf einmal sehr bleich im Gesicht, packten ihre Zeitschriften zusammen, gingen zur Tür und protestierten gegen Papas ungebührliches, grobes Verhalten. Doch das interessierte Papa und Mama herzlich wenig. Sollten die beiden sich doch in ihrem Wachturm einschließen. Sie wunderten sich nur, dass sich die beiden Protestanten als Zeugen Jehovas ausgegeben hatten.

Die bei weitem schlimmere Sorte Menschen, die in Deutschland ihr Unwesen trieben, waren aber nach

Ansicht meiner Eltern die Gottlosen! Sie traten massenweise aus der Kirche aus und verwickelten brave Christenkinder in endlose Diskussionen über Sinn und Unsinn ihres Glaubens.

Nach Mamas fester Überzeugung müsste es in jeder Kirche direkt hinter dem Altar einen Aufzug geben, der diese Menschen unmittelbar nach ihrem Austritt am Fegefeuer vorbei nach ganz unten beförderte. Wie konnten sie nur so verbohrt sein und glauben, es gäbe weder Gott noch Jesus oder die Heiligen? Wie konnten sie nur behaupten, dass die Bibel Unrecht habe, wo doch so herrliche Monumentalschinken wie *Die Zehn Gebote* oder *Die größte Geschichte aller Zeiten* das Gegenteil in Farbe präsentierten? Trauten sie ihren eigenen Augen nicht? Hatte Charlton Heston als Moses etwa nicht überzeugt und damit faktisch bewiesen, dass die Bibel Recht hat? Na gut, Max von Sydow als Jesus war vielleicht nicht wirklich glücklich gewählt. Aber war das ein Grund, alle Bibelfilme, ja gleich den Glauben an sich in Frage zu stellen? Auf gar keinen Fall!

Wir Kinder waren all diesen Prüfungen, all diesen fremden Einflüssen Tag für Tag ausgesetzt. Diese Menschen, die uns, gewollt oder ungewollt, von unseren sizilianischen Wurzeln abzutrennen versuchten, waren für Papa und Mama eine ernste Gefahr. Ohne umfangreiche Schutzmaßnahmen würden wir eines Tages womöglich zu Gottlosen, Protestantischen, Zeugen Jehovas konvertieren, die sich nach dem Tod verbrennen ließen, anstatt ihre sterblichen Überreste auf traditionell christliche Art unter der Erde recyceln zu lassen.

Die Schutzmaßnahmen unserer Eltern sahen fürs Erste ein striktes Ausgehverbot für Santina vor.

Außerhalb der Schulzeiten saß sie meistens zu Hause herum oder spielte mit der kleinen Nicole. Die beiden waren im Laufe der Zeit ein Herz und eine Seele geworden. Die wenigen Male, die meine Schwester nachmittags zu Freundinnen gehen durfte, waren mit scharfen Auflagen verbunden, die exakt regelten, wann sie wieder zurück sein und wer sie begleiten musste. Nach wenigen Wochen reagierte Santina genauso wie die meisten Mädchen, die in ähnlich kontrollierten Schuhen steckten: Sie schuf sich ein konspiratives Netzwerk aus guten Freundinnen, die ihr jederzeit ein Alibi lieferten, wenn sie eines brauchte. So konnte sie vor meinen Eltern die brave Tochter spielen und sich insgeheim trotzdem gewisse Freiheiten genehmigen. Natürlich bewegten die sich absolut im Rahmen des »Normalen«.

Filippo und ich sahen oder trafen unsere Schwester sogar ab und zu. Statt bei ihren Freundinnen Hausaufgaben zu machen, ging sie mit ihnen in Nachmittagsdiskos oder ins Eiscafé. Wir hielten selbstverständlich dicht, denn wir sahen nicht ein, warum unsere Schwester anders leben sollte als ihre Freundinnen. Zu Hause benahm sie sich vorbildlich. Sie tat alles, was Papa oder Mama von ihr verlangten, und diskutierte, im Gegensatz zu den beiden bösen Buben, nie mit ihnen herum, widersprach sehr selten und ging sogar jeden Abend pünktlich um 20.00 Uhr ins Bett. So benahm sich keine andere Vierzehnjährige, und alle waren zufrieden.

Bis sie eines Morgens nicht aus ihrem Zimmer kam. Als die Weckrufe unserer Eltern keine Reaktion hervorriefen, klopfte Papa an ihre Tür und rüttelte an der Klinke. Er bemerkte, dass die Tür sich nicht öffnen ließ, und forderte Santina mehrmals auf, sie zu öffnen und sofort herauszukommen. Als Mama hinzukam und besorgt fragte, ob ihr vielleicht etwas passiert sein könnte, bekam es Papa plötzlich mit der Angst zu tun. Er nahm einen kurzen Anlauf, schlug die Tür aus den Angeln und starrte sichtlich geschockt in ein leeres Bett. Santina war verschwunden!

Das war der Supergau! Unsere kleine Schwester ging abends brav ins Bett, stieg wenig später und von allen unbemerkt aus ihrem Fenster und schlug sich die Nächte um die Ohren. Ein raffiniertes Mädchen. Seit sie mit vier Jahren bei ihrer heimlichen Weintrinkaktion die leeren Flaschen einfach mit Wasser wieder aufgefüllt hatte, verstand sie es, alle Erwachsenen an der Nase herumzuführen.

Arbeit und Schule waren an jenem Morgen vergessen. Sofort leiteten wir eine großangelegte Suchaktion ein. Wir fuhren in die Schule, befragten ihre Klassenkameradinnen, redeten mit allen Freundinnen und Bekannten, aber bis weit in den Nachmittag hinein gab es keine einzige Spur. Niemand wusste etwas, niemand hatte sie gesehen. Papas anfängliche Wut wandelte sich, je mehr Zeit verging, in Angst um. Es konnte ja sein, dass seinem Mädchen etwas sehr Schlimmes zugestoßen war. Dass sie schwerverletzt irgendwo lag und sich aus eigener Kraft nicht retten konnte. Mama weinte nur noch, und Papa fühlte sich so hilflos, dass er uns allen vorwarf, versagt zu haben. Mein Bruder und ich, so sagte er, hätten es wissen müssen. Aber das hatten wir nicht. Santinas Aktion hatte uns genauso überrascht wie ihn.

Um kurz vor 16.00 Uhr beschloss Papa, die Polizei einzuschalten. Wir stiegen ins Auto und wollten gerade losfahren, als eine Nachbarin herbeigerannt kam und uns die erlösende Nachricht überbrachte. Santina ließ uns ausrichten, dass es ihr gut ging, sie sei in einem Nachbardorf bei einer Freundin und wir sollten sie dort abholen.

Auf dem Weg dorthin sank Papa zuerst in sich zusammen und brach dann in Tränen aus. Er schluchzte hinter seinem Lenkrad und beschwor uns, doch endlich zu verstehen, dass er alles nur für uns tat. Selbst wenn er manchmal böse sei und uns etwas verbieten müsse, so würde er es doch nur tun, um die Familie zusammenzuhalten und uns zu beschützen. Derweil saß ich völlig hilflos auf dem Beifahrersitz und fühlte mich wie erschlagen. Ich hatte meinen Vater noch nie in meinem Leben so verzweifelt weinen gesehen, und eine unglaubliche Wut auf meine Schwester stieg in mir auf. Mir wollte einfach nicht einleuchten, wie sie so dämlich sein konnte, wenn sie denn schon unbedingt nachts abhauen musste, nicht rechtzeitig wieder zu Hause zu sein.

Wir erreichten unser Ziel und sahen meine völlig verheulte Schwester auf der Straße stehen. Santina stieg ein, und kurz darauf brach die Hölle los.

## 29. Kurzschlusshandlungen

Auf dem Rückweg herrschte im Auto Friedhofsstimmung: eisiges Schweigen. Papa mahlte mit den Zähnen und fuhr sich ständig über die Augen, die noch immer gerötet waren. Kaum zu Hause angekommen, stürzte Mama wie eine Furie aus dem Haus, zerrte Santina aus dem Auto, zog sie bis ins Schlafzimmer hinter sich her und schloss die Tür ab. Papa ging in die Küche und setzte sich an den Esstisch. Filippo und ich zogen es vor, einen Bogen um ihn zu machen, setzten uns ins Wohnzimmer und warfen uns immer wieder verängstigte Blicke zu.

Verdrängte Gefühle kamen hoch – und Mitleid. In solchen Augenblicken, wenn einem von uns eine schwere Strafe bevorstand, fühlten wir uns wieder wie damals, als wir uns geschworen hatten, unsere eigenen Kinder niemals schlagen zu wollen.

Mama keifte eine halbe Stunde lang. Dazwischen hörten wir Santinas Weinen und vereinzelte Schreie. Plötzlich wurde es still. Mama stürmte aus dem Zimmer, knallte die Tür hinter sich zu, rauschte in die Küche, beugte sich zu Papa herunter und flüsterte ihm etwas ins Ohr. Filippo und ich schauten uns an und verdrehten die Augen. Mamas Geheimniskrämerei war typisch. Das bedeutete, es war nichts wirklich

Schlimmes passiert, daher musste das Ganze, damit es wenigstens halbwegs als Tragödie durchging, dramaturgisch etwas aufbereitet werden.

Als Mama sich am Ende ihres Berichtes wieder aufrichtete, saß ein zorniger Mann am Tisch, der zunächst nur leise, dann aber lautstark fluchte und plötzlich mit beiden Fäusten auf die Tischplatte schlug, die knirschend aus der Halterung sprang und krachend zu Boden fiel. Filippo und ich hüpften vom Sofa auf und standen leicht verloren im Wohnzimmer herum. Wir erschraken über Papas wutverzerrtes Gesicht und Mamas verzweifelten Blick und fragten vorsichtig, ob Santina etwas Schlimmes angestellt habe. Anstatt zu antworteten, schickten sie uns schroff in unsere Betten.

Filippo und ich verschwanden in unser Zimmer und ließen uns für den Rest des Abends nicht mehr blicken. Papa verschloss Santinas Fenster mit langen Holzschrauben und schickte sie ebenfalls schlafen. Kurze Zeit später kehrte Ruhe ein, und wir konnten hören, wie sich unsere Eltern sehr lange in der Küche berieten. Filippo und ich schlichen zur Tür und öffneten sie einen kleinen Spalt breit. Genau in diesem Augenblick rief uns Papa in die Küche zurück. Sie hatten eine Entscheidung getroffen.

Santina, erzählte Mama leise schluchzend, stieg schon seit geraumer Zeit aus dem Fenster und trieb sich nachts mit mehreren Freundinnen in Diskotheken herum. Am gestrigen Abend hatte ihr ein fremder Mann offenbar so viel Bier eingeflößt, dass eine Freundin sie fast bewusstlos mit zu sich nach Hause schleppen musste, wo sie erst am Nachmittag wieder zu sich gekommen war. Da unsere Eltern keine andere Möglichkeiten sahen, sie aus diesem Sumpf herauszuziehen und in Zukunft von solchen Eskapaden abzuhalten, hatten sie beschlossen, Santina in drei Tagen nach Messina zurückzubringen. Dort sollte sie, bis wir alle nachkamen, bei *nonno* Luigi wohnen, der besser auf sie aufpassen könnte, als wir es hier getan hatten.

Sie gaben uns beiden nicht die Schuld, schließlich sei es ihre Idee gewesen, in Deutschland zu leben, wo es so freizügig zuging und es wohl normal war, dass erwachsene Männer kleine Mädchen mit Alkohol abfüllten, um weiß Gott was mit ihnen anzustellen. Aber Santina sollte irgendwann in Messina heiraten. Einen Sizilianer. Bis dahin müsse sie ihre Jungfräulichkeit bewahren. Und durfte unsere Familie nicht entehren.

Filippo und ich waren zunächst sprachlos. Mama und Papa wollten Santina einfach abschieben. Wir schwiegen eine ganze Weile. Ich kannte meine Eltern gut genug, um zu wissen, dass sie eine getroffene Entscheidung niemals widerrufen würden. Daher wählte ich meine Worte sehr vorsichtig.

»Santina hat sich vielleicht nicht richtig verhalten«, begann ich, »aber dass ihr sie deswegen alleine nach Messina schickt, finde ich nicht richtig.«

»Aber dass sie sich hier wie ein leichtes Mädchen nachts herumtreibt, das findest du wohl richtig, was?«, schrie Papa aufgebracht.

Ich spürte, wie mir die Zornesröte ins Gesicht stieg, und erhob ebenfalls die Stimme. »Nur weil sie mal tanzen geht, ist sie noch lange kein leichtes Mädchen! Und dass sie es heimlich tun muss und dafür nachts aus dem Fenster steigt, daran seid nur ihr schuld, weil ihr Santina alles verbietet, was für alle anderen völlig normal ist!«

»Wir sind aber nicht die anderen!«, entgegnete Papa scharf. »Was die anderen tun und lassen, interessiert mich nicht. Hier zählt nur, wie WIR denken. Und bei uns ist so etwas nicht üblich. Nachts abhauen, sich betrinken, sich mit fremden Männern herumtreiben. Am Ende heiratet sie noch einen evangelischen Deutschen! Oder einen, der aus der Kirche ausgetreten ist und nicht mal mehr an Gott glaubt! Ihr seid wohl alle übergeschnappt? *Moglie e buoi, dei paesi tuoi!*« Er brüllte mir den letzten Satz regelrecht ins Gesicht und schlug dabei mit der flachen Hand auf die Tischplatte.

Dieser sizilianische Spruch, dass Ehefrau und Ochsen besser aus dem eigenen Dorf stammen sollten, fiel in unserer Familie immer öfter. Ursprünglich hatte *nonno* Luigi damit angefangen, und sogar *zio* Paolo ließ ihn mal beiläufig fallen. Offenbar hatte unsere Familie gerade keine anderen Sorgen und sehr viel Zeit, sich Gedanken über unsere zukünftigen Ehepartner zu machen. Ich atmete laut aus, schüttelte den Kopf und antwortete, um den Streit nicht eskalieren zu lassen, in einem ruhigen Ton.

»Was redet ihr hier eigentlich ständig von Heirat? Santina ist bloß ausgegangen. Sie war tanzen! Und nicht auf der Suche nach einem heiratswütigen Protestanten! Ausgehen, tanzen und heiraten, das sind drei paar Schuhe. Die Deutschen sind nun mal freier und offener als die Sizilianer. Die meisten deutschen Mädchen sind bei ihrer Hochzeit keine Jungfrauen mehr. Na und! Davon geht die Welt nicht unter. Keiner wird verletzt, und keiner stirbt. Ihr tut gerade so, als ob es auf der Welt kein schlimmeres Verbrechen gäbe.«

Mama stand kurz davor, in Tränen auszubrechen. Sie blickte mich zunächst verständnislos an und gab mir dann eine unmissverständliche Antwort.»Kannst du oder willst du nicht begreifen, dass wir keine Deutschen sind? Wir sind Sizilianer! Wenn Santina hier entehrt wird, gilt sie in Messina als Hure! Alle werden sich das Maul über uns zerreißen.Verstehst du das, oder verstehst du das noch immer nicht?«

Ich verstand nur, dass diese Diskussion völlig sinnlos war. Ich hatte hier Mädchen kennen gelernt, die deutlich jünger als meine Schwester waren und bereits einen Freund hatten. Die Eltern wussten davon und sahen es als etwas völlig Normales an. Sie sprachen darüber, klärten ihre Kinder auf, waren ihnen eher gute Freunde als strenge Erziehende. Meine Geschwister und ich fanden das toll. Wir, und auch alle unsere Cousins und Cousinen in Messina, hätten uns nie getraut, unsere Eltern in diesen Dingen um Rat zu fragen oder auch nur darüber zu sprechen. Freundschaft, Partnerschaft, Sex und alles, was damit zusammenhing, waren absolute Tabuthemen. Wenn einer von uns mal den Fehler beging, etwas zu viel zu erzählen, wusste es Minuten später die ganze Familie, und es hagelte Ermahnungen aus allen Himmelsrichtungen.

Hier in Deutschland waren wir weit weg vom Rest der Familie. Dennoch drangen immer wieder solche Nachrichten zu uns durch, und ich war jedes Mal aufs Neue erstaunt, wie schnell die Verwandtschaft aus einer winzigen Mücke einen prähistorischen Flugsaurier bastelte. Wenn uns diese Nachrichten aus einer anderen Welt nicht sofort erreichten, reichte man sie uns spätestens im Urlaub nach. Dann erfuhren wir aus erster Hand, welche abartigen Perversionen die Jugend von Messina mittlerweile beging. Sie gingen in Diskotheken! Sie verlobten sich unentwegt! Sie hatten sogar 5,99 – vor der Ehe! Also nicht ganz Sex, sonst hätte ihnen die Familie die Beine gebrochen.

Messina wurde langsam zu Sodom und Gomorrha, und sie mussten schwer hinterher sein. Schwer hinterher hieß: totale Kontrolle! Die meisten Jugendlichen, die ich in Messina kennen gelernt hatte, taten genau das, was auch Santina getan hatte. Sie verheimlichten so ziemlich alles, was mit Erwachsenwerden zu tun hatte. Wie sich immer mehr herauskristallisierte, konnten die Erwachsenen mit einer Vielzahl an Lügen besser umgehen als mit einer einzigen Wahrheit. So eine sizilianische Großfamilie war schon etwas Wunderbares. Es wurde sehr viel gescherzt, gelacht, erzählt und geredet. Aber für uns Jugendliche war es klüger, mitzuscherzen, mitzulachen und vielleicht auch mal etwas zu erzählen, aber dabei möglichst nicht allzu viel über sich selbst zu verraten.

In den nächsten drei Tagen versuchten Santinas Freundinnen, Papa von seinem Vorhaben abzubringen. Unsere Nachbarn fielen aus allen Wolken. Allen voran Frau Staudenmeier und die kleine, mittlerweile fünf Jahre alte Nicole. Selbst als sich Santina mit Tränen in den Augen von allen verabschiedete, konnte das kleine Mädchen nicht glauben, dass unsere Schwester wirklich für immer wegfahren sollte. Wir umarmten uns zum Abschied, Santina stieg zu Papa ins Auto, und da erst begriff Nicole, dass es wirklich geschah. Sie riss sich von ihrer Oma los, stürmte verzweifelt weinend auf das Auto zu und versuchte die Tür zu öffnen, um Santina herauszuzerren.

Als das kleine Mädchen auf offener Straße zusammenbrach, rissen bei allen Anwesenden die Dämme.

Papa fuhr los, und Nicole rannte hinter dem Auto her, bis ihre Oma sie einholte und festhielt, während die Kleine sich verzweifelt zu befreien versuchte. Filippo und ich blickten zusammen mit unseren Nachbarn dem Auto nach und gleichzeitig in Mamas völlig aufgelöstes Gesicht.

Ich fragte mich, warum ausgerechnet sie jetzt weinte. Schließlich hätte sie das alles verhindern können, aber sie hatte es nicht gewollt. Jetzt stand sie da und weinte. Ich verstand überhaupt nichts mehr. Von diesem Tag an verpasste ich keine Gelegenheit, meinen Eltern zu sagen, dass sie sich völlig herzlos verhalten und Mist gebaut hatten. Das sahen sie naturgemäß ganz anders. Jahre später bereuten sie diese Entscheidung dennoch. Und ich musste einsehen, dass der Drahtseilakt, zwischen zwei Welten leben zu wollen, allzu leicht mit einem Absturz enden konnte.

Für Filippo und mich ging das Leben in Deutschland weiter. Als Papa aus Messina zurückkam, galten die strengeren Regeln auch für uns. Während unsere Freunde bis weit nach Mitternacht ausgehen durften, mussten Filippo und ich, außer an den Tagen, an denen wir zum Fußballtraining gingen, um spätestens 20.00 Uhr zu Hause sein. Nach wochenlangen nervenaufreibenden Verhandlungen erreichten wir eine Verlängerung der Ausgehzeit auf 22.00 Uhr. Das war für unsere Freunde zwar noch immer ein Grund, uns auszulachen, aber es war besser als vorher.

Wenn es mit der Pünktlichkeit mal nicht funktionierte, konnte Papa außerordentlich garstig werden und nach Belieben Hausarrest verteilen. Er wünschte außerdem nicht, dass wir in Kneipen gingen oder Alkohol tranken. Kneipen waren für Papa ein rotes Tuch. Das sichtbarste Zeichen einer völlig dekadenten Lebensweise. Er hatte oft genug mit angesehen, wie sich sturzbetrunkene junge Männer vor den Türen verschiedener Gaststätten die Köpfe einschlugen oder einfach nur umkippten und ihren Rausch auf der Straße oder den Bürgersteigen ausschliefen. Und das waren noch die Harmlosen. Die anderen, weitaus schlimmeren setzten sich nach einer ausgiebigen Zechtour ins Auto und bauten nicht selten tödliche Unfälle. Von seinen ehemaligen Arbeitskollegen auf dem Bau ganz zu schweigen.

Einmal hatte Papa sogar aus der Ferne beobachtet, wie ein betrunkener Mann torkelnd die Bahngleise überqueren wollte, die durch unser Dorf verliefen. Er saß im Auto und verfolgte fassungslos, wie der Mann von einem Zug erfasst und in Stücke gerissen wurde. Das war der Tag, an dem er uns bei Strafe verbot, auch nur einen Fuß in eine Kneipe zu setzen. Wir durften zu Hause gerne ein halbes Glas Wein oder Bier trinken, weil es zum Essen dazugehörte, aber ansonsten galt: keinen Tropfen Alkohol!

Er hatte keine Ahnung, dass wir und unsere Freunde seit etwa zwei Jahren gar nichts anderes taten, als das, was er uns so strikt verboten hatte.

Die deutschen Kneipen waren eine ganz eigene Welt. So etwas existierte in Messina nicht. Dort gab es nur Bars, in denen man auf die Schnelle einen Espresso herunterstürzte und weiterzog. Die Kneipen hier waren für viele ein zweites Zuhause. Als ich zum ersten Mal eines dieser übel riechenden, verrauchten Lokale betrat und mich mit meiner Clique, die aus acht guten Freunden bestand, etwas verunsichert an einen Tisch setzte, wunderte ich mich vor allem über die Einrichtung und die seltsamen Gestalten, die dort herumsaßen.

Sämtliche Flächen waren mit vergilbtem Holz vertäfelt, was in mir den Eindruck erweckte, in einer alten, überdimensionalen Holzkiste zu sitzen. Der Besitzer schien ein passionierter Jäger zu sein, denn an beinahe jeder Wand hingen Hirschgeweihe und Bilder röhrender Hirsche. Hirsche waren damals schwer im Trend. Solche Bilder gab es in fast jedem deutschen Wohnzimmer, sogar wir hatten eins. Papa hatte es von einem Arbeitskollegen geschenkt bekommen, und da war ihm nichts anderes übrig geblieben, als es an unsere Wohnzimmerwand zu nageln. Obwohl er sich so gar nicht für die Hirschjagd begeistern und dem Bild nicht wirklich viel abgewinnen konnte.

Zwischen den verschiedenen Jagdmotiven hingen beschriftete Holzschilder, auf denen ein unbekannter Poet schmachtende, sehnsuchtsvolle Gedichte, universelle geometrische Formeln und seine gesammelten Lebensweisheiten eingebrannt hatte. Da hieß es dann: »Ich sitze hier und trinke Bier und wäre doch so gern bei dir! Starkes Sehnen, starkes Hoffen, kann nicht kommen, bin besoffen«, oder: »Wir sitzen hier am runden Tisch und saufen, bis er eckig ist«, oder: »Gottes schönste Gabe, das ist und bleibt der Schwabe!«

Und genau unter diesem Schild saßen vier dickbäuchige Männer um einem großen, runden »Stammtisch« herum. Einer schielte geistesabwesend in die Unendlichkeit, ein anderer steckte in schmutziger Arbeitskleidung und versuchte seinen Kopf daran zu hindern, ungebremst auf die Tischplatte zu knallen. Zwei weitere vergruben ihre großen roten Nasen in einer beliebten Tageszeitung und lallten von Zeit zu Zeit geistreiche Kommentare über die darin abgebildeten, leichtbekleideten jungen Frauen. Wie wahr, wie wahr.

Vom Anblick dieser schieren Pracht überwältigt, kam man nicht umhin, in Verzückung zu geraten und dem Schöpfer auf Knien für diese Meisterleistung zu danken. Na gut – kritische Geister könnten sich vielleicht fragen, was er sich dabei gedacht haben mag. Aber diese Frage stellten wir uns nicht. Schließlich war es für uns eine ganz neue Erfahrung, und da ist man nicht ganz so kritisch.

Mit diesem ersten Kneipenbesuch begann für uns eine neue Art der Freizeitgestaltung. Bald hingen wir nur noch in Kneipen herum. Und da Bier billiger war als jedes andere Getränk, tranken wir eben Bier. Das gehörte in diesem Land einfach zum Erwachsenwerden dazu. Die richtig tollen Kerle konnten, ohne mit der Wimper zu zucken, in weniger als 15 Sekunden zwei Halbe herunterkippen. Im Laufe eines Abends konnten sie ohne Probleme fünf Liter Bier durch ihre körpereigene Kläranlage filtern, ohne überzulaufen. Mir reichte schon ein Bruchteil davon, um irgendwann die Toilettenschüssel zu umarmen und nach Ulrich zu rufen.

Aber ich war ja auch kein Schwabe. Echte Schwaben rücken etwas selbst Bezahltes nicht freiwillig wieder heraus. Für sie war Bier kein Alkohol, sondern ein Lebensmittel. Jede Freude ohne Alkohol war künstlich! Jede Feier ohne Bier eine Beerdigung. Die nächste Steigerung erfolgte mit dem Eintritt ins Berufsleben. Zum Lustsaufen kam dann das Frustsaufen hinzu.

Dann setzte nämlich etwas ein, was vermutlich alle Berufsanfänger früher oder später erleben. Die Euphorie, die das erste selbst verdiente Geld noch ausgelöst hatte, verflog sehr schnell. Was blieb, war die Erkenntnis, dass es jetzt ein Leben lang so weiterging. Aufstehen, arbeiten, essen, Frust wegtrinken, schlafen. Dazwischen: warten. Warten auf die Mittagspause, warten auf den Feierabend, warten auf das Wochenende, warten auf den Zahltag, warten auf Feiertage, warten auf den Urlaub, warten auf die Rente, und irgendwann: auf den Tod. Das ganze Leben – eine große Warteschleife!

Wir trafen uns zwei- bis dreimal die Woche, redeten uns den Frust von der Seele und organisierten die Wochenendpartys, die bald zum wichtigsten Ereignis wurden. Denn der Punkt »Frust von der Seele reden« war aufgrund unserer pubertärer Wortkargheit in weniger als zwei Minuten abgehakt.

»Ha! Dämliche Schufterei!«

»Hm! Da sagst du was!«

»Mann du! Mein Meister ist vielleicht ein Depp!«

»Ha, und meiner erst!«

»Und die Weiber sind auch alle blöd!«

»Hm, und ob! Dämliche Weiber!«

»Hä ... War gut, mit dir zu reden.«

»Ja, war eine richtig anregende Diskussion. Schorsch! Bringst du uns noch zwei?«

»Wozu hat man denn Freunde?«

Danach ging es an die Organisation der Party! Wobei die Begriffe Party oder Fest lediglich andere Namen für »sinnloses Besäufnis bis zum Augenstillstand« waren. Die Alten, die täglich in den Kneipen saßen, hatten es schon immer gesagt: Dieses Leben konnte man nur im Suff ertragen! Richtig gute Partys zeichneten sich dadurch aus, dass am Ende keiner mehr auf den Beinen stand. Dann hieß es: »Mann, war das eine super Party! Alle waren besoffen!« Neben der Arbeit drehte sich alles nur noch um Partys, Diskos, Feste, und »Weiberaufreißen«, wie wir das stundenlange sinnlose Herumstehen am Rand der Tanzfläche in verschiedenen Diskotheken nannten.

Das war aber auch schon mehr als genug. Allein der letzte Punkt war nämlich gar nicht so einfach und bedurfte durchaus einiger Übung. Kaum war die erste pubertäre, unbeholfene Tollpatschigkeit überwunden, musste auch innerlich ein neues Selbst geschaffen werden. Und das sollte naturgemäß sehr stark, unglaublich männlich, vor Selbstbewusstsein strotzend und mit allen Qualitäten eines Alphatiers ausgestattet sein. Wie so oft klaffte zwischen Wunsch und Wirklichkeit eine große Lücke. Deshalb war das Erste, was gelernt werden musste, ein möglichst cooles, männliches Auftreten.

Wobei das coolste Posen freilich nutzlos war, wenn der Name nicht passte. Schließlich konnte man sich schlecht als Satan himself präsentieren und hinterher, wenn die begehrte Dame angebissen hatte, als Gottlieb oder Detlef outen. Also mussten zuallererst coole Spitznamen her. Möglichst was Amerikanisches, denn die Amis klangen immer cool. Der Zufall wollte es, dass in jenem Jahr ein Film in die Kinos kam, der perfekt zu meiner Clique und mir passte: *The Wanderers*. Ein Film über eine amerikanische Jugendgang, die sich mit genau den gleichen Problemen herumschlug wie wir. Den Streifen sahen wir uns so oft an, bis wir die Dialoge auswendig mitsprechen konnten.

Danach stand für uns fest: Wir gründen unsere eigene Gang! Wir kauften uns weiße Jeanswesten, klebten einen goldenen Tiger auf den Rücken, trugen dazu einen schwarzen Hut und nannten uns »Golden Tigers«. Mit diesem Entschluss schwammen wir voll im Trend, denn es bildeten sich gerade jede Menge

Motorradclubs und Gangs, die im Gegensatz zu unserer Bande beinahe paramilitärische Strukturen aufwiesen. Sie hatten einen Präsidenten, eigene Gesetze, einen unantastbaren Ehrenkodex, und es hieß, dass sie zehn Frauen an jedem Finger hätten und sich vor Mädchen nicht retten könnten. Also genau das, was uns noch fehlte.

Mit dem unschätzbaren Vorteil einer Gang ausgestattet, klapperten wir als Nächstes sämtliche Diskotheken der Umgebung ab und stellten uns in Reih und Glied möglichst nah an die Tanzfläche. Dort trieben sich nämlich auch die Mädchen herum. Jetzt nur noch ein kurzer Kontrollblick auf die wichtigsten Accessoires: weiße Kutte, schwarze Kunstlederjacke, ein Bierkrug in der einen und, um die Bierfahne zu überdecken, eine Zigarette in der anderen Hand. Nachschubwege mussten rechtzeitig ausgekundschaftet werden, denn das Bier durfte nicht leer werden und die Zigarette nie ausgehen.

Wenn man dann keine Frau abbekam, so war wenigstens sichergestellt, dass man seinen Kummer vorbereitend ertränkt und sich den Brummschädel ehrlich erarbeitet hatte. Der Rest war reine Formsache. Einfach nur das tun, was auch alle anderen coolen Typen taten, die reihenweise rings um die Tanzfläche lungerten: breitbeinig dastehen, Augen verengen, Kinn vorstrecken, Schultern verbreitern, Bauch einziehen, lässig auf und ab wippen, trinken ohne zu sabbern, mit einem Fuß den Rhythmus in die Tanzfläche stampfen und eine animalische, männliche Aura verströmen.

Das kam schon verdammt cool. Alternativ konnte auch ein entschlossenes, rhythmisches Kopfnicken megacool wirken. Aber niemals bei der falschen

Mucke! Bei Boybands wie den Bay City Rollers oder Vadder Abraham und die Schlümpfe, bei deutschen Schlagern, blecherner Volksmusik und artverwandten Magenverstimmungen galt selbst rhythmisches Kotzen als uncool. Angesagt waren nur die ganz harten Mörderbeats von AC/DC, KISS, Led Zeppelin, Deep Purple oder Black Sabbath.

Das war richtige Rockmusik, bei der man auch mal die Luftgitarre auspacken und sie ordentlich polieren konnte. Dabei durfte man aber nie das eigentliche Ziel aus den Augen verlieren ... Äh – die Mädchen! Also die Luftgitarre schnell wieder eingepackt und den Blick nach allen Richtungen schweifen lassen.

»Achtung, Superpuppe auf halb sechs!«

Acht Köpfe drehten sich wie ferngesteuert in dieselbe Richtung und verfolgten mit starrem Blick den schlanken, blonden Vamp, der von links nach rechts die Tanzfläche durchschritt. Ihre rosa Ringelsöckchen, gepaart mit den super engen Jeans und der halb durchsichtigen Bluse verrieten auf den ersten Blick, dass sie in Sachen Paarungsbereitschaft kurz vor der Explosion stand. Leider übersahen wir dabei den knapp zwei Meter langen, ungefähr drei Meter breiten Kerl hinter ihr, dessen Kopf aus der Entfernung an eine Orange erinnerte.

Plötzlich baumelte ich einen halben Meter in der Luft, und die Superpup... äh die blöde Kuh rief: »Johannes, lass das! Dass sind doch nur Kinder!«

Ja, wenn einer aussah wie eine wandelnde Strafvollzugsanstalt, dann durfte er natürlich auch Johannes heißen.

## 30. Der Preis des Wohlstands

Nach den ersten Reinfällen stellte sich heraus, dass es absolut sinnlos war, sich gezielt einzelne Mädchen auszugucken. Wenn wir in der Gang schon zu acht waren, so dachten wir, müsste es doch einfacher sein, gleich eine ganze Gruppe anzusprechen. Wir vereinbarten eine neue Strategie und legten gleich los. Jeder nahm seine Position ein, und sobald eine Mädchengruppe in passender Stärke vorbeikam, trat einer vor, der möglichst einen ganzen Satz herausbringen konnte und erst danach in Ohnmacht fallen durfte.

Der Satz war denkbar einfach: »Hey ihr! Meine Kumpels da, John, Jim, Jack, Jeff, Jerry, James, Jesse und Joel, wollen mit euch gehen!«

Sich diese ganzen erfundenen Namen zu merken war da schon deutlich schwieriger, denn wenn die Mädchen nicht gleich vor Lachen die Toilette stürmten, erwiderten sie meistens kichernd: »Und wer von euch ist wer?«. In der Aufregung gab es dann schon mal drei Johns und vier Jeffs, und die Mühe des ganzen Abends war dahin. Allerdings spielte das unterm Strich keine große Rolle, denn es war immer sehr lustig und machte so großen Spaß, dass wir uns noch Jahre später über unsere naiven Versuche schlapplachten.

Die coolen Namen tauschten wir nach und nach gegen Abkürzungen unserer eigenen Namen aus. Mike, Richie, Charly, Wolle, Fred, Reiner und Sülley waren nicht halb so uncool, wie nicht zu wissen, wie man hieß. Die Sache mit den »Golden Tigers« erledigte sich dann auch ziemlich schnell. Wir stießen zufällig auf eine echte, zwei Mann hohe Rockergruppe, die uns bei der erstbesten Gelegenheit gleich die Hüte eindellen wollte. Wir hatten das Verbrechen begangen, auf unsere Kutten »MC« zu schreiben. Sie klärten uns auf, dass diese Buchstaben nur Mitgliedern eines echten Clubs zustanden, die Motorrad fuhren. Wir seien aber wohl eher ein jugendlicher Wanderverein und hätten weder Motorräder und sehr wahrscheinlich noch nicht mal Haare am Beutel.

Ihre Annahme war zwar sehr gewagt, aber da die beiden schwergewichtigen, vollbärtigen, nach Benzin und Kettenöl stinkenden, bis zur Halskrause tätowierten, bärbeißigen, als Menschen verkleideten Schaufelbagger Oberarme hatten wie andere Leute Oberschenkel, beschlossen wir, uns in der Unterzahl zu fühlen, unsere Kutten auszuziehen und nach Hause zu laufen. Mit diesen Kerlen war nicht zu spaßen. Ihr Ruf als unbarmherzige Schlägertruppe eilte ihnen kilometerweit voraus, und der Legendenbildung standen alle Türen offen.

So gab es damals so manche Kriegerdenkmäler, die kaum vermuten ließen, dass unter den langen Mähnen, den Vollbärten, den martialischen Kutten, dem Kettenbehang und Nietenlook oft angenehm freundliche, gemütliche Motorradfahrer steckten, die ihr Hobby gern mit anderen teilten. Diejenigen Gesellen, die jeden verkloppten, der ihnen einen begrenzten

Wortschatz vorwarf, gab es natürlich auch. So eine Unverschämtheit kann sich ein kultivierter Mensch, der sich in mehreren Sprachen fließend prügeln kann, schließlich nicht bieten lassen.

Ende der Siebzigerjahre tauchten dann auch die ersten Punker und Popper in der Jugendszene auf. Die Punker erkannte man daran, dass sie weiße Ratten gegen deren Willen als Schmusetiere benutzten und sich zusätzliche Körperöffnungen bohrten, um tonnenweise Metall mit sich herumzutragen. Von Sicherheitsnadeln über Nägel, Ketten und Flaschenöffner bis zum Fünfkiloschraubstock, der natürlich nur zu besonderen Anlässen von der Backe baumelte. Nieten gehörten ebenso zum Outfit wie die Radkappen von Vatis altem Käfer – weil sie den Hintern so vorteilhaft betonten.

Punker gingen übrigens nie ins Freibad. Zum einen, weil der steife Irokesenschnitt im Wasser schlappmachte, zum anderen, weil sie am Grund des Beckens auch nicht lange durchhielten. Sie sahen teilweise wirklich furchterregend aus, waren aber zum Großteil sehr friedfertige Jungen und Mädchen, die sich von der Erwachsenenwelt abgrenzen wollten und auch nicht mehr Alkohol- oder Drogenprobleme hatten als alle anderen.

In Jugendkreisen richtig verhasst waren die Popper: die überangepassten, arroganten Schnösel, die sich für die Oberschicht hielten. Zu erkennen an der geföhnten Tolle, die mindestens ein Auge bedecken musste, pastellfarbenen Sakkos, mit hochgeschlagenen Ärmeln, Mokassins und den Lacoste-Polohemden. Popper glaubten, dass ein durch Hosen einer Edelmarke gefilterter Pups nach Rosen duftete. Soll heißen: Sie hielten sich für etwas Besseres, das sich mit dem übrigen Abschaum nicht abgab. Ihnen ging es nur um: Geld, Erfolg, Karriere, Titel, gesellschaftlichen Aufstieg, Statussymbole. Popper sahen für mich noch furchterregender aus als Punker. Man sah ihnen ihre menschenverachtende Arroganz auf zwei Kilometer Entfernung an. Sie waren die Lieblinge der Erwachsenen, und das allein war Grund genug, sie nicht zu mögen.

Diese verschiedenen Jugendgruppen bargen Konfliktstoff bis in unsere Familie hinein. Papa und Mama fanden Punker und Rocker abartig und widerwärtig. Die Einzigen, mit denen sie sich ohne Widerrede angefreundet hätten, waren die Popper. Diese adretten, immer topgepflegten Jugendlichen benahmen und kleideten sich vorbildlich.

Mein Bruder und ich sollten sie uns gefälligst zum Vorbild nehmen und nicht ständig in Jeans und Lederjacken herumlaufen. Meine weiße Kutte, der schwarze Hut, die Abzeichen meiner Gang, all das war ihnen vom ersten Tag an ein Dorn im Auge. Das ging sogar so weit, dass Mama die Sachen eines Tages vor meinen Augen in unseren Ofen stopfte und verbrannte. Daraufhin sprach ich vierzehn Tage lang kein Wort mehr mit meinen Eltern. Aber da sie sich im Recht fühlten hatte diese Schweigeaktion ungefähr dieselbe Wirkung, als hätte ich unsere Couchgarnitur ignoriert.

Tatsächlich hatten wir uns zu der Zeit schon sehr weit von unseren Verwandten in Messina entfernt. Nicht nur von den Erwachsenen, auch von unseren Cousins und Cousinen. Wir entwickelten uns in völlig verschiedene Richtungen. Unsere ganze Familie bestand aus Poppern!

Auch in Messina hatte sich einiges verändert.

Durch den wirtschaftlichen Aufschwung waren neue Arbeitsplätze entstanden, die ordentliche Verdienstmöglichkeiten boten und so dafür sorgten, dass es vielen Familien sehr viel besser ging als noch vor wenigen Jahren. Die Autos in unserem Viertel wurden Jahr für Jahr größer, die Kleidung der Menschen edler, die Häuser durch immer weitere Anbauten schöner und die Inneneinrichtung teurer.

Im Sommer 1979 fuhren wir mit Papas neuem Fiat 131 Mirafiori in unseren Hof und betrachteten erstaunt mehrere Luxuskarossen: Neben deutschen Modellen von BMW und Mercedes stand sogar ein schnittiger Maserati. Im Jahr davor waren es noch lauter Mittelklassewagen gewesen.

Peppi erzielte mit seinen Pelzmänteln traumhafte Gewinne und gab sein Geld gern mit vollen Händen aus. Die Innenstadt und die Einkaufsmeile in der Viale San Martino strotzten nur so vor Luxus. Überall hatten Edelboutiquen eröffnet, die mit Pelzen, Lederwaren und anderen Luxusgütern handelten. Dafür entvölkerte sich nach und nach unser Viertel. Bis auf Gianni und Franci, die noch bei ihren Eltern wohnten, hatten sich alle anderen Cousins Appartements und Villen in Ganzirri gekauft. Das Viertel lag am anderen Ende der Stadt, wo traditionell Messinas Oberschicht lebte. Lorenzos kleine Jacht ankerte im Hafen, und Peppi war gerade dabei, den Flugschein zu machen, weil er sich in eine einmotorige Cessna verliebt hatte. Mit dieser kleinen, wendigen Maschine hoffte er die Dauer seiner ständigen Reisen verkürzen zu können.

Viele unserer älteren Bekannten arbeiteten bei Peppi, verdienten sich ihren Anteil, kauften ebenfalls Häuser und verließen unser altes Viertel. Die Alten blieben, was sechs Jahre zuvor noch als undenkbar gegolten hatte, allein zurück.

Santina hatte sich innerhalb kürzester Zeit recht gut eingelebt, arbeitete ebenfalls in Peppis Schneiderei und fühlte sich im Großen und Ganzen recht wohl. Bei dem überstrengen *nonno* Luigi hatte sie es nicht lange ausgehalten und war schon wenige Wochen später zu *zio* Baldo, *zia* Maria und ihren Kindern Alba und Tonio gezogen. Sie vermisste uns zwar, aber da sie durch ihre Arbeit recht viele neue Freundinnen gefunden hatte, war sie nicht unzufrieden. Trotzdem konnte sie nach wie vor nicht verstehen, warum Papa und Mama sie weggeschickt hatten, und weinte schon während der Begrüßung bittere Tränen.

Das Leben in Messina hatte eine unerwartete Wendung genommen, und ich stolperte immer öfter über so manche Merkwürdigkeit, nicht nur meiner großen Familie, sondern vielmehr der Einheimischen an sich. Autos spielten plötzlich eine sehr wichtige Rolle. Wenige Jahre zuvor hatten sie noch als ganz gewöhnliche, wenn auch teure fahrbare Untersätze gegolten, die einfach nur funktionieren sollten. Kleinere Blechschäden, Kratzer oder Dellen bedeuteten nicht gleich den Untergang des Abendlandes und waren in den engen Gassen oder im dichten Autoverkehr oftmals nicht zu verhindern.

Inzwischen hatten Autos einen hohen Streitwert, und das Vokabular der stolzen Besitzer wurde bereichert durch Wörter wie Wertminderung, Wiederverkaufswert, Schafmelker und Kameltreiber. Die Leute legten plötzlich Wert auf ein neues, gepflegtes Fahrzeug, das sie bei weitem nicht mehr so lange fuhren, bis es auseinanderbrach, sondern nach spätestens zwei Jahren möglichst teuer wieder verkaufen konnten. Eine sonderbare Entwicklung.

So ähnlich verhielt es sich mit ihrer Wohnungseinrichtung. Unsere Verwandtschaftsbesuche beinhalteten immer auch eine kostenlose Vorführung sämtlicher Neuanschaffungen, und da jedes Jahr etwas hinzukam, dauerten diese Besichtigungstouren immer länger. Die meisten unserer Verwandten renovierten ständig an ihren Häusern herum. Von außen gesehen, veränderte sich nicht wirklich viel, und so mancher Bau sah nach wie vor aus, als ob der nächste Platzregen ihn mitsamt seinen Bewohnern ins Meer spülen könnte. Für die glänzende, glitzernde, funkelnde Inneneinrichtung dagegen war, um schweren Augenentzündungen vorzubeugen, die Verwendung stark getönter Sonnenbrillen dringend angeraten. Da gab es edle, hochglanzpolierte Granitböden, filigran verzierte Schleiflackmöbel mit glänzend weißen oder irisierenden Perlmuttoberflächen samt goldfunkelnder Beschläge, dazu wuchtige elfenbeinfarbige Ledersofas und verspiegelte Glasvitrinen, die das darin zur Schau gestellt wertvolle Porzellan und die edlen Bleikristallgläser wie Kronjuwelen präsentierten.

An den Wänden hingen kitschige, moderne oder romantische Kunstdrucke, die nur selten zum Rest der Einrichtung passten, aber zumindest dank ihrer mächtigen goldverzierten Rahmen einen gewichtigen Eindruck hinterließen. Die Krönung eines jeden Wohnzimmers war ein riesiger Kristallleuchter mit Hunderten diamantförmig geschliffenen Glaskristallen, die wie kleine Sterne glitzerten. Beim Anblick solcher Pracht wäre selbst Queen Elisabeth erblasst.

Am Ende der Besichtigungstour – nach der huldvollen Würdigung des erlesenen Geschmacks der Gastgeber und den herzlichen Glückwünschen zur erfolgreichen Plünderung des Buckingham Palace – deckten sie das edle Mobiliar mit bereitliegenden Schutzfolien ab und verriegelten das Wohnzimmer einbruchsicher mit einer siebenfachen Schließanlage. Bis zur nächsten Vorführung. Das Vorführzimmer durfte sonst von keinem lebenden Menschen betreten werden und Stubenfliegen ohne Überflugrecht wurden sofort und ohne Vorwarnung abgeschossen.

Die meiste Zeit des Tages hielten sich unsere Verwandten entweder draußen auf oder in der alten, schäbigen Küche. Dort saßen sie dann auf in die Jahre gekommenen, wackligen Stühlen, aßen aus rissigen Tellern und tranken aus gesammelten Gläsern, die sie gemeinsam mit dem darin enthaltenen Brotaufstrich gekauft hatten. Oder, was damals schwer im Kommen war, aus Plastiktellern und -bechern.

Anfangs war ich über diese Schrulligkeit nur leicht verwundert, doch als ich dann merkte, dass dieser Spleen die ganze Familie angesteckt hatte, fragte ich mich ernsthaft, ob ein Virus dahintersteckte. Ein bösartiges Virus, das die Menschen zwang, sehr viel Geld für Dinge auszugeben, die sie allem Anschein nach nur sporadisch, nämlich für Präsentationszwecke, benötigten. Für den Fall, dass die alte Queen Mum eines Tages unangemeldet vor der Tür stand. Oder der Jet des Staatspräsidenten sich in den Olivenhain hinterm Haus bohrte und er deshalb auf einen Espresso hereinschneite.

Ich war sogar so weit, meiner *nonna* Maria eine neue Kaffeemaschine zu schenken, weil sie noch immer mit einem alten Vorkriegsmodell herumhantierte, das beim Kochen wie ein angreifender Sturzkampfbomber klang. Jedes Mal, wenn sie das alte Ding auf den Herd setzte, verspürte ich das dringende Bedürfnis, in Deckung zu gehen, bevor das Teil explodierte und die ganze Straße in Schutt und Asche legte. Kaum hatte ich ihr angedroht, bei meinem nächsten Besuch eine neue mitzubringen, führte sie mich zu einer Truhe, wo sie für den womöglich bevorstehenden Besuch des Papstes und seiner wichtigsten Kardinäle gleich zwei nagelneue Maschinen aufbewahrte.

Ansonsten machten alle, vor allem die Männer, einen sehr geschäftigen Eindruck. Niemand hatte Zeit, alle mussten bis spätabends arbeiten, etwas Dringendes erledigen, hatten wichtige Termine, klebten ständig am Telefon, befanden sich auf unaufschiebbaren Geschäftsreisen, redeten nur noch über ihre Arbeit und über die Aufbruchstimmung, die in der Stadt herrschte. Letztere hatte selbst die Leute erfasst, die sich sonst nie ernsthaft um eine geregelte Arbeit bemüht und sich nie große Gedanken über Geld, Wohlstand oder Karriere gemacht hatten. Alle wünschten sich, dass ihre Tage 48 Stunden hätten. Und selbst die könnten sie problemlos so voll packen, dass sie am Ende wieder nicht ausreichten.

Die langen Abende, an denen die ganze Familie draußen vorm Haus saß und sich Geschichten erzählte, gehörten endgültig der Vergangenheit an. Alle hockten allein vor ihrem Fernseher und gingen früh ins Bett, weil der kommende Arbeitstag mehr abverlangte, als sie bei vierzig Grad im Schatten zu leisten in der Lage waren. Nur die verheirateten Frauen blieben nach wie vor zu Hause und unterhielten sich den lieben langen Tag mit ihrem Fernseher, der rund um die Uhr lief. Oder mit den neuen Mitbewohnern, reinrassigen Siam- oder Perserkatzen mit ellenlangem Stammbaum, die nur von der Urkunde des deutschen Schäferhundwelpen übertroffen wurde, die nebst einem Hakenkreuz noch die Unterschrift von Adolf Hitler höchstpersönlich trug. Somit war sichergestellt, dass Mama keinen gewöhnlichen Straßenköter, sondern ein wirklich kostbares Geschenk erhalten hatte. Von Deutschlands berühmtestem Hundezüchter wärmstens empfohlen. Das neue, kläffende oder miauende Familienmitglied war eine kleine Wiedergutmachung der Söhne. Weil sie so wenig Zeit hatten und sich kaum noch blicken ließen.

*Cagnolino* und *micino*, wie Hund und Katze verniedlichend hießen, wurden allein schon wegen ihres horrenden Anschaffungspreises wie Könige behandelt. Wenigstens so lange, bis klar war, dass auch Tiere edler Abstammung wie gewöhnliche Straßenköter einen Teppich ruinieren konnten, und man sie aus dem Haus verbannte. So weit ging die Liebe dann doch nicht. Noch! Sehr seltsam das Ganze. Und vor allem seltsam vertraut.

Dem wachsenden Wohlstand zum Trotz wirkten unsere Verwandten alles andere als glücklich auf mich. Wo wir auch hinkamen, die meisten beklagten sich über die ungewohnte Einsamkeit. Und auch die erste Scheidung der Familiengeschichte sollte nicht lange auf sich warten lassen. Für mich stand ohne jeden Zweifel fest, dass dies der Preis des Wohlstands sein musste.

Dennoch genoss ich die Zeit in Messina und unternahm viel mit meinem Cousin Gianni. Er war zwar zu einem der schlimmsten Popper geworden, die ich persönlich kannte, doch ich konnte ihm deswegen nicht böse sein. Wir blieben unzertrennliche Freunde. Auch aus dem Grund, weil wir alle Themen aussparten, bei denen unsere unterschiedlichen Ansichten keine Annäherung zuließen, und uns nur auf diejenigen konzentrierten, bei denen es keine Reibungspunkte gab: Mädchen, Spaß und Musik. Sein Freundeskreis nahm mich immer sehr herzlich auf, obwohl ich in ihren Augen ein reichlich seltsamer, kauziger Typ war. Ein langhaariger Deutscher, der keine Ahnung von Mode hatte, nicht tanzen konnte und einen merkwürdigen veralteten Dialekt sprach. Die Jugendlichen sprachen inzwischen ein Italienisch wie sonst nur die Norditaliener: Die künstliche Sprache der Fernsehmoderatoren. Die meisten unserer alten gemeinsamen Freunde gingen über alle Unterschiede hinweg, als ob sie nicht existierten. Aber es gab auch andere. Vor allem Giannis neue Freunde, die ich bei einer Gartenparty kennen lernen durfte.

Sie waren allesamt Söhne und Töchter aus sogenanntem gutem Hause, die mich von oben bis unten musterten, sich hinterrücks über meine Kleider, meine Frisur und meine Sprache lustig machten. Für sie war ich nicht einmal ein Deutscher, sondern nur ein minderbemittelter Emigrant, der vor den Problemen in Sizilien davongelaufen war. Um Konflikte zu vermeiden, beschloss ich, nur dann mit Gianni loszuziehen, wenn er sich mit normalen Menschen und nicht mit diesen affigen Aliens traf. Wenn Arroganz nach faulen Eiern riechen würde, müssten sich manche dieser Leute in Parfüm ertränken.

Giannis Clique vereinbarte beinahe täglich Spritztouren mit dem Roller quer durch das schöne Sizilien. Zum Tauchen nach Taormina, zum Eisessen nach Cefalu, zum Tanzen nach Catania, eine Tagestour zum Etna – nicht selten endeten diese Ausflüge erst spät in der Nacht an verschiedenen Stränden. Dort saßen wir dann um große Lagerfeuer herum und verabschiedeten, ohne einen Tropfen Alkohol zu trinken, grölend und tanzend den Tag. Sizilianer erreichten den Zustand der Freude offenbar auch im nüchternen Zustand.

Dabei lernte ich auch ein paar sizilianische Mädchen kennen und musste überrascht feststellen, dass sie ganz anders waren als die Deutschen. Sie hatten völlig andere, mir fremde Rituale. In Deutschland sprach ich Mädchen einfach an und unterhielt mich mit ihnen ganz zwanglos. Entweder sprang dann der Funke über oder eben nicht. In Sizilien war die Sache etwas komplizierter. Vor allem hatte ich bemerkt, dass Mädchen sich in Anwesenheit von Jungen auf einmal anders verhielten und mit ihnen auch ganz anders redeten.

Im Gespräch mit Jungen nahmen sie immer wieder bestimmte Posen ein, die sie kleiner wirken ließen, als sie ohnehin schon waren. Sie wiegten sich in den Hüften, spielten an ihren Haaren, ihre Stimme rutschte eine Tonlage höher, so dass sie wie kleine Mädchen klangen, und statt zu sprechen verfielen sie in einen seltsamen Singsang, der ungemein einlullend wirkte. Dabei machten sie bei Lauten wie »Ohhh« und »Uhhh« einen übertriebenen Schmollmund und präsentierten dabei ihre üppigen Dekolletés wie wunderkerzenbespickte Geburtstagstorten. Bei allem, was sie taten, strahlten sie eine freundliche, mit sexuellen Signalen gespickte menschliche Wärme aus. Dadurch vermittelten sie einem das Gefühl, dass man sich nicht mit einer Fremden, sondern mit einer engen Freundin unterhielt, die man begehren, umarmen, beschützen musste. Mit vielen Dingen kam ich noch ganz gut zurecht, doch bei manchen fehlte mir jedes Verständnis.

Eines Abends sprach ich auf einer Party ein Mädchen an. Sie war siebzehn Jahre alt, dabei hätte ich sie eher auf Mitte zwanzig geschätzt. Die Kleine war umwerfend schön, mit hüftlangen schwarzen Haaren und einem fransigen Pony, der ihr bis in die großen, dunklen, fast schwarzen Augen fiel. Dazu ein asiatisch anmutendes, zartes Gesicht, volle rote Lippen, zartbraune Haut und eine schlanke Figur, die an genau den richtigen Stellen üppiger ausgestattet war. Eine Frau, die eine Kfz-Versicherung binnen weniger Minuten ruinieren konnte, wenn sie im falschen Kleid über die Straße lief.

Als sie mich anlächelte, quasselte ich einfach munter drauflos, während sie stumm blieb wie ein Fisch. Ich schob ihr gleich mehrere Kassetten nacheinander ins Ohr und in meiner Verzweiflung schließlich sogar den ganzen Rekorder. Sie lächelte zwar weiterhin, machte aber keinerlei Anstalten, sich in irgendeiner Form an der Unterhaltung zu beteiligen. Schließlich gab ich es auf und fragte mich, ob es vielleicht daran lag, dass mein seltsamer Dialekt in ihren feinen Ohren viel zu ordinär klang. Oder ob die Ärmste vielleicht einfach nur taubstumm war.

Ich dachte gerade darüber nach, ob ich es noch einmal in perfektem Fernsehmoderatoren-Italienisch versuchen sollte – das ich gar nicht konnte – oder mit ein paar Sätzen Englisch, Französisch oder Gebärdensprache – was ich ebenfalls nicht konnte. In meiner Ratlosigkeit schwieg ich einfach und war überglücklich, als mein Cousin plötzlich neben mir stand. Völlig unerwartet erwachte das Mädchen zum Leben und sprach ihn mit zuckersüßer Stimme an.

»Hör mal, Gianni, kannst du mir diesen Jungen nicht endlich vorstellen?«, sagte sie zu meiner Verblüffung. »Ich würde ihm nämlich ganz gerne antworten.«

Ich war außer mir! Sie hätte doch etwas sagen können, anstatt mich die ganze Zeit reden zu lassen. Ich war ihr nicht vorgestellt worden, also durfte sie nicht mit mir sprechen. Während Gianni mir die Sachlage augenzwinkernd erklärte, entschuldigte er sich und stellte mich ihr als germanischen Höhlentroll vor, dem die Gebräuche der feinen sizilianischen Gesellschaft fremd waren.

Mein Ärger verflog sehr schnell, denn Eleonora war ein wirklich süßes Mädchen. Auch wenn sie mir aus Rache für die drei Kassetten nun mit hoher Stimme beide Ohren ablaberte. Drei Stunden lang. Ununterbrochen. Sie fand mich offensichtlich ganz süß. Ich fand sie mehr als nur süß, hätte ihr aber am Schluss trotzdem gerne den Mund zugeklebt. Sie wurde erst ruhiger, als sie erfuhr, dass ich nur noch eine knappe Woche in Messina war. Das verwunderte mich zwar, aber da sie mich sowieso schon halb bewusstlos gequatscht hatte, empfand ich die Stille als äußerst angenehm.

Als Gianni und ich nach Hause liefen, kniff er mir in den Nacken und lachte. »Na, du hast dich aber gut unterhalten was?«, sagte er und zwinkerte mir zu.

»Ja, meine Ohren bluten immer noch«, antwortete ich.

Eleonora und ich trafen uns in den nächsten Tagen noch öfter, denn irgendwie hatten wir uns ineinander verliebt. Doch mein Urlaub ging unweigerlich zu Ende, und so fragte ich sie an meinem vorletzten Abend, ob sie mir nicht ein Foto von sich schenken könne, als Erinnerung. Im Gegenzug bot ich ihr eins von mir an.

Ihre erste Frage lautete: »Ein Nacktfoto?«

Ich sah sie überrascht an und musste lachen. »Och, das hatte ich nicht gehofft, aber ein bisschen mehr als nur dein Gesicht darf schon drauf sein, und gegen ein bisschen Haut hätte ich auch nichts einzuwenden.«

»Ich bringe dir morgen eins mit«, versprach sie, grinste frech und verabschiedete sich.

Am nächsten Abend kramte sie in ihrer Handtasche, holte ein Foto hervor und gab es mir. Ich warf einen Blick drauf und prustete los. Eleonoras Gesicht wirkte wie durch eine Gummilinse aufgenommen. Mit übergroßem Mund und Nase im Vordergrund und winzig kleinen Augen im Hintergrund. Ihr Mund war weit aufgerissen, dazwischen ein Hähnchenschlegel.

»Was ist das?«, fragte ich lachend.

»Ein bisschen mehr als mein Gesicht. Und ein bisschen Haut ist auch noch dran«, erwiderte sie trocken, während ich mir vor Lachen den Bauch hielt.

Sie lachte mit, wurde dann aber schlagartig ernst und fragte mich, wann ich denn für immer zurückkäme. Ich antwortete, dass meine Berufsausbildung noch mindestens zwei Jahre dauere. Eleonora machte ein trauriges Gesicht und fragte, ob ich nicht früher zurückkommen könne. In dem Augenblick, als ich ihr sagte, dass es nicht möglich sei, nahm sie mir das Foto aus der Hand und musterte mich mit Tränen in den Augen an.

»Ich würde ja gerne auf dich warten«, sagte sie. »Aber du kommst einfach zu spät. Ich werde im

Januar achtzehn Jahre alt. Bis dahin will ich jemanden haben, den ich liebe und der mich heiratet. Wenn du es nicht sein willst, wird es eben jemand anders sein. Ciao!«

Sie drehte sich um und verschwand.

## 31. Wir sind Brain Dead

Nach meinem Erlebnis mit Eleonora war ich am Boden zerstört. Andererseits war ich auch sehr glücklich. Ich war selbst gerade mal achtzehn Jahre alt und hatte mit Heiraten noch nichts am Hut. Damit konnte ich damals absolut nichts anfangen. Kein Beruf, kein Geld, keine Zukunft, aber um jeden Preis heiraten wollen. Das schien in Sizilien normal zu sein. Mann hatte hier keine »Freundin«, wie ich es aus Deutschland kannte. Entweder man hatte eine Verlobte oder gar nichts. Eine Verlobung war aber bereits ein Heiratsversprechen. Sizilianische Mädchen gingen sehr viel zielgerichteter auf Partnersuche und planten deutlich weiter voraus als die deutschen. Sie suchten keinen Freund, sondern einen zukünftigen Ernährer. Einen Ehemann.

Am nächsten Tag verabschiedeten wir uns und fuhren zurück. Santina gab uns viele liebe Grüße für ihre Freundinnen mit auf den Weg und das feierliche Versprechen, dass sie am Tag ihrer Volljährigkeit sofort nach Deutschland zurückkehren wollte. Ich konnte sie gut verstehen. Der Abschied von unserer Heimat fiel uns allen immer leichter. Die Gespräche auf der langen Rückreise drehten sich meistens darum, wie sich alles verändert hatte, denn nicht nur die

Stadt, sondern auch die Menschen waren nicht mehr so wie früher. Selbst meine Eltern hatte die Illusion der heilen Großfamilie, die geduldig darauf wartete, dass wir alle irgendwann wieder vereint wären, langsam verloren.

Auch wenn sie es, kaum in Deutschland angekommen, bald so weit verdrängten, dass im darauffolgenden Jahr alles wieder bei null anfing. In Deutschland ließen sie ihr idealisiertes, verklärtes Bild Siziliens der 60er Jahre unverändert weiterleben. Sobald das Wetter auf Grau umschlug und die Sehnsucht nach Sonne und Wärme größer wurde, holte Mama ihr altes Fotoalbum aus dem Schrank, erträumte sich das Meer und erfreute sich an den Bildern aus glücklichen Tagen, als die ganze Familie noch im Schatten knorriger Olivenbäume gesessen und kulinarische Feste gefeiert hatte. Damals, als die *bonanime*, die guten Seelen aller zwischenzeitlich Verstorbenen, noch lebten, als alles schöner war, alles seine Ordnung hatte, als Männer noch Männer waren und Frauen noch wussten, wo ihr Platz war.

Böse bis in die Haarspitzen, wie ich nun mal war, führte ich meine eigenen Ergänzungen an, die sie freilich nicht hören wollte. Weil es damals eben nur schöner war, weil sie nichts anderes gekannt hatten, viele von ihnen arbeitslos waren und viel Zeit hatten, sich um Familie, Bräuche und Traditionen zu kümmern – und den Patriarchen heraushängen zu lassen, der seine Frau auch schon mal in die Küche prügelte, damit sie nicht vergaß, wo sie hingehörte. Erwachsene, so hatte ich festgestellt, lebten in einer ganz eigenen Welt. Kaum waren die Schmerzen abgeklungen, waren sie auch schon vergessen, und selbst die schlimmen Erlebnisse wurden zur »guten alten Zeit« verklärt.

Drei Tage später stand ich in der Werkstatt, und der Alltag hatte mich wieder eingeholt. Im Jahr davor hatte ich die Schule beendet und eine Ausbildung zum Automechaniker begonnen. Ich wusste zwar nicht warum, aber Papa hatte mich davon überzeugt, dass Automechaniker in Messina sehr gefragte Leute seien. Außerdem könnte ich dann mein Auto selbst reparieren und viel Geld sparen.

Das sagten mir auch alle meine Freunde: »Automechaniker? Super! Dann kannst du ja dein Auto selbst reparieren und eine Menge Geld sparen.« Das schien bei der Berufswahl ein sehr wichtiges Kriterium zu sein. Totengräber? Super! Dann kannst du dir dein Grab selbst schaufeln und eine Menge Geld sparen. Schon während der Ausbildung wusste ich, dass dieser Beruf nicht der meine war.

Filippo hatte sich für eine Friseurlehre entschieden. Papa hatte ihn vielmehr überzeugt, dass in Messina nur jeder zweite Friseur sei und dass es auf einen mehr auch nicht ankomme. Das Problem war nur: Ausbildungsplätze waren Mangelware. Deutschland steckte in der Krise! Gut, das war nichts Neues. Wollte man den Leuten auf der Straße Glauben schenken, dann ging Deutschland zweimal täglich den Bach runter. Und wenn man gar dem Wahrheitsgehalt einer beliebten Tageszeitung vertraute, was aber offiziell keiner tat, sogar dreimal täglich. Kein Land der Erde stand so oft so nah am Abgrund wie Deutschland.

Kein Wunder, dass die Nerven der Leute blank lagen. Sogar die Uhren gingen falsch. Kaum teilte einer mit, dass es fünf vor zwölf sei, fand sich ein zweiter, der mit todernster Miene »Handlungsbedarf!« anmahnte, weil es laut seiner Uhr schon fünf nach zwölf war. Manchmal fand ich diese Diskussionen ziemlich albern. Die Uhren in anderen Ländern gingen in dieser Hinsicht zwanzig Jahre nach, und hier stritten sich ein paar Kappen wegen zehn Minuten.

Selbst in der Kneipe, in der ich mich mit meinen Freunden regelmäßig traf, war dies ein heiß diskutiertes Thema. Einige Stammtischbrüder machten sich sogar ernsthafte Sorgen. Na gut, auch dies war nichts Neues. Ich kannte die Schwaben nun gut genug, um zu wissen, dass sie sich eigentlich ständig Sorgen machten. Die Schwaben wissen nämlich nicht, was morgen oder eines Tages sein wird, daher finden sie es gut, sich schon mal vor-zusorgen.

Das haben sie den Sizilianern voraus. Die wissen nämlich auch nicht, was morgen oder eines Tages sein wird, und leben lieber im Jetzt und Heute. Gut, vielleicht sehen sie aus diesem Grund etwas unbeschwerter aus, aber: das täuscht! Der Sizilianer rechnet eigentlich täglich mit seinem Ableben und fragt sich daher, warum er dreißig Jahre im Voraus planen soll, wenn er nicht mal weiß, ob ihn in zehn Minuten der Schlag trifft.

Der Schwabe dagegen ist sich der theoretischen Chance, die nächsten zehn Minuten zu überleben, sehr wohl bewusst, und die addiert er nun so oft zusammen, dass er eine Lebensversicherung abschließt. So schnell sind dreißig Jahre verplant. Aber da er sein Häusle in etwa genau so lange abzahlen muss, ist es nicht weiter tragisch. Dann wird eben später gelebt. Wenn die Lebensversicherung fällig ist. Die lässt er sich »im Erlebensfall«, wie es so schön heißt, in bar auszahlen, um endlich in Saus und Braus zu leben. Dann wird ein neuer, tiefergelegter Rollstuhl samt einer neuen, schnittigen Krankenpflegerin angeschafft, die ihn durch die Gegend schieben darf. Zur Krönung gönnt er sich täglich einen pürierten Rostbraten und dazu ein Glas Most.

So unvernünftig ist dieses Vor-sorgen also gar nicht. Denn wenn sich plötzlich keiner mehr sorgen würde, wären alle Versicherungsvertreter arbeitslos und Deutschland schon wieder auf dem besten Weg den Bach runter.

Einer dieser Stammtischbrüder meinte jedenfalls genau zu wissen, warum es so schlecht um Deutschland stand: Das Boot war voll! Und das ausgerechnet im Schwabenland, wo es doch sowieso, mangels fahrbarer Gewässer, so wenige Boote gab. Da saß er nun, spielte den unerschütterlichen Menschenfreund, dem es nur um das Wohlergehen des deutschen Volkes ging, wies auf die christliche Traditionen hin, die es zu bewahren galt, pumpte alle paar Sätze ein Bier ab und predigte ununterbrochen, dass an allen Problemen die Ausländer schuld seien. Ich verdrehte nur die Augen. Fruchtlose Kneipendiskussionen endeten entweder mit einem schweren Besäufnis oder, wenn es zu persönlich wurde, schmerzlich.

Die Diskussion an jenem Abend verlief allerdings ganz anders. Ein junger Mann, etwas älter als ich, groß wie ein Bär, mit einem runden Gesicht, glatten rotblonden Haaren und einem zerzausten Bart in derselben Farbe, setzte sich zu dem Stammtischbruder. Innerhalb weniger Minuten widerlegte er auf ruhige, sachliche Art sämtliche seiner Parolen. Ich saß zwei Tische weiter, verfolgte das Gespräch und war regelrecht erstaunt. Der junge Mann, der sich Ben nannte, formulierte sehr präzise, untermauerte seine Argumente mit Fakten, Zahlen und Beispielen und ließ dem Stammtischbruder keinen anderen

Ausweg, als klein beizugeben. Ich war total begeistert. Und das, was als Nächstes folgte, beeindruckte mich noch viel mehr.

Der Stammtischbruder leerte sein Bier, setzte das leere Glas ab und rief: »Bei solchen Vaterlandsverrätern ist es kein Wunder, dass alles vor die Hunde geht!«

Ben sah ihn nur scharf an und forderte ihn in einem ruhigen Ton auf, die Kneipe entweder sofort und auf seinen eigenen Beinen zu verlassen oder den Schwachsinn zu wiederholen und sich auf einer Trage hinausbefördern zu lassen. Zum Abschied sagte er noch: »Wenn du und deine Kumpane so heilig wärt, wie ihr euch darstellt, dann könntet ihr übers Wasser laufen und müsstet euch nicht über volle Boote beklagen!«

Der Mann entschied sich schnell für das Verlassen des Lokals auf eigenen Beinen, zahlte und verschwand. Ich setzte mich zu Ben, und wir unterhielten uns sehr lange. Ich mochte die Art, wie er redete. Ruhig, sachlich, überlegt. Dahinter steckte ein System, das ich unbedingt kennen lernen wollte.

Ben war ein seltsamer Kauz. Er studierte. Das erzählte er jedenfalls jeden der es wissen wollte. Ob er es tatsächlich tat, wusste kein Mensch. Relativ schnell fand ich dagegen heraus, dass es eigentlich keinen Tag und keine Uhrzeit gab, an denen er nicht bei einem Glas Wein in irgendeiner Kneipe saß. Immer bereit, eine Diskussion anzufachen und sich anderer Leute Sorgen anzuhören. Ich lernte ihn zu einer Zeit kennen, als er sich aus seinem alten Freundeskreis verabschiedete, indem er ihm die Pest an den Hals wünschte.

Manche dieser Leute, darunter auch angehende Studenten, benahmen sich einfach nur furchtbar. Sie inszenierten sich am liebsten selbst, hörten sich sehr gerne reden und waren stets bemüht, Selbstsicherheit, geistige Überlegenheit, Intelligenz und Kompetenz auszustrahlen. Oder zumindest überzeugend vorzutäuschen. Auf eine gewisse Weise hatten sie sehr viel Ähnlichkeit mit den gefürchteten, als »verrohte Primitivlinge« verschrienen Rockern. Nur dass sie, statt mit bloßen Fäusten, mit geschliffenen Worten, ausgefeilter Rhetorik und nervender Klugscheißerei aufeinander einschlugen.

Die Ziele waren stets dieselben: Demütigung, Herabsetzung und Ausgrenzung des vermeintlichen Gegners. Die einen setzten auf körperliche, die anderen auf seelische Grausamkeit. Ich fand Rocker ehrlicher. Die ranzten jemanden einfach an, und der wusste sofort, dass ein Ortswechsel dringend angeraten war. Die vermeintlich klügeren Intellektuellen meuchelten dagegen verbal. Mit einem überheblichen Lächeln im Gesicht. Hinterhältig und zynisch. In ihrer affigen, arroganten Art glichen sie den Söhnen und Töchtern aus besserem Hause in Messina aufs Haar. Auch die hielten sich ohne eigenes Zutun, sondern allein schon wegen Papis größerem Geldbeutel und den damit verbundenen Vorteilen, für was Besonderes.

Als ich zu dem Streit zwischen Ben und seinen ehemaligen Kumpanen dazustieß, war er schon fast vorbei. Ich hörte, wie die Anwesenden tuschelten, verstohlen lachten und ihn hinterhältig fragten, an welcher Uni er denn eingeschrieben sei. Als ob er ihnen gegenüber irgendeine Verpflichtung hätte, sich und seine Lebensweise zu erklären oder zu rechtfertigen. Selbstgefällig saßen sie an ihren Tischen, lachten und verhöhnten ihn so lange, bis er seinen Mantel nahm und gekränkt davonstapfte. Ben war ein klassischer Außenseiter.

Rasch verabschiedete ich mich von meinen Freunden, lief ihm nach und sah gerade noch, wie er eine andere Kneipe betrat. Unter dieser Kneipe hatten sich Jugendliche einen feuchten Kellerraum als Treff eingerichtet. Ein paar alte Sofas, jede Menge Poster an den Wänden und ein paar bunte Glühbirnen, die den Raum eher verschwammen als erhellten.

Hier war auch meine Freundin Heidrun ab und zu anzutreffen. Ich hatte sie in einer der vielen Dorfdiskos kennen gelernt, in denen ich mich mit meinen Freunden herumtrieb. Ihre langen, dunklen Haare, ihr überaus hübsches Gesicht und ihre mandelförmigen, dunklen Augen ließen eher eine exotische Indianerin als eine Schwäbin vermuten. Aber da sie Heidrun hieß, bestand an ihrer Herkunft kein Zweifel.

In der Disko war an jenem Abend nicht sonderlich viel los. Es lief auch keine typische Diskomusik, sondern irgendetwas Psychedelisches, das stark an die Zeiten erinnerte, als halb nackte Blumenkinder in anderen Sphären schwebend herumgehüpft waren. Zwei davon waren auf der Tanzfläche und sprangen zu den sphärischen Klängen einer winselnden Geige von einem Bein auf das andere.

Die hübsche junge Frau kam auf mich zu und erkundigte sich, ob ich lieber zu Diskomusik tanzen wolle. Ich gab ihr zu verstehen, dass ich rhythmisches Räkeln, über die Tanzfläche Robben und einbeiniges Weitspringen eigentlich auch ganz toll fand. Sie lachte, ging zu ihren Freunden zurück, und ich nahm mir fest vor, sie kennen zu lernen.

Allerdings sollte es noch ganze drei Monate und viele zufällig herbeigeführte Begegnungen dauern, bis ich sie endlich so weit hatte, dass sie sich mit mir in einer gemütlichen Kneipe verabredete: im Café Egon. Dieses Lokal wurde von zwei sehr alten Herrschaften geführt, die ihr großes Wohnzimmer in ein gutgehendes Café umgewandelt hatten. Dort traf sich meistens Salachs intellektuelle Jugend: angehende Studenten und Jusos, die nichts anderes taten, als stundenlang zu diskutieren.

Am späten Abend gaben wir uns in einer Ecke des Cafés einen ersten verstohlenen Kuss, der sofort zu heftigen Reaktionen führte. Die betagte Hausherrin, die solche Schweinereien in ihrem Haus nicht duldete, forderte uns auf, das Lokal sofort zu verlassen. Heidruns Freundinnen gaben ihr gleich zu verstehen, dass sie ihr die Freundschaft kündigten, sollte sie sich tatsächlich mit einem Möchtegern-Rocker zusammentun. Und meine Freunde fragten mich entgeistert, was ich an dieser komischen, alternativen Tussi so toll fand, die für ihr Leben gern über Friedensbewegung, Umweltschutz, Frauenrechte und ähnliche, völlig uncoole Themen diskutierte.

Im Laufe der nächsten Monate erweiterte sich der Kreis der Nichtbefürworter unserer Beziehung um ihren Vater – weil ich Italiener war – und meine Eltern – weil sie Deutsche war. Die ganze Welt war gegen uns – die beste Basis, um eine stabile Beziehung aufzubauen. Dennoch gelang es uns, auch wenn wir sie uns mühselig, allen Widrigkeiten zum Trotz und durch alle Instanzen hindurch hart erkämpfen mussten. Wobei sich meine Familie übrigens als die härtere Nuss erwies.

Als ich den Kellerraum betrat, sah ich vier Jungen,

die in einer ohrenbetäubenden Lautstärke eine kaum wiederzuerkennende Rocknummer aus den späten Sechzigern spielten. Ben hängte sich gerade eine Gitarre um den Hals und stieg Sekunden später in das Stück ein. Schon nach den ersten Klängen war mir klar: Er war ein verdammt guter Gitarrist!

Nun stand ich zum zweiten Mal mit offenem Mund da und staunte über seine Fähigkeiten. Noch mehr genoss ich das Gefühl, so nah an etwas dran zu sein, was ich bis dahin nur aus der Konserve kannte: eine echte Rockband! Zwar keine richtig gute, aber gut genug, um mich zu beeindrucken und um die erste Idee eines Entschlusses reifen zu lassen: Das wollte ich auch können!

Zwei Tage später war ich stolzer Besitzer einer gebrauchten E-Gitarre, die alle möglichen Kratzgeräusche von sich gab, aber nichts, was auch nur im Entferntesten an Musik erinnerte. Nicht mal einen erkennbaren klaren Ton brachte ich zustande. Ich schredderte das Ding ordentlich durch, würgte ihren Hals, schlug ihr in den Bauch, hebelte am Hebel, knöpfelte am Knopf, werkelte am Werkel und erkannte sofort, dass die Suche nach meinem verborgenen musikalischen Talent vergeblich bliebe. Meine Eltern hatten in der Eile wohl vergessen, mir ein Wunderkind-Gen einzupacken. Das würde ein deutlich längerer Weg werden als erhofft.

Ben erklärte sich netterweise bereit, mir ein paar Griffe zu zeigen, zusammen mit einem guten Dutzend Fingerübungen, um meine Schnelligkeit zu trainieren. Ich ging nach Hause, spielte, spielte, spielte und spielte. Jeden Tag, jede freie Minute, bis meine Fingerkuppen anfingen zu bluten und ich sie schnell verpflasterte, um weiterspielen zu können.

Ich ging mit meiner Gitarre ins Bett, stand mit ihr auf und nahm sie sogar mit aufs Klo, um ja keine Minute zu versäumen. Langsam stellten sich die ersten Erfolge ein: der erste sauber klingende Ton, der erste kratzfreie Akkordwechsel und eine ungeheure Freude am hörbaren Fortschritt. Es brauchte seine Zeit, aber mit ein wenig Geduld würde ich es schaffen.

Bald hingen Ben und ich jeden Nachmittag zusammen. Wir trafen uns bei mir oder gingen zu ihm, übten, spielten, diskutierten, nahmen Stücke auf und tranken dazu Bens Lieblingswein. Ein billiger Fusel, den er Pennerglück nannte, weil er nur geringfügig besser schmeckte als Kopfschmerzen und Sodbrennen. Allem Anschein nach kaufte er das Zeug gleich palettenweise. Anders war die große Anzahl an Flaschen, die sich in seinem Zimmer angesammelt hatten, nicht zu erklären.

Als es eines Nachmittags etwas später wurde, hatte ich die große Ehre, seine Mutter kennen zu lernen. Sie war eine große blonde Frau von Ende fünfzig, mit großen Lockenwicklerlocken, die wirr auf ihrem Kopf herumhüpften. Das Verhältnis zwischen den beiden schien nicht das beste zu sein. Ben hatte ihr irgendwann verboten, sein Zimmer zu betreten, und sie hatte offensichtlich Mühe, sich daran zu halten. Auch an jenem Tag öffnete sie die Tür, steckte den Kopf durch den Spalt, überhörte meinen freundlichen Gruß und nahm meine Anwesenheit auch optisch nicht wahr. Stattdessen schnaubte sie, Ben solle seine dreckigen Unterhosen nicht in seinem Zimmer sammeln, weil die Ratten sonst versuchen könnten, sich durch die Mauern zu nagen. Danach knallte sie die Türe zu und fragte noch mehrere Male brüllend, ob er sie verstanden habe.

Ben versank vor Scham in seinem Sessel. Dann stand er gequält auf, packte seine Gitarre weg, sammelte eine Menge Flaschen in eine große Sporttasche, schob die restlichen unter sein Bett und flüsterte mir zu, dass ich jetzt besser gehen sollte. Von der anderen Seite der Tür drang ein seltsames Zischen in meine Ohren: pffft, pffft, pffft, pffft. Verwundert blickte ich mich um und fragte Ben, was das für Geräusche seien. Daraufhin öffnete er die Tür und stieg über seine kniende Mutter hinweg, die mit einer Sprühflasche Sagrotan und einem Putzlappen die Tür und den Boden vor seinem Zimmer desinfizierte.

Kaum war Ben am Ausgang, keifte sie auch schon los. »Wo gehst du denn jetzt schon wieder hin? Sag! Wo gehst du jetzt schon wieder hin? Hiergeblieben! Du endest noch wie dein Vater!«

Ben drehte sich um, schaute sie scharf an und zischte: »Na und? Den hast du doch ins Grab gebracht! Und bei mir wirst du es auch noch schaffen, da mache ich mir keine Sorgen.« Mit diesen Worten winkte er mich raus.

Seine Mutter starrte mich an, und ich bekam vor den leeren, ausdruckslosen Augen der Frau einen mächtigen Bammel. Rasch drückte ich mich an ihrem massigen Körper vorbei und ging schnell zur Tür. Nicht, dass sie noch auf die Idee kam, mich mit ihrem Sagrotan zu desinfizieren. Ben schob mich aus dem Haus und machte, kaum dass wir draußen standen, seinem Ärger Luft. Unter diesen Umständen konnte ich nachvollziehen, warum er sich lieber in Kneipen herumtrieb. Der nächste Weg führte ihn in einen Laden ganz in der Nähe seines Hauses, wo er die leeren Flaschen gegen volle eintauschte. Ich ging nach Hause, schob die Gitarre unter mein Bett, setzte mich zu Filippo, Mama und Papa aufs Sofa und freute mich riesig über mein Elternhaus.

Bald hatten Ben und ich unsere ersten selbst arrangierten Songs geschrieben und den Entschluss gefasst, eine Band zu gründen. Ich hatte meine Welt entdeckt. Das war genau das, was ich immer machen wollte, und nichts anderes. Jede freie Minute verbrachte ich damit, Gitarre zu spielen, Pläne zu schmieden, nach Musikern zu suchen, die in unsere Band passten, und nach einem Probenraum, wo unsere eigene Musik zum Leben erweckt werden sollte.

Kurze Zeit später stieß Zornie, ein Bassist, zu uns. Er war ein sehr sympathischer, sechzehnjähriger Kerl, mit langen Haaren, einem mächtigen Schnauzbart, Grübchen in den Wangen und einer runden Nickelbrille mit dicken Gläsern. Alsbald gesellte sich Uwe zu uns, den Ben und ich schon eine ganze Weile kannten. Sein Markenzeichen waren die lange blonde Mähne, eine kräftige Rockröhre und ordentlich schnelle Finger an der Gitarre. Als Letzter stieß Mike zu uns. Er war ein eher stiller, dunkelhaariger Kerl mit dichtem Vollbart, aus dem nur Nase und Augen herausschauten, und vervollständigte mit seinem Schlagzeug unsere Band. Unsere erste gemeinsame Probe, die ersten gespielten Songs erzeugten Glücksgefühle, die sich kaum beschreiben lassen.

Als wir kurz darauf ein paar Freunde zu unserem ersten Proberaumkonzert einluden, explodierten die Gefühle. Wir spielten unsere drei Songs mit einer Dynamik und einer Lebendigkeit, die unsere Zuhörer buchstäblich von den Sitzen riss, berauschte, zu hysterischem Geschrei und orkanartigen Beifallsstürmen zwang. Wir fühlten uns wie GÖTTER!

Als der letzte unserer Exfreunde zehn Minuten

nach unserem genialen Konzert immer noch zuckend am Boden lag und die Stimmen nach einem Notarzt immer lauter wurden, beschlossen wir, auf Zugaben zu verzichten. Für uns hatte er keine Schmerzensschreie ausgestoßen, sondern, völlig zu Recht, hysterisch gejubelt.

Kein wirklicher Star stellt sich die Frage, ob die Leute kreischen, weil der Song gut ist, weil er zu Ende ist oder weil er Panikattacken auslöst. Beifall ist Beifall! Man fühlt sich toll, nimmt den Applaus dankbar entgegen und diskutiert neidvolle Kritiken wie »Echt klasse! Wer von euch hat den Presslufthammer gespielt?« so lange durch, bis alle überzeugt sind, dass der Kritiker nur den treibenden, durchdringenden Rhythmus gelobt hat.

Das Einzige, was uns jetzt noch fehlte, war ein klingender Bandname, der die Größe und Erhabenheit der zukünftigen »Legends of Rock« in die Welt trüge. Am Ende eines strengen Auswahlverfahrens entschieden wir uns für »Brain Dead« – die Hirntoten! Zwei Tage später änderten wir ihn dann in »Brain Storming«, weil ein paar Neidhammel der Ansicht waren, dass dieser Name den geistigen Zustand unserer Band ziemlich genau beschrieb.

Im Sommer 1981 hatte ich mit der Band, meinen Freunden und Heidrun so viel Spaß, dass ich zum ersten Mal gar nicht so wild drauf war, nach Messina zu fahren. Natürlich fuhr ich trotzdem mit. Und bearbeitete Mama und Papa so lange, bis sie zustimmten und Heidrun mitkommen durfte. Wenn wir allein gefahren wären und einen großen Bogen um meine Familie gemacht hätten, wäre es bestimmt ein wunderschöner Urlaub geworden. Meine Schwester Santina, die Cousins und Cousinen reagierten toll und nahmen Heidrun ohne Wenn und Aber auf. Die Erwachsenen sahen sich in der Pflicht, sie mit sizilianischen Bräuchen und Traditionen zu drangsalieren, die selbst ihre eigenen Kinder nicht mehr interessierten. Meine Eltern verbannten sie, um unsere Keuschheit zu wahren, auf eine Matratze am Fußende ihres Bettes und ließen zu jeder Berührung und jedem Kuss, den wir uns gaben, böse Kommentare ab.

*Nonno* Luigi bemängelte ihr mangelndes Schamgefühl, weil sie es wagte, bei vierzig Grad im Schatten einen Bikini anzuziehen. *Zio* Paolo veranstaltete ein Riesenspektakel, als mir im Gespräch herausrutschte, dass wir nicht vorhätten, sofort zu heiraten. Meine Tanten äußerten ihre Sorge, dass ich, im Falle einer Heirat, in nicht allzu ferner Zukunft an Pastamangel zugrunde gehen könnte. Am Ende könnte der mir bevorstehende sinkende Tomatensoßenspiegel im Blut schwere Allergien bis hin zur *morte subitania* führen. Außerdem hatten sie gehört, dass deutsche Hausfrauen nicht so fleißig seien wie die sizilianischen, weil sie sogar für ihr schmutziges Geschirr eine Maschine benötigten. Ihrer Ansicht nach waren Geschirrspülmaschinen der Gipfel der Dekadenz.

Das warf natürlich irgendwann die grundsätzliche Frage auf, was deutsche Hausfrauen den ganzen Tag über taten, wenn sich doch die ganze Arbeit auf Knopfdruck und damit sozusagen von allein erledigte. Dass trotz aller Maschinen noch genug Arbeit übrig blieb, lag offenbar außerhalb ihrer Vorstellungskraft. Selbst an Waschmaschinen, eine echte Arbeitserleichterung, hatten sie sich nur langsam gewöhnt.

Wenn Heidrun und ich meine alte *zia* Lina, *nonno* Luigis Frau, beim Wäschewaschen beobachteten, lagen wir manchmal vor Lachen auf dem Boden. Mit fortschreitendem Alter hatte sie einfach nicht mehr die Kraft, ihre Wäsche von Hand zu waschen. Da in unserem Haus eine ungenutzte Waschmaschine herumstand, stopfte sie alle drei Tage ihre Kleidung hinein und schaltete sie ein. Statt sich in der Zwischenzeit um andere Dinge zu kümmern, wartete sie die ganze Zeit über bei der Maschine, bis das Programm fertig war, und schimpfte ohne Unterlass über deren Langsamkeit. Dann lief die 140 Zentimeter kleine Frau mit der auffälligen, grau-lila gefärbten Einsteinfrisur gebeugt und mit auf dem Rücken gekreuzten Armen auf und ab und auf und ab und auf und ab. Zwei Stunden und drei Kilometer später verfluchte sie die Maschine, zerrte ihre Wäsche heraus und beschwerte sich bei *nonno* Luigi über das nutzlose Gerät, das sie viel mehr ermüdete als die frühere Handwäsche.

Die einzigen Geräte, die es ohne Protestbewegungen in jede sizilianische Küche geschafft hatten, waren Fernsehgeräte. Die Glotzkisten hatten sich zu einer echten Landplage entwickelt, denn sie liefen Tag und Nacht. Selbst wer das Haus voller Gäste hatte, machte sich nicht die Mühe, die Kiste abzuschalten. Zwanzig Leute quatschten wild durcheinander, und die laufenden Fernsehsendungen lieferten neben Gesprächsthemen auch Hintergrundmusik.

Heidrun und ich nahmen es mit Humor. Wir spazierten durch die Stadt, schlenderten die Hafenpromenade entlang, bewunderten Messinas schönste Sehenswürdigkeiten. Manchmal schämte ich mich dann für den Schmutz, der in den schwärmerischen bunten Beschreibungen meiner erträumten Stadt nicht existiert hatte, den sie aber im wirklichen Messina zu sehen bekam. Etwa den schönen Sandstrand, der mit stinkenden Fischabfällen übersät war. Die Abwasserkanäle, die ihre giftige Fracht ungeklärt ins Meer trugen, und kokelnde Müllberge am Straßenrand. Auch dies versuchten wir mit Humor zu nehmen, obwohl nicht zu übersehen war, dass dieser Anblick sie schwer schockierte. Zum Glück wogen die vielen schönen Dinge die hässlichen auf.

Wir erfreuten uns an *zio* Nuccios und *zio* Baldos lustigen Späßen, die am Strand immer zu Hochform aufliefen. Genossen das wunderbare Essen, die Gespräche mit Santina, die sich in eine hübsche junge Frau verwandelt hatte, die Ausflüge mit Gianni und seiner Clique und Heidruns vergebliche Versuche, sie dazu zu bewegen, ihren Abfall nicht überall achtlos liegen zu lassen. Die meisten waren zutiefst überrascht, dass sich ein junges Mädchen aus Deutschland um den Dreck in Messina sorgte. Heidrun wiederum war sprachlos, dass sich die jungen Leute hier offensichtlich um gar nichts sorgten. Weltpolitik, Umweltschutz, Emanzipation spielten so gut wie keine Rolle. Sie sorgten sich nur um das, was sie unmittelbar betraf, und das hatten sie mit der Mehrzahl der Erwachsenen gemeinsam. Sie lebten in einer kleinen, überschaubaren Welt, der Strom kam aus der Steckdose, Müll verrottete von allein, Frauen hatten das Recht, eine ordentliche Mahlzeit zuzubereiten, die aber keinesfalls schlechter als die ihrer Schwiegermutter sein durfte, und für den Rest waren der liebe Gott und die Heiligen zuständig.

## 32. Entscheidungen

Die meisten Sizilianer sorgten sich tatsächlich nur um das, was in ihrem unmittelbaren Einflussbereich lag. Um alles andere kümmerten sie sich recht wenig. Die Lokalpolitik wurde von den meisten noch aufmerksam verfolgt. Alles, was darüber hinausging, wurde dagegen schon beinahe als gottgegeben hingenommen. Wichtig war nur, dass die Herren Politiker nicht bloß aßen, sondern auch essen ließen. Was letztlich bedeutete, dass ihnen sehr wohl bewusst war, dass die meisten ihrer gewählten Volksvertreter korrupt, käuflich und nur auf ihre eigenen Vorteile bedacht waren. Dennoch waren sie im Grunde schon zufrieden, wenn von deren reich gedecktem Tisch so viele Krümel fielen, dass auch für das einfache Volk noch etwas übrig blieb.

Die gemeinsamen Ausflüge mit Gianni und seiner Clique gehörten für Heidrun und mich zu den schönsten Erlebnissen unseres Urlaubs. Die hochansteckende unbeschwerte Fröhlichkeit, Lebensfreude, Ausgelassenheit und auch die Freundlichkeit dieser jungen Leute verdrängten so manche unschöne Debatte und den Kampf gegen die dummen Vorurteile. Letztere führten schließlich zu einem bösen Streit mit *nonno* Luigi. Er warf mir vor, keine Ehre im Leib zu haben, weil ich meine schöne Frau nicht, wie es sich gehörte, eifersüchtig ins Haus sperrte, sondern sie zu Ausflügen mit fremden Männern mitnahm. Für ihn stand fest, dass Deutschland einen Waschlappen aus mir gemacht hatte. *Nonno* Luigi und ich waren in unserer Denkweise ein ganzes Jahrhundert voneinander entfernt.

Doch schon am selben Abend spielte der Streit zwischen mir und meinem Großvater keine Rolle mehr. Mein Bruder hatte eine Entscheidung getroffen, die er beim Abendessen verkündete.

»Ich bleibe in Messina!«, sagte er und sah abwechselnd Papa und Mama an, in der Erwartung ihrer Reaktion.

Die kam auch postwendend. Papa erklärte ihn kurzerhand für geisteskrank und rechnete schnell nach, wie viele Gläser Wein er wohl gebechert hatte.

Filippo blieb sehr ruhig, legte die Beweggründe seiner Entscheidung dar und verkündete die Pläne, die er bereits gemacht hatte. In Deutschland sah er für sich keine Zukunft. Er war nach all den Jahren ein Ausländer geblieben, und er glaubte auch nicht, dass sich das eines Tages änderte. Er wollte sich unbedingt selbstständig machen, und das ging seiner Meinung nach in Deutschland mit seinen Tausenden Regelungen, Vorschriften und Gesetzen sowieso nicht. Er wollte seine Ausbildung in Messina beenden, hatte sich bereits um eine Stelle bemüht und wollte gleich nach unserem Urlaub mit der Arbeit beginnen. Ich musterte Filippo verduzt. Diese Klarheit und diese Entschlusskraft hatte ich meinem jüngeren Bruder gar nicht zugetraut. Nachdem er Papa und Mama vor vollendete Tatsachen gestellt hatte, blieb ihnen gar nichts anderes übrig, als ihn zurückzulassen.

Eine Woche später saßen meine Eltern und ich beim Abendessen in unserer Wohnung in Salach. Mama starrte die leeren Stühle an und begann zu weinen. Ihre Familie war zerfallen. Ihr Traum, dass wir gemeinsam arbeiten, uns etwas aufbauen und am Ende geschlossen wieder nach Hause zurückkehren würden, war zerbrochen. Papa versuchte sie zu trösten und schlug vor, die Wohnung aufzulösen und schnellstmöglich nach Sizilien aufzubrechen. Mama musterte ihn nur verständnislos und sagte zu unserer aller Überraschung: »Ich will nicht nach Messina zurück! Ich wollte, dass wir alle zusammen hier bleiben!«

Mit diesem Satz versetzte sie Papa einen Schlag in die Magengrube. Er war ganz selbstverständlich davon ausgegangen, dass Mama genauso dachte wie er und möglichst bald wieder nach Hause wollte. Doch da hatte er sich böse getäuscht, denn sie dachte nicht im Traum daran. Das Einzige, was sie bedauerte, war die Tatsache, dass nun zwei ihrer Kinder in Messina waren und sie früher oder später zurückmusste.

Im Jahr darauf wies bereits alles darauf hin. Filippo und Santina kamen mit der sizilianischen Mentalität überhaupt nicht zurecht. Filippo hatte ein Mädchen kennen gelernt, das schon zwei Monate später zur Heirat drängte. Santina hatte sich in einen Mann verliebt, der zehn Jahre älter war, und lebte unverheiratet mit ihm zusammen. Das war ein Skandal, der seinesgleichen suchte. Als wir nach Messina fuhren, fanden wir eine schockierte Familie vor, die nicht fassen konnte, wie sich die beiden so völlig danebenbenehmen konnten. Dass ein Zwanzigjähriger und eine Achtzehnjährige es wagten, eigenständige Entscheidungen zu treffen, dass sie alle gutgemeinten Ratschläge der Familie in den Wind schlugen und sich von niemandem hineinreden ließen, war ungeheuerlich.

Bald machten die wildesten Gerüchte die Runde. Haarsträubende Geschichten. Allerdings waren sie nicht unglaubwürdig genug, als dass man sie nicht trotzdem unter dem Mantel der Verschwiegenheit weiterreichte. Demnach war Santinas Verlobter ein Analphabet, der noch nie in seinem Leben eine Schule besucht hatte. Zudem war er sehr wohlhabend, und da jemand ohne Schulbildung es zu nichts bringen konnte, waren legale Einnahmequellen automatisch ausgeschlossen. Demnach konnte er lediglich Auftragskiller, Waffenschieber, Topterrorist, Mafiaboss, Spion oder Ministerpräsident sein. Letzteres galt jedoch als nicht sehr wahrscheinlich, weil ihn niemand für skrupellos genug hielt.

Filippos Freundin hingegen war angeblich ein Barackenkind auf der Suche nach einem Heiratskandidaten mit richtig viel Kohle. Da Filippo nicht viel besaß, war für alle offensichtlich, dass sie ihn nur ausnehmen und danach zum Teufel jagen wollte. Nach dieser objektiven Beurteilung durch unsere Verwandten konnten meine Eltern und ich den beiden »Verlobten« natürlich nicht mehr ganz vorbehaltlos gegenübertreten.

Zugegebenermaßen war Santinas Wunschkandidat tatsächlich etwas gewöhnungsbedürftig. Adriano sah auf den ersten Blick aus wie Adriano Celentano, wenn auch mit dreißig Kilo Übergewicht. Ich rieb mir die Augen, als ich ihm zum ersten Mal begegnete, aber die Vision blieb und rollte unaufhaltsam auf mich zu. Sein betont schaukelnder Gang wirkte auf mich, als balancierte er einen kantigen Backstein im Schritt. Und erst sein weißer Anzug, der aussah wie der von John Travolta in *Saturday Night Fever*, und das bis zum Bauchnabel offene schwarze Hemd, aus dem ein lockiger Langhaarflokati herauslugte. Um seinen Hals baumelte eine dicke goldene Ankerkette mit einem massiven goldenen Jesusanhänger, groß wie ein Gullydeckel. An beiden Handgelenken trug er schwere, funkelnde Panzerketten und am linken eine derart wuchtige Rolex, dass der Arm glatt einen halben Meter tiefer hing, als der rechte.

Ein Orthopäde hätte die Uhr wegen der einseitigen Belastung und der Gefahr einer möglichen bleibenden Wirbelsäulenverkrümmung sicher als gesundheitsschädlich eingestuft. Vor seinem Haus parkte ein metallicblauer Lamborghini Countach, den er nach eigenen Angaben nicht fuhr, weil er Angst davor hatte. Der Wagen stand nur da und repräsentierte. Ab und zu waren wohl einige seiner Freunde damit gefahren, die ihn eines Tages mit einem Motorschaden vor der Tür abgestellt und sich seither nicht wieder gemeldet hatten. Seitdem diente das gute Stück nur noch als Taubenklo, strahlte aber immerhin noch dekadenten Reichtum aus.

Analphabet oder nicht: Adriano war ein ausgebuffter Kaufmann, der seit seinem sechsten Lebensjahr in der Pelzbranche arbeitete und Kontakte zu zahlreichen Modehäusern Italiens pflegte. Er hatte genau verstanden, was einen wichtigen von einem unwichtigen Mann unterschied, und das hatte weder mit Bildung noch mit Abstammung zu tun. Das Einzige, was wirklich zählte, war Geld! Was jedoch nicht darüber hinwegtäuschte, dass er als Namensgeber für den perfekten neureichen Proleten hätte herhalten können.

An ihm war einfach alles künstlich und protzig. In

der Öffentlichkeit wirkte alles, was er tat, wie einstudiert – jeder Satz, jede Bewegung, jede noch so kleine Geste. Selbst die einfachsten Dinge, wie eine Eistüte kaufen. Normale Menschen holten einfach eine Münze aus ihrem Geldbeutel, bezahlten und verabschiedeten sich. Adriano zog erst mal ein dickes Bündel 100.000-Lire-Scheine aus seiner Hosentasche, wedelte damit vor der Nase des Eisverkäufers herum und tat so, als ob er die ganze Eisbude kaufen wollte.

So angeberisch und laut er sich auf der Straße auch gab, so kleinlaut und kränklich wurde er, sobald er zu Hause war. Da fiel er innerhalb von Sekunden buchstäblich in sich zusammen. In den vierzehn Tagen, in denen ich Santina und Adriano traf oder mit ihnen telefonierte, lag der Mann ungefähr dreißigmal im Sterben. Er starb kontinuierlich. Ein klarer Fall für das *Guinnessbuch der Rekorde.* Wenn er nicht gerade starb, blätterte er in Dutzenden Röntgenbildern herum, suchte nach dem Grund seines Siechtums und schimpfte auf die Ärzte. Denn seiner Meinung nach waren sie nicht in der Lage, die tödliche Krankheit zu erkennen, die ihn jeden Tag vierundzwanzig Stunden lang an seinem letzten Atemzug herumröcheln ließ. Dabei holte er alle paar Schweißtropfen ein sauber gefaltetes Taschentuch aus der Hosentasche und fuhr sich damit übers Gesicht. »Aaaaah ... Ich kann nicht mehr! Ich stäärbää!«, winselte er dann.

Meiner Ansicht nach hätte die sofortige Verbrennung seines John-Travolta-Anzuges mit Sicherheit eine wundersame Spontanheilung herbeigeführt. Aber auf mich hörte ja keiner. Santina bat mich, wegen Adriano in der Familie zu vermitteln. Ich verstand zwar nicht, was sie an diesem Prachtexemplar fand, aber sie liebte ihn. Und solange ich ihn nicht heiraten musste, sah ich keinen Grund, ihr die Bitte abzuschlagen. Ich versprach ihr, mein möglichstes zu tun, und brachte kurz darauf gleich mit dem ersten Satz meines Vermittlungsversuches die ganze Familie gegen mich auf. Als älterer Bruder hatte ich die Aufgabe, Santina diese unmögliche Beziehung zu verbieten, und nicht, sie darin auch noch zu bestärken. Am Ende wünschte ich alle Beteiligten zum Teufel und riet meiner Schwester, genau das zu tun, was sie für richtig hielt.

Filippos »Verlobte« hingegen verhielt sich genau so, wie es die Familie vorausgesehen hatte. Kaum war die gemeinsame Wohnung komplett eingerichtet, löste sie die Verlobung auf. Als Begründung musste eine schäbige Geschichte herhalten. Auf der Suche nach schmutziger Wäsche hatten ihre Eltern einen dunklen Fleck auf unserer Familienweste entdeckt. Unbestätigten Gerüchten zufolge hatte einer unserer Urgroßväter um die Jahrhundertwende herum ein Stück Seife gestohlen und war dafür ins Gefängnis gewandert. Nach dieser entsetzlichen Entdeckung, stand für die Brauteltern fest, dass die Verbindung zu einer Verbrecherfamilie wie der unseren unzumutbar sei.

Nach diesem bitteren Ende war Filippo natürlich todunglücklich. Die ganze Familie machte sich auf die Suche nach dem unbekannten Seifenstrolch, der wohl an einem irreparablem Waschzwang gelitten hatte. Warum sollte denn sonst jemand ein Stück Seife stehlen? Da die Suche trotz intensiver Nachforschungen erfolglos blieb, beschloss die Familie, die Sache auf sich beruhen zu lassen. Filippo sollte sich über die Auflösung der Verlobung freuen, und Amen. Dass seine Exverlobte die Wohnungseinrichtung nicht mehr herausrückte, war ja wohl Ehrensache.

Am letzten Tag vor unserer Abreise, nach einer sehr heißen, stickigen Nacht, setzte ich mich am frühen Morgen todmüde in *nonno* Luigis Hof, schaute mir die vielen leer stehenden Wohnungen unseres Viertels an und dachte über die ganze Geschichte nach. Das Verhalten und die Ansichten meiner Familie, meiner Freunde und Bekannten waren mir so fremd geworden, dass ich mir die Frage stellte, wohin ich zurückkehren sollte. Mit dieser Stadt und den Menschen verband mich eine schöne Kindheit, die inzwischen leider vorbei war.

Übriggeblieben war das ganz normale Leben mit den kleinen und großen Dramen der Erwachsenen. Voller Arbeit und Schweiß. Unsere Familie hatte, so wie wir in Deutschland, ihren vorgegebenen Tagesablauf. Viele sahen sich oft nur einmal im Jahr. Nämlich genau dann, wenn wir in Messina waren und nach ihnen riefen. *Nonna* Maria betreute tagsüber *zia* Rosettas und *zio* Raffaeles Kinder und fiel abends nur noch todmüde ins Bett. Die älteren Cousins waren bereits verlobt oder verheiratet und gingen ihre eigenen Wege.

Sogar mein Lieblingscousin Gianni war verlobt. Ein süßes, zartes Wesen namens Maria hatte es ihm angetan. Die Sache schien ernst zu werden, denn sie sprachen schon von ihrer Hochzeit. Ich hatte ihn und auch die anderen diesmal kaum gesehen, und allmählich wurde es einsam um mich herum. Mir fiel auf, dass ich hier in Messina im Grunde nichts hatte. Keine Freunde, keine Gleichgesinnten und auch keine Gesprächspartner, wie etwa meine deutschen Freunde, mit denen ich auch über Dinge reden konnte, die hier in Messina tabu waren. Religion zum Beispiel. Die wenigen Male, die ich gewagt hatte, etwas in Frage zu stellen, oder wenn ich manche Widersprüche der katholischen Kirche kritisierte, hatten mir sehr böse Blicke eingebracht und den Vorwurf, ein Ungläubiger geworden zu sein. Ich schätzte mich sehr glücklich, dass Scheiterhaufen aus der Mode gekommen waren. Ich war bereits so weit von meinen Wurzeln entfernt, dass ein Leben in Messina für mich keine Rückkehr bedeutet hätte. Es wäre vielmehr ein ganz neuer Anfang.

In Deutschland angekommen, planten Papa und Mama unsere endgültige Rückkehr. Sie wollten noch neue Möbel und verschiedene andere Dinge erstehen und legten den Zeitraum der Abreise für das Frühjahr des nächsten Jahres fest. Meine Entscheidung, nicht mit ihnen zu gehen, löste beinahe eine Familientragödie aus. Dem Geschrei und den Wutausbrüchen folgte ein weitaus belastenderes Schweigen.

Heidrun half mir über Streitigkeiten und die vielen seelischen Tiefs hinweg. Und auch, das schlechte Gewissen zu verkraften, das ich immer dann bekam, wenn mir Mama vorwarf, sie im Stich zu lassen. Aber ich hatte mich entschieden – und blieb dabei. Ein paar Monate später räumte eine Spedition unsere Wohnung leer und verfrachtete alles nach Messina. Meine Eltern verabschiedeten sich von allen Freunden und Nachbarn und kehrten nach zwölf Jahren Deutschland endgültig in ihre Heimat zurück.

Ich bereute meine Entscheidung nicht. Heidrun und ich planten, vorerst in einem Zimmer im Haus ihrer Eltern zu wohnen, bis unsere finanzielle Situation eine eigene Wohnung erlaubte. Ihre Eltern nahmen mich zwar sehr herzlich auf, aber so ganz wohl war mir beim Anblick ihres mürrisch dreinschauenden Vaters nicht.

Egon war ein schwäbisches Urgestein, groß und schwer wie ein Berg auf zwei Beinen. Er hatte einen spärlichen Kranz weißer Haare, die meistens wild vom Kopf abstanden, einen weißen Schnauzbart, einen mächtigen Bauch, Hände wie Bratpfannen und eine Stimme wie Donnergrollen. Äußerlich und vom Wesen her war er eine liebenswerte Mischung zwischen zwei bundesweit bekannten Fernsehstars: dem NDR-Maskottchen Antje und Alfred Tetzlaff aus *Ein Herz und eine Seele*«. Heidruns Vater war ein Meister derber Sprüche und zotiger Späße und hatte einen sehr eigenwilligen Sinn für Humor, der sich, im Gegensatz zu »Ekel Alfred«, während des Essens aber wenigstens nicht die Zehennägel abknipste.

Die ersten paar Tage stand ich klein und verschüchtert vor diesem riesigen Fleischberg, bekam kaum einen Satz heraus und beim Abendessen kaum einen Bissen herunter. Als typischer Schwabe sprach Heidruns Vater naturgemäß sehr wenig, und das, was er sagte, hörte sich an, als wollte er mich im nächsten Augenblick am Kragen schnappen und mich am ausgestreckten Arm verhungern lassen.

Heidrun sagte dazu nur: »Das ist völlig normal. Wenn er dir in zwei Wochen einen Spitznamen gibt, hat er dich ins Herz geschlossen.«

Knapp zwei Wochen später wehte dann mein erster, äußerst liebenswürdiger Kosename durchs Haus: »Sauhund! Sauhund bist du schon da? Hast du etwa schon Feierabend? Das Arbeiten hast du wohl auch nicht erfunden, was? Was bist du eigentlich von Beruf? Mausfallenhändler? Auf, Schnupperlui, komm rauf! Essen ist fertig. Heute gibt es was richtig Gutes!

Das schmeckt viel besser als in die Hosen geschissen!«

Ich blieb mit offenem Mund am Treppenabsatz stehen und stellte mir die Frage, wie er wohl jemanden nannte, den er nicht ins Herz geschlossen hatte. Trotz allem konnte ich mir nur schwer vorstellen, dass etwas besser schmeckte, als in die Hosen zu scheißen. Bis ich feststellte, dass es seine ganz spezielle Art war, zu sagen, dass es etwas Leckeres zu essen gab. Bei Heidruns Vater schmeckte es nicht einfach gut oder toll, nein, es schmeckte besser als dumm rausgeschwätzt oder sogar besser als eine Goschvoll Reißnägel.

Mit diesen sonderbaren Kosenamen bedachte er nicht nur mich, sondern jeden aus seiner Umgebung. Armin, sein ältester Sohn, hieß je nach Tageslaune entweder Oberschlak oder Don Promillo. Harald, der zweite, hieß meistens Schlak oder Hafaseff, und der Großvater wegen seiner cowboyähnlichen O-Beine Coltsepp. Im Gegenzug nannten sie ihn wegen seiner mächtigen Wampe Egon Blonzki, klopften sich anschließend auf die Schulter und grinsten bis über beide Ohren.

Gefährlich wurde es eigentlich nur, wenn er einen mit »Schätzle« oder »Liebling« ansprach. Diese an sich harmlosen Wörter waren meist die Vorboten eines aufziehenden Sturms, der sich schnell in dröhnendes Donnern entlud. Und zwar inklusive der wüsten Drohung, jedwede abstehenden Körperteile entweder abzudrehen, abzuschrauben, weich zu klopfen, auszubeulen, auszuhängen, auszurenken, auszuleiern, einzudrücken oder einzudellen, um sie anschließend in einer Plastiktüte zu verstauen. Zum Glück blieb es immer nur bei der Drohung.

Ich stellte fest, dass die Schwaben sehr eigenartige Menschen waren. Noch eigenartiger als anfänglich vermutet. Aber Egon sprach mich von diesem Tag an, als er mir mit Sauhund und Schnupperlui meine ersten Kosenamen gab, wenigstens nicht mehr in der Mehrzahl an. Mit dieser Eigenart pflegten vor allem ältere Schwaben Fremde, die sogenannten »Reingschmeckten«, zu verwirren. Als Reingschmeckte gelten alle zugezogenen Dorfbewohner, die keine über mindestens drei Generationen zurückgehende Abstammungslinie im Dorf vorweisen konnten.

Da sich so mancher Schwabe bei diesen Fremdlingen das »Du« nicht zu verwenden traut, das »Sie« aber zu förmlich, vielleicht auch zu unverdient klingt, nimmt er eben den Umweg über das »Ihr«. So vermittelt er den Eindruck, als ob er sein Gegenüber doppelt sähe, zu einer Gruppe spräche, die noch nicht vollzählig oder einfach nur geistig unterbelichtet ist. Der so Angesprochene sieht sich dann ständig um, blickt über die Schultern und fragt sich, ob noch jemand hinter ihm steht.

Heidruns Brüder Harald und Armin waren lustige Gesellen. Beide etwa 1,90 Meter groß, breitschultrig und immer für einen Spaß zu haben. Zwischen ihnen fühlte ich mich mit meinen schmächtigen 170 Zentimetern irgendwie etwas zu kurz geraten. Vor allem, als sie mich in die Mitte nahmen, um mir lächelnd zu erklären, auf wie viele Arten sie gedachten, mich kaltzumachen, falls ich ihre Schwester nicht anständig behandeln sollte. Sizilianische Brüder waren da bei weitem nicht so einfallsreich. Die Vorstellung, dass ich bei Zuwiderhandlung meine Knochen in einer Plastiktüte spazieren tragen und meinen Lebensunterhalt als Kukident-Model verdienen müsste, klang nicht sehr erstrebenswert. Außerdem bekam ich langsam eine veritable Aversion gegen jegliche Art von Plastiktüten.

Egons Ratschläge im Umgang mit seiner Tochter klangen dagegen sehr vernünftig. Nach zwei Monaten nahm er mich zur Seite und riet mir, fehlende Knöpfe an meinem Blaumann lieber selbst anzunähen. Sie hatte ihm als Kind, um das langweilige Blau modisch ein wenig aufzupeppen, mal alle blauen, gegen große, glänzend rote Knöpfe ausgetauscht. Er bemerkte Heidruns verspielte Akzente erst, als er im Umkleideraum seiner Firma stand, seine Arbeitskollegen vor Lachen in die Spinde fielen und sein Meister ihn fragte, ob er sich als Werkstattkasper versuchen wolle. Außerdem riet er mir, meine Schallplattensammlung vor ihr in Sicherheit zu bringen.

Aus der berechtigten Sorge heraus, dass sich ihr Herr Papa mit einer Überdosis schwarzbrauner Haselnüsse das Gehirn aufweichte, hatte sie seine geliebten Heino-Platten mit einer Drahtbürste tiefengereinigt. Diese Behandlung hatten die Vinylscheiben leider nicht überlebt. Na gut, das empfand ich jetzt als nicht weiter dramatisch. Ich hatte nicht vor, Heino-Platten zu kaufen, zu hören oder gar zu sammeln. Außer mein Hausarzt würde sie mir verschreiben. Angeblich soll Volksmusik bei akuten Verstopfungen ja wahre Wunder bewirken. Wie auch immer. Wenn ich jedenfalls Heidruns Untaten zu meinen addierte, sollten wir uns für den Fall, dass wir einmal Kinder bekamen, warm anziehen. Am besten, wir schlossen noch vor deren Geburt eine Hausrat-, Gebäudebrand-, Unfall-, Kranken-, Haftpflicht- und eine Rechtschutzversicherung ab.

Meine Eltern und ich blieben telefonisch in engem

Kontakt. Sie riefen mich regelmäßig an und erzählten mir, was in Messina so alles passierte oder welche Schicksalsschläge unsere Familie mit schöner Regelmäßigkeit heimsuchten. Manches war zum Lachen, anderes zum Weinen. Vier Monate nach ihrer Rückkehr starb *zio* Nuccio. Der große, witzige Mann, der seit meiner Kindheit bei jedem Familienfest für Stimmung gesorgt hatte und den ich nur mit einem lausbübischen Grinsen im Gesicht gekannt hatte, war innerhalb eines Jahres von einem Tumor dahingerafft worden. Diese schreckliche Nachricht stürzte mich zeitweise in fürchterliche Albträume.

Dann wachte ich jedes Mal schweißgebadet auf, setzte mich in die Küche und kämpfte meine Ängste nieder. Ich kam zu der Erkenntnis, dass es letztendlich egal war, wo ich in Zukunft lebte. Ob Deutschland oder Sizilien – ich würde in jedem Fall liebenswürdige, für mich wichtige Menschen zurücklassen und in jedem Fall die Angst verspüren, den einen oder anderen nicht mehr lebend wiederzusehen.

## 33. Deutsch-sizilianische Feste

Was ich in den Gesprächen und den Stimmen meiner Eltern immer öfter heraushörte, war die Sehnsucht nach dem Leben, das sie in Deutschland geführt hatten. Nach ihren Freunden, ihrer Arbeit. Mama war mit ihrem Hausfrauendasein nicht gerade glücklich.

Heidrun und ich beschlossen, Heiligabend in Deutschland zu verbringen und am ersten Weihnachtsfeiertag nach Messina zu fahren. Zum ersten Mal feierte ich das Weihnachtsfest zusammen mit meiner schwäbischen Familie. Inge, Heidruns Mutter, hatte alles wunderschön vorbereitet. Das Esszimmer war weihnachtlich geschmückt, rote, schillernde Sterne baumelten von der Decke, und sanftes Kerzenlicht spiegelte sich in einem mit buntem Lametta geschmückten Christbaum. Durchs Haus wehte ein wundervoller Geruch, bei dem man automatisch Hunger bekam.

»Es gibt gefüllten Truthahn!«, verriet mir Heidrun. »An dem Vogel werden wir traditionell die nächsten sechs Tage zu kauen haben. Aber da wir morgen fahren, bleibt es mir dieses Jahr Gott sei Dank erspart.«

Ich betrachtete den riesigen Vogel, pfiff durch die Zähne und staunte. »Pfiuu! Womit ist der denn gefüllt? Mit einer halben Sau und ein paar hundert

Laugenbrötchen? Reicht er überhaupt für uns sechs? Oder soll ich noch schnell ein paar Pizzen in den Ofen schieben?«, ulkte ich.

Egon zwängte sich zur Tür herein, schnupperte an dem Vogel, klatschte in die Hände und rief dröhnend: »Hou, hou! Jetzt gibt's aber was Feines, Schnupperlui! Setz dich hin und iss, bis du platzt! Das schmeckt besser als ein Sack voll Hasenmist.«

»Da bin ich aber beruhigt!«, erwiderte ich und setzte mich an den Tisch.

Kurz darauf kamen Harald, Armin und Inge hinzu, und wir aßen von dem köstlichen Vogel tatsächlich so viel, bis wir beinahe aus allen Nähten platzten. Trotz der Fressorgie hielten sich die Abnutzungserscheinungen an dem Riesentruthahn in Grenzen. Nach dem Essen entwickelte sich eine lustige, feuchtfröhliche Party mit reichlich Wein und mehreren Bierchen, die nur von der sehnsüchtig erwarteten Bescherung unterbrochen wurde. Alle tauschten Geschenke aus, und am Schluss saßen alle vor mehreren Päckchen und freuten sich. Bis auf Egon.

Er hatte sich nämlich »nichts« und »steigt mir doch alle in die Tasche« gewünscht. Etwas, was sich nur sehr schwer in Geschenkpapier einwickeln ließ. Während nun alle lächelnd anfingen, ihre Geschenke auszupacken, wurde sein Gesicht immer länger. Erst als er mürrisch und leise zu brummeln anfing, griffen alle hinter sich und holten seine Päckchen hervor. Kaum lagen die fünf Geschenke auf dem Tisch, glitzerten auch seine Äuglein, woraufhin er sich überschwänglich bei der ganzen Familie bedankte, alle der Reihe nach liebevoll beschimpfte, bevor er überglücklich seine fünf paar »Furzguckahalter« auspackte. Das war seiner Ansicht nach etwas, woran es einem Mann niemals mangeln durfte: Hosenträger!

Später dann, als alle schon ziemlich angeheitert, kichernd und lachend am Tisch saßen, versuchte Inge an die besinnliche Stimmung zu erinnern, die an Weihnachten herrschen sollte, und bat darum, dass wir alle zusammen ein Weihnachtslied anstimmten. Sie schlug *Oh du fröhliche* vor, und wir sangen umgehend los. Egon fügte am Ende jeder Strophe mit seiner Bassstimme »Awa! Alter Scheiss!« hinzu. Harald, dessen Brille mittlerweile schräg im Gesicht hing, spielte Lichtorgel, indem er das Licht ein- und ausschaltete. Armin, als eingefleischter Kung-Fu-Fan, demonstrierte beim Singen, wie man mit gesprungenen Sidekicks die Papiersterne von der Decke holte. Heidrun versuchte, ihrer Mutter zuliebe, eine gewisse Ernsthaftigkeit zu bewahren, während ich einen Lachanfall nur mit Mühe unterdrücken konnte. Für jegliche Form von Besinnung war es definitiv zu spät.

Am nächsten Tag beluden Heidrun und ich das Auto und machten uns auf den Weg. Da es ein Überraschungsbesuch nach Papas Art werden sollte, hatte ich zu niemandem ein Wort gesagt. In Messina angekommen, fuhren wir die Einfahrt hoch, schlichen uns bis zur Wohnungstür meiner Eltern, öffneten sie, ohne anzuklopfen, und standen – mitten in einer deutschen Bauernstube in Eiche rustikal, samt holzvertäfelter Decke.

Heinos *Blau, blau, blau blüht der Enzian* klang gerade aus, und Heintjes *Oma so lieb* begann ölig aus zwei Lautsprechern zu tropfen. An jeder Wand hingen Bilder von röhrenden Hirschen, die aus verträumten Waldlichtungen herausglotzten. Einer schien sogar zu grinsen. Direkt darüber hing ein Hirschgeweih und daneben ein Holzschild mit dem eingebrannten Spruch: »Hopfen und Malz, ab in den Hals!« In einer wuchtigen altdeutschen Vitrine standen stämmige Maßkrüge neben Weizenbiergläsern, daneben sizilianische Eselskarren und ein Dutzend *bonboniere*. Das sind kleine Porzellan- oder Glasfiguren, die in Italien zu Hochzeiten, Taufen und anderen festlichen Anlässen verschenkt werden und die Grenze zum Kitsch nur in Ausnahmefälle nicht überschreiten.

Heidrun und ich brachen bei dem Anblick in schallendes Gelächter aus. Wir sahen die neuen Möbel meiner Eltern zum ersten Mal und hatten keine Ahnung, dass sie das Vorzimmer des Münchner Hofbräuhauses exportiert hatten. Mangels Schrotflinte ging ich zur Stereoanlage und würgte Heintje mitten im Refrain ab. Sekunden später kamen meine Eltern hereingestürzt, staunten Bauklötze und freuten sich riesig. Nach der herzlichen Begrüßung führten sie uns nach draußen, wo wir ihr neu erworbenes Grundstück bewundern durften. Sie hatten sich ein seit Jahren brachliegendes, verwildertes, aber sehr schönes Stück Land auf der Rückseite des Hauses gekauft und bewirtschafteten es.

Auf dem terrassenartig bebauten Hang standen alte Oliven-, Orangen-, Zitronen-, Mandel- und Nussbäume. Das Prunkstück des neuen Gartens waren eine mit Weinreben überdachte Terrasse, eine riesige gemauerte Grillstelle und eine Bierbankgarnitur, auf der eine weißblau karierten Tischdecke in den bayrischen Landesfarben lag. Ich stand davor und schüttelte nur noch grinsend den Kopf. Mama und Papa waren nicht wirklich nach Messina zurückgekehrt. Sie hatten vielmehr ihr eigenes Stück Deutschland nach Sizilien verpflanzt.

Als Heidrun und ich unsere Mitbringsel auspackten, war ihre Freude nicht mehr zu bremsen: Leberkäse, Schinkenwürste, rote und Weißwürste, Spätzlevorrat für mehrere Monate, ein paar Flaschen Weißbier und Gummibärchen. Eben all das, was es in Sizilien nicht gab. Und das war eine ganze Menge!

Am Abend feierten wir bei Weißbier und Rotwein, roten Würsten und *arancini*, Leberkäsbrötchen und Focaccia ein unvergessliches Familienfest.

Santina hatte, gegen jeden Widerstand der Familie, ihren Adriano geheiratet. Er saß wegen seines entdeckungsresistenten Magen-Darm-Blut-Leber-Hirn-Tumors vor einem gekochten, ungesalzenen Fisch und wartete auf seinen Tod. *Nonna* Maria starrte ihn die ganze Zeit an und rief auf ihre unverwechselbare Art: »Niemand, NIEMAND am Tisch darf sterben, bevor er seinen Teller blitzblank geleckt hat!«

*Nonno* Luigi bombardierte mich mit seinen sizilianischen Sprüchen und schloss mit dem schönsten, der ihm einfiel: »*E ustisso unni ti porta a testa, finu chi a Sicilia, nto cori ti resta* – Es ist gleich, wohin dein Verstand dich treibt, solange dein Herz in Sizilien bleibt.«

Filippo hatte die Pläne von seiner Selbstständigkeit vorerst auf Eis gelegt. Der Friseursalon, in dem er gearbeitet hatte, wurde regelmäßig von unauffälligen Herren heimgesucht, die sich zweimal im Monat die Haare schneiden ließen, nicht bezahlten und sich obendrein aus der Kasse bedienten. Bald darauf kamen sie jede Woche, am Ende sogar zweimal pro Woche. Filippos Chef versuchte den Leuten klarzumachen, dass er mit dem Geld, das sie ihm übrig ließen, den Salon nicht weiterführen könne. Da sich die Herren völlig unbeeindruckt zeigten und ihm sogar vor seiner Belegschaft unterschwellig Gewalt androhten, warf er sie kurzerhand aus seinem Laden und drohte, die Polizei zu rufen. In der gleichen Nacht war der Salon auf mysteriöse Weise in Flammen aufgegangen.

Filippo hatte zwar eine neue Arbeit gefunden, aber er machte sich ernsthaft Gedanken, ob er unter diesen Umständen einen eigenen Salon führen sollte. Der örtliche Arm der »Ehrenwerten Gesellschaft« wollte am wirtschaftlichen Aufschwung beteiligt werden. An vielen Ladentoren in der Innenstadt waren deutliche Brandspuren zu erkennen. Das Anzünden der Tore war die letzte Warnung, bevor Blut floss. Aber im Vergleich zu anderen sizilianischen Städten, wo Mord und Totschlag an der Tagesordnung waren, blieb es in Messina relativ friedlich.

Papa war in seinen erlernten Beruf zurückgekehrt und arbeitete als selbstständiger Maurer. Teile der Familie, die in Messina geblieben waren und es zu mehr Wohlstand gebracht hatten als wir in Deutschland, verspotteten ihn deswegen. Viele Sizilianer waren der Ansicht, dass jeder, der als Gastarbeiter nach Deutschland ging, als reicher Mann zurückkehrte. Sie hatten keine Ahnung, wie hart manche schuften und was für ein genügsames Leben sie führen mussten, damit sie während ihres vierwöchigen Sizilienurlaubs den Finanzmagnaten markieren konnten. Einige wenige Pizzeria- oder Eisdielenbetreiber hatten es in Deutschland tatsächlich zu Wohlstand gebracht. Aber das war eher die Ausnahme als die Regel.

Mama war über die Rückkehr nach Messina tatsächlich nicht sehr glücklich und konnte sich nur schwer wieder einleben. Sie freute sich zwar, ihre

Schwestern und *nonna* Maria nun öfter um sich zu haben, aber ihr Hausfrauenleben langweilte sie zu Tode.

Das Erste, was Filippo von mir wissen wollte, war, ob ich es nicht langsam satt hätte, ein Ausländer zu sein. Ich sah ihn verwundert an und antwortete, dass ich mich in Deutschland schon seit langer Zeit nicht mehr als Ausländer fühlte. Ich hatte eine Familie, gute Freunde, meine Band, und da gab es niemanden, der mich anders oder schlechter behandelte oder mich gar fühlen ließ, dass ich nicht dazugehörte. Andere, bei denen ich dieses Gefühl hatte, waren mir nicht wichtig genug, als dass ich mir darüber Gedanken gemacht hätte. Leute, die so oberflächlich waren, sich an meiner Herkunft zu stören, denen mangelte es meistens auch an anderem, was für mich wichtig war: soziale, geistige oder charakterliche Eigenschaften. Die Nähe zu solchen Leuten musste ich nicht unbedingt suchen.

Auf der Suche nach einer Wohnung hatte ich sehr wohl bemerkt, dass manche Vermieter durchaus darauf achteten, keine Ausländer in ihr Eigentum zu lassen. Vor solch einer traurigen Gestalt saßen Heidrun und ich ein paar Tage nach unserem Urlaub. Der Hausbesitzer war ein älterer, arbeitsloser Bauarbeiter, der, wie er uns im Vertrauen erzählte, auf die Annahme seines Antrages auf Frühverrentung wartete. Schließlich wolle er sich wegen dieses Staats, der ihm alles wegnahm, um es danach an Asylanten zu verteilen, nicht mehr krummschuften.

Er führte uns in ein kleines, verwinkeltes Zweizimmerloch mit völlig verschmutzten, abgewohnten Teppichböden, einem winzigen Bad mit Sitzbadewanne und einer Küche, die diesen Namen nicht verdiente.

Das Ganze pries er uns an, als ob es sich dabei um ein herrschaftliches Anwesen handelte. Heidrun und mir stand das Entsetzen über die schreckliche Wohnung, die zudem sehr teuer war, ins Gesicht geschrieben. Plötzlich klingelte das Telefon, und der Mann eilte ein Stockwerk tiefer in seine Wohnung. Heidrun und ich hörten, wie er sich am Telefon meldete. Wir hörten ihn so deutlich, als ob er im Nebenzimmer stand. Bei den nächsten Worten des »netten« Vermieters sträubten sich mir die Nackenhaare.

»Lernt doch erst mal Deutsch! Bevor ihr anständige Menschen mit eurem Gesabber belästigt! Elendes Pack!« Er legte auf und quälte sich brummelnd die Treppen hoch.

Noch bevor er etwas sagen konnte, formulierte ich im borniertesten Ton, zu dem ich fähig war, und auf Hochdeutsch eine erste Frage. »Ich halte es für angebracht, Ihnen mitzuteilen, dass ich kein deutscher, sondern italienischer Staatsbürger bin. Stellt das etwa auf irgendeine Weise ein Problem für Sie dar?«

Der Mann starrte mich an, als ob ich ihn gerade mit dem Auto überfahren und mein Vorderrad auf seinem Oberbauch geparkt hätte. Das Einzige, was er von sich gab, war ein langgestrecktes »Hääääää?«. Es dauerte sehr lange, bis er die Fassung wiedergewann, um dann eindringlich, aber wenig glaubwürdig zu beteuern: »Ich habe doch nichts gegen Ausländer! Solange sie arbeiten und uns nicht auf der Tasche liegen, sind sie mir piepegal! Aber man muss sich doch wenigstens mit ihnen unterhalten können!«

»Ja, Kommunikation ist für uns Menschen sehr wichtig«, antwortete ich. »Geben Sie sich nicht auf! Lernen Sie aufrecht gehen und sprechen, dann können Sie vielleicht irgendwann mal mitsabbern.«

Auf unserer Suche nach einer bezahlbaren Wohnung stießen Heidrun und ich leider immer wieder auf solche Menschen. Der Mann stand mit seiner Einstellung lange nicht so allein da, wie ich anfangs angenommen hatte. Meistens hieß es nur: »Was? Sie sind Italiener? Das sieht man Ihnen aber nicht an, und man hört es auch gar nicht. Na gut. Falls wir uns für Sie entscheiden sollten, melden wir uns.« Dazu kam es seltsamerweise jedoch nie. Bis Heidrun und ich unser erstes eigenes Zuhause beziehen durften, sollten noch unzählige Wohnungen besichtigt werden und insgesamt achtzehn Monate vergehen.

In meinem Berufsleben und auch mit Bekannten gab es hingegen überhaupt keine Probleme. Selbst meine neuen Arbeitskollegen, allesamt Schwaben, bei denen ich mich schon in der ersten Arbeitswoche mit einem Paukenschlag vorgestellt hatte, zeigten nicht mal Anzeichen von irgendwelchen Ressentiments.

An jenem Morgen war ich spät dran gewesen. Ich fuhr auf den Hof und stellte mein Motorrad in aller Eile auf dem Parkplatz ab, wo in Reih und Glied auch die Maschinen meiner Kollegen standen. Rasch stieg ich ab, lief über eine Treppe zu der Tür, die in die Werkstatt führte, öffnete sie und hörte im selben Augenblick eine beängstigende Folge von lauten, knautschenden, berstenden Geräuschen.

Meine neuen Kollegen, die in der Werkstatt bereits arbeiteten, drehten sich sofort zu mir um. Wie festgenagelt stand ich auf der Schwelle und zuckte bei jedem Schlag zusammen. Sofort machte ich auf dem Absatz kehrt und sah gerade, noch wie die letzte der vier Maschinen scheppernd zu Boden krachte. Mein Motorrad war einfach umgefallen und hatte alle anderen Maschinen wie Dominosteine umgerissen. Die Männer kamen aus der Halle gerannt, nannten mir ihren Namen und zeigten auf ihre Motorräder.

»Hallo! Günter Siegl. Die mit dem zerschlagenen Koffer gehört mir.«

»Brogna, Luigi. Freut mich!«

»Hallo! Pröschel, Helmut! Mir gehört die schwarze mit den gesplitterten Blinkern und den zerkratzten Seitenteilen.«

»Brogna, Luigi! Nett, deine Bekanntschaft zu machen.«

»Servus! Uwe Letz. Die mit der Delle im Tank ist meine.«

»Brogna, Luigi. Sehr angenehm.«

Danach fielen allerlei freundliche Worte wie Dackel!, Idiot!, Penner!, Blöder Sack!, Arschnase!, Sackgesicht!, aber keine einzige Schmähung, die darauf abzielte, dass ich Italiener war. Wir wurden schließlich gute Freunde. Meine Kollegen ließen ihre Motorräder auf meine Kosten reparieren, und die Sache war vergessen.

In meiner kleinen, überschaubaren Welt spielte mein Geburtsort keine Rolle mehr. Sobald ich sie jedoch verließ, gewann er sofort wieder an Bedeutung.

Für staatliche Stellen, Politiker, Ämter, Banken, Arbeitgeber und für die Presse spielt die Herkunft eines Menschen offenbar immer eine Rolle. Auch dann, wenn dieser Mensch sein Leben lang in Deutschland lebt, arbeitet, das Finanzamt hintergeht und sich auch sonst ziemlich unauffällig verhält. Ein Mörder wird in manchen Zeitungen automatisch zu einem »Mörder(Italiener)«, auch wenn er hier geboren ist und die deutsche Provinz noch nie verlassen hat. Für das Opfer spielt die Nationalität des Täters dagegen eine eher untergeordnete Rolle. Ob der Mörder Italiener, Türke, Kongolese mit brasilianischem Pass, Niederländer mit irischen Vorfahren oder schwäbischer Wahlberliner mit andalusischer Schwiegermutter war – im Jenseits macht das definitiv keinen Unterschied. Berichte, dass jemand glücklicher abgetreten war, weil der Täter sich vor der Tat als deutscher Staatsbürger ausgewiesen hatte, liegen jedenfalls nicht vor.

Ein »italienischer Messerstecher« macht, in einer fetten Schlagzeile quer über das ganze Blatt, allemal mehr her als ein Oberhausener, Untertupfinger, Nordbadener oder Südhesse. Obwohl es auch unter diesen Menschen mit Sicherheit welche gibt, die, um Angst und Schrecken zu verbreiten, kein Besteck auspacken müssen.

Manche Politiker profilieren sich sehr gerne auf Kosten der ausländischen Minderheit. Sie schüren Ängste, missbrauchen die Unsicherheiten der Bevölkerung für ihre politische Karriere oder parteiinterne Intrigen. Sie werden niemals müde zu betonen, dass es einen Unterschied macht, ob ein jugendlicher Ladendieb deutsche oder ausländische Eltern hat. Manche gehen mit Ausländerhetze und Fremdenhass auf Stimmenfang. Wenn ihnen gar nichts anderes mehr einfallen will, packen sie allzu bereitwillig die »Überfremdungskeule« aus, prügeln damit auf bundesrepublikanischen Stammtischen herum und hoffen auf die eine oder andere verängstigte Wählerstimme.

Auf einem Formular meiner Hausbank entdeckte ich eines Tages den Vermerk »**Gastarbeiter**« hinter meinem Namen. Da man mich bisher stets sehr freundlich und zuvorkommend behandelt hatte, blieb mir der Sinn dieses Vermerks verborgen.

Manche meiner wenigen italienischen Freunde beschwerten sich darüber, dass ihre in Deutschland geborenen Kinder, trotz schulischer Qualifikation und ausreichender geistiger Fähigkeiten, keine Empfehlung für höhere Schulen wie die Realschule oder das Gymnasium bekamen. Das verschlechterte natürlich ihre Chancen auf eine gute berufliche Ausbildung erheblich und machte sich bei der Suche nach einem Ausbildungsplatz sofort bemerkbar.

Der kleine Grenzverkehr der Vorurteile funktionierte also noch immer tadellos. Und zwar weltweit. Länderübergreifend. Grenzenlos. Aber im Vergleich zum Jahr 1972 hatte sich sehr viel verändert. Deutschland war erfreulicherweise schon sehr viel weltoffener und freundlicher geworden. Ob die Vorurteile irgendwann mal voll und ganz verschwinden würden, bezweifelte ich allerdings. Und wenn, dann würde ich es sicher nicht mehr erleben.

## 34. Kleine Siege, große Niederlagen

Ein erbärmliches Quietschen drang schmerzhaft an meine Ohren und holte mich schlagartig aus meinem unruhigen Dämmerschlaf. Seit der kleine, schnarchende Mann das Abteil verlassen hatte, war ich bestimmt schon hundertmal hochgeschreckt. Ich lag in meiner Koje und sah mich verwirrt um. Der Zug bremste weiter ab. Das grässliche Quietschen schien sich direkt in meinen brummenden Schädel zu bohren. Ich nahm zwei Aspirin aus meiner Jackentasche und spülte sie mit einem abgestandenen Schluck Cola herunter. Über die Kopfschmerzen wunderte ich mich eigentlich nicht. Meister Romadurs ätzende Gase hatten schließlich die ganze Nacht Zeit gehabt, mir das Gehirn aufzuweichen und sich in jeder Windung festzusetzen.

Aber egal. »Was nicht unmittelbar zum Tod führt, härtet ab!«, sagt der Schwabe. Und damit hat er meistens Recht. Nach dieser Fahrt konnte es eigentlich nur besser werden. Ein gut gekleideter Herr in Anzug und Krawatte betrat das Abteil und wünschte mir einen guten Morgen. Ich erwiderte den Gruß und blickte ihm verwirrt ins Gesicht. Das war eindeutig der hässliche Nachbar, der mich in der Nacht erschreckt hatte. Frisch gewaschen, gekämmt und mit eingesetztem

Glasauge sah er gar nicht mehr so furchterregend aus. Der Mann sprach deutsch mit friesischem Akzent und konnte sogar ein paar Brocken Italienisch. Nachdem ich ihm gesagt hatte, dass ich Italiener sei, wollte er sie unbedingt an mir ausprobieren.

»*Come sta?* – Wie geht es Ihnen?«, rief er mir begeistert zu.

»Bene, grazie – Danke, gut«, erwiderte ich.

»*E i Suoi genitali* – Und Ihren Genitalien?, fragte er mit strahlendem Lächeln weiter.

»Äh – *ma bene grazie* – auch gut, danke«, erwiderte ich leicht verwirrt und fügte hinzu: »Aber danach fragt man normalerweise nicht.«

»Warum denn nicht? Sind Ihre Eltern etwa schon gestorben?«

»Ah! *Genitori*! Nicht *genitali*! Okay? *Genitali* ist vielleicht ein bisschen zu direkt. Für den Anfang.«

»Ja, das ist es wohl«, erwiderte er lachend. »Sie leben im Schwabenland, was?«, fragte er weiter.

»Ja, in Eislingen, Kreis Göppingen«, antwortete ich.

»Die Schwaben. Ein komisches, introvertiertes Volk. Was hat Sie denn dahin verschlagen?«

»Eigentlich ein Zufall«, antwortete ich. »Außerdem, so komisch sind die Schwaben gar nicht. Weder besser noch schlechter als andere. Meine besten Freunde leben da.«

Der Mann fuhr sich über die Haare, musterte mich skeptisch und brummte: »Ich habe ein paar Jahre lang dort gelebt und gearbeitet. In einem kleineren Stuttgarter Vorort. Nach drei Jahren hatte ich keine Handvoll Freunde, und die meisten nannten mich ›Fischkopf‹. Ich war froh, wieder nach Oldenburg zurückzukönnen, wo ich herkomme. Damals habe ich mir geschworen: Nie wieder Schwaben! Obwohl die wenigen Freunde, die ich hatte, eigentlich schwer in Ordnung waren. Mit denen habe ich noch nach über fünfzehn Jahren regen Kontakt.«

»Das kenne ich leider nur zu gut«, erwiderte ich.

Der Mann war sehr nett. Er erzählte mir, dass er einen guten alten Freund besuchen wolle, einen ehemaligen Gastarbeiter, der mit Eintritt ins Rentenalter nach Sizilien zurückgekehrt war. Er spielte mit dem Gedanken, sich in Sizilien ein Haus zu kaufen und Deutschland nur noch sporadisch zu besuchen. Italien war sein Traumland geworden. Die Sorglosigkeit, Lebensfreude und das Lebensgefühl der Italiener sagten ihm sehr zu. Sie wären spontan, fantasievoll und hätten vor allem die Fähigkeit, auch dann noch glücklich zu wirken, wenn ihr Leben und ihre Zukunft alles andere als gesichert schienen. Ja, selbst wenn feststand, dass sie, weil sie nie etwas in eine Rentenkasse einbezahlt hatten, keine Rente bekämen.

Die Familien ließen niemanden im Regen stehen. Wo es für vier reichte, reichte es auch für sechs. Er dagegen hatte es satt, in Deutschland zu leben. Deutschland war für ihn ein ewiges Jammertal voller Egoisten geworden. Wo sich die Menschen, das größere Glück vor Augen, an dem kleinen, täglichen Glück, das ihnen das Leben bescherte, nicht mehr erfreuen konnten. Wo Hunde mehr Freiheiten genossen als spielende Kinder. Wo alles so lange schlechtgeredet wurde, bis man das Gute gar nicht mehr wahrnahm. Wo Neid und Missgunst die einzigen ehrlichen Gefühle waren, die viele überhaupt noch aufbringen konnten. Wo jedes Problemchen so lange zerredet wurde, bis man es aus den Augen verlor und es ungestört zum Problem heranwachsen konnte. Wo der einzige Lebensinhalt vieler Menschen nur der zu sein schien, zu bestimmen, wie ihre Mitmenschen zu leben haben, ohne dass sie sich um ihr eigenes Leben kümmerten. Wo jeder Mann genau wusste, wie viel Geld er auf dem Konto hatte, sich aber nicht an das letzte Lächeln im Gesicht seiner Frau erinnern konnte, weil es schon sehr lang zurücklag.

Als er sich gerade so richtig in Fahrt redete, dachte ich: Wenn es wirklich etwas typisch Deutsches gibt, dann gehörte diese Meckerei ganz bestimmt auch dazu!

Das, was der Mann mir alles erzählte, war absolut nichts Neues. Diese Fluchtgedanken hatten viele. Raus aus dem deutschen Alltag. Am besten gleich ganz auswandern. In Deutschland zählten nur die Arbeit, der Beruf, die damit verbrachte Zeit und was man sich von dem sauer verdienten Geld, das man mit seiner Gesundheit und seiner begrenzten Lebenszeit bezahlen musste, alles kaufen konnte.

Mein Freund Ben war ganz anders. Er versuchte anders zu leben und stieß damit überall auf Ablehnung und offene Anfeindung – bis zur völligen Ausgrenzung. Ben arbeitete nicht. Er wollte auch nicht arbeiten. Er lebte von dem ererbten Geld seines verstorbenen Vaters und von dem, was ihm seine Mutter gab. Mehr brauchte er nicht. Er hatte damit keine Probleme.

Aber manche schienen ihn, den faulen Hund, den Tagedieb, zutiefst zu verachten. Er verstrickte sich immer mehr in komplizierte Lügengeflechte, um sein Nichtstun vor seinen Mitmenschen zu rechtfertigen. So wie die Sache mit seinem Studium, das er nie begonnen hatte. Er hörte jedem zu, kannte vermutlich die Probleme aller Jugendlichen im Dorf, war stets bereit, Ratschläge zu erteilen, Lösungen und Hilfe anzubieten, aber Anerkennung bekam er dafür nicht. Er lebte definitiv im falschen Land. In Deutschland, wo sich die Menschen nur dann gebraucht und wichtig fühlten, wenn sie länger als ihre Nachbarn arbeiteten, wo selbst Frauen, die wegen ihrer Kinder zu Hause blieben, sich als »nur« Hausfrauen bezeichneten, funktionierte so etwas nicht. Ich kannte Hausfrauen, die bei der Frage, was sie taten, ihren erlernten Beruf angaben, weil es ihnen peinlich war, »Hausfrau« zu sagen. Weil Hausfrau sein in der deutschen Gesellschaft nicht gut genug war. Weil es nichts zählte.

In Messina gab es einen Mann, der in seinem vierzigjährigen Leben an keinem einzigen Tag gearbeitet hatte. Das Einzige, was er tat, war, für die alten Leute, die niemanden mehr hatten, einkaufen zu gehen. Er besuchte sie regelmäßig und unterhielt sich mit ihnen. Dafür bekam er das, was er täglich zum Leben brauchte: etwas zu essen und ein Glas Wein. Mehr brauchte er nicht. Bei den alten Leuten war er sehr beliebt, und keiner wäre je auf die Idee gekommen, ihn deswegen einen »faulen Hund« zu nennen.

Ben fiel in Deutschland aus der Norm und damit aus der Gesellschaft. Er versank langsam, aber unaufhaltsam in Selbstmitleid und machte sich systematisch durch Alkohol kaputt.

Zornie und ich wuchsen während dieser Zeit buchstäblich zusammen. Meine alten Freunde so wie mein Kumpel Mike, mit dem ich den größten Teil meiner Jugend verbracht hatte, hatten sich bei der Bundeswehr verpflichtet. Viele Freunde waren mir nicht geblieben. Zornie wurde zu dem Freund, den sich jeder Mensch insgeheim wünscht. Es verging kein Tag, an dem wir uns nicht trafen, stundenlang quatschten und Ben davon überzeugen wollten, mit dieser maßlosen Trinkerei aufzuhören. Seine Uneinsichtigkeit war zum Verzweifeln. Da wir nicht mehr mitmachten, suchte er sich andere Saufkumpane und zog mit denen durch die Kneipen. Selbst zu den Bandproben erschien er manchmal in einem Zustand, bei dem nicht mehr erkennbar war, ob er noch lebte oder bereits ein anderes Stadium erreicht hatte und nur zu betrunken war, es zu bemerken. Zornie und ich hatten es uns zur Aufgabe gemacht, Ben vom Alkohol abzubringen, und hofften es durch die Arbeit in der Band auch zu schaffen. Wir organisierten im Jugendhaus eines Nachbardorfes ein Konzert und schleppten Ben wochenlang jeden Tag zu einer Bandprobe.

Unser erster Auftritt wurde ein unvergessliches Erlebnis. Der Tag verlief wie im Traum. Die Spannung hämmerte im Bauch, das Lampenfieber förderte Dinge zutage, die ich nie für möglich gehalten hätte: Schweißausbrüche, durchgehendes Zittern aller möglichen Gliedmaßen und das unmögliche Gefühl, ständig aufs Klo rennen zu müssen. Dabei war schon rein technisch gesehen nichts da, was noch hinauskönnte, weil der Magen schon am Vortag wie zugeschnürt gewesen war und sich geweigert hatte, irgendetwas bei sich zu behalten. Kurz vor Beginn des Konzerts kam dann auch noch Herzrasen hinzu! Wenn das so weiterging, würde ich noch vor dem ersten Ton im Umkleideraum tot umfallen. Ich bat Zornie, mich auch dann auf die Bühne zu schleppen, wenn mein Körper wegen der einsetzenden Leichenstarre steif werden sollte. Ich wollte wenigstens einmal auf einer Bühne sein. Ob im Liegen oder im Stehen, ob tot oder lebendig, war mir völlig egal.

Es gab genügend Musiker, bei denen man nicht wusste, ob sie noch lebten oder ob sie, mit ihrer schwarzen Sonnenbrille und der Wanderklampfe in den steifen Armen präpariert, auf einem rollenden Brett festgetackert, einfach nur auf die Bühne gerollt worden waren.

Dann ging es endlich los. Das Jugendhaus war zum Bersten voll. Wir betraten die Bühne und entfesselten ein Inferno. Der erste ohrenbetäubende Rockriff explodierte aus den voll aufgedrehten Verstärkern, Zornies hämmernder Basslauf nagelte unseren Zuhörern die Sohlen in den Hallenboden. Ben, Uwe und ich föhnten mit druckvollem Gitarrensound den Fans in der ersten Reihe die Locken glatt und bliesen sie in Schräglage. Tommy, unser neuer Schlagzeuger, prügelte sich mit einem ordentlich treibenden Rhythmusteppich durch, und Uwe schmetterte aus voller Kehle den Titel des Songs in sein Mikrofon: Black Beauty! Den Text hatten wir, mangels ausreichender Englischkenntnisse, aus einem amerikanischen Pornoheftchen abgeschrieben, das Ben, auf der Suche nach englischen Texten, irgendwann mal angeschleppt hatte. Mit seiner Vermutung, dass es sowieso niemand merken würde, behielt er Recht. Ebenso mit seiner Behauptung, dass eine Liveband in so einem kleinem Raum nicht gut, sondern nur laut sein muss. Denn gut waren wir nicht. Dafür aber umso lauter.

Was aber völlig egal war. Innerhalb weniger Minuten verwandelte sich der Raum in einen brodelnden Hexenkessel. Bierflaschen und Kleidungsstücke flogen durch die Gegend, zuckende Körper hüpften vor unserer Bühne und schrieen nach mehr. Lauter.

Schneller. Plötzlich sah ich inmitten der vielen bekannten und unbekannten Gesichter zwei junge Männer herumhüpfen, die ich schon seit sehr langer Zeit nicht mehr gesehen und dennoch nie vergessen hatte: meine ehemaligen Klassenkameraden Jörg und Karl.

Die beiden schlimmsten Albträume meines Lebens hüpften und schrieen zum Klang meiner Musik. Meiner Band! Meiner Gitarre! Für einen kurzen Moment wurde ich stocksteif. Tausend Gedanken schossen mir durch den Kopf. Angefangen bei dem Wunsch, die Gitarre auszustöpseln und ihnen damit die Beine zu brechen bis hin zu der Idee, bis nach dem Konzert zu warten und ihnen dann die Beine brechen. Uwe rief mir zu, dass ich meinen Einsatz verpasst hatte, und nannte dabei meinen Namen. Ich versuchte mich wieder aufs Spielen zu konzentrieren und verschob meine Rachegelüste auf später.

Plötzlich schrie Jörg meinen Namen, riss beide Arme in die Höhe und röhrte ein lautes: »YEEEA-AAHHH!« Karl starrte mich nur an, als wäre ich ein Außerirdischer, verzog das Gesicht zu einem breiten Grinsen und stimmte in Jörgs Geschrei ein. Sekunden später hüpften alle beide wie Rumpelstilzchen vor mir herum, feuerten mich an, schrieen und klatschten frenetisch mit. Am Schluss des Konzerts, als kleine Showeinlage, standen wir Gitarristen und Zornie mit seinem Bass dicht an dicht am Bühnenrand und schüttelten zum hämmerndem Rhythmus von »Smoke on the Water« unsere langen Mähnen. Karl und Jörg stürmten auf die Bühne und spielten zwei astreine Luftgitarren dazu.

Meine anfängliche Wut verflog, und ich dachte, dass wir uns damals, als Kinder, nicht verstanden hatten. Seither hatte sich vieles verändert. Ich hatte mich verändert. Und, wie es schien, auch die beiden.

Nach dem Konzert, die letzten Besucher verließen gerade die Halle, saßen Jörg, Karl, Zornie, Ben und ich noch immer an einem Tisch, redeten und tranken ein paar Bier. Karl und Jörg klopften mir ständig auf die Schulter und wurden nicht müde zu sagen, was für eine tolle Band wir seien und dass ich super Gitarre spielte. Irgendwann kamen wir auf die Vergangenheit zu sprechen. Ich warf ihnen vor, sich wie Idioten benommen zu haben. Jörg senkte den Kopf. Er entschuldigte sich zwar nicht, sagte aber einen Satz, der einer Entschuldigung recht nahe kam: »Dumm gelaufen!«

Karl behauptete steif und fest, dass ich den Streit mit ihm angefangen hätte. Nachdem er mir seine Version erzählt hatte, musste ich ihm sogar Recht geben. Demnach hatte ich ihn damals wüst weggestoßen, weil er in einem giftigen Ton behauptet hatte, dass ich faustdicke Ohren hätte! Ich war damals der Ansicht gewesen, dass meine Ohrwatscheln diese Beleidigung nicht verdienten. Jetzt verstand ich es. Ich hatte es faustdick – hinter den Ohren. Das hatte nur wenig mit der Beschaffenheit meiner Horchbretter zu tun, aber: Woher hätte ich das wissen sollen? »Dumm gelaufen!«, sagte ich daher nur.

Ben saß ein paar Meter von uns entfernt, becherte sich ebenfalls ein paar Biere und sackte urplötzlich in sich zusammen. Er rutschte von seinem Stuhl, schlug der Länge nach hin und blieb bewusstlos liegen. Zornie und ich sprangen sofort auf und versuchten vergeblich, den leblosen Berg wieder aufzurichten. Kurze Zeit später traf der Notarzt ein. Ben wurde sofort in ein Krankenhaus eingeliefert. Ein paar Tage später versagten seine Organe, und er starb den einsamen Tod, den er selbst jahrelang vorbereitet hatte. Zornie und ich waren untröstlich. Vor allem, weil wir sehr lange versucht hatten, ihn davor zu bewahren. Aber letztendlich hatten wir nur machtlos dabei zusehen können. Wir erhielten nicht einmal die Gelegenheit, uns von ihm zu verabschieden. Es gab keine Beerdigung. Nur eine Feuerbestattung und den Wunsch seiner Mutter, dass sie niemanden von uns dabeihaben wollte.

»Ja, ja, das Leben nimmt manchmal schon seltsame Wege«, hörte ich jemanden wie aus weiter Ferne sagen. »Hätte ich Fabrizio nicht kennen gelernt, wäre ich vielleicht nie auf die Idee gekommen, irgendwann einmal in Sizilien leben zu wollen. Oder? Finden Sie nicht auch, dass das Leben eine zunächst sinnlos erscheinende Folge von seltsamen Zufällen ist? Oder Glauben Sie an ein persönliches Schicksal eines jeden Menschen?«

Der nette Mann saß mir gegenüber und sah entweder mich an oder aus dem Fenster. So genau konnte ich das nicht sagen, weil die Blickrichtung seines Glasauges nicht eindeutig festzumachen war. Er hatte sich wohl die ganze Zeit über mit mir unterhalten, während meine Gedanken sehr weit abgeschweift waren.

»Ich weiß es auch nicht«, antwortete ich. »Als Kind habe ich immer geglaubt, dass ein Fluch über meiner Familie liegt. Irgendwann habe ich erkannt, dass dann über jeder Familie ein Fluch liegen müsste. Weil in jeder Familie Dinge geschehen, die uns nicht gefallen, mit denen wir nicht einverstanden sind und die wir manchmal nicht verstehen können. Meine Oma

Maria, eine sehr nette, weise Frau, hat einmal gesagt, dass das Leben so ist, wie es ist. Egal, wie wir es nennen wollen. Ich glaube, dass sie damit Recht hatte. Egal, wie wir es zu steuern versuchen, letztendlich ist das Leben das Schiff und wir – sind nur die Passagiere.«

Als der Zug Villa San Giovanni erreichte, verabschiedete ich mich von dem netten Mann. Ich verließ den Bahnsteig und lief, immer der Nase nach, in das Bordrestaurant der Fähre. Dort kaufte ich mir zwei *arancini* und ging zum erstbesten Passagierdeck.

Ich atmete die salzige Seeluft ein, betrachtete das weite Meer und sog den herrlichen Geruch der *arancini* durch die Nase ein. Mein vor Freude überquellendes Herz machte die strapaziöse Reise sofort wieder vergessen. Ich stand an der Reling, genoss den überwältigenden Anblick der Meerenge von Messina und den unvergesslichen Duft meiner Kindheit.

## **Dank**

Alle Geschichten in diesem Buch könnten sich tatsächlich so zugetragen haben. Vielleicht aber auch nicht. Es ist *meine* ganz persönliche Wahrheit, die sich nicht unbedingt mit den Wahrheiten anderer decken muss! Selbstverständlich darf jeder seine Sicht der Dinge ausführlich an den Rändern dieses Buches niederschreiben. Ansonsten gilt, dass alle Figuren in diesem Buch fiktive Kunstwesen – also meiner Fantasie entsprungen sind. Jede Ähnlichkeit mit noch lebenden, toten, scheinlebenden oder scheintoten Personen ist zufälliger Natur und absolut nicht beabsichtigt! Das gilt in besonderem Maß für Herrn Bronzerle. So jemanden könnte es im wirklichen Leben gar nicht geben. Oder?

**Mein Dank gilt:**

meiner schwäbischen und meiner sizilianischen Familie – einer stattlichen Anzahl liebenswerter Menschen. Allen voran meiner Frau Heidrun, die mich beim Schreiben tatkräftig unterstützt und eine riesige Quelle verschütteter Erinnerung dafür freigelegt hat. Natürlich auch meinen Töchtern, Natascha und

Tamara, weil sie klaglos hingenommen haben, dass sie mich monatelang nur noch vor einer Tastatur sitzend von hinten sahen.

Nicht zu vergessen: Petra Durst-Benning, Angela Troni und everyone bei Ullstein. An dieser Stelle gleich mal allen, mit denen ich im Laufe der Zeit zu tun hatte, freundlich zuwink! Ein fetter Gruß geht an alle meine Freunde, Mitmusiker und Ex-Traubler.

Für Zornie, weil er noch immer bei uns ist. Und für Sam, der neben ihm sitzt.

Luigi Brogna
# Das Kind unterm Salatblatt
Geschichten von meiner sizilianischen Familie
Originalausgabe

ISBN 978-3-548-26348-9
www.ullstein-buchverlage.de

Nonna Maria erzählt Gruselgeschichten, Nonno Filippo bewegt sich auf einmal nicht mehr, die Weinlese artet in ein großartiges Festmahl aus, und immer liegt der Duft von Knoblauch und Tomatensauce über den sonnendurchfluteten Hinterhöfen ... Das ist die Welt des kleinen Gigi, der im Schoß einer liebenswert skurrilen Großfamilie aufwächst, bis seine Eltern eine folgenschwere Entscheidung treffen.

»Ich hatte beim Lesen das Gefühl, als würde mir ein alter Freund bei einem Glas Rotwein seine Geschichte erzählen: manchmal melancholisch, dann wieder aufgekratzt und fröhlich, stets temporeich und humorvoll.« *Petra Durst-Benning*

Roger Boyes
# My dear Krauts
Wie ich die Deutschen entdeckte
Originalausgabe

ISBN 978-3-548-26475-2
www.ullstein-buchverlage.de


Rasant und komisch erzählt *Times*-Korrespondent Roger Boyes von den aufregenden Abenteuern eines Engländers in Berlin, dem neben diversen Liebes- und Finanzproblemen vor allem eines Sorgen bereitet: Sein Vater, ehemaliger Bomberpilot der Royal Air Force im Zweiten Weltkrieg, hat angekündigt, den »verlorenen Sohn« in Germany zu besuchen und herauszufinden, wie das so ist, ein Leben unter den »Krauts« zu führen …

ALSO ALLE SEITEN

298